불쾌한 L씨의 유쾌한 가을

이현성 장편소설

달

불쾌한씨의 유쾌한 가을 3

초판 1쇄 인쇄 2019년 10월 24일
초판 1쇄 발행 2019년 11월 8일

지은이 이현성
발행인 오영배
편집 편집부
표지 · 본문 디자인 오정인
제작 조하늬

펴낸곳 (주)삼양출판사 · 단글
주소 서울시 강북구 도봉로 173
대표 전화 02-980-2112 / **팩스** 02-983-0660
편집부 전화 02-987-9393 / **팩스** 02-980-2115
블로그 blog.naver.com/dan_gul
출판등록 1999년 3월 11일 제9-00046호

ISBN 979-11-283-9746-2 (04810) / 979-11-283-9743-1 (세트)

 은 (주)삼양출판사의 로맨스 문학 브랜드입니다.

이현성 장편 소설

불쾌한 T씨의 유쾌한 가을

3

단글

목차

15장

사랑에 빠진 남자가 짝사랑하는 여자를 사고 싶다고 찾아왔다.

어이가 없기는 해도 이렇게까지 심각하게 반응할 일은 아니었다.

연진은 돌아가는 상황을 이해하기가 어려웠다.

"아주 작정을 하고 왔더라. 가을이가 이 제안을 받아 주지 않으면 사람들 앞에서 가을이를 사랑한다는 마음을 흘리겠다고 협박하더군."

"진리성이 그랬다고?"

"그래."

"그럴 리가."

강한이 믿을 수 없다는 듯 고개를 저었다.

"진리성이 그런 짓을 했다고? 그럴 것 같지 않았는데."

"하지만 그랬다. 가을이가 거절할 수 있는 상황도 아니었어. 진리성이 진짜로 그럴 것 같았으니까."

"진리성이…… 알게 됐나? 그 일을?"

"아니, 그런 것 같진 않았어. 그저…… 어린애 같더군. 울며 떼쓰면 원하는 걸 손에 넣을 수 있다고 확신하는 어린애."

"제길."

강한이 욕설을 내뱉으며 한 손으로 얼굴을 문질렀다.

리성이 그런 행동을 했다는 게 아직도 믿기지 않았다.

"가을이는…… 어땠는데? 괜찮았어? 제안을 받아들일 때?"

"아니."

성희가 미간을 좁혔다.

"전혀 괜찮지 않았어. 처음에는 당황한 것처럼 보였지만, 결국 아무래도 좋다는 표정이더라."

"도대체 왜……."

강한은 쓰린 표정으로 성희의 옆에 앉았다.

"왜 일이 이런 식으로 돌아가는 거지?"

나 때문이라고, 강한은 생각했다.

나는 누구도 행복하게 만들어 주지 못하고, 오히려 죽고 싶어지게 하는 놈이니까. 그런 재능이 있으니까.

그런 나를 알게 되어서 가을의 상황이 이렇게 돌아가는 거라고, 강한은 확신했다.

심부름센터를 다니지만 않았더라도 빌어먹을 사촌 계집애를 만날 일이 없었을 거고, 리성이 그렇게 변하는 일도 없었을 것이다.

"나 때문이겠지. 내가 진리성을 도발해서, 그놈이 변한 걸 거야."

"글쎄. 난 그놈이 원래 그런 놈이었을 거란 생각이 드는데. 아무리 도발을 했다고 해도, 원래 안 그런 놈은 계속 안 그래. 네가 캡을 도발해 봐라, 캡이 확 도는 일이 생기겠냐?"

"그렇지는 않겠지. 하지만 원래 그런 놈이라도 평생 확 안 돌고 살아가는 경우가 있어. 하지만 난 그런 놈들을 확 돌게 만드는 재능이 있지. 아주 엿 같은 재능이야."

무거운 침묵이 내려앉았다.

숨을 죽이고 대화를 듣던 연진은 더는 참을 수가 없어져서 안으로 들어가 둘의 앞에 앉았다.

강한과 성희는 그제야 연진의 존재를 깨달은 듯 놀란 표정을 지었다.

'너, 거기 있었냐?'

둘의 눈동자에 떠오른 질문에, 연진은 소리를 내서 대답했다.

"네, 저 여기 있었습니다. 언제부터 있었는지 궁금하다면, 대장이 들어올 때 같이 들어왔어요. 두 분은 전혀 깨닫지 못한 것 같았지만."

"아아, 그래. 넌 암살자를 하면 되겠다. 존재감이 전혀 없구먼."

"말 돌리려고 하지 마세요, 대장. 나는 이미 다 들었고, 궁금하고, 이 궁금증을 속으로 삭일 생각 없으니까요."

"머리 좋은 놈. 이래서 대학물 먹은 놈들은……."

"말 돌리지 말라고요. 저도 알아야겠어요. 도대체 진리성이 뭔데 그래요?"

"진리성이 뭐긴 뭐냐. 인기 많고 사랑받는 한국의 스타지."

"네, 저는 그렇게 알고 있었어요. 인기 많고 사랑받는 한국의 스타. 그런데 그런 스타가 가을이 누나를 좋아하는 게 왜 문제가 되는 거죠?"

"이젠 사람을 사고파는 시대가 아니잖아. 시대에 뒤떨어진 놈이 스타 중의 스타라는 걸 믿을 수가 없어서 그래."

강한은 자꾸 대답을 피하고 있었다.

연진은 눈을 가늘게 뜨고 성희를 돌아봤지만, 성희는 이미 고개를 푹 숙이고 있어서 눈을 맞출 수가 없었다.

"대장, 대체 뭐예요? 왜 진리성이 찾아온 걸 가지고 이렇게들 반응하는 건데요? 왜 가을이 누나가 하루에 고작 3시간을 진리성이랑 보내는 게 문제가 되는데요? 가을이 누나가 이상하게 생각할 게 뭔데요? 가을이 누나가 진리성을 그놈이라고……."

거기까지 말한 연진은 입을 다물었다.

—가을이가 이상하게 생각하고, 진리성이 그놈이라는 걸 알게 되면?

—그때가 되면 돌이킬 수 있을 것 같아? 아니면 너나 내가 해결 해 줄 수 있을 것 같아?

평소답지 않은 성희의 강한 어조가 떠올랐다.

그와 겹쳐져서 떠오른 생각 하나가 연진의 숨통을 콱 죄었다.

그럴 리가.

설마.

아닐 거야.

연진은 눈을 부릅뜨고 강한을 노려봤다.

강한은 연진이 눈치챘다는 걸 깨달은 듯 인상을 찌푸렸다.

한참 동안 그런 상태로 강한을 노려보던 연진이 입을 열었다.

"설마 진리성이 소년 A인 거예요?"

* * *

리성의 차가 골목을 빠져나갔다.

가을은 골목 중간에 서서 그 모습을 물끄러미 지켜보다가, 그 차가 완전히 보이지 않게 된 후에야 걸음을 옮겼다.

차가운 바람이 목덜미를 스쳤다.

점퍼를 입고 나오지 않았다는 걸, 뒤늦게 깨달았다.

두 팔로 몸을 감싸고 심부름센터를 향해 걸어갔다.

아무 생각도 들지 않았다.

이제는 리성의 행동에 화가 나지도, 걱정이 되지도 않았다.

이런 걸 소강상태라고 하는 걸까?

고개를 푹 숙이고 땅을 보며 걷는데, 익숙한 신발 두 개가 가을의 앞에 멈췄다.

가을도 멈춰 서 진회색 운동화를 물끄러미 응시했다.

"젊다는 건 좋은 거야. 이런 날씨에 점퍼도 안 입고 다니다니."

진회색 운동화가 말했다.

"대장도 젊잖아요."

"내 젊은 날은 다 갔지."

어깨에 따뜻한 옷이 덮어졌다.

"젊은 날도 다 갔다면서 옷은 왜 벗어 줘요. 그러다가 감기 걸려도 병원비 안 내줄 거예요."

"난 감기 안 걸려. 언제나 깨끗이 씻으니까."

"대단하시네요."

가을은 여전히 땅을 내려다보다가, 진회색 운동화가 움직이기에 따라서 걸어갔다.

"진리성이 찾아왔다면서?"

"네. 시간당 10만 원을 받기로 했어요. 하루에 3시간. 아까 입금했다는데 확인하셨어요?"

"네 시간이 고작 10만 원밖에 안 해?"

"고작이라뇨. 한 시간에 10만 원이면 고급 인력인 거죠."

"네 시간은 그것보다 가치가 있어."

"안 그래요."

"안 그렇긴. 네 아버지가……."

"그런 말은 하지 마요. 나, 그런 얘기하기 싫어요."

"그래, 그럼 좀 더 미래지향적인 얘기를 해볼까?"

"그냥 얘기 안 하면 안 돼요?"

"안 돼."

"왜요?"

"난 수다 떠는 걸 좋아하거든. 동네 고객님들을 모으기 위해 기술을 섭렵하다 보니, 수다 떠는 능력이 상승했지.”

“참 기술도 많으시네요.”

“응. 난 뭘 해도 먹고살 거야.”

“대단하십니다.”

'고개 좀 들어 봐.'라고, 강한은 가을에게 요청하고 싶었다.

네 얼굴을 보여 줘.

네가 어떤 표정을 짓고 있는지 알아야겠어.

아니, 그 무엇보다도 네 얼굴이 보고 싶어.

하지만 말하지 않았다.

어깨를 움츠리고 고개를 푹 숙인 채 걷는 가을을 위해 해 줄 수 있는 것이 없었다.

아무것도 해 줄 수 없는 주제에, 이것저것 요구만 할 수는 없었다.

“구정 연휴 약속은 기억하지? 내일이야.”

“네. 기억하고 있어요. 몇 시에 올까요?”

“오전에 와서 세배도 하고 그래.”

“세배는 무슨.”

“세뱃돈 줄게.”

“얼마나 줄 건데요?”

“지폐를 봉투에 넣어서 줄 테니까 걱정 마.”

“천 원 넣으려고 그러죠?”

“웃…….”

“제 세배는 비싸요.”

"그래 봐야 시간당 10만 원짜리 인력이면서."

"그래도 하루에 30만 원씩, 한 달에 900만 원이에요. 그 정도면 가을 심부름센터의 재정에 큰 도움이 되지 않겠어요?"

"넌 가을 심부름센터 재정까지 신경 쓸 거 없어."

"왜요? 성가신 고객님일 뿐이니까?"

"말 좀 예쁘게 해."

"성가신 고객님일 뿐이니까앙?"

"콧소리만 넣는다고 말이 예뻐지는 게 아냐."

"그럼 어떻게 말할까요?"

"그것도 할 줄 몰라?"

"네, 난 재주가 없어서요."

"후, 알겠어. 그럼 어쩔 수 없지."

예쁜 말 듣는 걸 포기한 줄 알았는데, 강한이 걸음을 멈췄다. 가을도 걸음을 멈추고 강한을 올려다봤다.

강한은 평소처럼 인상을 찌푸린 채로 가을을 내려다보고 있었다.

하지만 어째서인지 강한의 눈빛이 무척 슬퍼 보였다.

"따라 해 봐."

슬퍼 보이는 눈빛으로, 강한은 평소처럼 다정하게 말했다.

"나는."

"……."

"따라 하라니까. 예쁜 말."

"하아. 나는."

"가을 심부름센터의."

"가을 심부름센터의."

"소중한 마스코트니까요?"

"……."

가을은 고집스럽게 입을 꾹 다물었다. 하지만 굳게 다물린 입술과 다르게 가을의 눈동자는 흔들리고 있었다.

그런 가을을, 강한은 흔들림 없이 응시하며 단호하게 말했다.

"어서 따라 해."

"소중한 마스코트니까요?"

"좋아. 그럼 그걸 붙여서 말해 봐."

가을은 입을 꾹 다물었다.

강한이 어쩔 수 없다는 듯 고개를 저었다.

"이런, 이런. 이렇게 짧은 문장도 외우지 못할 만큼 머리가 나쁜 거야?"

"됐어요. 얼른 들어가요. 추워요."

둘은 어느새 심부름센터 앞에 서 있었다.

"방법을 알려 줘도 배울 자세가 안 되어 있으니 예쁜 말을 못 하지."

강한이 투덜거리며 먼저 안으로 들어갔다.

가을은 그 뒤를 따라 들어가며 작은 목소리로 중얼거렸다.

"나는 가을 심부름센터의 소중한 마스코트니까요."

가을은 고개를 푹 숙이고 강한의 뒤를 따라 들어오고 있었다.

움츠린 어깨로 고개를 푹 숙인 또 다른 소녀의 모습을, 성희는 똑똑히 기억하고 있었다.

그날의 정경은 끔찍이도 또렷하게 성희를 따라다녔다.

아무렇지도 않은 척, 다 잊은 척했지만, 사실은 그렇지 않았다.

매일, 매 순간, 그 일을 기억했다.

고통스러운 기억은 매일 성희의 심장을 조금씩 파먹었고, 어느새 심장은 그 자리에 있나 싶을 정도로 새까맣게 쪼그라들었다.

—아저씨. 감사합니다.

소녀는 고개를 푹 숙이고 떨리는 목소리로 말했다.

어리석게도 그 감사 인사를 믿었다.

잘 끝났다고, 나는 옳은 선택을 했고 좋은 결과를 냈다고, 그리 믿었다.

그러나 아니었다.

성희는 가을을 똑바로 보기가 어려웠다.

가을에게 마음이 많이 쓰였던 이유는, 가을이 이 심부름센터를 처음 찾아왔을 때의 모습 때문이었다.

그녀는 성희의 심장에 자리 잡은 소녀와 아주 많이 닮아 있었다.

외모가 닮은 게 아니었다. 분위기가 닮았다.

금방이라도 아스러질 듯, 흩어질 듯, 사라질 듯, 위태로운 분위기.

이 세상에 더는 존재하지 않는 듯한, 그저 발끝을 살짝 대고 있는 듯한, 그 서글프고도 고독한 분위기.

성희는 눈을 감았다.

성희가 변호사를 그만둔 계기가 되었던 그 사건의 피해자는, 재판이 끝나고 반년이 지난 후 자살을 했다.

유서에는 딱 한 문장만 적혀 있었다.

엄마, 아빠. 죄송해요.

그 소녀가 죄송할 것은 하나도 없었는데, 소녀는 죄송해했다.

잘못한 놈은 뻔뻔하게 살아가는데, 죄 없는 소녀는 죄송하다 말하며 삶을 포기했다.

성희는 차마 장례식장에 들어가지도 못하고, 멀리서 피해자의 가족들이 오열하는 것을 지켜보다가 돌아섰다.

그러한 세상의 그러한 죽음일 뿐이었지만, 성희에게는 아니었다.

억울한 사람을 돕고 싶어 변호사가 되었는데, 아무것도 해 줄 수가 없었다.

억울하지도 않은 놈의 편만 들어주었을 뿐이다.

억울하지도 않은 놈은 오늘까지도 잘 살아가고 있었다.

그래서 소년 A를 향한 가을의 심정을, 아주 조금쯤은 이해할 수 있었다.

이해하지만 해 줄 수 있는 게 없음은 마찬가지였다.

그때와 같았다.

항상 그랬다.

—정신 차려.

소녀가 자살한 후, 한 달 내내 집에만 틀어박혀 있는 성희에게, 강한이 찾아온 건 여름이 거의 끝나갈 무렵이었다.

—언제까지 여기서 이러고 있을래? 냄새난다. 목욕도 좀 하고, 수염도 좀 깎고, 이 빌어먹을 놈의 담배 좀 그만 피워. 나까지 폐병 걸려 죽겠다!

강한은 친구가 실의에 빠져 있든 말든, 언제나처럼 제멋대로였다.

대답 없는 성희를 발로 툭툭 차서 밀어낸 강한은 창문을 열고 청소를 시작했다.

부지런히 청소를 하면서, 강한은 말했다.

—집을 하나 샀어. 마당이 있는 이층집이야. 나는 거기에 작은 간판을 하나 붙일 거야. 이름은…… 글쎄, 뭐라고 지을까? 아직 안 정했어. 하지만 업종은 정했어. 심부름센터야.

무슨 말을 하는 건가 싶어, 오랜만에 정신을 차리고 강한을 응시했다.

강한은 여전히 청소를 하고 있었다.

―심부름센터를 할 거야. 직원은 너랑 나랑, 구미호도 끼워 줄
까? 걔도 집에서 노는 것 같던데. 여자처럼 보이지도 않지만, 다른
사람들 눈에는 예쁜 모양이니 분위기를 좀 밝혀 줄 수 있겠지.

―장난칠 기분 아니다, 강한아.

―어, 나도 장난칠 기분 아냐. 심부름센터를 할 거야, 나는. 곤
란에 빠진 사람들이 찾아오겠지. 외도 증거 찾기, 열쇠 따 주기, 아
이스크림 사다 주기, 집 청소. 돈 되는 일은 전부 할 거야. 하지만
가끔은 이런 잡일 외에도, 법에 살짝 걸리는 의뢰가 들어올지도 몰
라. 그래서 법을 잘 아는 네가 필요해.

―강한아.

―내 이름 좀 그만 불러. 이름 닳겠다. 하나, 하나 의뢰를 해결
할 거야. 그러다 보면 억울한 일을 당해서 오는 사람도 찾아올 거
고, 때로는 우리가 그 억울한 일을 해결해 줄 수도 있을 거야. 너는
변호사가 아니고, 나는 경찰이 아니니까, 아주 가끔은 법법을 저지
르게 될지도 몰라. 하지만 너나 내가 그게 옳다고 생각한다면, 하
는 거야.

강한은 늘 그랬다.

본인은 아니라고 하지만, 언제나 그랬다.

항상 상대에게 가장 위로가 되는 말을 던지곤 했다.

작정하고 해 주는 위로가 아니라, 툭 던지듯이 하는 말이기에 더
욱 가슴에 닿았다.

—나는 늘 그렇듯 돈 때문에 하는 일이야. 나는 심부름센터를 해서 돈을 벌 거야. 하지만 너는 네가 일하는 의미를, 거기서 일하면서 찾아봐.

그래서 하기로 했다.

일하는 의미를 찾아볼 생각이었다.

가을에 문을 열게 되어서 '가을 심부름센터'라는 이름을 붙였다.

자그마한 간판을 대문 옆에 달고, 거실에는 상담하기 편한 소파를 놔뒀다.

지영은 재미있을 것 같다면서 끼어들었고, 심부름센터는 의외로 성황이었다.

강한에게는 고객을 모으는 재주가 있었다.

일은 많아졌고 아르바이트생을 구하게 되었다. 그렇게 들어온 게 연진이었다.

심부름센터의 일이 즐겁지 않은 건 아니었다.

그러나 일하는 의미는 찾지 못했고, 소녀의 목소리는 항상 들려왔다.

—아저씨. 감사합니다.

감사 인사를 들을 만한 일은 하지 않았다.

소녀가 왜 내게 그런 말을 한 건지, 의문이 풀리지 않았다.

그리고 오늘.

가을을 위해 아무것도 해 줄 수 없었던 자신을 보며, 다시 한 번 깨달았다.

나는 역시 아무도 도울 수 없다.

"형님."

가을의 목소리에, 성희는 눈을 떴다.

"응."

"죄송해요."

가을이 눈을 내리깔고 말했다.

"응? 뭐가?"

"그냥, 아까……."

"죄송할 거 없어. 나한테 죄송할 행동은 하지 않았잖아."

가을과 대화를 하는 게 힘들었다.

이제 그녀를 보면 한 소녀를 죽게 만든 과거가 떠올랐다.

괜히 도움의 손을 뻗었다가, 그녀도 죽게 만들지 않을까 싶어 두려웠다.

"그만 가 봐야겠다."

성희는 일어났다.

"내일 올 거지? 만두 먹자."

주방에서 물을 따르고 있던 강한이 물었다.

성희는 잠시 가을을 돌아봤다.

가을은 고개를 푹 숙이고 앉아 있었다.

말해 주고 싶었다.

너는 잘못한 거 없어. 너는 미안해하지 않아도 돼.

잘못은 내게 있어. 괜히 도와주려고 나섰다가 아무것도 해 주지 못한, 내가 잘못이야.

그런 말을 하는 대신, 성희는 강한에게 말했다.

"아니, 난 됐어. 갈게."

*　　　*　　　*

연진은 어두운 방에서 똘이를 끌어안고 가만히 앉아 있었다.

아까부터 부릅뜬 눈이 시렸다.

밖에서 가을과 강한, 성희의 음성이 들려왔지만 나갈 수가 없었다.

가을을 어떤 얼굴로 봐야 좋을지 알 수 없었다.

'진리성이 소년 A라니!'

진실을 들은 지 한 시간은 지났는데도 충격은 여전했다.

'그 진리성이 소년 A라니!'

믿어지지 않았다.

'거기다 그 소년 A가 가을이 누나를 사랑한다니!'

지독한 인연이었다.

진리성 따위는 아무래도 좋았다.

가을에게 지독한 인연이었다.

소년 A는 너무도 잘 살고 있었다.

상상도 못 할 만큼 많은 사람들에게 사랑을 받고 칭찬을 받으며, 티 없이 맑게 살아가고 있었다. 자기가 저지른 과거의 죄 따위, 소년 A의 안중에도 없었다.

이러니 강한이 가을에게 소년 A의 정체를 알려 주지 못하고 질질 끄는 것도 이해가 됐다.

지금의 가을은 소년 A가 진리성이라는 것을 알게 되면 무너질 것이다.

'아, 진짜! 대장은 왜 그런 걸 알아내는 능력만 좋아서는!'

연진은 비명을 지르고 싶었다.

이 사실은 절대로 가을이 알아서는 안 된다.

절대로.

*   *   *

걸어가는 성희의 뒤로 달려오는 발소리가 들렸다.

탁탁탁—

성희는 속도를 늦추지 않고 걸었다.

"형님."

어느새 성희를 따라잡은 가을이 바로 뒤에서 성희를 불렀다.

"응."

성희는 계속 걸어가며 대답했다.

"화났어요?"

"왜 화가 나?"

"아까 제가 리성이 의뢰를 받아들인다고 해서요."

"내가 왜 그런 거로 화가 나겠어. 너한테 화 안 났어."

"하지만 화난 거로 보여요."

"그래? 하지만 상관없잖아."

"상관이 왜 없어요? 저 때문에 화가 난 건데."

"너는 우리를 화나게 만들고 싶은 거 아니었어?"

성희는 걸음을 멈추고 가을을 돌아봤다.

가을의 눈동자가 일렁, 흔들렸다.

"나는 네가 우리한테 미움받고 싶다고 생각하는 줄 알았는데. 내가 틀렸나?"

실수했다고, 성희는 곧바로 후회했다.

가을을 몰아붙이듯 말하는 게 아니었다.

가을은 죄가 없었다.

늘 그렇듯 죄가 없는 사람은 항상 죄송하다고 말을 한다.

이런 상황이 화가 났을 뿐이다.

가을은 당황한 표정으로 성희를 올려다보다가 미소를 지으려는 듯 입꼬리를 올렸다.

하지만 울음이 섞인 미소는 기묘한 표정이 되었고, 가을도 그걸 깨달았는지 웃으려는 시도를 관두고 쭈그려 앉았다.

"맞아요, 형님. 저, 미움받고 싶어요. 가을 심부름센터 사람들이 절 좀 미워해 줬으면 좋겠어요. 더는 다정하게 대하지 않아 줬으면 좋겠어요. 나 같은 거, 빨리 잊어버렸으면 좋겠어요."

가을은 그동안 속에 담고 있던 말을 쏟아 내듯 말했다.

"그런데요, 형님. 정말 우습게도…… 막상 형님이 화가 난 것 같으니까, 싫어요. 아, 모르겠어요. 내가 뭘 하고 싶은 건지, 뭘 원하는 건지, 정말 모르겠어."

혼란스러운 듯 말하는 가을을, 성희는 가만히 내려다봤다.

강한이 있었더라면 좋을 뻔했다.

그러면 이 상황에서 아주 적절한 말을 해 줬을 텐데.

변호사였던 주제에, 성희는 가을에게 해 줄 말이 없어서 화가 났다.

그래서 가을의 옆에 똑같이 쭈그리고 앉아, 그녀의 어깨에 손을 얹고 말했다.

"널 위해 뭐든 해 주고 싶은데, 아무것도 해 줄 수가 없는 이 현실이 참…… 한스럽다."

*　　*　　*

가을은 한숨도 자지 못했다.

뒤척거리는 동안 어느새 날이 밝아, 커튼 사이로 가느다란 빛이 들어오고 있었다.

수면을 취하지 못한 머리가 맑지 않았다.

멍하니 시간을 확인하니, 오전 9시가 넘은 시간이었다.

어제 성희는 "화가 난 게 아니야. 너 때문에 화가 난 건 없어. 걱정하지 마."라고 말했지만, 그렇지 않다는 걸 알고 있었다.

나 때문이다.

내가 그렇게 자조적으로 말했기에, 내 시간 따위 아무래도 좋다는 듯 말했기에, 성희는 화가 난 것이리라.

다른 사람이 그랬다면, '왜 남의 일에 그렇게 예민하게 반응하고 그런대?'라고 생각하겠지만, 성희에게는 그럴 수가 없었다.

성희는 언제나 친절하고 배려심이 넘쳤다.

강한이 어려울 때에도 심부름센터에 찾아갈 수 있었던 것은, 성희가 있었기 때문이었다.

'나는 가을 심부름센터 사람들을 우울하게 만드는 것 같아. 내가 가기 전에는 다들 즐겁게 지냈을 텐데.'

가을 심부름센터에 처음 찾아가던 날이 떠올랐다.

똘이를 목욕시키다가 문을 여는 바람에 놓치고, 동네방네 소리를 치며 똘이를 찾아다니던 기억.

그날, 심부름센터 사람들은 다들 즐거워 보였다.

강한도 인상을 찡그리고 있긴 하지만 지금처럼 심각하지 않았다.

그 유쾌한 사람들을 불쾌하게 만들고 말았다.

다들 내게 잘해 주었는데, 내가 그들에게 전해 준 것이라고는 우울과 불쾌뿐이다.

죄책감이 사무쳤다.

'역시 3월까지 기다릴 것도 없겠어.'

어차피 강한은 소년 A에 대해 알려 주지 않으리라.

그렇다면 시간을 질질 끌 필요 없다.

그들이 좋아서, 조금 더 따스함을 느끼고 싶어서, 3월까지라는 핑계를 대고 있었을 뿐. 정보를 얻을 수도 없는데, 계속 그곳을 다닐 이유는 없었다.

가을 심부름센터를 떠난다.

이제 두 번 다시는 그들을 볼 수 없다.

그런 생각을 하는 것만으로도 가슴이 미어졌다.

하지만 이 아픔에도 곧 익숙해지리라는 것을, 가을은 알고 있었다.

아니, 익숙해지진 않겠지. 그저 받아들이게 되겠지. 이 아픔과 외로움 또한 나의 삶이라는 걸.

가을은 휴대폰을 들어 강한에게 전화를 걸었다.

[어.]

"대장. 저요."

목이 메어서 잠시 말을 끊었다.

강한은 가만히 가을의 말을 기다리고 있었다.

"저, 오늘 안 갈래요. 내일도 안 갈래요. 저, 이제 가을 심부름센터에 안 가려고요."

이제 강한은 또 평소처럼 고집을 부리고 제멋대로 떠들어대겠지.

나는 그 말에 또 마음이 약해지겠지만, 이번에는 흔들리면 안 돼.

[어, 그래. 알겠다.]

하지만 강한의 대답은 가을의 예상을 벗어났다.

의외로 순순히 들려온 대답에 안도와 서글픔이 동시에 밀려왔다.

"네, 그럼 끊을게요."

[그래.]

가을은 끊지 않고 잠시 기다렸다. 강한이 먼저 끊기를 바랐지만, 끊는 소리가 들리지 않았다.

가을은 망설이다가 종료 버튼을 눌렀다.

전화가 끊어졌다.

그리고 가을 심부름센터와의 인연도 끝났다.

통화를 하기 위해 잠시 몸을 일으켰던 가을은, 허물어지듯 드러누워 눈을 감았다.

아직은 실감이 나지 않았지만, 아마도 내일이 되면 실감하게 되리라.

차디찬 고독을.

끝나지 않을 슬픔을.

강한은 끊긴 휴대폰을 물끄러미 응시하다가 작게 한숨을 내쉬었다.

이번에는 성희 차례였다.

성희에게 전화를 걸었지만 받지 않았다.

그런 걸로 포기할 강한이 아니었다.

한 번, 두 번, 세 번.

계속해서 전화를 걸었더니 결국 휴대폰 너머로 성희의 목소리가 들려왔다.

[왜?]

"만두 먹으러 와."

[말했잖아. 나는 됐다고.]

"덩치는 산만 한 놈이 속은 좁아터져서는. 그만 좀 삐쳐."

[그래, 난 삐돌이다. 삐돌이는 당분간 심부름센터에 못 나갈 것 같다.]

"왜 그래, 너?"

[생각을 할 시간이 필요한 것 같다. 지친 것 같기도 하고. 끊을 게.]

성희가 전화를 끊었다.

강한은 열렬한 눈빛으로 휴대폰을 노려보다가 하늘을 올려다보 며 부르짖었다.

"이것들이 아주! 멘탈이 뭬 이리 유리 멘탈이야! 살짝만 건드려 도 다들 쪼개지다 못해 산산이 부서지겠네! 귀찮은 놈들! 성가신 놈 들!"

창가에 누워 있던 똘이가 '저 인간 놈은 또 시작이로구나.'라는 눈빛으로 강한을 지켜봤다.

"똘이!"

한참 분통을 터뜨리던 강한이 똘이를 돌아봤다.

똘이는 강한이 자신을 끌어안을까 봐 두려웠는지 황급히 소파 아래로 들어갔다.

강한은 쭈그리고 앉아 소파 밑을 들여다보며 말했다.

"나는 이제부터 할 일이 있어서 나갔다가 온다. 넌 밥만 먹고 똥 만 싸는 똥고양이지만, 오늘만큼은 집 좀 잘 지키고 있어. 혹시라 도 형님이 생각을 바꿔서 여기에 오면…… 아니, 그 옹졸하고 덩치 만 큰 놈이 생각을 바꿀 리가 없지. 하여간 집 잘 지켜!"

똘이에게 임무를 준 강한은, 준비물을 척척 챙겨 집을 나섰다.

구정 연휴가 시작되어서 그런지 동네는 평소보다 한산했다.

2월인데도 칼바람이 불어왔다.

유독 찬바람에 옷깃을 여미다가 맞은편에서 딸과 함께 걸어오는 아주머니를 발견했다.

"어이쿠, 누님. 새해 복 많이 받으십시오."

"어머, 불쾌한 씨. 오늘 아무 데도 안 가는 거야?"

"네, 저희 집은 방임주의자라서요. 이분이 미국으로 유학 가 있었다는 따님이신가요?"

"응, 이번에 오랜만에 한국에 들어왔어. 한 달 정도 쉬다가 갈 거래. 잘 부탁해."

"저야말로 잘 부탁드려야지요. 혹시 한 달 동안 귀찮은 일이라도 생긴다면 꼭 연락 주십시오. 뭐든 해 드리는 가을 심부름센터입니다."

강한은 언제나 준비해서 다니는 명함을 꺼내 딸에게 내밀었다. 딸은 어리둥절한 표정으로 명함을 받아 들었다.

"그럼 좋은 시간 보내십시오."

강한은 꾸벅 인사를 하고는 다시 걸음을 옮겼다.

멀어지는 강한을 돌아본 딸이 엄마에게 물었다.

"엄마, 저 사람 뭐야? 되게 잘생겼네."

"그치? 엄청 잘생겼지? 우리 동네 심부름센터 사장이야."

"심부름센터? 그런 거 하게 생기진 않았는데. 엄마랑 친해?"

"친하지, 그럼. 우리 집에도 종종 와서 마당 정리도 해 주고 그래."

"아아, 정말? 그럼 오늘도 뭐 하나 시켜 봐 봐. 나도 좀 친해지자."

"뭐야, 너. 저런 스타일 좋아했니?"

"응, 잘생겼잖아. 키도 크고."

"불쾌한 씨는 안 돼."

"왜? 뭐 문제 있어? 돈 잘 못 벌어서 그래?"

"그게 아니라……."

엄마가 뒤를 돌아봤다.

강한은 보따리를 바리바리 싸 들고 빠른 걸음으로 어딘가를 향하는 중이었다.

"불쾌한 씨, 이미 사랑에 빠져 있거든. 저 걸어가는 모습 좀 봐봐. 누가 봐도 사랑하는 사람 만나러 가는 모습이잖니."

*　　*　　*

"아앙. 으아앙!"

시끄럽게 우는 소리가 들려왔다.

누워 있던 가을은 일어나서 눈을 비볐다.

어느 집 아이가 이렇게 우는 걸까?

멍하게 앉아 있다가 자신이 달리는 차 뒷좌석에 있다는 걸, 우는 아이가 내 동생 하을이라는 걸 깨달았다.

앞좌석, 엄마의 품에 안긴 하을은 뭐가 그리 불만인지 칭얼거리고 있었다.

엄마는 하을을 달래느라 바빴고, 아빠는 운전을 하면서도 연신 하을을 신경 썼다.

"차가 답답해서 그런가 봐."

"어떡하지? 휴게소 좀 들를까?"

"그럼 더 늦어질 텐데."

"하을이 달래는 게 우선이지. 가을이도 깨겠다."

"아빠, 나 깼어."

가을의 목소리에 아빠가 백미러로 가을을 확인했다.

"어이구, 우리 공주님 깼어?"

"응. 배고파."

"그래, 길이 많이 막히네. 금방 휴게소니까 들러서 우동이라도 먹고 가자."

"응, 우동 좋아!"

휴게소에서 먹는 우동을, 가을은 좋아했다.

우동을 후후 불며 먹는 가을의 모습에, 지나가던 사람들이 호호 웃으며, "어린애가 우동을 맛있게도 먹네."라고 말할 때도 있었다.

가을은 고개를 돌려 차창 밖을 응시했다.

명절 연휴의 시작. 고속도로는 지방으로 내려가는 차들로 빽빽했다.

천천히 달리는 차들을 보며, 가을은 가슴 위에 고사리 같은 손을 얹었다.

왜 이렇게 가슴이 아픈 걸까?

엄마도, 아빠도, 하늘이도 같이 있는데. 가족들과 함께 할머니 댁에 가는 길인데, 왜 이렇게 혼자라는 기분이 드는 걸까?

가을은 어린아이답지 않은 한숨을 내쉬었다.

차는 휴게소에 도착했다.

하을은 너무 울어서 목소리가 쉬어 있었다.

엄마가 하을을 보듬어 안고 달래는 동안, 아빠는 가을을 위해 우동을 시키고 떡볶이와 비빔밥도 시켰다.

"일단 내가 하을이 안고 있을게. 가을이랑 밥 먹어."

아빠가 손을 내밀며 말했다.

"아니야, 자기 먼저 먹어."

엄마는 아빠를 '자기'라고 부르곤 했다.

그래서 가을은 어릴 때 가끔 아빠를 '자기'라고 불렀고, 그 모습에 친척들은 재미있다는 듯 웃었다.

"아냐, 내가 마음이 불편해서 못 먹어. 여보 먼저 끼니 좀 때워."

결국 아빠가 하을을 안아 들었다.

하을은 이제 우는 것도 지쳤는지 울음소리가 작아졌다.

저러다가 곧 잠이 들 거라는 걸, 가을은 알고 있었다.

아빠가 하을을 안고 밖으로 나가 있는 동안, 엄마와 가을은 밥을 먹었다.

"우리 가을이는 울지도 않고 씩씩하네."

"응, 나는 누나니까."

"그래, 우리 가을이는 누나니까. 그래도 가을아, 늘 참기만 하면 안 돼. 울고 싶을 땐 울고, 웃고 싶을 땐 웃고, 그렇게 살아야 하는 거야."

엄마가 가을을 다정한 눈으로 응시하며 말했다.

가을은 울고 싶었다.

엄마가 이렇게 다정하게 지켜보는데, 왜 울고 싶은 기분이 드는지 알 수 없었다.

가을은 코를 훌쩍거리며 아빠가 있는 쪽으로 시선을 돌렸다.

휴게소 앞에서 하을을 안고 있던 아빠와 눈이 마주쳤다.

아빠가 장난스럽게 웃으며 엄지를 척 들어 보였다.

여기는 문제없어! 즐겨!

그렇게 말하는 것이리라.

아빠는 종종 문제가 있을 때마다, 그렇게 말했다.

— 여기는 문제없어. 즐겨.

선반을 만들다가 엉망이 되었을 때도, 요리를 하다가 태웠을 때도, 걱정스럽게 다가서는 엄마나 가을에게, 늘 그렇게 말했다.

그래서 가을은 우리 가족에게는 무슨 일이 생겨도 문제가 없고, 어떤 사건이 터져도 즐길 수 있을 거라고 생각하며 살아왔다.

쭉 그랬는데.

왜 이러지? 왜 이렇게 즐길 수 없는 큰 문제가 생긴 것만 같은 기분이지?

딩동—

초인종이 울렸다.

휴게소인데 웬 초인종 소리람?

"어머. 누가 왔나 보다."

엄마는 휴게소에서 초인종 소리가 들린다는 게 이상하지도 않은

지, 생긋 웃으며 말했다.

'그러고 보니, 우리 엄마. 참 젊고 예쁘네. 나랑 나이 차이가 별로 안 나는 것 같아.'

나이 차이가 별로 안 날 리 없는데, 그렇다는 생각이 들었다.

딩동—

또 초인종이 울렸다.

"얼른 나가 봐야겠다, 가을아."

엄마가 말했다.

"나가긴 어딜 나가? 여기 휴게소인데."

"여기 휴게소라니. 휴게소 아니야."

엄마의 말에 주위를 둘러봤더니, 정말로 휴게소가 아니었다.

사람들은 사라지고 아빠와 하을이도 어디로 갔는지 보이지 않았다.

가을과 엄마는 아무도 없는, 빛도 들어오지 않는 어둡고 좁은 어느 공간에 마주 앉아 있었다.

한 치 앞도 보이지 않을 만큼 어두운데, 엄마의 모습은 또렷하게 보이는 게 이상했다.

"가을아. 얼른 나가 봐."

"싫어. 나가기 싫어. 난 여기에 있을 거야."

"여기는 문제없어."

"아니야, 엄마. 문제가 없지 않아. 엄마, 있잖아. 있잖아, 엄마."

이제야 깨달았다.

이것이 꿈이라는 걸.

현실은 너무도 큰 문제가 있는 삶이라는 걸.

"엄마. 내가 엄마랑 아빠를 죽게 만들었어. 나 때문에 하을이까지 죽었어. 문제가 많아. 너무 많아, 엄마."

"아니, 문제는 하나도 없어. 엄마랑 아빠랑 하을이는 아무 문제도 없어. 문제가 있는 건 네 생각이야. 문제가 많다고 생각하는 네 생각."

"하지만 나 때문에 죽었잖아! 우리 가족이 나 때문에 죽었잖아!"

절규하듯 말하는 가을을 지켜보는 엄마의 표정이 슬퍼졌다.

엄마가 손을 뻗어 가을의 뺨을 어루만졌다.

"내 딸이 정말로 그렇게 생각한다면, 우리는 슬플 거야. 그게 우리의 문제가 되겠지."

"엄마……."

딩동—

또 초인종이 울렸다.

엄마가 가을에게서 손을 떼고 말했다.

"어서 나가 봐, 가을아. 우리는 아무 문제없으니까."

번쩍—

가을은 눈을 떴다.

익숙한 천장이 눈에 들어왔고, 딩동, 딩동, 초인종이 계속 울렸다.

가슴이 쓰렸다.

슬픈 꿈을 꾼 것 같은데 잘 기억이 나지 않았다.

오랜만에 가족들을 만난 것도 같고, 엄마와 대화를 했던 것도 같았다.

꿈을 꾸면서 울었는지 눈가가 촉촉했다.

손등으로 눈물을 닦으며 침대에서 일어났다.

누구냐고 묻지도 않고 현관문을 열었다.

강한이 서 있었다.

어째서인지 초인종 소리를 들을 때부터 이 남자일 거란 예상은 했다. 하지만 정작 강한을 앞에 두니 당황스러웠다.

"뭐예요?"

"지금 몇 신데 아직까지 자?"

"왜 온 거예요?"

"오늘 만두 먹기로 했잖아."

"아까 안 간다고 했잖아요. 앞으로도 안 갈 거라고도 했고요."

"몰라, 그런 거. 오늘 안 온다는 소리만 듣고 큰 충격을 받아서, 그 이후에 뭔 말을 했는지 못 들었어."

"정말 순 제멋대로야."

"괜찮아. 난 잘생겼으니까."

"돌아가요."

"싫어."

"대장, 이러지 좀 말아요."

"성가시다는 듯이 말하지 마. 지금 성가신 게 누군데 그래? 오늘 만두 먹기로 했는데 네가 안 왔잖아. 그래서 이 몸이 몸소 찾아왔고. 그게 얼마나 성가신 일인지 생각해 봤어?"

"누가 찾아오래요? 그런 부탁하지도 않았어요."

"그런 부탁 안 해도 찾아와 주었으면 하는 마음이 있었다는 거다 알아. 감사하도록 해. 내 독심술은 아주 비싸니까."

"가세요."

"안 가! 못 가!"

강한이 언성을 높였다.

"신고할 거예요."

"신고하려면 해 봐! 내가 무서워할 것 같아? 경찰이 뭔데 날 잡아가? 아무도 날 못 잡아가!"

강한의 목소리가 컸기 때문에, 가을은 무엇보다 다른 집들이 시끄럽다고 항의를 할까 봐 걱정됐다.

강한 역시 그것을 노리고 이러는 게 틀림없었다.

강한이 뭘 노리는지 알면서도 그가 노리는 대로 따라 줄 수밖에 없었다.

남에게 민폐를 끼치는 건 딱 질색이니까.

"일단 들어와요."

가을이 옆으로 비켜서자, 강한은 거절도 하지 않고 얼른 안으로 들어왔다.

"집 꼴이 이게 뭐야!"

"어제 청소했거든요."

"그래, 아주 깨끗하네! 내가 할 일이 하나도 없겠어!"

"……대장, 할 말 없으면 그냥 말하지 마요."

강한이 들고 온 보따리를 식탁 위에 내려놨다.

"일단 만두 먹자."

"대장은 만두랑 원수졌어요? 왜 그렇게 만두 타령이에요?"

"만두피 한 장, 한 장 내 손으로 직접 밀어서 만든, 돈 주고도 살수 없는 내 정성이 가득한 만두야. 타령을 안 할 수가 없지."

강한이 만두를 담아 온 반찬통을 꺼내 뚜껑을 열었다.

참 예쁘게도 빚은 만두가 가지런히 들어 있었다.

새삼 이 남자는 못 하는 게 없다는 생각이 들었다.

"만두, 잘 빚으시네요."

"그래. 널 위해 빚은 거야. 감격의 눈물이라도 좀 흘려 봐."

다른 사람이 한 말이라면 입바른 소리라고 넘겨들었을 것이다.

하지만 강한이 입바른 소리를 하지 않는다는 걸 알기에, 가을은 입을 꾹 다물었다.

날 위해 빚은 거구나.

그렇게 믿을 수밖에 없었고, 그렇게 믿고 싶지 않았다.

막 쪄서 온 건지, 만두에서는 김이 모락모락 났다.

맛있는 냄새를 맡자, 이런 기분 중에도 허기가 졌다.

"먹자."

멋대로 찬장을 뒤져 수저를 꺼내 온 강한이 말했다.

둘은 좁은 식탁에 마주 보고 앉았다.

만두를 잘라서 한 입 먹은 가을은, 저도 모르게 중얼거렸다.

"맛있다."

"당연히 그래야지."

강한이 놀랍지도 않다는 듯 대꾸했다.

가을의 취향을 생각한 김치만두였다.

고기가 잔뜩 들어간 김치만두는 정말로 맛있었다.

집에서 만든 만두를 먹는 건 참으로 오랜만이었다.

"어릴 때, 명절이면 꼭 만두를 했어요. 떡만둣국."

"보통 그렇게들 먹지."

"네. 친척들 다 모여서 만두를 빚고, 저는 옆에서 밀가루 반죽으로 장난치고, 그랬었어요."

그 정경을 떠올리면 눈물이 날 것 같아, 가을은 거기까지만 말하고 묵묵히 만두를 먹었다.

맛있는 걸 먹어서인지 기분이 조금 나아졌다.

꽤 많은 양의 만두를 둘이서 다 먹었다.

"잘 먹었어요, 대장. 고마워요."

이번에는 솔직하게 감사 인사를 했다.

강한은 가을을 물끄러미 응시하다가 말했다.

"좋아, 그럼 세배를 받아 보자."

가을이 미간을 찌푸렸다.

"세배요?"

"말했잖아. 세배 받을 거라고."

"아, 무슨 세배예요. 대장이랑 나랑 나이가 몇 살이나 차이 난다고."

"몇 살이 차이 나도 내가 웃어른인 건 변함이 없잖아. 뭐야, 먹튀야?"

"여기서 먹튀가 왜 나와요?"

"김치만두 맛있게 해서 먹여 줬더니, 세배도 안 하겠다고 하는데 그게 먹튀지, 뭐."

"세배 받고 싶어서 김치만두 해 준 거였어요?"

"당연한 거 아냐? 명절에 어른들이 왜 그렇게 쌔빠지게 요리를 해 대겠어? 그게 다 맛있는 거 먹이고, 세배 받으려고 그러는 거잖아!"

"아, 그래요? 전혀 몰랐네요."

강한이 저 좋을 대로 해석하는 일은 늘 있는 일이라, 가을은 체념한 듯 중얼거렸다.

"그러니까 해. 나는 만두 값으로 세배를 받아야겠어."

가을은 입을 꾹 다물고 강한을 쏘아봤다.

강한은 가을이 째려보는 눈빛 따위에는 조금도 영향을 받지 않았다.

이미 바닥에 앉아서 세배 받을 준비를 하는 강한의 모습에, 가을은 저 남자를 이길 수 없다는 걸 다시금 깨달았다.

"알겠어요. 세배 받으면 가야 돼요."

"걱정 마. 좁아터진 집에 계속 있고 싶지도 않으니까."

"아, 진짜 말 밉게 하시네."

"말 밉게 하는 건 최가을이 세계 최고지."

가을은 콧등을 실룩거리며 강한의 앞에 섰다.

일단 두 손을 가지런히 모으고 서기는 했지만, 세배를 하려니 얼굴이 간질거렸다.

'그러고 보니, 세배라는 걸 해 본 지도 되게 오래됐네.'

세배는 엄마, 아빠가 살아 계실 때가 마지막이었다.

그 후에는 세배를 할 만한 일이 없었다. 명절에 친척들이 다 모여도, 가을은 늘 소외를 당했으니까. 가을의 세배를 받고 싶어 하는 친척은 아무도 없었으니까.

기분이 다시 가라앉았다.

이 표정을 들키기 전, 가을은 얼른 두 손을 이마에 대고 엎드렸다.

엎드린 순간 아차 싶었다.

이건 여자가 하는 세배가 아니다.

잔소리 좋아하는 강한이 한 소리 할 거라고 생각하며, 말했다.

"새해 복 많이 받으세요, 대장."

"그래."

의외로 강한은 지적하지 않았다.

"너도 새해 복 많이 받아. 작년에 참 고생 많았다. 엿 같은 세상에서 너는 정말 잘 살아남았어. 예쁘게도 살아남았어. 내년에는 아마더 예뻐질 거고, 훨씬 더 괜찮아질 거야. 네가 하는 모든 일이 전부네가 원하는 대로, 잘 흘러가기를 바란다."

엎드린 채로 일어날 수가 없었다.

담담하게 덕담을 해 주는 그의 음성이 눈처럼 가을의 가슴 위에 쌓였다. 모든 걸 희게 덮는 눈인데, 그것은 조금도 차갑지 않았다.

오히려 뜨거웠다.

뜨거워서, 가슴이 아릴 정도로 뜨거워서.

눈물이 흘러내렸다.

잘 참고 있었는데, 긴장할 새도 없이 펑펑 흐르는 눈물을, 가을은 멈출 수가 없었다.

"아, 진짜 싫어."

가을은 이마에 손을 대고 엎드린 채로 말했다.

"아, 정말…… 정말 이런 거 너무 싫어."

도망치려고 하면 할수록, 강한은 더 따뜻해졌다.

밀어내려고 하면 할수록, 강한은 더 다정해졌다.

나는 살아갈 자격이 없는데도, 강한은 자꾸만 살아갈 자격을 만들어 주었다.

나는 외로워야 하는데, 강한은 자꾸만 가을의 얼어붙은 세계로 들어왔다.

"정말 싫어요, 이런 거. 대장, 정말 싫어요."

"왜 싫어? 세뱃돈도 준비했는데! 세뱃돈이야말로 이 시대의 진정한 꽁돈이잖아!"

"아, 진짜. 대장이 미워요."

가을이 우는 걸 알면서도 모르는 척해 주는 강한이 좋았다.

좋아서 싫었다.

"왜 이렇게까지 해 줘요? 내가 가을 심부름센터에 다니면서, 전부 다 엉망이 됐잖아요. 나 때문에 다들 걱정만 하고, 우울해하잖아요. 그런데 왜 이렇게까지 해 주는 거예요, 정말?"

"엉망이 된 게 뭐가 있는데? 똘이는 네 덕에 더 이상 집을 나가서 주인을 찾아 헤매지 않게 됐고, 구미호는 예전보다 자주 심부름센터에 오게 됐어. 캡은 꾹 눌러쓰고 있던 모자를 벗었고, 성희는 드디어 꾹꾹 참고 있던 감정을 내보였어. 그리고 나는."

거기까지 말하고 강한은 말을 멈췄다.

아직도 엎드려 있는 자그마한 가을을 물끄러미 응시하던 강한이 다시 입을 열었다.

"나는 아주 유쾌해."

"거짓말 마요. 유쾌하다는 사람이 매일 그렇게 찡그리고 있어요?"

"난 원래 웃을 줄 몰라."

강한의 대답에, 가을은 비로소 고개를 들었다.

강한은 언제나처럼 찡그린 표정이었다.

한없이 다정한 눈빛이지만 화가 난 듯, 불쾌한 듯 찌푸린 표정.

그제야 가을은 강한에게도 웃을 수 없도록 만드는 무언가가 있을지도 모르겠다는 생각을 했다.

가을에게 호흡 곤란이 있는 것처럼, 연진이 모자를 벗지 못했던 것처럼, 성희가 화를 내는 것처럼, 강한에게도 무언가가 있는 것이다. 차마 말할 수 없는 무언가가.

가을은 손등으로 눈물을 닦아 냈다.

묻고 싶었다.

대장은 무슨 일이에요? 왜 웃을 수 없게 된 거예요?

하지만 묻지 않았다.

그것을 묻는 순간, 더는 그에게서 벗어날 수 없게 될 것만 같았다.

삶에 욕심이 생기게 될 것만 같았다.

나는 속죄해야 하는데, 행복해지면 안 되는데, 그런 생각이 사라지게 될 것 같아서 목구멍까지 나온 질문을 꿀꺽 삼켰다.

가을의 생각을 아는지 모르는지, 강한이 바지 주머니에 반으로 접어 넣어 놓았던 하얀 봉투를 꺼내 내밀었다.

"자, 세뱃돈이야."

가을이 울음을 멈추고 감정을 추스르고 앉은 지 한참이 지났다.

가을과 강한은 좁은 집에 마주 앉아 아무 말도 안 하고 있었다.

가을은 자신의 앞에 놓은 흰 봉투를 응시했다.

봉투에는 세뱃돈이라고, 강한의 글씨체로 쓰어 있었다.

언제 봐도 달필이었다.

'달필을 떠나서……'

가을은 고개를 들어 강한을 응시했다.

강한은 언제나처럼 찡그린 인상으로 앉아 있었는데, 딱히 하고 싶은 말이 있는 것처럼 보이지는 않았다.

"저기요, 대장. 그런데 왜 안 가세요?"

가을의 질문에 강한이 미간을 모았다.

"뭐야? 우리 화해한 거 아니었어?"

"아니, 화해고 뭐고 간에…… 이제 할 일 다 끝났으니까 가셔야죠."

"넌 사람이 왜 이렇게 정이 없어? 볼일 끝났으면 쫓아내는 거야?"

"대장은 소중한 고객님이 볼일 끝난 후에도 계속 앉아 있으면 좋겠어요?"

"당연하지! 나는 고객님을 내 몸보다 아껴! 고객님이라면 우리 심부름센터에 한 달이든, 일 년이든 있어도 돼!"

"정말요?"

가을이 눈을 가늘게 뜨자, 강한이 입을 다물었다.

절대로 그렇게 생각하지 않는 게 분명했다.

"아무튼 얼른 가세요."

"아, 왜 자꾸 쫓아내려고 해? 나 보내고 뭐 하려고?"

"내가 그런 것까지 일일이 말해 줘야 돼요? 그리고 우리 집 좁아
터졌다면서요? 이 좁아터진 집에 왜 그렇게 있으려고 해요?"

"뭐야? 그런 걸 마음에 담고 있던 거였어? 하여간 다들 유리 멘탈
에 속은 밴댕이라니까."

강한은 고개를 절레절레 저으며 덧붙였다.

"넓어. 이 집 아주 넓어서 축구를 해도 되겠어. 넌 나중에 애 낳으
면 이 집에서 축구나 시켜라!"

가을은 황당하다는 눈으로 강한을 응시했다.

이렇게 한결같은 남자는 처음 봤다.

정말 한결같은 또라이다.

"대장, 얼른 가요. 나, 할 일 있어요."

"진리성 만나러 가게?"

"……네. 약속했으니까요. 말리지 마요. 이미 계약했고 돈도 입
금했으니까."

"그래, 돈 들어왔더라. 900만 원. 아주 대단한 청년이야. 사랑에
그렇게 큰돈을 펑펑 쓰다니. 사랑할 자격이 있어! 있고 말고!"

"아, 그러세요."

"넌 역시 우리 가을 심부름센터의 마스코트야. 네 덕에 심부름센

터의 재정에 숨통이 트였어. 그러니까 오늘은 내가 에스코트해 주지. 마스코트를 에스코트해 주겠다, 이거야. 오, 이거 라임 좋은데?"

"이럴 때 보면 진짜 아저씨 같다니까."

가을의 중얼거림에 강한은 말도 못 하게 큰 충격을 받은 듯했다. 눈을 부릅뜨고 가을을 쏘아보던 강한이 외쳤다.

"너도 아줌마야, 왜 이래!"

"알겠어요, 아저씨. 아줌마라고 부르고 싶으면 부르시고요. 아저씨 개그는 가서 고객님들한테나 하세요. 전 일하러 나갈 테니까."

"에스코트해 주겠다니까 그러네. 내 에스코트는……."

"돈 주고도 살 수 없는 거겠죠."

"그래, 맞아. 잘 알고 있네. 난 네가 똑똑해서 좋아."

아무 의미 없이 툭 던진 말일 텐데, 그가 말한 '좋아.'라는 표현이 가을의 심장을 콩 두드렸다.

성미 때문에 다시 차게 식은 가을의 심장에 분홍색 온기가 퍼지려 했지만, 가을은 주먹을 꽉 쥐고 마음을 다잡았다.

"내가 아무리 에스코트 필요 없다고 해도 해 줄 거죠?"

"오, 역시 날 너무 잘 알아."

이쯤 되면 짓궂은 미소라도 지을 법한데, 강한은 여전히 찡그리고 있었다.

가을은 강한의 조각 같은 얼굴을 물끄러미 올려다봤다.

'대장은 역시 웃을 수 없는 뭔가가 있는 거겠지.'

단 한 번도 그런 티를 낸 적은 없지만, 농담을 하는 순간에도 미소 짓지 못하게 하는 상처가 있을 거라고 생각했다.

"알겠어요, 그럼. 오든지 말든지 마음대로 하세요. 일단 전 좀 씻고 나갈 준비를 해야 할 텐데, 괜찮으시겠어요?"

"뭐가?"

"제가 막 씻고 나와서 촉촉하게 젖은 머리로 올려다봐도 안 덮칠 자신 있냐고요."

"……!"

강한이 경악 어린 표정으로 가을을 쳐다봤다.

'너 대체 뭔 헛소리야?'라는 마음의 소리가 고스란히 전해져 왔다.

물론 농담으로 던진 말이지만, 저런 표정을 지으니 기분이 영 별로였다.

가을은 자기가 던진 농담에 자기가 상처를 받고는 투덜거리며 욕실로 들어갔다.

방음이 잘 안 되는 방이라서 가을이 옷 벗는 소리와 물 트는 소리가 고스란히 들려왔다.

강한은 두 손에 얼굴을 묻으며 중얼거렸다.

"미치겠네, 진짜. 저렇게 귀여운 건 좀 반칙 아냐?"

* * *

오랜만의 휴가.

리성은 구정이지만 본가에 가는 대신 집에서 게임을 하는 중이었다.

리성이 연휴에 쉰다는 걸 몰랐던 리성의 부모는 예약해 놓았던 해외여행을 떠난 터였다.

차라리 잘 됐다고, 리성은 생각했다.

지금은 부모님을 만나고 싶지 않았다.

정훈이 부모님에게 리성의 일거수일투족을 보고한다는 건 알고 있었다.

그동안은 그게 거슬린 적 없었다.

리성을 많이 아끼고 감싸는 부모님이니까, 리성에 대해 더 많이 알고 싶은 건 당연하다고 생각했다. 아낌없는 지원을 해 주고 항상 리성의 편이 되어 주는 부모님에게 감사한 마음도 있었다.

하지만 가을을 사랑하게 된 후로는 정훈의 감시와 참견이 거슬 렸다.

특히 최근에는 정훈이 가을과 만날 때마다 예민하게 굴었다.

정훈의 잘못은 아니다. 그것이 정훈의 일이고, 정훈은 그저 리성의 아버지가 지시하는 대로 움직일 뿐이니까.

하지만 리성과 함께 있는 시간이 더 많은데도 아버지의 뜻대로 만 움직이는 정훈이 조금씩 원망스러워지고 있었다.

"형."

정훈은 소파에서 만화를 보는 중이었다.

"응? 왜? 뭐 사다 줄까?"

정훈이 만화책을 접으며 물었다.

"아니, 계속 여기 있을 거야?"

"그래야지, 당연히."

"나 쉬는 날인데, 형도 좀 쉬지."

"이게 쉬는 거지, 뭐."

리성은 속으로 한숨을 삼켰다.

좋게 말하고 넘어가려고 했는데 아무래도 안 되겠다.

"형, 잠깐 자리 좀 피해 줬으면 좋겠어. 곧 손님이 오거든."

"손님? 누구?"

"누구인지까지 알 거 없잖아. 9시쯤 왔다가 12시에는 갈 거야. 어쩌면 그보다 더 오래 있을지도 모르고. 돌아가면 연락할게. 자리 좀 피해 줘."

최대한 좋게 말했는데 정훈의 표정이 굳었다.

정훈은 미소를 지우고 리성을 빤히 응시했다.

"리성아, 너. 설마…… 여자를 부른 거냐?"

"여자든, 남자든. 내가 쉬는 날 찾아오는 손님까지 형이 참견하면 안 되지."

"참견할 수밖에 없지. 나는 네 매니저이기도 하지만, 부모님 부탁을 받은 보호자 대신이기도 해."

"하."

말이 통하지 않았다.

리성은 헛웃음을 흘렸다.

"형, 그게 웃긴다는 거야. 나, 이제 보호자 필요한 나이 아니야. 그럴 나이, 지나도 한참 전에 지났어. 그렇다고 내가 부모님한테 손 벌리고 사는 것도 아니고. 경제적으로도 독립했어. 그런데 보호는 무슨 보호야?"

"그렇게 말하면 안 돼, 진우야. 대표님이 널 얼마나 아끼는지 알잖아."

"알아. 그런데 이건 도를 넘었어. 나, 이제 슬슬 짜증이 나려는 참이야. 나, 지금까지 문제 일으킨 적 없어. 이쯤 되면 믿어줄 만도 하지 않아?"

"널 못 믿어서가 아니라……."

"형, 형도 한발 물러서서 생각해 봐. 항상 감시당하는 기분을 느끼는 내 기분이 어떨지."

리성의 차가운 눈빛에 정훈은 상처를 받은 한편 답답하기도 했다.

너 때문이 아니야. 최가을 때문이지. 그 애의 가족을 네가 죽였어. 실수이기는 했지만, 어쨌든 네 실수로 그 애의 가족들이 죽었어. 네가 그걸 알게 되면 착한 너는 크게 충격을 받을 거야.

혹시라도 사람들의 말실수로, 혹은 눈치챈 사람들의 접근으로, 네가 상처를 받게 될까 봐 이러는 거야. 널 못 믿는 게 아니라, 네 과거를 이용할지도 모르는 세상을 못 믿는 거야.

진실을 이야기할 수는 없었다.

"이제 곧 9시야."

리성이 나른한 눈으로 벽시계를 확인하고 말했다.

"그만 나가 줘. 친구 돌아가면 연락할게."

더 이상 밀어붙이면 리성이 폭발할 것 같았다.

화를 잘 내지 않는 사람이 한 번 화를 내면 얼마나 무서운지 알고 있었다.

"알겠다, 멀리 가 있지는 않을 거야."

"그건 알아서 해."

리성이 체념한 듯 말했다.

정훈은 리성을 한 번 쳐다보고는 집에서 나와, 바로 문 앞에 대기했다.

트럭을 운전하며, 강한은 가을을 흘긋 돌아봤다.

가을은 무슨 생각을 하는지, 차창 밖으로 시선을 둔 채 말이 없었다.

말을 걸어 볼까 하다가 관두었다.

가을에게는 생각할 시간이 아주 많이 필요했다.

성미가 무슨 말을 했는지는 모르겠지만, 아마도 부모님의 죽음과 관계된 이야기를 했을 것이다. 그것이 아니고서는 가을이 저토록 벽을 칠 리 없으니까.

강한이 가을의 얼어붙은 심장을 녹이기 위해 해 줄 수 있는 일은 제한되어 있었다.

결국은 가을의 문제였고, 가을이 해결해야만 했다.

사실은 가을에게 생각할 시간을 주고 싶지 않았다.

생각하지 마. 그냥 내가 하라는 대로 해. 네 문제는 내가 알아서 다 해 줄게. 그냥 나만 믿어.

자신이 원하는 대로 가을을 이끌고 싶다는 것이, 강한의 솔직한 마음이었다.

그러나.

'나는 최가을을 행복하게 해 줄 수 없어.'

가을은 자기가 모든 걸 망쳤다고 했지만, 그 말은 강한이 하고 싶은 말이었다.

내가 모든 걸 망쳤다.

가을이 예전보다 더 어두워지게 만들고 말았다.

성희 또한 그 사건 직후에 그랬던 것처럼 은둔에 들어갔다.

나는 늘 그렇다.

항상 그렇다.

리성은 펜트하우스에 살고 있었다.

주차장에 차를 세우고 올라갔더니, 복도에 낯익은 남자가 서 있었다.

정훈이었다.

정훈은 강한과 가을이 엘리베이터에서 내리는 것을 보고는 눈살을 찌푸렸다.

"역시 당신이었군."

정훈이 가을을 노려보기에, 강한은 슬쩍 정훈과 가을 사이를 막았다.

"제 마스코트가 오늘 여기에 볼일이 있다고 해서 찾아왔는데, 무슨 문제라도 있으십니까?"

"리성이가 당신도 불렀나?"

정훈이 강한을 노려보며 물었다.

"우리는 원플러스원이거든요."

강한의 장난스러운 태도에 정훈의 눈에는 미미한 분노가 떠올랐다. 하지만 강한은 눈썹 하나 꿈틀하지 않고 초인종을 눌렀다.

리성이 문을 열었다.

"가을이 누나!"

반갑게 외치며 나왔지만, 리성의 눈에 보인 것은 강한이었다.

강한은 고객님을 대할 때처럼 상냥한 어투로 말했다.

"고객님, 원하셨던 우리의 마스코트를 에스코트해 왔습니다."

"아…… 그러세요?"

지난번에 봤을 때와는 분위기가 완전히 달라진 강한의 모습에, 리성은 조금 당황한 듯했다.

"21시부터 24시까지, 한 달간 우리 마스코트의 시간을 사셨지요. 보내 주신 돈은 아주 잘 받았습니다."

상냥한 말투지만, 묘하게 비아냥거리는 듯한 느낌이 들었다.

리성이 가을을 샀다는 걸 몰랐는지, 정훈은 경악에 찬 눈으로 리성을 보고 있었다.

리성은 정훈의 시선을 무시하며 씩 웃었다.

"네, 잘 받았다니 다행이네요. 그럼 가을이 누나, 이리 보내 주세요. 벌써 21시가 되어 가고 있으니까."

"이런, 이런. 뭔가 오해하시는 모양인데요, 우리 마스코트는 대장인 저와 늘 원플러스원입니다. 혼자 보내지는 않아요."

가을은 묵묵히 강한의 행동을 지켜보고 있었다.

이대로 리성이 넘어간다면, 그건 그것대로 좋았다.

리성과 단둘이 있는 시간은 숨 막힐 것이 틀림없기 때문이다.

리성은 여전히 웃는 낯으로 말했다.

"저는 가을이 누나만 샀어요. 원플러스원 중에 하나는 필요 없거든요."

"물론 필요 없으시겠지요. 하지만 필요 없다고 해서 갖지 않을 수 있는 게 아닙니다. 마트에 가 보세요. 원플러스원 행사 상품 중에 하나만 떼어 버릴 수 있나."

"전 충분히 떼어 버릴 수 있는데요."

"이런, 이런. 우리 고객님은 참 욕심도 없지. 우리 가을 심부름센터의 고객님이 될 자질이 충분합니다, 역시!"

리성은 강한이 성희와는 다르게 상대하기 어려운 인물이라는 것을 깨달았다.

어떤 말을 해도 이 남자의 말문이 막히게 하지는 못할 것이다. 오히려 이 남자 때문에 이쪽의 말문이 막힐 지경이니까.

리성은 가을을 돌아봤다.

가을은 무슨 생각을 하는지 알 수 없는 표정으로 강한의 옆에 조용히 서 있었다.

"누나. 이러면 곤란해."

리성이 가라앉은 음성으로 말했다.

"난 이런 식으로 계약한 게 아니었어. 누나도 알 거야."

"내외는 서낭……."

"됐어요, 대장. 그만해요."

가을이 말했고, 강한은 입을 다물었다.

이 상황이 리성은 몹시도 짜증 났다.

강한은 마치 가을의 보호자처럼 굴고 있었고, 가을은 그 사실을 자연스럽게 받아들이는 것처럼 보였다.

"저, 혼자 들어가도 돼요. 대장, 데려다줘서 고마워요."

"데려다준 게 아니라 에스코트야. 그리고 계약서에 도장이나 제대로 받아 와."

강한이 고집스럽게 말하자, 가을이 옅은 미소를 지었다.

"네, 마스코트를 에스코트해 줘서 고마워요. 그러니까요, 대장. 가세요. 저, 들어가 볼게요. 계약서 도장, 꼭 받아 갈게요."

강한은 잠시 가을을 내려다보다가 어깨를 으쓱하고는 옆으로 비켜섰다.

가을은 안으로 들어갔고, 문이 닫혔다.

복도에는 정훈과 리성만 남아 있었다.

리성이 가을을 돈 주고 샀다는 사실에, 정훈은 여전히 충격을 받은 상태였다.

'리성이가 왜 이렇게 변한 거지?'

정훈은 리성의 변화를 믿을 수가 없었다.

'역시…….'

정훈은 가을이 들어간 문을 노려봤다.

'역시 처리하는 수밖에 없겠어.'

리성이 이렇게 변한 건 가을 때문이다.

가을만 아니었어도 리성은 언제나처럼 예의 바르고, 부모에게 반항하지 않는 착한 아들로 살아갔을 것이다.

가을을 사랑하게 되고, 가을을 손에 넣기 힘들어지면서부터 리성이 조금씩 변하기 시작했다.

'사람을 구해 봐야겠군. 최대한 은밀히 처리해 줄 수 있는 놈으로.'

결심을 굳혔다.

리성을 위해 뭐든 할 수 있지만 아직까지 살인을 해 본 적은 없었다.

남에게 맡긴다고 해서 자신의 손이 더러워지지 않는다고는 생각하지 않는다.

최대한 피하고 싶었는데, 일이 이렇게 돌아가고 있으니 더는 어쩔 수 없었다.

오늘 당장이라도 가을이 쓸데없는 소리를 해서, 리성이 잊은 과거의 기억을 불러올 수도 있었다.

그런 일이 벌어져서는 절대로 안 된다.

"이거, 이거."

그때, 맞은편에서 들려오는 목소리에 소스라치게 놀랐다.

강한이 삐딱하게 벽에 기대어 서서 정훈을 노려보고 있었다.

생각지도 못한 강한의 강렬한 눈빛에, 정훈은 찔끔했다.

그만큼 강한의 눈빛은 깊고 어두웠으며 농도가 짙었다.

강한은 눈도 깜빡이지 않고 정훈을 노려보며 말했다.

"못된 생각을 하는 표정인걸."

*　　*　　*

리성이 사는 펜트하우스는 깜짝 놀랄 만큼 넓고 고급스러웠다.

하지만 가을은 그런 걸 감상할 마음의 여유가 없었다. 리성과의 3시간을 조용히 잘 보내고 넘어갈 생각뿐이었다.

가을의 기분이야 어떠하든, 리성은 기분이 좋은 듯했다.

계약서에 도장을 찍어서 건넨 리성은 행복한 강아지 같은 표정을 짓고 있었는데, 만약 꼬리가 달렸다면 붕붕 보이지 않는 속도로 움직였을 거라고, 가을은 생각했다.

"누나, 뭐 마실래? 배고프진 않아?"

리성은 어제 가을을 협박한 적이 없다는 듯 행동하고 있었다. 그런 리성의 모습은 가을을 조금 당혹스럽게 했고, 리성에 대해 다시 생각해 보게 만들었다.

'이 정도는 뻔뻔해야 연예인을 하는구나.'

"나는 배고프지도 않고 목이 마르지도 않아."

가을의 대답에 리성이 싱긋 웃었다.

"그럼 우리 이제 뭐 할까?"

"그건 네가 정해야지."

"누나가 하고 싶은 걸로 하고 싶은데. 우리 집에 놀 거리 많아. 게임기도 있고, 보드게임도 있고, 영화 보고 싶으면 영화 한 편 봐도 되고."

"네가 하고 싶은 걸로 해. 나는 여기서 딱 3시간만 채우고 돌아갈 거니까."

"그래, 알겠어. 그럼 우리 게임하자."

리성이 게임 기계를 작동시키고, 가을에게 패드 하나를 넘겼다.

"총 싸움 하는 거야. 이런 거 해 본 적 있어?"

"없어."

당연히 없다.

게임기를 가지고 놀 나이에, 가을은 친척 집에서 눈칫밥을 먹으며 살아가고 있었다.

하루, 하루를 버티는 것만으로도 벅찼던 시기였다.

"이걸로 쏘면 되고, 이걸로 이동하면 돼. 이건 장전하는 거고."

리성이 게임 패드의 버튼을 가리키며 열심히 설명했다.

곧 게임이 시작되었다.

처음 하는 거라 익숙하지 않아서 몇 번이나 죽었지만, 리성은 짜증 한 번 내지 않았다.

"걱정 마, 누나. 내가 죽지 않게 지켜 줄 테니까."

리성은 이런 상황에서도 정말로 게임에 집중을 하는 것 같았다.

잠시 TV 화면에서 눈을 떼고 리성을 돌아봤다.

리성은 신나서 적들을 향해 총을 쏘고 있었다.

'하을이가 살아 있었다면 이런 분위기였을까?'

가을도, 하을도 너무 어려서 서로 정을 붙이기도 전에 떠난 동생을 떠올렸다.

하을의 얼굴은 잘 기억나지 않았다.

사실 엄마와 아빠의 얼굴도 기억나지 않았다.

가을에는 그 흔한 가족사진 한 장 남아 있지 않았다.

불이 났을 때 전부 타 버렸던 것이다.

가을의 손이 멈췄다는 걸 깨달은 리성이 가을을 돌아봤다. 가을은 금방이라도 울 것 같은 표정을 짓고 있었다.

리성이 걱정스럽게 물었다.

"누나, 왜 그래?"

"아냐, 아무것도."

"아무것도 아닌 게 아니잖아."

리성이 게임 패드를 내려놨다.

TV에서는 여전히 적들이 접근하는 소리가 시끄럽게 울리고 있었다.

"누나는 가끔 그렇게 슬픈 표정을 지어. 예전에는 몰랐는데, 요새는 알겠어. 무슨 일, 있는 거야?"

"아냐, 아무 일도 없어. 게임이나 하자."

"누나가 그런 표정을 짓고 있는데 어떻게 게임을 해?"

가을은 패드를 손에 꽉 쥐고 리성을 돌아봤다.

"리성아. 나는 여기 일하러 온 거야. 3시간 동안의 데이트. 고객님인 너는 내 걱정을 해 줄 이유 없어. 그냥 네가 원했던 3시간을 즐기면 돼."

가을의 차가운 대응에 리성은 잠시 상처받은 표정을 지었지만, 곧 미소를 지었다.

"그래, 맞아. 3시간의 데이트를 해 주러 온 거지. 나는 고객님이고."

미소 띤 얼굴과 달리 목소리는 쓸쓸했다.

"알겠어, 그럼. 그냥 게임이나 할게."

"응."

다시 게임을 시작했다.

그 후 몇 시간, 둘 사이에는 대화가 없었다.

이윽고 12시가 되었을 때, 가을은 아직 게임이 진행 중인데도 게임패드를 내려놨다.

"12시야. 그만 가 볼게."

리성이 놀란 표정으로 가을을 돌아봤다가 쓴웃음을 지었다.

"우와, 시계만 보고 있었나 보다. 엄청 정확하네."

"추가 근무, 별로 안 좋아하거든."

"야근 수당을 준다고 하면?"

"난 돈보다는 내 시간이 더 소중해서. 내일도 여기로 오면 돼?"

"응, 내일까지는. 모레부터는 촬영장에 있을 거야."

"촬영장? 그럼…… 배우들이 이상하게 생각하지 않겠어?"

"누나는 나랑 계약했잖아. 그런 부분까지 신경 쓰고 싶지 않아."

고집스럽게 말하는 리성을 가만히 노려보던 가을은, 이러는 중에도 계속 시간이 흘러감을 깨닫고 일어났다.

"알겠어, 그럼. 내일 봐."

가을은 미련 없이 현관문으로 향했다.

가을이 나간 후, 리성은 두 손으로 얼굴을 가렸다.

리성의 얼굴에 묻어 있던 미소가 깨끗이 사라졌다.

'이러려던 게 아닌데.'

정말로 네이브를 하듯이 행동하려고 했다.

가을을 협박하듯 말하는 건 어제로 충분했다.

앞으로는 정말 잘해 줘야지, 나한테 끌릴 수밖에 없도록 상냥하게 대해야지, 그렇게 결심했다.

그런데 업무라는 듯 행동하는 가을 볼 때마다 화가 나서, 짜증이 나서, 저도 모르게 못된 소리를 하게 되었다.

'나, 요새 진짜 왜 이러지?'

늘 원하는 것을 가져오다가 처음으로 갖지 못하게 되어서 그런다는 걸, 그동안의 여유로움은 바라는 걸 늘 가져왔기에 존재했던 것이라는 걸, 리성은 알지 못했다.

16장

현관문을 나서자마자 정훈의 차가운 시선을 받았다.

최근 정훈이 가을을 보는 눈빛이 심상치 않다는 걸 느꼈다.

불과 몇 달 전까지만 해도, 정훈은 가을을 귀찮게 하는 리성의 행동 때문에 미안함이 담긴 눈빛을 보내곤 했었다.

몇 달 전보다 지금 리성의 행동이 가을을 더욱 곤란하게 만드는데, 정훈은 적대심 어린 시선을 보내고 있었다.

'나 때문에 리성이가 변한 것 같아서 그러는 건가?'

가을은 살짝 고개를 숙여 인사를 하고는 정훈의 앞을 벗어났다.

아무 생각 없이 건물 입구를 나가다가, 그 앞에 서 있는 강한을 발견했다.

강한이 계속 기다리고 있을 줄은 몰랐기에, 가을은 걸음을 멈췄다.

강한은 가을이 나왔다는 걸 모르는지, 바지 주머니에 손을 찔러 넣고 삐딱하게 서서 정면을 응시하고 있었다.

이발을 한 지 얼마 되지 않아 단정하게 깎은 뒷머리와 긴 목, 넓은 어깨와 잘록한 허리, 긴 다리가 돋보였다.

건물에서 나오는 희미한 빛을 받은 그의 뒷모습은 그림 속의 한 장면 같았다.

아무리 보아도 질리지 않는, 거장이 그린 명화.

보는 이의 마음에 감동을 주기도 하고, 슬픔을 주기도 하고, 기쁨을 주기도 하는, 그런 그림.

가을의 시선을 느낀 듯 강한이 천천히 뒤를 돌아봤다.

가을과 눈이 마주친 강한은 잠시 그녀의 모습을 지켜보다가 입을 열었다.

"고생했다."

나직하게 흘러나온 음성이 무척이나 다정해서, 가을은 울음이 터질 것 같아 고개를 숙였다.

"네. 다녀왔어요."

지영은 다리를 꼬고 앉아 팔짱을 끼고 껌을 쫙쫙 소리 내며 씹고 있었다.

추운 날씨인데도 지영은 몸에 딱 붙고 짧은 가죽 스커트에 검은 스타킹을 신고 있었다.

위에는 짧은 밍크 재킷을 입고 있었고, 은색으로 빛나는 힐을 신었다.

어디에 가도 눈에 띌 만큼 화려한 복장이었는데, 이곳에서는 특히 더 눈에 띄었다.

이곳은 연진이 다니는 대학의 도서관이었다.

방학이지만 도서관에는 사람이 많았다.

고시를 준비하거나 방학 중에도 공부를 하는 성실한 학생들일 터였다.

학기 중에는 꾸미고 오는 사람들이 종종 있지만, 방학 때 도서관에 오는 사람들은 정말로 공부를 하려고 오는 사람들이기에 다들 편한 차림이었다.

그런 사람들 사이에서 어울리지 않는 화려함을 자랑하면서도, 지영은 주눅 든 기색이 조금도 없었다.

도서관에서 공부하다가 지영에게 불려 나온 연진은 지영이 껌을 쫙쫙 씹는 소리를 30분째 듣고 있었다.

"왜죠."

말없이 앉아 있던 연진이 입을 열었다.

"제가 왜 여기서 누나 껌 씹는 소리를 듣고 있어야 하는 거죠?"

"내가 짜증이 나니까!"

지영이 당당하게 말했다.

"누나의 짜증을 왜 내가 받아 줘야 하는 거죠? 누나를 연모하는 남성분들에게나 가서 부리세요. 그 사람들은 누나가 한겨울에 가죽 치마를 입고 다녀도 창피해하지 않을 테니까."

"뭐야? 너, 내가 창피해?"

"당연하죠. 사람들이 쳐다보는 거 안 보여요?"

"그거야 내가 예쁘니까 그런 거지. 예쁘고 쭉쭉빵빵하잖아."

"부끄러워하지도 않고 본인 입으로 자랑하는 건, 역시 누나를 연모하는 남성분들 앞에서나 하는 게 좋겠네요. 전 납득할 수 없으니까."

"요새 다들 왜 이러는 거야?"

"누나. 전 항상 누나를 창피해했어요."

"아니, 그걸 떠나서."

지영의 목소리가 낮아졌다.

지영은 아랫입술을 한 번 잘근 깨물었다가 말했다.

"요새 다들 정말 이상해. 형님은 은둔 중이라 내 전화를 받지도 않고, 너는 공부 핑계 대면서 심부름센터에 잘 나오지도 않고, 대장은 다들 그러고 있는데도 뭐라고 하질 않고, 가을이는 진리성이랑 데이트인지, 뭔지를 해 주고. 왜들 이러는 거야?"

진리성이라는 이름이 나오자 연진의 어깨가 움찔 떨렸지만, 다행히 지영은 그것을 눈치채지 못했다.

연진은 두 손을 꽉 모아 쥐었다.

지영의 앞에서 말실수를 해서는 안 된다.

리성이 소년 A라는 것을 알게 된 후, 가을을 만날 자신이 없었다.

강한이나 성희처럼 아무것도 모른다는 듯 행동하는 것이, 연진에게는 무리였다.

말실수를 할지도 모른다. 어쩌면 괴로워하는 가을에게 말해 주게 될지도 모른다.

누나. 사실은요. 진리성이 소년 A래요. 누나가 그렇게 찾던 소년 A가 사실은 누나 바로 옆에 있어요. 누나를 좋아한다는 그 남자가 바로 소년 A였어요.

누나. 그놈은요, 잘 살고 있어요. 누나의 가족을 그렇게 만들고, 누나를 이렇게 만들고, 그놈은 많은 사랑을 받으면서 너무너무너무 너무너무! 너무요. 너무 잘 살고 있어요.

억울하지 않아요? 누나는 이런데, 그놈은 그런 게, 너무 억울하지도 않아요? 누나. 누나도 행복해져요. 이제 그런 놈 잊고, 누나도 있는 힘껏 행복해져요.

화나잖아요. 그놈은 아무렇지도 않은데, 그놈은 다 잊었는데. 아무 잘못 없는 누나 혼자서 모든 걸 끌어안고 괴로워하는 거, 슬퍼하는 거, 외로워하는 거! 그거 너무 힘들고 억울하고 화나잖아요.

그러니까요, 누나. 잊어요. 누나도 이제 소년 A를 잊고, 누나의 삶을 찾아요. 누나도 행복해져요. 그놈보다 훨씬 많이 행복해져요. 누나라면 그럴 수 있을 거예요.

그렇게 닿지도 않을 위로를, 진부하고 상투적인 격려를 늘어놓게 될지도 모른다.

만인의 사랑을 받는 리성과 친척들에게 눈칫밥을 먹으며 살아온 가을의 갭이 너무도 컸다.

차라리 리성이 연예인이 아니었더라면, 평범한 직장인이었다면 조금 더 나았을지도 모르겠다.

'아니, 나은 건 없어. 진리성은 불을 질렀지만 자기 가족들은 무사하고, 가을이 누나 가족들은 죽었어. 그건 변하지 않아.'

동생인 세연이 리성을 좋아해서 남들보다 더 자주 리성에 대해 듣긴 하지만, 그 이상의 관심은 없었다.

하지만 이젠 진리성이라는 존재가 끔찍이도 싫어졌다.

여기저기에 진리성의 광고가 나왔고, 포스터가 붙어 있었다.

오늘 학교에 올 때만 해도 진리성이 찍은 소주 광고와 냉장고 광고를 몇 개나 봤다.

가을의 가족들을 죽인 주제에, 뻔뻔하게 웃는 그 낯짝이 소름 끼치게 역겨웠다.

그동안은 관심이 없어서 그냥 스쳐 지나갔던 광고판들이 이제는 하나, 하나 눈에 들어와 가슴이 터질 것만 같았다.

마음 같아서는 광고판을 때려 부수고, 신문사에 전화해 떠들어 대고 싶었다.

당신들이 예뻐하는 진리성, 당신들이 사랑하는 진리성, 그 인간이 가을이 누나의 가족들을 죽였어!

가을과 알게 된 지 얼마 안 된 자신도 이렇게나 동요하고 속이 들끓는데, 당사자인 가을이 알게 되면 어떨지 상상도 되지 않았다.

'죽이고 싶은 게 당연하잖아.'

강한은 가을이 위험인물이 아닌지 확인할 거라는 핑계를 댔다.

'이 사실을 알게 되면 죽이고 싶어지는 게 당연하잖아. 나도 이런데. 아무 상관없는 나도 이렇게 울화통이 터지는데.'

연진은 최근 가을 심부름센터의 분위기에 대해 투덜거리는 지영을 돌아봤다.

'구미호 누나도 알면 안 돼. 이 누나는 진짜로 저지를 거야.'

지영은 가을 심부름센터의 누구보다도 다혈질이었다.

가을의 사촌인 성미를 죽이겠다고 방방 뛰는 걸 말리느라 고생

했던 일이 떠올랐다.

만약 진리성이 소년 A라는 걸 알게 되면, 연진이 상상한 것 이상의 일들을 해 버릴 것이다.

—가을이 누나를 왜 그렇게 좋아하는 거예요?

가을이 심부름센터에 다니게 되고 얼마 되지 않아, 지영에게 물었던 적이 있었다.

지영은 글쎄, 하고 중얼거리더니 곧 대답했다.

—나한테 선입견이 없어서. 그리고 웃는 얼굴이 예뻐서.

지영에게는 여자인 친구들이 별로 없었다. 아니, 하나도 없다고 하는 게 정답일 것이다.

처음에는 남자를 좋아해서 그런가 싶었는데, 언젠가 세연이 한 말을 듣고서 아니라는 걸 알게 됐다.

—그 언니, 좀 별로야. 너무 자기 잘난 맛에 사는 것 같아. 그 언니, 친구 되게 없을걸. 재수 없어.

세연과 지영 사이에는 연결고리가 없는데도, 세연은 그렇게 말했다.

아마 다른 여자들이 지영을 대하는 것도 다르진 않았을 것이다.

지영의 기세에 눌려 앞에서는 티를 내지 못하지만, 뒤에서는 수군수군했겠지.

그런 지영에게 가을은, 처음으로 아무 선입견 없이 '예쁘다.'고 말해 준 여자 친구였다.

가을이 연예계에 있어서 훨씬 예쁜 사람들을 많이 만나 봐서 그런 것일지도 모른다. 하지만 연진은 그저 가을의 성격 탓일 거라고 확신했다.

어린 나이에 가족을 잃고 친척 집을 전전하며 외롭게 살아온 가을은, 그렇게 살아온 사람답지 않게 순수하고 솔직한 구석이 있었다. 그런 한편 강단도 있어서, 좋았다.

지영도, 성희도, 연진도, 그리고 강한도. 가을의 그런 면을 좋아하게 된 것이리라.

그렇게 좋아하게 된 사람이기에, 리성이 더욱더 싫었다.

연진은 인정했다.

'나는 진리성을 증오해.'

아마 강한도, 성희도 같은 마음이리라. 그럼에도 가을을 위해 꾹 참고 모르는 척하고 있는 것이리라.

그렇다면 나도 참아야 하는데.

이 울컥울컥 올라오는 감정을 어떻게 견뎌야 하는 걸까.

'대장, 좀 알려줘요. 대장은 어떻게 사랑하는 여자의 가족을 죽인 사람을, 그렇게 아무렇지도 않게 대할 수 있는 거죠? 어떻게 그렇게 오랫동안 가을이 누나한테 들키지 않을 수 있는 거예요?'

연진은 주먹을 꽉 쥐었다.

"캡. 내 얘기 듣고 있어? 너, 지금 딴생각하지?"

연진이 딴생각을 한다는 걸 알았는지, 지영이 연진을 돌아보며 물었다.

연진은 모자를 괜히 벗었다고 생각했다.

모자를 쓰지 않으니 상대의 눈이 똑바로 보여서, 감출 것이 있을 땐 참으로 곤란했다.

"어차피 불평불만이잖아요."

연진은 은근슬쩍 시선을 피하며 말했다.

"너, 뭔가 알고 있구나?"

지영의 눈이 가늘어졌다.

"내가 알긴 뭘 알아요? 제일 말단인데. 똘이보다 못한 취급을 받는데."

"아냐, 너, 뭔가 아는 게 분명해. 심부름센터 분위기가 이렇게 됐을 때, 제일 불평불만을 늘어놔야 할 사람은 내가 아니라 너야. 형님이 갑자기 은둔에 들어갔는데, 넌 걱정도 안 하잖아. 그 이유를 알기 때문인 거 아냐?"

"아니에요, 그런 거."

진리성이 소년 A예요!

연진은 목구멍까지 튀어나온 말을 꿀꺽 삼켰다.

"캡, 나 신짜로 걱정돼서 그래."

지영의 목소리가 진지해졌다.

연진은 두 손으로 귀를 틀어막고 싶었다.

누나, 진리성이 소년 A예요.

"성희 오빠가 갑자기 은둔에 들어갔잖아. 너도 성희 오빠 사건 알지? 그 일 벌어졌을 때, 성희 오빠가 딱 그랬거든. 집 밖에 나오지도 않고, 연락을 받지도 않고. 이제 괜찮아진 줄 알았는데, 갑자기 저렇게 됐어. 너는 나오지도 않지, 대장은 무슨 말을 해 주지도 않지. 정말 어떻게 해야 할지 모르겠어. 우리 심부름센터, 이대로 끝나는 거 아닐까?"

"설마요."

그럴지도 몰라요.

소년 A가 진리성이니까.

그놈이 가을이 누나 가족을 죽였으니까.

그런데도 그렇게 사랑을 받고 살아가니까.

"죽여 버리고 싶어."

마지막 말은 삼키지 못했다.

갑자기 흘러나온 연진의 음성에, 지영의 눈이 커졌다.

연진은 아차 했고, 지영은 눈을 휘둥그레 뜬 채 연진을 쳐다보다가 두 손으로 연진의 양쪽 볼을 꽉 꼬집었다.

"너, 누나가 좀 투덜거린다고 죽여 버리겠다는 말을 해? 너야말로 죽자, 엉? 죽자고!"

양쪽 볼이 뜯길 정도로 꼬집히며, 연진은 생각했다.

'아, 이 누나가 바보라서 다행이다.'

심부름센터에는 똘이만 있었다.

가을은 다리에 몸을 비비는 똘이를 안아 들고 거실로 향했다.

최근 심부름센터에는 아무도 나오지 않게 됐다.

성희는 연락 두절이고, 연진은 공부를 한다고 했고, 지영은 다들 없으니 재미없다며 심부름센터에 나오지 않았다.

그리고 강한은 혼자서 모든 일을 처리하느라 바빠, 아주 가끔씩만 만날 수 있었다.

"똘이야. 나 때문에 여기가 이렇게 된 거겠지?"

항상 따뜻하고 시끌벅적했던 거실이, 이제는 차갑고 조용해졌다.

가을이 늘 살아온 환경처럼, 이곳 또한 변해가고 있었다.

"내가 여기를 오염시킨 것 같아. 여기, 참 행복하고 따뜻한 공간이었는데. 이런 나조차도 행복하다는 생각이 드는 공간이었는데."

이제는 서늘하고 황폐해졌다.

"내가 안 나와야 여기가 다시 예전처럼 돌아갈 텐데, 대장은 자꾸만 계속 나오래. 다들 안 나오니까 나라도 나오래. 그냥 안 나오면 그만인데, 자꾸만 나오게 돼. 이런 내가 너무 한심해."

"냥."

똘이가 작게 울었다.

"뭐야, 위로해 주는 거야?"

"냥냥."

가을은 피식 웃으며 똘이의 머리를 쓰다듬다가, 거실에 드러누워 똘이를 배 위에 올려놨다.

리성과 계약을 한 지도 일주일이 지났다.

드라마 촬영장에, 예능 촬영장에 늘 나타나는 가을을, 사람들은 조금씩 수상하게 여기기 시작했다.

이대로 가다가는 가을이 리성의 숨겨진 그녀라는 소문이 돌게 될 것이다.

—어머, 가을 씨가 왜 여기 와 있어?
—언니, 왜 리성이 오빠 따라다녀요?

그렇게 묻는 사람들도 생겼다.

가을은 촬영 어쩌고 하며 변명을 했지만, 리성은 대답 없이 웃기만 했다.

그런 그의 모습에 사람들의 의심은 점점 깊어지고 있었다.

그나마 다행인 것은 '진리성이 뭐가 아쉬워서 최가을 따위를?'이란 생각이 깔려 있어서, 아직까지는 확신하는 사람이 없다는 점이었다.

하지만 이것도 조금 지나면 효력을 발휘하지 못하리라. 그때가 되면 '리성의 그녀, 최가을.'이라는 기사를 쓰는 기자가 나타나겠지.

'어차피 알려질 거라면 이 계약을 하지 않는 게 나을 뻔했나? 아냐, 그래도 리성이 입에서 사랑하는 여자 어쩌고 하는 것보다는 이렇게 알려지는 게 나아. 계약만 끝나면 어떻게든 덮을 수 있을 테니까.'

얼굴과 신변이 알려지는 것은 조금 걱정이 됐지만, 인제 와서는 아무래도 좋다는 생각이 들었다.

어차피 곧 죽을 텐데, 죽지 않더라도 그다지 의미 없는 삶인데, 신상 좀 까발려져 봐야 뭘 어쩌랴.

다만 가을 심부름센터에 피해가 올지도 모르니, 그때가 되면 정말로 심부름센터에 오는 것을 멈춰야 한다.

그러기 전에, 가을은 해야만 하는 일이 있다는 걸 알았다.

배 위에서 갸르릉거리는 똘이를 쓰다듬으며 누워 있은 지 얼마나 지났을까.

강한이 들어오는 소리가 들렸다.

"장 활동이 얼마나 활발하기에 화장실이 허구한 날 막히는 거야? 가끔은 변비에 좀 걸려도 좋잖아!"

막힌 화장실을 뚫고 오는 건지, 강한은 심기가 불편한 목소리로 투덜거리며 들어왔다.

강한은 뒤늦게 가을을 발견하고 옆에 와서 그녀를 내려다봤다.

"언제 왔어?"

"아까요."

가을은 일어나 앉아, 고개를 바짝 들어 강한을 올려다봤다.

"대장, 저. 형님네 집 주소 좀 알려 주세요."

*　　*　　*

강한은 가을이 성희의 집 주소를 알려 달라는 이유를 어느 정도 예상했다.

잠시 망설였지만 알려 준 이유는, 혹시나 하는 기대 때문이었다.

어쩌면 이를 통해 어둡게 변색된 가을의 마음도 조금은 괜찮아지지 않을까.

가을이 나간 후, 강한은 가을이 누워 있던 자리에 가만히 손을 얹었다.

가을의 온기가 여전히 바닥에 남아 있었다.

가을을 사랑한다.

이렇게나 마음이 깊어지는 게 가능할까 싶을 정도로, 그녀를 사랑한다.

웃으면 반짝반짝 빛이 나는데, 최근에는 웃지 않아도 빛나는 것처럼 보였다.

가을은 강한의 빛이고 즐거움이었다.

내 인생에 이토록 사랑스러운 빛이 되어 주는 그녀를 위해, 무엇이든 해 주고 싶었다.

그러나 해 줄 수 없었다.

내 사진은 타인을 죽게 만들고, 나는 아무도 행복하게 해 줄 수 없다. 내가 무언가를 해 주기 위해 움직일 때마다 일을 망치게 된다.

나의 욕심 때문에 가을의 삶을 망치기는 싫었다.

심부름센터를 하면서 많은 사람들의 부탁을 들어주는데, 사랑하는 여자를 위해 해 줄 수 있는 게 없다니.

모순된 현실에 강한은 쓴웃음이 나왔다.

"똘이야. 나는 항상 내가 할 수 있는 일을 찾아서 해 왔어. 단 한 번도 망설임이 없었지. 그런데 내가 가장 하고 싶은 일이 생겼는데, 할 수가 없어. 어떻게 해야 할지도 모르겠다. 이거, 정말 지독하지 않냐?"

강한을 피해 책장 속에 숨어 있던 똘이는, '귀찮은 인간 놈들. 사랑하면 한다 말을 하고, 우울하면 하다 말을 하면 되는 것을. 뭐 저리들 감추려고 야단들일까.'라는 눈빛으로 강한의 뒤통수를 응시하고 있었다.

*　　　*　　　*

딩동—

초인종 소리가 들렸다.

집까지 찾아올 만한 사람은 강한 아니면 지영밖에 없었다.

아직은 그 둘을 만나고 싶지 않기에, 성희는 침대에 가만히 누워 있었다.

과거의 일로 현재의 삶을 망치는 것이 바보 같은 일이라는 건 알고 있었다.

하지만 알면서도 어떻게 할 수 없는 일이, 세상에는 존재한다.

강한의 과거가, 성희의 과거가 그랬다.

아마 강한도 어느 정도는 알고 있으리라. 자살한 사람들이 단지 강한의 사진 때문에 자살한 게 아니라는 것을.

성희 또한 알았다. 그 소녀가 성희 때문에 삶을 끝낸 게 아니라는 것을.

그저 그때 아무것도 할 수 없었다는 후회와 무력감이 트라우마처럼 남아, 떨쳐내기가 힘들 뿐이었다.

성희에게는 고민을 하고 생각을 해서, 그것을 떨쳐낼 시간이 필요했다. 누군가에게는 무언가를 해 줄 수 있을 거란 확신을 가슴에 새길 시간이 필요했다.

과연 그런 확신이 생길지 모르겠지만.

딩동—

또 초인종이 울렸다.

그제야 성희는 침대에서 일어났다.

초인종을 누르는 속도로 봐서 강한이나 지영은 아닌 듯했다. 그 둘이라면 일어날 시간도 주지 않고 막무가내로 벨을 눌렀을 테니까.

'이런 시간에 누구지?'

성희는 방에서 나와 현관문 앞에 섰다.

"누구세요?"

"형님, 저예요. 가을이."

가을의 음성을 듣자 심장이 쿵 내려앉았다.

다른 사람이 찾아온 거라면 무시하면 그만인데, 가을에게는 그럴 수가 없었다.

성희는 현관문을 열었고, 그 앞에 우두커니 서 있는 가을을 발견했다.

가을이 고개를 들어 성희와 눈을 맞췄다.

"형님이랑 이야기를 좀 하고 싶어서요."

"그래. 나갈까?"

"아니요, 들어갈게요."

"남자 혼자 사는 집에, 여자 혼자 들어오는 거 아냐."

"형님이 절 어떻게 하실 것도 아니잖아요. 게다가 전⋯⋯."

가을이 입을 다물었지만, 성희는 그 뒤에 덧붙일 말을 알 것 같았다.

전 아무래도 좋아요.

전 어떻게 되어도 상관없어요.

아마도 그런 말을 하려다가 멈춘 거겠지.

"그래, 들어와."

성희가 옆으로 비켜서자, 가을이 안으로 들어와서 신발을 벗었다.

낡은 운동화를 벗는 가을을 지켜보는 것이 힘들었다.

가을은 그때 그 소녀보다 나이가 많은데도, 자꾸만 소녀와 가을이 겹쳐져 보였다.

안으로 들어온 가을은 집 안을 둘러보지도 않고 거실 소파에 가서 앉았다.

성희의 집 소파는 마주 보는 게 아니라 한쪽에만 있기에, 성희는 식탁 의자를 가지고 왔다.

가을이 벌떡 일어났다.

"아, 제가 거기 앉을게요."

"손님을 불편한 데 앉힐 만큼 매너가 없진 않아. 난 불쾌한이랑은 달라."

성희의 말에 가을이 쓴웃음을 지었다.

"맞아요, 형님은 다르죠."

"무슨 얘기를 하고 싶은데."

할 이야기야 뻔했지만, 성희는 물었다.

이야기를 듣는 것으로 가을의 마음이 편해진다면, 얼마든지 들어 줄 생각이었다. 어차피 뻔한 위로의 말이겠지만.

"사실 거짓말했어요."

하지만 가을은 성희가 예상하지 못한 말을 꺼냈다.

"저, 형님이랑 할 얘기 있어서 온 거 아니에요. 형님 얘기를 듣고 싶어서 온 거예요."

가을이 성희와 눈을 똑바로 맞추고 말했다.

이럴 때면, 성희는 강한이 어째서 가을을 사랑하게 되었는지 이해할 수 있었다.

가을은 금방이라도 부서질 듯 위태로운데도, 간혹 이렇게 곧은 눈빛을 할 때가 있었다.

그녀 자신의 문제가 아니라 타인의 문제일 때, 보통 그러했다.

그렇게 힘들게 살아왔으면서도, 이 여자는 어떻게 이렇게 곧고 맑은 눈동자를 지닐 수 있는 걸까.

"가을아. 나는 너랑 할 이야기가 없어."

최대한 가을의 기분이 상하지 않도록 조심스럽게 말했다.

"아니요, 있을 거예요."

가을이 성희에게 단호한 시선을 보내며 말했다.

"사람은 언제나 하고 싶은 말을 가슴에 품고 살아가니까요."

이야기를 듣지 않으면 돌아가지 않을 것 같은 분위기였다.

성희는 어째야 하나 망설였다.

굳이 감출 일은 아니지만 그렇다고 여기저기 떠벌릴 일도 아니었다.

사실 그 일을 다시 입에 담고 싶지 않았다.

성희에게는 슬프고도 절망스러운 과거이니까.

하지만 가만히 앉아 있는 가을을 보니, 이야기를 듣지 않고 돌아갈 분위기는 아니었다.

아마도 자기 때문에 성희가 심부름센터에 나오지 않는 거로 생각하고 마음을 쓰는 것이리라.

"내가 심부름센터에 나가지 않는 건, 너 때문이 아니야. 너 때문에 화가 난 것도 아니고."

"네."

"나는 내 자신에게 화가 난 거야."

"네."

"나는 누군가를 위해 해 줄 수 있는 게 아무것도 없거든. 항상 그랬지. 그때도 그랬고, 이번에도 그렇고. 널 위해 해 줄 수 있는 게 없어서, 화가 났어."

가을의 눈동자가 일렁 흔들렸다.

"나는…… 그래, 무력해. 그래서 생각을 할 시간이 필요했어. 내가 무얼 할 수 있는지, 그리고 그때, 그 아이는 왜 그런 말을 했는지."

"그런 말이요?"

"그래, 그런 말."

이상한 일이었다.

말하지 않으려고 했는데, 한 번 이야기를 시작했더니 계속해서 흘러나왔다.

"내가 변호사를 그만두게 되었다는 사건 기억나?"

"네, 기억해요."

성희는 그 일에 대해 가을에게 설명했다.

전에는 말하지 않았던, 피해자 소녀의 죽음까지도.

가을은 두 손을 앞에서 꽉 모아 쥐고 성희의 이야기를 들었다.

가을의 자그마한 얼굴은 잔뜩 일그러져 있었는데, 성희는 자신 또한 저런 표정을 짓고 있을 거라고 생각했다.

"나는 사실, 조금은 우쭐해 있었는지도 모르겠어. 어쨌든 그 아이를 위해 내 직업을 포기하면서까지 나서 주었다는 자만심이, 내 속에는 있었는지도 모르겠어. 그래서 그 애가 내게 고맙다고 했을 때, '내가 이 애를 살렸어. 이 애의 삶을 구했어.'라는 생각을 했지. 그래, 아마도 했을 거야. 그래서 더 이해할 수 없는 건지도 몰라. 그 애가 왜 자살을 했는지, 그렇게 자살을 할 거라면 왜 고맙다고 말했는지."

"……"

"나는 그 시간에 멈춘 채로 움직일 수가 없어. 변호사가 되기 위해 열심히 공부를 했지. 그것을 포기하면서까지 나섰는데도, 나는 그 아이를 구하지 못했어. 그런 내가…… 대체 뭘 할 수 있을까?"

거기까지 말하고 나서, 성희는 입을 다물었다.

고개를 들 수가 없었다.

가을을 똑바로 볼 수가 없었다.

이 자만심에 대해서 말한 건, 가을의 앞에서가 처음이었다.

강한에게도, 지영에게도, 이런 이야기는 하지 않았다.

난 그 애를 구했어.

그 당시에 그런 멍청한 생각을 하고 있었다는 말은 도무지 할 수가 없었다.

"우쭐해하는 게 뭐가 어때서요."

이윽고 들려온 가을의 목소리에, 성희는 천천히 고개를 들었다.

"우쭐할 수 있죠. 평생을 걸고 변호사가 됐는데, 그런 거 생각해 볼 겨를도 없이 주먹을 날렸는데. 그럴 수 있는 사람이 세상에 몇이나 되겠어요? 개인적으로는 알지도 못하는 한 소녀를, 내내 가슴에 품고 살아가는 사람이 몇이나 되겠어요? 형님은 우쭐해도 돼요. 그건 잘못된 게 아니에요."

"아니, 위로는……."

"위로하려고 하는 말이 아니에요, 형님. 그리고요. 저는요, 알 것 같아요. 형님한테 고맙다고 했으면서도 자살한, 그 아이의 심정을."

"알겠…… 다고?"

"네, 알아요."

"대체 왜……?"

"고맙다는 말은 진심이었을 거예요. 생각지도 못한 순간, 내 적이라고 생각했던 사람이, 나를 위해 싸워 줬어요. 나를 고통스럽게 만든 놈을 욕해 줬어요. 고맙죠. 내 기분이야 어떻든 고마운 건 고마운 거죠. 너무너무, 정말로 이 가슴이 멜 정도로 고맙고…… 아주 감사하죠. 그건 진심이에요, 형님. 하지만…… 감사함과 죽고 싶은 마음은 또 다르다고 생각해요."

가을의 눈동자가 어두워졌다.

"세상에 내 편이 있다는 걸 알아요. 날 위해 주는 사람이 있다는 걸 알아요. 알지만 어쩔 수 없어요. 과거의 그 어둠과 고통과 외로움이, 죄책감과 절망이 끊임없이 따라와요. 나를 보는 타인의 시선, 내가 느끼는 내 몸이, 끔찍이도 싫어져요. 도저히 이 세상에 남겨둘 수 없을 만큼, 차라리 이곳을 벗어나는 게 낫다는 생각이 들 만큼, 끔찍해요."

가을의 음성이 떨리고 있었다.

이번에는 성희가 주먹을 꽉 쥐고 가을을 지켜봤다.

"있죠, 형님. 그럴 때는요. 날 위해 주고 아껴 주는 사람들을 생각할 겨를이 없어요. 그저 내 어둠에 치여서, 내 절망에 치여서, 다른 생각을 할 수가 없어요. 숨이 막히고 매일 꿈을 꾸고 아침에 눈을 뜰 때마다 절망하고, 기억이 나고, 그 기억이 점점 생생해지고, 그럴 때마다 어둠은 더욱 짙어지고. 그래서예요. 감사하고 고맙지만, 내 어둠을 이겨 낼 수가 없어서. 그래서 죽는 거예요."

가을의 음성은 조금 떨리지만 담담했다.

그러나 성희의 귀에는 그녀가 절규하고 오열하는 것처럼 들렸다.

숨도 쉬지 못하고 가을의 말을 듣던 성희는, 더 이상 땅을 파고 숨어들 때가 아니라는 걸 깨달았다.

성희는 가을이 아랫입술을 아플 정도로 꽉 깨문 모습을 응시하다가 조심스럽게 물었다.

"가을아. 너, 대체 최성미. 그 여자한테 무슨 말을 들은 거야?"

　　　　　＊　　　＊　　　＊

　‘멋진남자들’은 겉으로는 심부름센터지만, 사실은 그보다 위험한 일을 주로 하는 업체였다.

　과거 어느어느 파에 몸담고 있던 남자들이 조직을 나와 만든 것이 ‘멋진남자들’이었다.

　‘각종 심부름해 드립니다.’를 구호로 외치지만, 그들이 위험한 일은 한다는 건 알만 한 사람이라면 다 알고 있었다.

　온몸에 온갖 문신을 도배한 ‘멋진남자들’의 대표가 돈 떼먹고 달아난 놈을 잡아 어떻게 처리할지를 부하들에게 지시하고 있을 때, 전화가 걸려왔다.

　[한 여자를 처리해 줘야겠습니다.]

　"고객님, 우리는 그런 일 안 합니다."

　[알고 연락드렸습니다. 계약금은 천. 일을 잘 처리하면 5천을 추가로 입금해 드리겠습니다.]

　여자 한 명 처리하는 데 5천.

　구미가 당기는 일이었다.

　"고객님. 얼굴도 안 보여 주는 사람을 우리가 믿을 수 있겠어요, 없겠어요?"

　[돈은 믿으시겠지요. 계좌 알려 주시면 곧바로 입금합니다. 어려운 일은 아닐 겁니다. 가족도 없이 혼자 사는 여자니까, 은밀히 처리할 방법은 얼마든지 있습니다. 사고사를 위장하는 게 가장 좋겠지만, 방법은 편한 대로 해 주면 됩니다.]

"물건 처리는 어떻게 할까요?"

[사망만 확인된다면 어떻게 처리해도 상관없습니다. 그 여자에 대한 정보는 팩스로 보내도록 하겠습니다.]

상대는 용건만 전달하고 전화를 끊었다.

전화가 끊기자마자 팩스가 들어왔다.

여자의 이름과 나이, 사는 곳, 직장, 그리고 사진. 몇 개의 정보가 담겨 있었다.

'멋진남자들'의 대표는 팩스를 들고 여자의 얼굴을 확인했다.

'흐음. 이런 간단한 일에 돈을 너무 많이 쓰는 건 좀 수상한데? 이 여자, 알고 보면 대단한 여자인 거 아냐?'

대표는 한참 동안 팩스 용지를 확인하다가, 부하에게 그걸 건네며 말했다.

"거기 있는 최가을이란 여자에 대해 조사 좀 해 봐."

*   *   *

창문으로 햇살이 들어오고 있다는 걸, 뒤늦게 깨달았다.

시간을 확인해 보니, 오후 1시를 넘어가고 있었다.

'벌써 시간이 이렇게 됐나?'

성희는 한숨을 내쉬었다.

어젯밤 가을을 데려다주고 돌아온 후로, 성희는 내내 거실 소파에 앉아 있었다.

―내가 죽었어요, 형님. 내가 우리 가족들을 죽인 거예요.

가을의 아픈 음성이 여전히 생생하게 귓가에 울렸다.

―내가 도망치는 바람에요. 나 혼자 살겠다고 집 안쪽으로 들어
가서…… 그래서…… 우리 가족이 나를 찾다가 빠져나가는 게 늦
었대요. 아빠가 날 간신히 구하기는 했지만, 엄마랑 하을이는 빠
져나오지 못한 거래요. 내가 혼자 살겠다고 도망쳐서요. 이렇게나
이기적인 애라서요.

이야기를 시작하니 멈출 수 없는 건 가을도 마찬가지였나 보다.
성희가 그런 것처럼, 가을도 전부 이야기했다.

누구에게도 털어놓지 못하고 혼자서 끙끙 앓던 이야기를, 가을
은 소리 내어 울면서 이야기했다.

가을이 이야기하는 내내 볼을 타고 줄줄 흐르는 눈물이 성희의
가슴을 미어지게 만들었다.

―친척들이 유독 저한테 모질었던 것도, 그래서래요. 그렇잖아
요. 누가 자기 동생을, 자기 언니를, 자기 오빠를 죽인 애를 예뻐할
수가 있겠어요? 안쓰럽게 여길 수가 있겠어요?

가을의 친척들이 이상하다는 생각은 했었다.
부모를 잃고 혼자 살아남은 아이를, 그저 돌보아야 한다는 이유

로 모두가 똑같이 싫어하고 눈치를 주는 것이 이상했었다.

만약 열 명이 있다면 그중 한 명 정도는 가을을 안쓰럽게 생각해 줄만도 했지만, 그런 사람이 아무도 없었던 것이다.

'하지만.'

가을의 이야기에는 납득하기 힘든 점이 있었다.

'그 위급한 상황에서 애 엄마가 애를 안고 딸을 찾으러 갔다고? 아빠가 이미 찾으러 갔는데?'

집에 불이 나서 당황하면 그럴 수도 있지만, 우선 어린아이를 내보낸 후에 딸을 찾으러 들어가지 않을까?

어린 아들을 품에 안고 그 위험한 곳으로 들어갈 수도 있는 걸까?

엄마가 되어 본 적이 없으니 모성애라는 걸 알지 못해서 이런 생각을 하는 건지도 모르겠다.

하지만.

'그래도 역시 이상해. 이건 좀 알아봐야 할 것 같아.'

결국 가을의 문제는 가을이 미처 알지 못했던 '진실'이었다.

안 그래도 자신만 살아남았다는 죄책감을 품고 살아오던 가을이었으니, 가족이 전부 죽은 이유가 자신 때문이라는 것을 아는 순간 무너지는 것은 당연했다.

'최성미의 말만 믿을 수는 없어. 진실을 알아봐야 가을이를 달래든, 위로하든 할 수 있겠군.'

15년이나 지난 사건이니 경찰이나 소방관 중에 그 일을 기억하는 사람이 얼마나 남아 있을지는 모르겠지만, 해 볼 수 있는 데까지는 해 봐야만 했다.

                    *   *   *

맡았던 사건이 하나 끝나서 오랜만에 한가해진 지완이지만, 표정은 그리 밝지 않았다.

지완은 사무실 책상 위에 놓인 서류를 가만히 응시하고 있었다.

'소년 A가 진리성이었다니.'

일중독이라는 말을 듣는 지완이지만, 진리성이라는 연예인은 알고 있었다.

어린 나이에 아이돌 가수로 데뷔해 큰 인기를 얻다가, 성공적으로 배우의 길을 걷게 된 연예인.

아이돌을 하던 당시의 팬들과 드라마를 하며 얻게 된 아주머니 팬들까지 합쳐져, 강한 팬덤을 등에 업은 배우였다.

지영에게 가을의 이야기를 들은 후, 신경이 쓰였다.

누구에게도 큰 관심을 보이지 않는 여동생이 그토록 신경 쓰는 존재가 궁금했고, 언제나 제멋대로인 강한이 말해 주지 못하는 소년 A가 누군지 궁금했다.

그저 호기심으로 슬쩍 조사를 시작했을 뿐이었다.

조사를 한 후에는 조용히 묻어 두려고 했다.

그러나 상대가 진리성이라니, 최가을이라는 여자를 알지도 못하는데 마음이 뒤숭숭했다.

'이러니 불쾌한, 그놈이 소년 A에 대해 말해 주질 못하지.'

강한이 어떤 기분일지, 막연하게나마 느낄 수 있었다.

지완도 지금 비슷한 기분을 느끼고 있기 때문이었다.

'이건 절대 지영이가 알면 안 돼.'

지영은 가을이라는 여자에게 호감을 갖고 있었다.

겉으로는 냉정해 보여도 자기 친구를 위해서라면 무슨 일이든 할 수 있는 지영이라는 걸, 지완은 알고 있었다.

만약 가을의 가족을 죽게 만든 장본인이, TV에 나와 모든 사람의 사랑을 받고 있는 연예인이라는 걸 안다면, 지영이 어떻게 행동할지는 안 봐도 뻔했다.

할 수 있는 모든 수단을 동원해, 리성을 그 자리에서 끌어내리려 할 게 분명했다.

'일단…… 성희를 좀 만나 봐야겠는데.'

가을 심부름센터의 일이니 강한을 만나서 이야기하는 편이 빠르겠지만, 지완은 강한이 영 불편했다.

지완은 결정을 내리자마자 성희에게 전화를 걸었다.

휴대폰을 들고 있었던 건지, 성희는 신호음이 한 번 울리기도 전에 전화를 받았다.

[네, 선배.]

"성희야. 하고 싶은 얘기가 있는데."

성희는 평소와 달리 다급하게 대답했다.

[아, 마침 잘됐네요. 저도 선배랑 하고 싶은 이야기가 있습니다. 어디서 만날까요?]

＊　　＊　　＊

강한은 아이스크림을 쪽쪽 빠는 꼬맹이의 뒤통수를, 증오 가득한 눈으로 노려보며 걷고 있었다.

"근데요, 아저씨."

꼬맹이가 뒤를 돌아봤다.

"아저씨는 이런 일 하면 얼마 받아요?"

강한은 갑자기 일이 생겨 나간 학부모를 대신해, 꼬맹이를 학원까지 데려다주는 일을 하는 중이었다.

"고객님과의 의뢰 사항은 기밀입니다."

"나도 고객님이잖아요. 어차피 우리 엄마 돈인데, 뭐. 얼마 받아요? 한 5만 원 받아요?"

딱 걸렸지만 강한은 프로였다.

"그런 부분은 정확하게 말씀드릴 수 없습니다."

"뭐야, 5만 원 받나 보네. 그런 돈 받아서 생활이 돼요?"

"저의 생활까지 걱정해 주지 않으셔도 됩니다."

"걱정이 아니라 웃겨서요. 아저씨는 대체 어떻게 살았기에 이런 일을 하고 있어요? 공부 되게 못했죠?"

너보다는 잘했을 거다, 이 어린놈아!

목구멍까지 튀어나온 말을, 강한은 꿀꺽 삼켰다.

아이를 봐 달라는 의뢰는 종종 들어오곤 했다. 지금까지는 항상 성희나 연진을 보냈다.

연진은 이상하게 아이들에게 인기가 많았고, 성희는 아이들이 무서워해서 기어오르지를 못했다.

하지만 최근에는 성희도, 연진도 심부름센터에 나오지 않으니 강한이 처리해야만 했다.

강한은 꼬맹이와 고양이가 딱 질색이었다.

꼬맹이도, 고양이도 너무 제멋대로에, 말이 안 통한다. 게다가 얄밉다. 너무 얄미워서 울화통이 터져 죽겠는데, 소중한 고객님을 잃을 수는 없으니 꾹 참아야만 했다.

"근데요, 아저씨. 아저씨 트럭 타고 다니죠? 우리 아빠는 벤츠 타는데. 아저씨, 그 트럭은 얼마짜리예요? 벤츠보다 비싸요?"

"가격이 무엇이 중요하겠습니까. 해골에 담긴 물도 모르고 마시면 그리 시원한 것을."

"아저씨는 해골에 담긴 물도 먹어요? 으엑, 드러워."

"……."

어떡할까?

이 꼬맹이, 한 대 쥐어박아 주고 다정다감하게 타일러 줄까? 자꾸 기어오르면 두 번 다시 햇빛 볼 수 없을 거라고.

진지하게 고민하고 있는데, 주머니의 휴대폰이 울렸다.

휴대폰을 꺼내 보니 액정에 '거미 문신 형님'이라는 이름이 반짝거리고 있었다.

강한은 다시 걷기 시작한 꼬맹이의 뒤를 따라 걸으며 전화를 받았다.

"어이쿠, 형님. 이게 어쩐 일이십니까? 무탈하게 잘 지내고 계십니까?"

[하하하하. 역시 불쾌한 씨는 전화 걸 때마다 세상에서 제일 반갑게 받아 주는구만!]

"당연히 반갑지요. 요새 하시는 일은 잘 되시고요?"

[불쾌한 씨만 하겠나? 그 동네는 불쾌한 씨가 싹 휘어잡았다지?]

"에이, 아직 형님 따라가려면 멀었지요. 그런데 어쩐 일로 전화를 다 주셨습니까?"

[그게 말이야. 어제 나한테 의뢰가 하나 들어왔거든. 그쪽 일로.]

"그쪽 일이라면…… 칼부림 말씀하시는 겁니까?"

'칼부림'이란 단어에, 꼬맹이의 어깨가 움찔 떨리는 게 보였다.

[칼부림이라니. 요새 누가 그런 걸 한다고 그래. 우리도 이젠 인텔리해졌어.]

"물론 그러실 겁니다. 그런데 전 그쪽으로는 관심이 없는데요."

[아니, 내 얘기를 들으면 관심이 좀 생길 텐데.]

"아뇨, 형님. 전 형님을 참으로 좋아하지만, 그쪽 일은 영……."

[최가을.]

생각지 못한 순간에 가을의 이름을 들었다.

강한은 휴대폰을 꽉 쥐었다.

[이 이름, 불쾌한 씨도 알지?]

"……압니다."

[그래, 역시. 미리 조사해 보길 잘했어.]

"어떤 의뢰입니까?"

[5천을 제시하더군. 조용히 처리해 주는데.]

"의뢰자는요?"

[알잖아. 여기선 의뢰인의 정보 보호가 생명인 거.]

"그렇지요."

[하지만 나는 의뢰를 받을 생각이 없으니, 알아보고 연락 주지.]

"네, 형님. 알려 주셔서 감사합니다."

[감사하긴. 불쾌한 씨가 내 아들을 구해 줬는데, 이 정도야 아무 것도 아니지. 하지만 말이야. 그쪽, 돈이 상당히 많은 것 같은 분위기였어. 우리 쪽이 아니더라도 다른 곳에 의뢰를 할 거야. 안심하지 않는 게 좋아.]

"물론 안심하지 않습니다. 긴장하고 있었지만 오늘부터는 더 긴장해야겠군요."

[도움은 필요 없고?]

"필요하게 되면 말씀드리겠습니다. 앞으로도 잘 부탁드립니다, 형님."

강한은 전화를 끊자마자 꼬맹이를 둘러업었다.

강한의 통화 내용을 들은 꼬맹이는, 자신을 꼬맹이 취급을 당하는데도 반항하지 않았다.

꼬맹이에게도 위험을 감지하는 본능은 있었기에, 강한이 자기 생각보다 훨씬 무서운 사람이라는 것을 깨달은 것이다.

강한은 꼬맹이를 둘러업고 달려가 학원에 내려 준 후, 들어가는 모습을 사진으로 찍어 고객에게 전송한 다음에, 곧바로 택시를 잡아타고 방송국으로 향했다.

*　*　*

남들 있는 곳에서 할 만한 이야기는 아닌지라, 지완은 성희를 집으로 초대했다.

공사다망한 부모님과 지영은 언제나처럼 집에 없었다.

지완과 성희는 응접실에 마주 앉았다.

"그래, 잘 지냈고?"

"네, 선배. 선배는 요새 안 바쁘십니까?"

"일 하나 끝나서 간신히 숨 돌리고 있어. 곧 다른 사건이 들어오겠지."

"끊임없이 일어나니까요. 그런 일들은."

"그러게."

둘은 마주 보고 쓴웃음을 지었다.

"그런데 어쩐 일로 보자고 하셨습니까?"

"네 용건이 더 궁금한데? 항상 날 피하던 녀석이 어쩐 일이야?"

"피하다니요. 그런 적 없습니다."

"그런 건 됐고. 그래, 내가 먼저 얘기할게. 너도 소년 A가 누군지 알고 있는 거지?"

성희가 살짝 미간을 찌푸렸다.

"소년 A에 대해서는 어떻게 아셨습니까?"

"지영이한테 들었어. 최가을이라는 여자에 대해서. 지영이가 그 애를 참 좋아하는 것 같더라고."

"아, 그렇군요. 그래요. 지영이가 가을이를 참 좋아하지요."

"그렇게 괜찮은 여자야? 불쾌한이 그 여자를 좋아한다면서?"

"네, 뭐. 그렇게 괜찮은 여자입니다. 어릴 때부터 그렇게 살아왔으면서도 사람을 정말 똑바로 쳐다볼 줄 알거든요. 착하기도 하고, 웃는 얼굴이 예쁘기도 합니다. 억지로 웃을 때도 예쁜데, 진심으로 웃을 때는 정말 예쁘죠."

"너나 불쾌한이나 우리 지영이나, 싹 다 홀려 놨군. 대단한데, 그 여자."

"네, 대단합니다."

"그래서 조사를 좀 했어. 신경이 쓰여서. 그랬더니 소년 A가 진리성이라고 나오던데."

"네, 맞아요."

"그래서 그 제멋대로인 놈이 말을 못 해 주는 거지?"

"네. 무너질 테니까요."

"무너지는 게 당연하지. 자기 가족을 죽인 놈이 어느 누구보다도 화려하게 잘 살아가고 있는 걸 알면, 대체 어느 누가 안 무너질 수 있겠어?"

"그래서 강한이도 어떻게 해야 할지 고민인 모양입니다. 그런 와중에 문제가 하나 생겼습니다."

"문제?"

성희는 가을과 성미, 그리고 친척들 사이에 얽힌 일을 설명했다.

잠자코 성희의 이야기를 들은 지완이 한숨을 내쉬었다.

"팔자라는 건 믿지 않는데, 그 여자도 참 기구한 팔자네."

"그러게 말입니다."

"알겠어. 그럼 내가 최가을 씨 가족이 죽은 정확한 원인에 대해 알아봐 주면 되는 거지?"

지완은 성희가 다급하게 자신을 만나자고 한 이유를 금방 알아들었다.

"네, 선배. 최대한 빨리 좀 부탁드립니다."

"그래, 내가 할 수 있는 모든 걸 동원해서 알아볼게. 그러니까 나도 부탁 좀 하자."

"네."

"우리 지영이가 소년 A에 대해 알게 됐을 때, 무모한 짓을 하지 못하게 좀 막아 줘."

성희가 피식 웃었다.

"너무 어려운 부탁 아닙니까?"

"어떻게 좀 해 봐. 학연 좋다는 게 뭐냐."

"네, 어떻게든 해 보겠습니다. 그럼 부탁드려요."

*   *   *

성희가 지완과 대화를 나누고 있을 때, 가을은 평소보다 이른 시간에 리성을 만나기 위해 방송국에 들어왔다.

리성과 데이트 계약을 한 후, 리성이나 가을의 시간에 맞춰 시간 일정을 조율하기로 했다.

오늘은 리성이 방송국에서 음악 방송 촬영을 마치자마자 지방 로케를 가기에, 일찍 만나기로 했다.

굳이 방송국에 있을 시간에 가을을 부른 이유를 알 것도 같았다. 아마도 사람들에게 가을과 함께 있는 모습을 보이고 싶어서일 것이다.

누구보다도 스캔들을 조심해야 하는 연예인이 굳이 이런 짓까지 해 가며 가을을 원하는 이유를, 가을은 도통 알 수가 없었다.

하지만 이제 그런 건 아무래도 좋았다.

리성의 대기실로 향하는 동안, 연예인과 스텝들 몇 명이 가을을 알아보고 인사를 건넸다.

"오늘 어쩐 일이야?"

"여기 촬영 일 있어요?"

그렇게 묻는 사람들에게는 "일이 좀 있어서요."라고 대답을 하고 서둘러 자리를 피했다.

힘겹게 대기실에 도착했을 때, 그 앞에는 정훈이 서 있었다.

정훈은 가을을 향해 유독 곱지 않은 시선을 보냈다.

평소처럼 말없이 지나칠까 하다가, 가을은 정훈의 앞에 멈췄다.

아무래도 좋기는 하지만, 사정을 아는 사람에게까지 이런 시선을 받는 건 불쾌하다.

가을은 고개를 들고 정훈을 똑바로 응시하며 말했다.

"알잖아요, 매니저님. 저도 정말로 하기 싫어요, 이런 짓."

가을의 말에 정훈은 적잖이 당황했다.

가을이 그 소녀였다는 걸 알게 된 후, 정훈은 가을을 그저 하나의 덩어리로만 생각하고 있었다.

리성의 앞에서 얼른 치워 버려야만 하는 덩어리. 생명도, 영혼도,

감정도 없는 귀찮은 덩어리.

방금 가을이 눈을 맞추고 자신의 감정을 토로하는 순간, 가을은 아무것도 아닌 덩어리에서 생명을 가진 인간이 되었다.

그러고 보니 전엔 가을을 졸졸 따라다니며 귀찮게 하는 리성 때문에, 항상 가을에게 미안해했던 것이 떠올랐다.

생각지도 못한 순간 목격한 가을의 인간적인 모습에, 정훈은 대답하지 못하고 눈만 크게 떴다.

가을은 그런 정훈을 빤히 응시하다가 그를 지나쳐 대기실 문을 열고 안으로 들어갔다.

탁—

닫히는 문을 보는 동안, 정훈의 심장 부근을 바늘이 콕콕 찌르는 느낌이 들었다.

그러나 정훈은 심장을 찌르는 그것이 '양심'이라는 걸 깨닫지 못했다.

*　　　*　　　*

"아, 누나. 왔어? 일찍 왔네?"

리성은 화장을 하는 중이었다.

리성의 담당 코디가 가을을 향해 의문스럽다는 시선을 던졌다.

"응, 좀 일찍 온 것 같네."

"오늘은 일 없었어?"

"요새 촬영 일은 쉬는 중이야."

"왜? 거기 때문에?"

거기라는 게 가을 심부름센터를 말한다는 걸 알았지만, 가을은 못 들은 척 대답하지 않았다.

"저, 가을이 누나랑 둘이 얘기 좀 할게요."

화장과 의상 체크가 끝나자, 리성이 코디에게 말했다.

코디는 끝까지 가을을 향해 의심스러운 시선을 던지며 대기실에서 나갔다.

"누나, 누나는 뭐 갖고 싶다거나 좋아하는 거 없어?"

"없어."

"에이, 누나야. 대답 좀 성실하게 해 주라. 나한테 화난 건 알지만 이 시간을 좀 더 즐겁게 보낼 수는 있잖아."

어쩜 얘는 이렇게 제멋대로일까?

가을은 리성의 행동을 도통 이해할 수가 없었다.

"그래, 알겠어."

"응, 누나는 뭘 좋아해?"

"글쎄. 뭘 좋아하는지 생각해 본 적이 없는데."

먹고살기 바빠서, 호흡 곤란을 이겨내기 바빠서, 그런 건 생각해 본 적 없었다.

"카메라 좋아하는 거 아냐? 어쨌든 이쪽 일을 하게 됐으니까."

"그런가?"

어쩌면 그럴지도 모르겠다.

유일하게 하고 싶었던 일이니까.

W(더블유)의 그 사진을 보는 순간, 가족을 잃은 후 처음으로 행

복하다는 감정을 느꼈으니까.

"포토그래퍼는 언제부터 하고 싶었던 거였어? 원래 꿈이 그거였어?"

"원래 꿈은 아니었고. 그냥…… 어떤 사람이 찍은 사진을 보고 나니까 아버지가 사진 찍는 걸 좋아했었다는 기억도 났고. 그래서 어쩌다 보니 이 길을 걷고 있더라."

"아버지가 사진 찍는 걸 좋아하셨어?"

"그래 봐야 아마추어셨지. 게다가 지금은 그 사진 한 장 안 남았고."

"응? 왜?"

"그건……."

거기까지 말했을 때, 정훈이 문을 열었다.

"리성아, 나갈 준비해야 돼."

"아, 형. 알겠어. 누나, 나 촬영하고 중간 쉬는 시간에 올게. 그때 얼굴만 좀 보여 주고 가."

"응, 그럴게."

리성이 웃으며 손을 흔들었다.

리성을 보호하듯 따라 나가던 정훈이 가을을 돌아봤다.

그 순간 정훈이 가을에게 보인 눈빛은 깜짝 놀랄 만큼 날카로웠다.

쉬는 시간은 아마 한 시간 조금 넘어서 있을 터였다.

가을은 대기실 의자에 앉아 가만히 시간을 흘려보냈다.

휴대폰도 만지작거리지 않고 그저 앉아서 생각만 했다.

성희는 어떻게 됐을까?

오늘은 심부름센터에 나갔을까?

어제는 분위기에 말려, 할 생각이 없었던 말들을 하고 말았다.

그런 이야기 때문에 성희의 기분이 더 가라앉았을까 봐 걱정이었다.

그의 기분을 풀어 주러 간 건데, 도리어 무거운 짐을 얹어 주고 말았다.

'난 정말 이래서 안 돼.'

성미와의 사건 이후 언제부터인가 자기비하를 하게 되었다.

이런 생각이 하나도 도움이 되지 않는 걸 알지만 어쩔 수가 없었다.

최근에는 내 마음과 내 생각이 내 것 같지가 않다.

얼마나 그렇게 앉아 있었을까.

"리성이 오빠 오면 놀라게 해 주자."

"그냥 놓고만 나오자니까."

여자 아이돌 몇 명이 대기실 문을 열고 들어왔다.

아무도 없을 줄 알고 몰래 들어오던 그들은, 가을을 보고 놀란 듯 걸음을 멈췄다.

—애들이 가끔 선물을 두고 가더라고. 곤란해, 진짜.

후배 가수들의 선물 공세에 대해서는 리성에게 들어서 알고 있기에, 가을은 그리 놀랍지도 않았다.

그저 이 상황에서 아는 얼굴들을 마주친 것이 난처했을 뿐이다.

"어? 최가을이네."

한 아이돌이 가을을 알아보고 말했다.

이제 고작 18살이 된 그녀의 말에도, 가을은 기분 나쁜 표정을 짓지 않았다.

"뭔데? 최가을이 누구야?"

"그 사진작가 있잖아. 저번에 최령 찍어 준."

"아, 그 예쁘게 나온 사진? 우와, 저분이 최가을 씨야? 우와. 나도 사진 찍고 싶었는데."

우르르 들어온 다섯 명 중에는 가을과 한 번도 못 만나 본 사람도 두 명 있었다.

"저기요, 최가을 씨. 최가을 씨가 왜 리성 오빠 대기실에 있어요?"

가을과 얼굴을 아는 아이돌 중 한 명이 물었다.

"그건 진리성 씨한테 물어보는 게 좋을 것 같은데요."

가을이 담담하게 대답했다.

"지금 리성이 오빠 없으니까 그렇죠. 최가을 씨 사생팬이에요? 이러면 좀 질릴 텐데."

"여긴 어떻게 들어왔어요? 이러면 안 되는 거 몰라요?"

유독 표독스럽게 구는 친구들 때문에, 가을을 모르는 아이돌들은 당황한 듯 그들의 팔을 붙잡았다.

하지만 그들에게 최가을은 언제까지나 '을'이었고, 자기가 무슨 짓을 해도 참고 견뎌야만 하는 존재였다.

어린 나이에 연예인이 되어 몇몇 스텝들에게 갑질을 해 온 그들은, 가을이 자기들 앞에서 쩔쩔매지도 않고 당황하지도 않는 게 마음에 들지 않았다.

심지어 가을은 자기들이 우상처럼 여기는 진리성의 대기실에 아무렇지도 않게 앉아 있기까지 했다.

그래서였다.

가을을 향한 말들이 점점 독해진 이유는.

어째서인지 분위기는 가을이 리성을 쫓아다니다 못해, 대기실까지 몰래 숨어든 것으로 흘러갔다.

"있잖아요. 최가을 씨가 이런다고 리성 오빠가 받아 줄 것 같아요? 리성 오빠가 워낙 착하고 그래서, 최가을 씨한테 나쁜 소리를 못 하는 건데, 그걸 오해하고 그러면 안 돼요."

"맞아요. 최가을 씨, 팔에 징그럽게 흉터도 있다면서요. 으…… 엄청 징그럽다던데."

"야, 진짜 왜들 그래. 그만해."

한 명이 당황하며 말렸지만, 그들은 그만두지 않았다.

대기실 문이 열려 있기에, 오가던 사람들 중 몇 명이 호기심에 어린 눈으로 이쪽을 지켜보고 있었다.

가을은 묵묵히 그들의 비난과 조롱을 들었다.

이런 건 아무것도 아니었다.

이런 말은 내 가슴에 아주 자그마한 생채기조차 내지 못한다.

"이런. 이런. 이런."

그때.

비난을 뚫고 귀에 익은 음성이 들려왔다.

가을은 천천히 고개를 들었다.

대기실 앞에 북적이는 사람들을 밀치고, 강한이 들어오고 있었다.

강한은 손에 휴대폰을 높이 들고 있었다.

"이거 참, 좋은 광경을 찍었습니다. 이제 막 시작한 여자 아이돌들의 왕따 현장!"

"뭐야?"

"아저씨, 뭐예요?"

"누구지?"

"찍긴 뭘 찍어요?"

"얼른 지워요! 신고할 거야."

"왕따 아니거든요! 저 여자가 여기 멋대로 들어와서 그러는 거거든요?"

재잘거리는 아이돌들을 내려다보던 강한이 단호하게 말했다.

"저, 아직 총각입니다."

그게 그렇게까지 심각할 일이냐.

방송국에서도 한결같은 강한의 모습에, 가을은 웃음이 나왔다.

"물론 애인은 있지요. 저기, 여러 똥덩어리들 사이에서 홀로 고고하게 앉아 있는 저, 예쁜 여자."

강한이 가을을 가리켰다.

가을은 저 남자가 왜 저러나, 하는 표정으로 강한을 응시했다.

뒤늦게 '똥덩어리들'이 자기들을 가리킨다는 걸 깨달은 아이돌들이,

"이 아저씨가 뭐래?"

"미친 거 아냐?"

"아, 동영상 그만 찍으라고!"

재잘거렸지만, 강한은 여전히 휴대폰을 든 상태로 가을을 향해 다가왔다.

"동영상은 계속 찍을 겁니다, 똥덩어리들. 내 애인한테 멋대로 구는데, 대체 어느 누가 모르는 척할 수 있겠습니까? 그래서야 진정한 남자라고 할 수 없지요."

강한이 가을의 앞에 멈춰, 아이돌들과 구경꾼들을 향해 몸을 돌렸다.

가을은 이 꿈 같은 상황에, 멍하니 강한의 등만 지켜봤다.

그의 등은 늘 그렇듯 넓고 견고했다.

아주 작은 비난 하나, 아주 작은 화살 하나, 가을에게 닿게 두지는 않으리라는 듯이.

그래서 모두의 비난에도 나지 않던 눈물이 날 뻔했다.

가을은 얼른 눈을 깜빡여 눈물을 참았다.

"내 사랑스러운 애인한테 지랄 발광들을 한 이유를 알려 준다면, 동영상을 지워 줄 용의가 있습니다만. 누가 먼저 말해 주실까요?"

강한의 말에, 떠들어대던 아이돌들이 서로의 눈치를 봤다.

이미지 관리가 생명인데, 이유가 뭐든 한 여자에게 안 좋은 소리를 해댄 영상이 퍼지면 끝장이었다.

아이돌 한 명이 손을 들었다.

가장 먼저 가을을 비난하기 시작한 아이돌이었다.

"저 여자가 나빴어요. 리성 오빠 대기실에 몰래 들어와 있었거든요. 원래 여기 아무나 들어올 수 있는 데 아니에요. 그래서 나가라고 했는데도 안 나가고 버티니까. 그래서 그런 거예요."

"아, 그렇군요. 그런데 말입니다. 크게 오해하는 부분이 있네요. 이건 고객님의 요청에 의한 일일 뿐, 내 사랑스러운 애인이……."

"대장."

가을이 강한의 손목을 잡았다.

리성과의 의뢰는 극비였다.

그런 걸 이렇게 사람이 많고 말 많은 곳에서 언급하다니.

그것도 고객과의 약속을 무엇보다 소중하게 여기는 강한이.

"내 사랑스러운 애인의 잘못은 없습니다."

하지만 강한은 멈추지 않고 끝까지 말했다.

아이돌들이 어이없단 표정을 지었다.

"뭐야?"

"고객님? 그게 뭔데?"

"근데 최가을 씨 애인이 이 아저씨였어?"

"그럼 리성 오빠는 뭔데?"

아이돌들이 소곤거리는 소리를 들은 후에야, 가을은 강한이 왜 이렇게 '애인' 타령을 해댄 건지 깨달았다.

리성과의 스캔들이 날지도 모르는 상황이니, '최가을은 애인이 있다.'는 걸 미리 못 박아 두려는 것이다.

이 짧은 순간 거기까지 생각하고 행동한 강한이 새삼 대단하게 느껴졌다.

"어? 왜 다들 내 대기실에서 날 기다리고 있지? 나, 오늘 생일인 가?"

밖에서 리성의 유쾌한 음성이 들려왔다.

어느새 쉬는 시간이 된 모양이다.

안의 상황을 모르는 리성은 밝은 표정으로 들어왔다가, 강한을 보고는 인상을 찌푸렸다.

"오셨군요, 고객님."

강한의 말에 리성의 표정이 더 어두워졌다.

"이봐, 그만둬."

정훈이 주위의 눈을 생각해서인지 작게 말하며 다가왔지만, 강한은 그만두지 않았다.

"고객님, 계약서를 보시면 계약 사항 3조 계약 파기 부분에 명확하게 명시되어 있습니다. 우리 직원이 신체적, 혹은 정신적 학대, 모욕을 당할 시 이 계약은 무효가 되며, 을은 갑에게 정신적, 신체적 피해 보상을 요구할 수 있다고."

강한의 말에, 가을은 유독 두꺼웠던 계약서와 계약서에 꼭 사인을 받아 오라던 강한의 말을 떠올렸다.

리성은 분명 별거 아니라고 우습게 생각하며 읽어 보지도 않고 사인을 했었다.

강한의 입에서 계약이네, 뭐네 하는 말이 나오자, 모두가 조용해졌다.

흘러가는 상황으로 봐서는, 리성이 저 남자와 어떠한 계약을 했는데, 거기에 가을이 관계되어 있는 것 같았다.

그리고 어쩌면 그게 리성이 가을을 '산다.'는 계약일지도 모르겠다는 생각들을 하고 있었다.

"당신이 고집을 부려서 계약을 하긴 했지만, 계약 조건을 어겼고, 계약은 끝났어. 내 애인이."

그렇게 말하며 강한은 가을의 어깨를 감싸 자기 품으로 끌어당겼다.

"당신의 지인들, 혹은 주변인들에게 모욕을 당한 순간, 당신은 우리 고객도, 뭣도 아니야. 계약서는 종잇조각이 됐고, 내가 이 계약에 대해 입을 다물 이유도 없어졌어."

강한의 음성은 낮았지만 힘이 있었다.

모두 숨도 쉬지 않고 강한의 말을 듣고 있었다.

정훈이 주먹을 꽉 쥐었지만, 보는 눈이 많은데 어떻게 움직일 수도 없었다.

"잘 들어 둬. 네가 어떤 식으로 가을이를 협박해서, 데이트 계약을 따냈는지 알고 있어. 나는 지금 입을 다물고 있지만, 이 입이 언제까지고 다물려 있을 거라고 생각하지 마. 그리고."

강한은 정훈을 한 번 쳐다봤다가 다시 리성을 노려봤다.

"언제나 네가 원하는 대로 세상이 흘러가는 건 아니야. 두 번 다시는 최가을을 귀찮게 하지 마."

리성은 강한에게 단 한 마디도 하지 못했다.

강한은 가을을 품에 안은 채로 사람들을 해치고 그곳을 떠났다.

이런 상황에서 리성도, 그의 매니저인 정훈도 아무 말 못 하자, 다들 둘의 눈치를 보며 소곤거렸다.

두 사람이 아무 대응도 못 한다는 건, 강한이 한 말이 전부 진실이라는 것이다.

"다들 나가 주십시오."

이윽고 정신을 차린 정훈이 사람들에게 요청했고, 다들 소곤거리며 그 자리를 떠났다.

리성은 주먹을 꽉 쥐고 돌이 된 듯 가만히 서 있었다.

그런 리성을 물끄러미 응시하다가, 정훈은 깊은 한숨을 내쉬었다.

최악의 상황이었다.

*   *   *

방송국에서 나오자마자 가을은 몸을 비틀어 강한의 품을 벗어났다.

"대장, 대체 어쩌자고 거기서 그런 얘기를 다 한 거예요?"

"그놈이 계약을 어겼잖아."

"만약 진리성이 방송에서 날 좋아하네, 어쩌네, 떠들면 어떻게 해요?"

"다 생각이 있어. 걱정 마."

"걱정을 말 수가 없죠. 만약 그런 일이 생기면 나도 그렇고, 이제는 대장까지 귀찮아질 거예요."

"그놈은 절대 방송에서 그딴 소리 못 해. 지금 이런 상황에서 그놈이 떠들면 누가 더 손해겠어?"

강한이 도로변에 서서 택시를 잡기 위해 손을 흔들며 말했다.

"진리성은 대장이 생각하는 것보다 인기가 많아요. 이런 일쯤, 어떻게든 변명해서 잘 넘길걸요. 자기 이미지 관리, 잘할 거라고요."

"그것도 다 옛날이야기야. 이제 그놈은 자기 이미지 관리 못 해. 망가졌거든."

"망가지다니…… 아무튼요, 대장. 이러다가 가을 심부름센터까지 피해가 가면……."

"최가을."

강한이 들어 올린 손을 내리고 가을을 돌아봤다.

더 항변하려던 가을은 그의 형형한 눈빛을 보고 입을 다물었다.

"심부름센터에 피해가 오든, 말든, 넌 거기까지 생각할 거 없어. 그건 내가 어떻게든 해결할 문제야. 내가 대장이니까."

"하지만 나 때문에……."

"그 빌어먹을 놈의 나 때문에 타령 좀 하지 마. 너 때문이면 어떻고, 구미호 때문이면 어떻고, 형님이나 캡 때문이면 또 어떤데? 내가 그거 하나 관리 못 하는 주제에 대장이 된 것 같아? 내가 알아서 할게. 내가 알아서 하겠다고!"

강한의 음성이 높아졌다.

지금껏 강한은 가끔―아니, 자주― 언성을 높이긴 했지만, 그런 것과는 달랐다.

뭔가, 가을이 표현할 수 없는 강렬한 감정이 그의 음성에 담겨 있었다.

그래서 가을은 더 이상 항변하지 못하고 그를 올려다봤다.

"심부름센터가 죽이 되든, 똥이 되든, 전부 다 내가 알아서 하겠다고! 그런데 지금 내가! 전부 다 알아서 할 수 있는 내가! 유일하게 못 하겠는 게 하나 있어. 그게 뭔지 알아?"

가을은 고개를 절레절레 저었다.

"최가을."

강한이 가을의 양 어깨를 꽉 잡았다.

"요새 네가 울적해 해서, 자꾸만 땅 파고 들어가서, 내가 아주 심란해 죽겠어. 네가 부서질 것처럼 보일 때마다, 내 심장이 아주 그냥 벌렁거려서, 심장 마비가 올 것 같아. 이 젊고 싱그러운 나이에, 심장 마비로 죽을 것 같다고."

이 남자가.

지금 무슨 말을 하는 거지?

"나 죽는 꼴 보기 싫으면. 최가을. 제발 지금 그 자리에 서서 가만히 좀 있어. 더 움직이지 말고 나한테 시간 좀 줘. 지금 너 어두운 거 알고, 지금 너 죽겠는 거 알아. 그런데 그보다 더 어둡고 더 죽고 싶은, 거기로 걸어가려고 하지 마. 그냥 이 자리에서 조금만 기다리면, 내가 찾을게."

"……."

"어떻게든 널 거기서 끄집어낼 방법, 내가 찾아낼 테니까. 나한테 그걸 찾을 시간을 줘. 고민할 시간 정도는 줄 수 있잖아. 안 그래?"

이런 걸 두고 기세에 밀렸다고 해야 하는 걸까?

그 어느 때보다도. 아니, 처음으로 본 그의 애절하고도 강렬한 모습에, 가을은 다른 생각을 할 여유가 없었다.

가을이 할 수 있는 건 그저 고개를 끄덕이는 것뿐이었다.

금방이라도 울 것 같은, 혹은 금방이라도 폭발할 것 같은 그의 잘생긴 얼굴을 보며, 가을은 멍하니 대답했다.

"아…… 네에. 네, 그럴게요."

강한은 가을을 집 앞까지 데려다주었다.

다른 때라면 데려다줄 필요 없다고 할 텐데, 오늘은 그럴 수가 없었다.

강한은 정말이지 평소답지 않았다. 그의 육체 안에, 가을은 알 수 없는 오만 가지 감정이 가득 차 있는 것만 같았다.

데려다주는 내내 강한은 정면만 응시하고 있었는데, 살짝이라도 건드리면 '펑!' 소리를 내며 터질 것만 같았다.

강한에게 고맙다고 인사를 하고 집으로 들어온 가을은 침대에 털썩 앉아 중얼거렸다.

"방금…… 도대체 뭐였지?"

*   *   *

20년 전의 사건을 조사하는 건 쉬운 일이 아니지만, 지완에게는 그렇지도 않았다.

지완의 뒤에는 든든한 배경이 있었기에, 어렵지 않게 그 사건의 관계자들을 만날 수 있었고, 어렵지 않게 그때의 일에 대해 들을 수 있었다.

지완이 성희에게 만나자고 연락한 건, 성희의 부탁을 받고 3일이 지난 후였다.

성희는 연인과 특별한 날에나 올 법한 고급스러운 레스토랑 앞에서 한숨을 내쉬었다.

이래서 지완이 불편하다.

사내 둘이 만나는 장소를 이런 레스토랑으로 정하다니.

안으로 들어가자 검은색 베스트를 입고 나비넥타이를 맨 웨이터가 성희를 맞이했다.

지완의 이름을 말했더니 안쪽으로 안내를 했다.

평일이고 점심시간을 막 지난 시간이라서 그런지, 레스토랑에는 손님이 없었다.

지완은 아무도 없는 가게의 가장 좋은 자리에 우아하게 다리를 꼬고 앉아 있었다.

눈초리가 살짝 올라간 눈매와 이마에서 부드럽게 이어지는 콧날은, 지영과 똑같았다.

저기에 가발만 씌우면 지영이라고 속일 수 있을지도 모르겠다.

"선배, 제발 이런 곳 말고 평범한 데서 만날 수는 없습니까?"

"평범하잖아."

"평범한 사람들은 이런 곳에 애인이랑 오죠."

"그럼 네가 내 애인 역할을 하든가."

성희가 몸을 부르르 떠는 걸 보며, 지완은 작게 웃었다.

웨이터가 와서 오늘의 요리를 안내했고, 지완은 능숙하게 주문을 하고 와인을 시켰다.

요리가 하나씩 나오기 시작했다.

성희는 얼른 정보를 듣고 싶었지만 느긋하게 식사하는 지완을 재촉하진 않았다.

지완은 자기가 말하고 싶어져야 이야기를 시작할 것이다.

항상 강한이 너무 제멋대로라고 말하지만, 그건 지완과 지영 남매도 마찬가지였다.

"우선 20년 전 사건의 진실에 대해 말해 줄게."

메인 요리를 반쯤 먹었을 때, 지완이 입을 열었다.

"당시 자료를 찾는 건 어렵지 않았어. 담당 소방관이 아직 현직에 있어서 직접 만나 얘기도 들었지. 그러니까 내가 알게 된 게 정확한 사실일 거야."

지완이 이야기를 하는 동안 성희는 단 한 번도 끊지 않고 들었다.

불이 난 상황에 대해 자세하게 듣지 못했던 성희는, 지완이 알려 주는 진실을 듣자 그때 그 상황에 있었던 것처럼 가슴이 아팠다.

비극적인 사건이었다.

"이게 당시 사건에 대한 보고서야. 카피를 해 왔어."

지완이 옆 의자에 놔뒀던 서류 봉투를 성희에게 건넸다.

"감사합니다, 선배. 이 은혜는……."

"은혜는 다음 것까지 듣고서 갚아."

"또 뭔가 있습니까?"

"이번에는 소년 A에 대한 거야."

소년 A는 진리성.

그것으로 문제는 끝난 줄 알았는데, 뭔가 또 있는 걸까?

심장이 덜컥 내려앉았다.

"소년 A에 대해 좀 더 깊이 조사를 해 봤어. 소년 A. 진리성. 본명 최진우. 그 자체에는 큰 문제가 없어. 그 이후로 사고를 친 적도, 구설수에 휘말린 적도 없지."

"그럼 뭐가 문제인 거죠?"

"최진우의 부친. 그자가 문제야."

"위험한 사람입니까?"

"위험하다고 해야 하나? 원래 평범한 직장인이었어. 당시에 A 그룹 자회사의 대리였지. 최가을 사건이 터지고 나서 도망치듯 그 동네를 떠났고, 1년 후에 유산으로 받았던 땅이 재개발 지역이 되면서 큰돈을 벌게 돼. 그 돈으로 의류 사업을 시작했는데, 의외로 대박이 터져서 수중에 돈 좀 있어. 한마디로 졸부라는 거지."

"그렇군요."

가을이 더 안쓰러워졌다.

가을은 가족을 잃고 한 푼도 없이 친척들 집을 전전하게 되었는데, 그 일의 원인이 된 소년은 오히려 부족함 없이 잘살게 되었다.

정말이지, 엿 같은 세상이다.

"갑자기 부자가 된 사람이 전부 그렇진 않겠지만, 대부분 돈이면 다 된다고 생각하게 되는 경향이 있지. 없던 게 생기고 나니 하늘 무서운 줄 모르게 되는 거야. 하늘이 무서운 줄 모르니, 작은 문제가 생겨도 강압적으로 해결을 하려고 하고."

"소년 A의 부친에게 그런 사례가 있었습니까?"

"7년 전에 가쉽지 기자 한 명이 소년법에 대해 쓰려고 조사를 하다가, 최가을 사례를 발견했고 그에 대해 더 깊이 알아보려고 했어. 소년 A의 정체에 대해서 알아보기도 전에, 입막음을 당했지."

"죽었나요?"

"교통사고를 당했어. 사고인지, 고의인지는 알 수 없지만. 당시 사고를 낸 차주가 하는 말로는, 마치 누군가에게 떠밀린 것처럼 뛰어들었다고 하더군. 하지만 기자는 만취 상태였기 때문에, 취중에 발을 헛디뎌 벌어진 일이라고 사건은 종결됐어."

"그런 일이 있었군요."

"그래. 당시 사고를 조사하면서 기자가 조사 중이던 사건에 대한 언급이 나오기는 했지만, 경찰들 입장에선 그저 '소년법'에 대한 접근을 하는 중이었기 때문에 큰 문제가 없다고 판단하고 사건을 종결시킨 거지."

"이제 다시 사건을 조사할 수는 없는 겁니까?"

"증거가 전혀 없어. 너무 오래 지난 일이고. 이것도 내가 최가을 사건을 알게 됐기 때문에 끼워 맞춘 후에 내린 결론일 뿐, 내 생각이 틀렸을지도 몰라."

"아니요, 전 그렇게 생각하지 않습니다. 강한이 얘기로는 부친이 소년 A를 과할 정도로 보호하고 있다고 하더군요. 매니저라는 명분의 보디가드도 옆에 두고요. 아마 소년 A가 그 사건으로 피해를 보지 않도록 무슨 일이든 할 테죠."

"네가 그렇다면 그런 거겠지. 그래서 어쩔 셈이야? 힘 좀 빌려줘?"

"빌려야 할 때가 오면, 제가 아니라 강한이가 빌리러 올 겁니다."

강한이란 말에 지완이 오만상을 찌푸렸다.

내내 느긋하던 그의 얼굴이 '강한'이란 이름 하나로 일그러지는 모습을, 성희는 속으로 혀를 차며 지켜봤다.

사람은 원래 닮은 사람을 싫어한다는 말이 있는데, 지완이 유독 강한을 싫어하는 건 서로가 닮았기 때문인지도 모르겠다.

"네가 와."

지완이 말했다.

"글쎄요. 그때 봐서요."

"너, 은혜 갚는다며?"

"아, 은혜도요. 그것도 아마 강한이가 갚을 겁니다."

"너, 은혜를 원수로 갚냐?"

"점심 맛있게 먹었습니다. 다음에 또 뵙죠."

성희는 지완에게 잡히기 전, 얼른 일어났다.

레스토랑을 나오기 전 돌아보니, 지완은 다시 평정심을 되찾고 남은 요리를 먹는 중이었다.

그 우아한 모습을 보며, 성희는 생각했다.

'역시 우강한이랑 똑같아.'

17장

가을 심부름센터의 붉은 대문 앞에서, 성희는 크게 심호흡을 했다.

불과 며칠 안 왔을 뿐인데, 가을 심부름센터에 아주 오랜만에 온 기분이 들었다.

대문을 열고 들어가니, 마당에 연진이 보였다.

연진은 마당에 쌓인 눈을 치우는 중이었다.

"요새 안 나온다고 들었는데."

"네, 오늘 오랜만에 나왔어요. 형님도 안 나온다고 하니까 신경 쓰여서."

"그래. 강한이는?"

"일하러 나갔어요. 고객님 강아지 산책이요. 곧 돌아올걸요."

"그래."

"구미호 누나가 자꾸 찾아와요."

"그렇더라."

"우리가 뭔가를 안다고 생각하는 것 같아요. 뭐, 사실이긴 하지만…… 그래서 걱정돼요. 이러다가 말실수라도 할까 봐."

연진이 깊은 한숨을 내쉬었다.

고민이 많았는지 안 그래도 마른 몸인데 그새 살이 더 빠졌다.

"구미호 앞에서 말실수를 하면 큰일이지."

"네, 그래서요. 그래서 도저히 여기에 나올 수가 없었어요. 미호 누나한테도 그렇고, 가을이 누나한테도 그렇고. 대체 어떻게 행동해야 좋을지 모르겠더라고요."

"……."

"앞으로 어쩔 거예요? 이대로 계속 감출 수는 없잖아요. 가을이 누나도 언젠가는 알게 될 거예요."

"그래, 그래서 지금부터 그걸 의논할 생각으로 온 거야."

*　　　*　　　*

강아지 두 마리를 산책시키는 건 어렵지 않은 일이었다.

오늘 맡은 강아지들은 성격도 좋고 말도 잘 들어서, 강한이 멈추라고 하면 멈추고 가자고 하면 가는, 바르고 성실한 멍멍이들이었다.

강아지들에게도 분명 이름이 있지만, 강한은 늘 그 강아지들은 멍원, 멍투라고 불렀다.

멍원과 멍투는 언제나처럼 꼬리를 신나게 흔들며 걷고 있었고, 강한은 언제나와 다르게 통화를 하는 중이었다.

"그렇군."

이번에도 다른 심부름센터에서 온 전화였다.

가을을 처리해 달라는 의뢰를 받았는데, 가을 심부름센터와 연관이 있는 것 같아서 일단 보류해 놓고 연락을 줬다는 것이다.

정훈은 직접 만나서 거래를 하고 싶지 않아, 전화 통화로만 의뢰를 할 수 있는 업체들에 의뢰를 하고 있었다.

하지만 그 업체들이 원하는 대로 움직여 주지 않는다는 걸 알게 되면, 조만간 강한의 입김이 미치지 않는 곳에 의뢰를 하게 될 것이 분명했다.

그렇게 되면 강한도 덮쳐 오는 위험을 막기 힘들어진다.

그 전에 무슨 일이든 해야만 하는데, 그보다는 가을의 상처를 어떻게든 치료해 주는 것이 급했다.

"그렇다면 김 사장. 이번에는 이쪽에서 내가 의뢰를 하고 싶은데. 최가을 문제로 의뢰를 하려는 그쪽의 정체와 증거를 좀 모아 줘."

[뭔데 그래? 불쾌한 씨, 뭔 문제라도 생겼어?]

"응, 아주 큰 문제가 생겼어."

사랑에 빠졌으니까.

"하여간 부탁 좀 할게. 정보는 최대한 많이 모아 줬으면 좋겠어."

[불쾌한 씨 의뢰인데 당연히 해 줘야지. 다른 쪽에도 연락 넣어 둘게. 도와줄 일은 없고?]

"일단은 법을 위반하지 않을 생각이야."

[이단은?]

"그때가 오면 말해 줄게."

"그때가 뭔데요?"

뒤에서 들려오는 목소리에, 강한은 화들짝 놀라 통화 종료 버튼을 눌렀다.

가을이 바로 뒤에 서 있었다.

언제부터 있었을까?

"언제 왔어?"

"방금요. 우와, 강아지 되게 귀엽네요."

가을이 옅은 미소를 지으며 강아지들 앞에 쪼그리고 앉았다.

강아지들은 꼬리를 붕붕 흔들며 가을에게 애교를 부렸고, 그 모습에 가을의 미소가 더 진해졌다.

강한은 멍원과 멍투를 속으로 응원했다.

좀 더 그녀를 웃게 해 줘.

나는 해 줄 수가 없으니까.

"대장, 뭐 심각한 일 있어요?"

"없어, 그런 거."

"표정이 엉망인데."

"세상에서 제일 잘난 얼굴을 두고 엉망이라니. 어휘력이 안 좋나보네."

"네, 그러시겠죠."

가을이 일어났다.

이틀 전, 리성과 계약 파기를 한 사건이 있고 나서 처음으로 강한을 만나는 것이었다.

　　―네가 부서질 것처럼 보일 때마다, 내 심장이 아주 그냥 벌렁
거려서, 심장 마비가 올 것 같아.
　　―그보다 더 어둡고 더 죽고 싶은, 거기로 걸어가려고 하지 마.
그냥 이 자리에서 조금만 기다리면, 내가 찾을게. 어떻게든 널 거
기서 끄집어낼 방법, 내가 찾아낼 테니까. 나한테 그걸 찾을 시간
을 줘.

　격한 모습을 가을을 놀라게 했던 강한은, 그런 일 없었다는 듯
담담했다.
　그날의 일이 꿈이었나 싶을 정도였다.
　"애네 데려다주고 들어가자."
　"네, 그래요. 그런데 애네 이름 뭐예요?"
　"멍원. 멍투."
　"뭐 이름이 그렇대? 진짜 대충 지었네."
　"대충이라니. 심혈을 기울여서 지은 이름인데."
　"너무 대충인데요. 누군지 몰라도 작명 센스 엉망이네요. 그 사
람은 자식 이름 같은 거 짓지 말아야겠어요."
　"……."
　바로 근처가 의뢰인의 집이었다.
　강한이 벨을 누르고, "심부름센터입니다."라고 말하자, 곧바로
의뢰인이 나왔다.

의뢰인은 멍원, 멍투를 보고 말했다.

"우리 쿠키, 초코. 잘 다녀왔어?"

가을이 강한을 지그시 노려봤다.

강한은 시선을 피하며 "3만 원입니다, 고객님."라고 말한 후, 돈을 받았다.

가을 심부름센터로 걸어가며, 가을이 말했다.

"대장이야말로 거짓말쟁이네요. 멍원, 멍투라면서요?"

"멍원, 멍투가 어때서? 쿠키, 초코보다는 낫잖아."

"쿠키, 초코가 낫죠."

"그게 뭐가 나아? 살아 있는 생명 이름을 왜 먹을 걸로 지어? 너 같으면 네 이름이 치킨이나 소시지인 게 좋겠어?"

"……."

"거봐, 할 말 없지?"

"어이가 없어서 말문이 막힌 거예요."

그런 대화를 하며 가을 심부름센터 앞에 도착했을 때였다.

"의논한다고 답이 나올까요? 안 그래도 가을이 누나 많이 힘든데, 이 상황에서 누나가 소년 A의 정체를 알게 되면……."

쾅—!

강한이 주먹으로 대문을 쳤다.

하지만 너무 늦었다.

가을은 이미 연진의 말을 듣고 말았다.

가을은 눈을 크게 뜨고 대문을 응시했다.

대문을 연 연진이 강한을 발견했다.

"뭐예요, 대장. 오셨으면 직접 열고…… 아, 가을이 누나…….”

강한의 뒤쪽에 서 있는 가을을 발견한 연진의 얼굴에서 핏기가 가셨다.

강한이 왜 문을 세게 내리쳤는지 깨달은 것이다.

가을도, 강한도, 연진도 입을 열지 않고 얼어붙은 공기 속에서 서로를 응시하고 있었다.

"왜 안 들어와?”

연진의 뒤에서 이쪽을 살펴본 성희도 상황을 눈치채고는 입을 다물었다.

가을은 주먹을 꽉 쥐었다.

강한이 소년 A의 정체를 안다는 건 알고 있었다.

어쩌면 성희도 알지도 모른다는 생각은 하고 있었다.

하지만 연진까지 알 줄은 몰랐다.

아니. 아는 게 당연한 걸까.

그들은 가을 심부름센터 직원들이니까 아는 게 당연하고, 나는 가을 심부름센터의 직원이 아니니까 모르는 게 당연하고.

그런 걸까.

'그런 거겠지.'

애초에 이곳에서 일하게 된 이유부터가 '최가을은 위험인물이 아니냐.'라는 설 승명하기 위해서였다.

직원들이 다 알고 나만 모르는 상황을 부당하다고 생각할 이유는 없었다.

당연한 방침이니까.

그런데 왜 이렇게 서운하고 화가 나는 걸까?

왜 이렇게 속상한 거지?

가을은 휙 돌아서서 걷기 시작했다.

강한이 따라오는 소리가 들렸지만 돌아보지 않았다.

"최가을. 잠깐 얘기 좀 하자."

"싫어요."

"최가을."

그가 가을의 손목을 잡았다.

가을은 돌아보지도 않고, 그 손을 뿌리치려고 애쓰지도 않으며
말했다.

"날 건드리지 마요."

강한의 손에서 힘이 빠졌고, 가을은 다시 걸었다.

"최가을. 제발 좀 멈춰서 나랑 얘기 좀 해."

그가 끈질기게 따라오며 말했다.

가을은 멈춰 서 휙 돌아 강한을 올려다봤다.

가을의 눈가는 붉었고, 입술은 꽉 다물려 있었다.

감정을 꾹 삼키려는 그녀의 모습에, 강한은 무어라 말해야 좋을
지 알 수 없었다.

그래서 주먹을 살며시 쥐는 그를 향해, 가을이 말했다.

"이러면 안 돼요?"

"⋯⋯."

"나요. 지금 화내면, 나쁜 애인 거예요? 도저히 몹쓸 애인 거예
요? 대장이, 캡이, 형님이 다 아는 그거. 소년 A, 그 애에 대한 거. 나

혼자 모른다고 화를 내면, 그러면 나…… 위험한 애인 거예요?"

금방이라도 울음을 터뜨릴 것 같은 얼굴이지만, 가을은 울지 않았다.

울지 않으려고 애쓰는 그녀의 모습이 오히려 애달파, 강한은 가슴이 미어졌다.

"아니, 돼."

강한이 말했다.

"화내도 돼. 화내도 되고, 욕해도 되고, 나를 좀 때려도 돼. 그런다고 네가 위험한 애라는 생각 안 하고, 몹쓸 애라고도 생각 안 해."

가을이 눈을 질끈 감고 이를 악물었다.

강한은 그녀의 어깨를 향해 손을 뻗다가 도로 내리고 말했다.

"시간을 좀 줘."

강한의 말에 가을이 눈을 번쩍 뜨고 강한을 노려봤다.

"그놈의 시간!"

"좀 줄 수 있잖아! 많이도 안 바랄게. 일주일. 일주일만 기다려 봐."

"왜요? 일주일 기다리면 뭐가 좀 나아져요? 내가 더 나은 인간이 돼요? 아니면 소년 A가 죽기라도 해요?"

"소년 A는 안 죽어. 너는 지금이 딱 좋아. 더 나은 인간이 될 필요 없어. 그저 시간이 좀 필요해. 최대한 네가 상처받지 않도록, 소년 A가 누군지 알아도 괜찮도록, 그 방법을 찾아볼 시간이 필요해."

"그럴 방법 없어요, 대장. 소년 A가 누구든, 그 애의 불장난에 내 가족들이 죽은 건 변하지 않아요. 나는 그 애가 밉고, 싫고, 끔찍하고, 증오스러워요. 대장이 무슨 짓을 해도, 그 어떤 것을 해 줘도, 내 생각은 안 변해요. 나는……."

"말했잖아. 네가 지금보다 더한 어둠을 향해 걸어가는 게 싫다고."

강한이 부드럽게 말했다.

상황과 어울리지 않게도, 그의 음성은 아플 정도로 달콤했다.

"네 말대로, 나는 방법을 찾을 수 없을지도 몰라. 하지만 고작 일주일이야. 지금껏 잘 기다렸잖아. 그러니까 일주일만 더 기다려. 일주일 후엔 내가 그 방법을 찾는 것과 상관없이 소년 A에 대해 말해 줄 테니까. 내가 임종 직전이 되더라도, 소년 A에 대해서는 말해 주고 죽을 테니까."

가을은 강한을 지그시 쏘아봤다.

이제는 그의 말을 믿을 수가 없었다.

고통스러운 표정으로 가을을 내려다보던 강한이 갑자기 뻔뻔하게 표정을 바꿨다.

"왜 그렇게 째려봐? 난 원래 제멋대로야. 인제 와서 개과천선이라도 할 줄 알았어?"

"……."

"일주일이야. 네 기분이 어떻든, 난 일주일이 필요해. 일주일, 기다려."

"……."

"왜? 뭐? 그렇게 째려본다고 내가 무서워할 것 같아?"

강한이 슬그머니 시선을 옆으로 피하며 투덜거렸다.

그런 그의 모습을 보자, 어째서인지 힘이 쭉 빠졌다.

"알겠어요."

가을은 돌아서며 말했다.

"일주일 후에, 심부름센터로 갈게요. 지금은 혼자 있고 싶어요."

연진과 성희는 초상을 치르는 분위기로 강한을 기다리고 있었다.

강한이 들어오자 연진이 벌떡 일어났다.

"죄송해요, 대장. 가을이 누나가 올 줄은 몰랐어요. 입조심을 해야 했는데……."

"그런 건 됐어."

강한이 지친 듯 소파에 털썩 주저앉았다.

연진과 성희가 강한의 자리에 앉아 있는데도, 그는 그 부분을 지적하지 않았다.

강한은 검지로 미간을 문질렀다.

"일주일을 벌었어. 일주일 후에는 최가을에게 말해 주기로 했어."

"그래도…… 괜찮을까요?"

"모르겠어."

강한이 손을 내리고 고개를 뒤로 젖혔다.

"아, 진짜 아무것도 모르겠다."

*   *   *

최근 연예계는 얼마 전 리성의 사건으로 떠들썩했다.

리성이 가을을 돈 주고 고용한 것 같다는 소문이 공공연하게 퍼져 있었다.

가을과 자주 일을 하던 소라는, 부글부글 끓는 기분으로 스텝들의 뒷담화를 듣고 있었다.

방금 전 일을 끝내고 돌아간 아이돌들이 촬영하는 내내 리성과 가을 사건에 대해 이야기를 하고 돌아갔다. 그 때문인지 스텝들은 불이 붙어 신나게 가을에 대해 떠들어대고 있었다.

"얌전한 고양이 부뚜막에 올라간다는 게 딱 이런 거지."

"사실 진리성이 최가을한테 먼저 관심을 보일 리가 없잖아. 약점 같은 거 잡힌 거 아냐?"

"가을이 언니, 그렇게 안 봤는데. 되게 남자 싫어하는 척하지 않았어요? 회식도 한 번 안 나오고."

"어디서 주워들은 게 있나 보지. 도도한 척하는 여자를, 남자가 더 좋아한다는 말."

"성공한 건가?"

"성공한 거겠어? 진리성이 최가을을 진심으로 상대할 리가 없잖아. 다들 뭔가 잘못 알고 있는 거겠지."

"그만들 좀 해!"

소라는 더는 참을 수가 없었다.

소라가 날카롭게 외치자, 뒷정리를 하며 떠들어대던 스텝들이 왜 저러냐는 듯 소라를 돌아봤다.

소라는 그들을 하나하나 노려보며 말했다.

"니들, 그렇게 사람 볼 줄 몰라? 아니, 그래. 설령 가을이랑 진리성 사이에 뭐가 있다고 쳐. 그런데 그게 왜? 가을이가 너희들한테 뭐 하나 잘못한 적 있어? 가을이 때문에 너희가 피해 본 적 있느냐고."

"……."

"그런데 왜들 뒤에서 이렇게 씹어대는 거야? 너네, 진짜 이해가 안 된다. 불과 며칠 전까지만 해도 같이 일하던 사람인데."

틀린 말은 아니었기에, 다들 대꾸하지 못했다.

하지만 소라는 자신이 나가자마자 그들이 이번엔 소라까지 끼워서 욕하리라는 걸 알고 있었다.

아무래도 좋았다.

소라는 신경질적으로 물건을 정리하고는 스튜디오를 나갔다.

대기실에서 자기 순서를 기다리던 여자 아이돌 가수들 중에는 얼마 전 리성과 가을의 사건을 목격한 아이돌도 있었다.

"진짜 어이가 없더라니까요. 어디서 이상한 아저씨 한 명 애인이라고 내세워서는."

"그런데 그 아저씨, 잘생기긴 했더라. 얼굴 제대로 봤어?"

"야, 얼굴만 잘생기면 다야? 성격이 좋아야지. 그 아저씨가 리성이 오빠한테 하는 짓 못 봤어?"

"리성이 오빠는 왜 그 여자한테 그러는 거지? 그 여자가 뭐라고."

"그 여자가 리성이 오빠 사진 진짜 많이 찍어 줬을걸. 리성이 오빠 화보 사진 보면, 거의 그 여자더라."

"그 여자가 리성이 오빠보다 나이가 더 많지? 주책이다, 다 늙어서."

"그 여자, 팔 병신이라던데."

"어? 진짜? 멀쩡해 보였는데."

"아니, 그 여자. 여름에도 긴 옷 입고 다닌대. 팔이 엄청 징그러워서. 쭈글쭈글. 예은이 언니가 그랬는데. 맞죠, 언니?"

한 아이돌이 구석에 뚱한 표정으로 앉아 있는 예은에게 물었다.

모두가 자신의 대답을 기다리는 걸 깨달은 예은이 입을 열었다.

"팔 병신 아냐."

"네? 하지만 언니가……"

"상처 좀 난 거겠지. 아, 그리고 다들 그게 말이 돼? 그 여자 깜냥에 리성이 오빠를 꼬실 수나 있겠어? 그 여자가 리성이 오빠 꼬신 거 아냐."

"그렇다고 리성이 오빠가 꼬신 것도 아닐 거 아니에요. 그런 여자를."

"몰라, 거기까진."

예은은 팔짱을 끼고 인상을 찌푸렸다.

모른다고 했지만, 사실은 알고 있었다.

리성이 가을을 졸졸 따라다니는 것도, 가을이 난처해했던 것도, 전부 다 직접 목격했다.

가을이 정말로 싫지만, 그래서 가을의 팔을 가지고 못된 소리를 해댄 적도 있지만.

'리성이 오빠 대체 무슨 생각인 거야? 사람을 사고팔고 하다니. 미친 거 아냐?'

리성의 행동을 도저히 이해할 수가 없었다.

　　　　　*　　　　*　　　　*

　연예인들 사이에 소문이 쫙 퍼졌는데, 기자들이 입을 다물고 있을 리가 없었다.

　인터넷 포털 뉴스 연예계 기사는 '리성의 그녀'에 대한 이야기로 가득했다.

　리성의 아버지인 최 대표와 소속사가 손을 썼지만, 퍼지는 기사를 전부 막을 수는 없었다.

　급기야 리성이 늦은 밤에 그녀와 편의점 앞에서 데이트하는 장면을 찍은 사진을 제보하는 사람까지 나타났다.

　그 사진은 올린 지 몇 분도 되지 않아 온갖 사이트로 퍼져 나갔다.

　모자를 푹 눌러쓴 리성이 한 여자를 마주 보고 앉아 있었는데, 여자의 모습은 거의 뒷모습이라서 옆얼굴이 아주 조금만 보여 확신하기는 힘들었다.

　하지만 리성의 모자와 옷은 팬들이 알고 있기에, '진리성이 맞다.'라며 확신을 했다.

　팬들은 '리성의 그녀'에 대해 의견이 분분했다.

　아이돌이라는 둥, 스텝이라고 들었다는 둥, 일반인이라는 둥.

　그러던 중에 한 신문사에서 '둘의 사랑은 화보 촬영을 하면서 시작되었다.'라는 기사를 내보냈고, 사람들은 리성의 화보를 촬영해 준 스텝들의 이름을 검색하기 시작했다.

　이틀도 되지 않아 리성과 가을의 사건이 일파만파로 퍼져 나가는 중, 성미는 누워서 휴대폰으로 웹서핑을 하다가 그 사진을 보았다.

잘 보이지는 않지만, 성미는 가을을 알아볼 수 있었다.

'이거 최가을 아냐? 최가을처럼 보이는데. 말도 안 돼.'

성미는 그때부터 열심히 리성의 연애 기사를 찾아 읽었고, 리성과 그녀가 화보 촬영 중에 만났다는 기사까지도 보게 되었다.

'역시 최가을인가 봐.'

가을이라는 걸 확신하자마자 분노가 확 치밀어 올랐다.

성미의 결혼 생활은 즐겁지 않았다.

결혼식에는 성미의 지인이 아무도 오지 않았고, 하객들은, "신부쪽 지인이 왜 이렇게 없어?"라며 대놓고 수군거렸다.

신랑은 그 일을 가지고 성미를 멸시했고, 바쁘다는 핑계로 신혼여행도 가지 않았다.

시어머니는 매일 같이 신혼집에 찾아와 잔소리를 했고, 남편은 늘 야근 핑계로 늦게 집에 들어왔다. 아예 들어오지 않는 날도 있었다.

외롭고 쓸쓸한데, 이런 이야기를 털어놓을 친구 한 명 없었다.

그런데 최가을은…….

'너 혼자만 이러고 지내? 연예인이랑…… 그것도 진리성이랑 연애질을 하면서? 말도 안 돼. 용서가 안 돼, 진짜.'

속이 부글부글 끓었다.

짜증이 나서 견딜 수가 없었다.

성미는 리성의 연애 기사들을 클릭해, 댓글을 적기 시작했다.

―나, 얘 아는데. 얘 완전 무서운 애임. 얘 때문에 죽은 사람이 몇 명은 됨.

그렇게 시작하는 악플이었다.

*　　　*　　　*

가을은 침대에 가만히 누워서 천장을 응시하고 있었다.

어젯밤에 한숨도 못 잤는데 잠이 오지 않았다. 지친 몸은 피곤을 느끼지도 못했다. 아주 무거운 짐이 어깨와 가슴을 꽉 누르고 있는데, 그걸 치워낼 힘도 없었다.

밥을 먹고 싶지도 않고, 씻기도 싫어서 아무것도 하지 않았다.

일주일.

'일주일 굶는다고 죽진 않겠지.'

아니, 하루 지났으니까 6일 남았다. 6일만 기다리면 소년 A의 정체를 알 수 있다.

인터넷은 진리성에 대한 기사로 떠들썩했지만, 휴대폰조차 확인하지 않은 가을에게 그것은 아주 먼 세상의 일이었다.

가을은 그저 남은 6일이 빨리 흘러갔으면 하는 바람뿐이었다.

'엉망진창이네, 진짜.'

연진은 찌푸린 눈으로 모니터를 노려봤다.

리성에 대한 기사가 여기저기 퍼져 있었다.

아직은 리성의 그녀가 누구인지 모르지만, 그녀에 대해 알려지는 것도 시간문제였다.

인터넷 탐정들은 리성과 화보 촬영을 해 온 스텝 목록을 알아낼 것이고, 스텝들의 얼굴도 알게 될 것이고, 그걸 일일이 편의점 앞 사진과 대조해 볼 것이다.

그냥 봐서는 가을이라는 걸 알기 힘들지만, 가을의 얼굴이 알려지면 편의점 그녀와 가을의 얼굴형, 헤어스타일이 비슷하다는 것은 금방 눈치채게 된다.

할 일 없는 인터넷 탐정들은 집요하다.

가을의 신상 명세를, 과거를 알게 되는 것도 어렵지 않겠지.

그리고 할 일 없는 악플러들의 손가락에는 감정이 없다.

그들은 가을을 비난하고 조롱하게 될 것이다.

혹시라도 댓글 중에 가을의 정체를 알게 된 댓글이 있을까 봐, 연진은 기사 하나하나를 클릭해서 댓글을 읽고 있었다.

그러다가 하나를 발견했다.

'나, 얘 아는데.'로 시작하는 글이었다.

저주받은 아이. 자기 부모를 다 죽이고 동생까지 죽게 만들어 친척들도 무서워하던 아이. 선동을 잘해서 자기가 마음에 안 드는 애는 왕따시키고 자살까지 하게 만든 아이.

같은 고등학교를 나왔다며, 댓글러는 악의에 가득 찬 글을 남겼다.

다른 기사에도 그 댓글러가 남긴 글이 있었다.

추천도 있고, 반대도 있고, 댓글의 댓글도 있었다.

－정말임?

－그럼 이름 말해 보셈.

－저주는 개뿔. 관종이네.

－어디 고등학교인데? 학교 이름이라도 좀.

다행히 아직까지는 '가을'이란 이름은 언급되지 않았다.

연진은 댓글러의 아이디를 확인했다.

뒤는 별로 감춰져 있어 보이지 않지만, 앞 글자는 보였다.

sun****

아이디를 물끄러미 응시하던 연진은, 잠시 망설이다가 댓글러의
댓글에 대댓글을 달았다.

－당신. 최성미지?

즐거운 마음으로 댓글을 달던 성미는 대댓글 알림에 클릭을 했
다가 심장이 덜컥 내려앉았다.

－당신. 최성미지?

휴대폰 너머로 성미를 날카롭게 쏘아보는 눈이 보이는 것만 같
아, 성미는 비명을 지르며 휴대폰을 집어 던졌다.

"뭐, 뭐야? 누구야? 나라는 걸 어떻게 아는 거지?"

가을이 본 걸까?

아니면 고등학교 동창 중 누군가가 본 걸까?

손이 덜덜 떨렸다.

가을이라는 이름까지 쓰면 고소를 당할 수도 있을 것 같아서 이름까지는 쓰지 않았다. 그러기를 잘했다.

'난 잘못한 거 없어. 그래, 뭐. 어쩔 거야? 이름을 쓴 것도 아니고, 그냥 그런 애가 있었다고 쓴 것뿐인데.'

홍이 가셨다.

성미는 아랫입술을 잘근잘근 깨물며 침대에 누워 이불을 끌어안았다.

*　　　*　　　*

로브스터를 전문으로 하는 고급 레스토랑에 손님이 없는 이유는 브레이크 타임이기 때문이었다.

오후 3시 30분부터 6시까지는 다음 식사를 준비하기 위한 브레이크 타임인데, 그 시간에 지완은 레스토랑에 직접 요청해 자리를 잡았다.

애피타이저는 양젖으로 만든 치즈와 갓 구운 빵, 그리고 간단히 즐길 수 있는 연어 샐러드. 스프는 해산물 스프로, 메인 요리는 로브스터 버터구이와 화이트 로브스터 부야베스, 로스트 포크. 디저트는 꿀을 넣어 만든 셔벗과 달콤한 케이크를 주문했다.

지완은 사람을 보는 눈이 까다로웠다. 그런 만큼 마음에 드는 사람을 만나는 걸 즐겼다.

성희는 지완이 유독 마음에 들어 하는 사람이었다.

주문을 끝내고 즐거운 마음으로 성희가 오기를 기다렸다.

얼마 기다리지 않아 레스토랑의 문이 열리고 성희가 들어왔다.

지완의 입가에 번진 미소가, 성희의 뒤를 따라 들어오는 남자의 모습에 깨끗이 사라졌다.

강한이었다.

훤칠한 키에 단정한 차림새, 반듯한 이마에서 이어지는 완벽한 곡선과 곧은 눈빛, 고집스럽게 다문 입술.

정직한 눈빛을 가진 사람은 싫어하지 않고, 강한은 누구보다도 그런 눈빛을 지녔지만, 지완은 강한이 영 불편했다.

성희의 뒤를 따라 걸어오는 강한을, 지완은 구겨진 얼굴로 노려봤다.

"먼저 오셨네요."

성희가 말했고,

"오랜만이야, 형."

이어 강한이 가볍게 손을 들어 인사했다.

"저놈이 왜 여기에 있는 거지?"

지완은 강한 쪽을 쳐다보지도 않고 성희에게 물었다.

인사를 무시당했으면서도 강한은 불쾌한 기색 없이 지완의 맞은 편에 앉았다.

아니, 원래 불쾌한 표정이라 얼굴에 감정이 드러나지 않는 건지도 모르겠다.

"강한이가 직접 이야기하고 싶다고 해서 데리고 왔습니다."

"아니, 나는 널 통해서 대화하고 싶은데."

"그럼 성희를 통해서 얘기하면 되지. 성희야, 지완이 형한테 물어봐 줘. 오늘 메뉴가 뭐냐고."

강한이 아무렇지도 않게 대꾸했고, 지완은 그 모습이 얄미워서 견딜 수가 없었다.

"오늘 메뉴가 뭐냐는데요."

"넌 또 그걸 진짜로 물어봐 주냐? 네가 그렇게 하나하나 받아 주니까 저놈 성격이 더 제멋대로가 되잖아."

"나 때문에 네 성격이 점점 더 제멋대로가 되고 있대."

성희가 강한에게 전했다.

강한이 어깨를 으쓱했다.

"제멋대로인 게 어때서? 한 번 살다 죽는 세상, 내 마음대로도 못 살면 서러워서 어떻게 해?"

"제멋대로인 게……."

"아니, 됐다."

성희가 또 말을 전해 주려기에, 지완은 한 손을 들어 성희의 말을 멈췄다.

성희는 참 좋은 녀석인데, 강한과 함께 있으면 이상해진다. 성희 본인도 그 사실을 좀 깨달았으면 좋겠다.

"그래서, 왜 왔는데?"

"지난번 성희와의 점심 식사가 아주 근사했다는 말을 들었거든.

점심도 얻어먹고 할 얘기도 할 겸."

지완이 성희를 노려봤다.

성희가 시선을 피했다.

"자꾸 메뉴를 묻는데 어떡합니까, 그럼. 얘는 목적을 달성할 때까지 멈추지 않는다는 거 아시잖아요."

"하, 그래. 네가 뭔 죄가 있겠냐. 그래서? 할 얘기는 뭔데?"

"일단 숨 좀 돌리자, 형. 오랜만에 만났는데 근황도 나누고 그러면, 세상이 더욱 달콤하고 아름다워지지 않겠어?"

"달콤하고 아름다운 세상에 살고 싶으면, 그 인상 좀 펴라. 오만상을 찌푸린 놈 앞에 두고, 달콤할 사람이 어디 있냐?"

"안 돼. 내 미소는 돈 주고도 못 보는 거야."

강한은 한없이 가벼운 어투로 대답했지만, 강한이 웃지 못하는 이유를 아는 지완은 거기까지만 하고 입을 다물었다.

곧 요리가 나오고 그들은 말없이 식사를 했다.

메인 요리도 다 먹고 디저트가 나왔을 때, 강한이 입을 열었다.

"살인을 청부하면 얼마나 죄가 될까?"

"소년 A를 죽이게?"

"아니, 그쪽에서 최가을을 죽이려고 해."

"벌써?"

"응. 소년 A가 최가을한테 사랑에 빠졌거든."

"하? 진짜야?"

"응, 진짜야. 진리성이 최가을을 사랑하게 됐어."

"왜? 걘 연예인 아냐?"

"연예인이지. 주위에 예쁜 여자들 널렸을 거고. 하지만 최가을이 더 예쁘거든."

강한의 입에서 흘러나온 말에 지완은 할 말을 잃었다.

불쾌한 씨가 누군가를 '예쁘다.'고 평가하는 날이 오다니.

지완은 놀란 눈으로 성희를 돌아봤다.

이런 일이 처음은 아닌지 성희는 담담한 표정이었다.

'불쾌한 씨가 사랑에 빠졌다는 게 헛소문은 아니었구나.'

지완은 새삼 실감하며 말했다.

"청부한 대상이 죽지 않았다면 큰 형을 받지는 못할 거야. 내가 아무리 힘을 써도 집유로 풀려나겠지."

"역시 그런가? 만약 청부 대상이 크게 다치거나 한다면?"

"초범일 경우에는 마찬가지야."

"흐음."

강한은 팔짱을 끼고 고개를 숙였다.

한동안 생각을 하던 강한이 가지고 온 서류 봉투를 내밀었다.

"형, 일단 이건 형이 가지고 있어."

"이게 뭔데?"

봉투를 열었더니 각종 서류와 USB가 담겨 있었다.

"이정훈이 살인을 청부한 증거들. 통화 내역, 메일 내역, 전부 들어 있어."

"넌 역시 발이 넓구나."

강한 혼자서는 할 수 없는 일이었다.

"발이 넓지."

강한은 순순히 인정했지만 표정이 밝지 않았다.

그러고 보니 강한의 밝은 표정을 본 적이 한 번도 없다는 데에 생각이 미쳤다.

"하지만 이게 통하는 것도 시간문제야. 내가 모두를 아는 것도 아니고, 분명 언젠가는 더 위험한 놈들한테 의뢰가 들어가게 될 거야. 나는 그것까지는 막지 못할 거고."

"그럼 어떻게 하게? 이놈이 더 움직이기 전에 내 쪽에서 어떻게든 손을 써서 집어넣는 방법도 있어."

"아니, 그걸로는 못 막아. 이정훈 한 명 들어간다고 진리성 부친이 멈추지는 않을 테니까. 형, 나는 이제부터 범죄를 저지르게 될지도 몰라."

"역시…… 죽이게?"

"필요하다면. 하지만 난 겁이 많아서 교도소 신세를 지고 싶진 않거든. 적당히 상황을 보고, 사회적 말살을 시키는 정도로 끝낼 생각이야."

"한결 낫네."

"형이 내 뒤를 봐주면 더더욱 낫겠지."

강한은 거기까지 말하고 입을 다물었다.

지완은 강한을 가만히 응시하다가 어쩔 수 없다는 듯 대답했다.

"지영이가 너도, 최가을도 좋아하니 내가 완전히 모르는 척할 수 있는 상황은 아니지. 필요하다면 뒤를 봐줄게. 하지만 하나는 명심해 줘."

"뭔데?"

"네놈이랑은 직접 만나기 싫으니까, 앞으로 모든 연락은 성희를 통해서 해!"

지완과 헤어진 후 심부름센터로 돌아가는 길에, 강한은 생각에 잠겨 있었다.

성희는 강한을 방해하지 않았다.

심부름센터에는 똘이만 있었다.

강한은 싫어하는 똘이를 붙잡아 배 위에 올려놓고 드러누웠다.

똘이를 쓰다듬으면서도 강한은 여전히 생각 중이었다.

성희가 낮잠이나 잘까 고민하고 있을 때, 강한이 입을 열었다.

"성희야. 너랑 연진이가 가을이를 위해서 해 줬으면 하는 일이 있어."

성희는 대학도서관으로 연진을 찾아갔다.

[연진아. 도서관 앞이야. 잠깐 나와 봐.]

도서관 앞에서 서성이는 덩치 큰 성희를, 오가는 학생들이 수상하다는 듯 돌아봤다.

학생들의 시선을 받으며 기다린 지 10분쯤 지났을 때, 연진이 나왔다.

큰 키만 아니었다면 여자라고 오해를 받을 만큼 예쁜 얼굴이 어둡게 굳어 있었다.

"무슨 일 있어요, 형님?"

성희의 앞에 멈춘 연진이 물었다.

"어디 가서 얘기 좀 할까?"

"아니요, 형님. 무슨 얘기를 하든 마찬가지일 것 같아요. 전요, 요새 너무 화가 나서 참을 수가 없어요. 형님 얼굴을 보면 더 화가 나요. 형님한테 화가 나는 게 아니라, 가을이 누나가 생각이 나서 화가 나요."

그건 성희도 마찬가지였기에, 대답해 줄 말이 없었다.

"미칠 것 같아요. 내가 이렇게까지 격한 감정을 느끼는 놈이었나, 분노조절장애가 있는 건가, 그런 생각이 들 만큼 화가 나서 미치겠어요."

"……."

"주위를 둘러보면요. 어디에나 그놈의 웃는 얼굴이 존재해요. 그놈은 늘 사랑을 받으니까요. 모두의 사랑을 받으니까요. 사랑을 받고 돈도 버니까요. 그거 알아요? 최근에 그놈이랑 가을이 누나 열애설이 터질 뻔했어요. 다행히 가을이 누나라는 게 알려지진 않았지만, 이런 상황에서도 대부분이 그놈을 두둔해요. 아마 가을이 누나가 어떤 사람인지 알려지면, 그놈의 팬들이 가을이 누나를 어마어마하게 공격하겠죠. 가을이 누나는 죄가 없고, 그놈은 그때도, 지금도 항상 죄가 있는데."

"그래. 가을이는 죄가 없지."

"네, 없어요. 하나도 없어요. 가을이 누나는 정말 착하고요, 잘 자랐어요. 그런 상황에서도 정말로 참 잘 자랐어요. 그런데 그놈은요. 끔찍해요. 나는 그놈이 잘 자랐다는 생각이 들지 않아요. 가을이 누나 마음을 얻을 수가 없으니까 가을이 누나를 협박해서 데이트 계약까지 했잖아요. 그런 놈이 정말로 법적 보호를 받을 가치가 있는 거예요? 그런 놈이 과거를 다 잊고 사람들의 사랑을 받으며 살아갈 가치가 있는 거예요?"

이런 상황에서 연진이 '그런 놈'의 보호자가 가을을 죽이려고 한다는 것까지 알게 되면 큰일이란 생각이 들었다.

"나는 그놈을 죽이고 싶어요. 대장은 가을이 누나가 위험한 사람인지, 아닌지 판단해야 한다고 했었지만요. 나는 가을이 누나가 그놈을 죽인다고, 가을이 누나를 위험한 사람으로 생각하지 않을 거예요. 아무 상관도 없는 나도 그놈을 죽이고 싶으니까."

성희는 주먹을 꽉 쥔 연진을 가만히 내려다보다가 말했다.

"그래. 그럼 그놈을 죽이기 전에, 우리가 가을이를 위해 해 줘야 하는 게 있어. 그것부터 해 보자."

*   *   *

올해 60살이 된 최정순은 바로 오늘이 그녀의 60년 평생에서 제일 당황스러운 날로 기억되리라고 예감했다.

이미 결혼을 한 아들이 오랜만에 집에 찾아온 토요일 11시.

남편과 나란히 앉아 아들 부부에게 조만간 아이를 갖기로 했다는 이야기를 전해 듣고 있을 때쯤, 초인종이 울렸다.

이런 시간에 찾아올 만한 사람이 없기에 의아하게 생각하며 문을 연 최정순은, 아파트 복도에 서 있는 남자의 모습에 깜짝 놀랐다.

훤칠한 키를 보면 남자인데, 잡티 하나 없는 하얀 피부의 얼굴은 천생 여자였다.

큰 눈 위를 덮은 긴 속눈썹과 오뚝한 코, 도톰하고 붉은 입술이 무척이나 예쁜 처자라고 생각하다가, 옷차림이나 키를 확인하고 나서야 남자일지도 모르겠다고 생각했다.

"최정순 여사님 맞으시죠?"

그의 목소리를 듣고 나서야, 그가 남자라는 걸 확신했다.

"저는 김연진이라고 합니다. 최가을 씨의 일로 찾아왔습니다."

최가을이라는 이름을 다시 듣게 될 줄은 몰랐다.

친척들 사이에서 그 이름은 일종의 금기였다.

생각지도 못한 질문에 뭐라 대답해야 좋을지 몰라 망설이는 틈에, 연진이 말했다.

"시간이 되신다면 잠시 들어가서 말씀드리고 싶습니다. 중요한 문제라서요."

막을 틈도 없이 연진이 한 발을 내디뎠고, 그런 연진을 끌어낼 수가 없었다.

다른 형제자매들은 어떨지 모르겠지만, 정순에게 있어서 최가을은 부끄럽고 서글픈 과거였다.

거실에 모여 있던 가족들은 연진의 등장에 놀란 듯 엉거주춤 일어났다.

뒤따라 들어오는 정순을 향해 다들 '누구야?'라는 눈빛을 보냈다.

정순도 누구냐는 질문을 던지고 싶은 상황이었기에 대답하지 못했다.

"안녕하세요. 저는 김연진이라고 합니다. 최가을 씨의 일로 찾아 왔습니다."

연진의 말에 아들의 표정이 굳는 걸, 정순은 똑똑히 목격했다.

정순의 아들은 가을보다 세 살이 많았고, 가을이 이 집에 의탁했을 당시에는 중학생이었다.

사춘기라서 사촌에게 퉁명스럽게 대했었는데, 나중에 대학을 졸업할 무렵 친척들 모임에서 그런 이야기를 한 적이 있었다.

—저는 가을이가 불쌍해요. 우리는 가을이를 그렇게 대하면 안 됐던 거에요.

아마 그렇게 생각하는 사람이 아들뿐만은 아니었을 것이다.

형제, 남매를 잃은 슬픔에서 벗어나자, 다들 이성을 되찾았고 자신들이 어린아이에게 너무 심했다는 것을 깨닫게 되었다.

그러나 인간은 부끄러운 과거를 들추는 걸 달가워하지 않는다.

없었던 일로. 모르는 일로.

그렇게 덮어 버리고 싶어 한다.

친척들도 마찬가지였다.

"이미 연 끊은 애 얘기는 꺼내지도 마."라며 화를 내는 사람도 있고, 묵묵히 쏘아보는 사람도 있었다.

그래서 최가을의 이름은 터부가 되었다.

"저기…… 차라도 내올까요?"

사정을 모르는 며느리가 눈치를 보며 물었다.

"아니요, 괜찮습니다. 이야기가 끝나면 곧장 돌아갈 거라서요."

누구도 앉으라는 말을 하지 않았는데, 연진은 거실에 앉으며 말했다.

자연스럽게 정순의 가족들이 그 맞은편에 앉았다.

"아가. 너는 좀 나가 있어라."

정순은 아무것도 모르는 며느리에게까지 그 일을 알리고 싶지 않았다. 하지만 아들이 며느리의 손을 잡았다.

"아니, 당신도 앉아서 들어. 엄마, 이 사람도 이제 우리 가족이에요."

정순을 돌아보는 아들의 눈에, '가을이처럼요.'라는 말이 담긴 것만 같아, 정순은 대꾸할 수가 없었다.

정순의 가족들을 한 명, 한 명 돌아본 연진이 입을 열었다.

"가을이 누나의 친척분들께서 잘못된 사실을 알고 계신 것 같아, 진실을 알리기 위해 찾아왔습니다."

정순이 연진을 마주하고 있는 그 시간, 가을의 작은 아버지인 명석의 가족들도 거대한 덩치의 무섭게 생긴 사내를 마주하고 있었다.

성희였다.

"아마도 당시 경찰은 '아이를 찾으러 들어갔다가 참변을 당한 건가?'라는 의문을 제기했을 겁니다. 결론이 나기 전에는 여러 가지 추측을 해야만 하니까요. 그걸 누군가가 듣고는 '최가을 때문에 모두가 죽었다.'고 전한 것이겠지요."

그렇게 말하며, 성희는 서류를 꺼냈다.

"사건 보고서를 가지고 왔고, 당시 근무했던 소방관과 경찰을 만나 정확하게 들었습니다. 참혹한 사건인지라 기억들을 하고 있더군요."

"최가을을 찾으러 들어간 게 아닙니다. 현관문에 불이 붙어 열 수가 없는 상황이었고, 어머님은 최하을을 안고, 아버님은 최가을을 안고 주방 쪽으로 들어갔습니다. 그쪽에 큰 창문이 있었거든요."

성미는 주먹을 꽉 쥐고 강한의 말을 듣고 있었다.

깜짝 놀랄 정도로 잘생긴 강한은 숨이 턱 막힐 정도로 인상을 찌푸리고 있었다.

인상 때문인지, 아니면 원래 그런 건지, 그의 눈빛이 무척이나 예리하게 느껴졌다.

그 자리에는 성미뿐 아니라, 성미의 가족들도 함께 있었다.

싫다는 남편을 억지로 졸라 친정에 데리고 왔는데, 이런 일이 생길 줄은 몰랐다.

"최가을 가족들이 잠을 자다가 깨어난 시점엔 이미 집 안에 연기가 가득 찬 상태였습니다. 당황한 와중이라 주방 쪽 창문까지 가는 데 길을 헤매기도 했을 겁니다. 주방 입구쯤에서 어머님은 힘이 다해 쓰러졌습니다. 아버님은 우선 아이를 구해야 한다는 생각밖에 없었기에, 그 사실을 인지하지 못하셨겠죠. 불길이 강한 건 주방 쪽 창문도 마찬가지였지만, 아버님은 창문을 열고 최가을을 먼저 내보냈습니다. 그러고 나서 어머님과 아들을 구하러 들어갔다가 힘이 빠져 나오지 못하시고 돌아가신 겁니다."

담담하게 사건 정황에 대해 이야기한 강한이 서류를 내밀었다.

"당시 사건 보고서입니다. 이게 진실이지요. 당신들이 알고 있는 그게 아니라."

아무도 그 서류에 손을 대지 않았다.

강한은 성미를 똑바로 쏘아보고 있었다.

눈빛을 견디기가 힘들어 시선을 피하며, 성미는 입을 열었다.

"그래서 어쩌라는 건데요?"

성미의 목소리에, 성미의 부모는 총에 맞은 듯한 표정으로 성미를 돌아봤다.

"이거, 어차피 다 지난 일이잖아요. 인제 와서 그 사건에 대해 궁금해하는 사람, 아무도 없어요. 걔는 가족들 버리고 집을 나갔고, 우리는 우리대로 슬픔을 극복하면서 잘 지내고 있어요. 그런데 과거의 슬픈 사건을 끄집어내서 다시 한번 상처를 헤집어놓는 이유가 뭐예요?"

"슬픈 사건이요? 정말로 슬픈 사건이라고 생각은 합니까?"

"당연하죠. 작은 아빠 가족이 죽은 건데, 안 슬플 리가 없잖아요."

"흐음. 그렇게 생각하나 보군. 그럼 왜."

강한이 성미를 향해 상체를 기울였다.

"가을이를 왕따시켰지?"

"내, 내가 언제……."

"그럼 왜 인제 와서 가을이한테 잘못 알고 있는 사건에 대해 이야기를 하며 상처를 헤집어 놨지?"

"아니에요. 난 그런 적 없거든요!"

"성미야, 넌 좀 가만히 있어!"

성미의 아버지가 외쳤다.

"아빠, 이 사람이 이상한 소리를 하잖아! 내가 언제 최가을을……."

강한은 아직 내보이지 않고 옆에 남겨 뒀던 서류를 집어 들었다.

"그럼 왜. 진리성 기사를 하나하나 찾아서 최가을에 대한 악플을 달았지?"

강한이 서류를 성미의 얼굴에 내던졌다.

"꺅!"

성미가 비명을 질렀다.

성미의 남편이, 성미의 얼굴을 맞고 떨어진 서류를 집어 들었다.

서류에는 악플 내용과 그 악플을 단 사람의 아이피, 아이피 추적 결과가 담겨 있었다.

"성미, 너……."

남편이 믿을 수 없다는 표정으로 성미를 돌아봤다.

"아니야, 내가 한 거 아냐."

"아니긴 뭐가 아냐? 이거 내 이름이 뜨잖아. 여기 우리 집 주소라고."

"아니라니까. 자기는 나 못 믿어? 나보다 처음 보는 저 남자를 믿는 거야?"

"증거가 이렇게 나오는데, 당연한 거 아냐? 대체 넌 나한테 거짓말을 얼마나 한 거야? 너, 결혼식 때 친구도 한 명 안 왔잖아. 대체 무슨 짓을 하고 다닌 거야?"

"다들 그만들 해라!"

성미의 아버지가 외쳤다.

"아니요, 장인어른. 전 그만 못 하겠습니다. 애초에 이 결혼 자체가 잘못되었어요. 전 먼저 가 보겠습니다. 진짜 끔찍하네요."

성미의 남편이 벌떡 일어나 집을 나갔다.

당황한 표정으로 남편의 뒷모습을 지켜보던 성미가 벌떡 일어나 강한에게 달려들었다.

강한은 어렵지 않게 성미의 손목을 잡아 도로 자리에 앉히고, 그녀의 눈을 똑바로 노려봤다.

"잘 들어, 최성미. 네가 최가을에게 악담을 해댄 거, 잘 알고 있어. 어릴 때 최가을을 따돌리고 괴롭힌 거, 그건 어떻게든 넘어갈 수 있지만. 성인이 되어서까지 최가을의 심장에 칼을 꽂는 건, 내가 도저히 참을 수가 없어."

"이봐요, 내 딸한테 무슨⋯⋯!"

"당신들도 최윤우 씨 딸한테 못된 짓들 했잖아."

항변하려던 성미의 아버지는, 동생의 이름이 나오자 뒤통수를 얻어맞은 듯한 표정으로 입을 다물었다.

"최윤우 씨가 목숨을 걸고 살린 소중한 딸한테 못된 짓들 했잖아. 아무 죄도 없는 어린애한테 눈치 주고, 모른 척하고, 그렇게들 지냈잖아."

"⋯⋯."

"최가을은 어린애였어. 알겠어? 고작 7살이었다고. 7살짜리 꼬마가 하루아침에 엄마, 아빠, 거기에 동생까지 잃었어. 혼자가 된 애한테, 당신들은 무슨 짓을 한 거지? 친동생을 잃은 슬픔? 친오빠를 잃은 슬픔? 그럼 최가을은? 최가을이 친부모와 친동생을 잃은 슬픔은, 전혀 생각들 안 해 준 거야?"

"……."

"아무것도 모를 나이에, 그나마 친척들 손에 맡겨졌는데. 모두가 보내는 비난의 시선을 받으면서. 그 7살짜리가, 그 꼬맹이가, 어떤 기분이었겠어? 보고 싶은 엄마도, 아빠도 못 보는데. 매일 밤 혼자서 울었을 텐데. 한 번이라도 볼 수 있으면 좋겠다고, 딱 한 번만 더 안겨 봤으면 좋겠다고. 그렇게 생각하면서 살았을 텐데! 당신들은 더 이상 엄마도, 아빠도 볼 수 없는 그 어린애한테. 아무 죄 없는 어린애한테 무슨 짓을 한 거야?"

"……."

"설령 최가을을 찾으러 들어갔다가 다들 죽었다고 쳐도. 그게 왜? 그게 최가을 잘못이야? 최가을이 불을 질렀어? 당신들, 잊고 있는 게 있는데. 최가을도 피해자야. 그 애도 피해자라고!"

"잔인해요, 여러분은."
연진이 말했다.

"정말로 가혹한 행동이었습니다."
성희가 말했다.

아무도 입을 열지 못했다.

성미조차도 눈물만 뚝뚝 흘리며 강한의 절규를 듣고 있었다.

강한의 음성은 나직했지만 누가 들어도 절규였다.

피가 맺힌 듯한 절규는, 가을을 대변한 것이었다.

"나는 아량이 넓기 때문에."

강한이 성미의 손목을 놔주며 말했다.

"임산부에게는 기회를 한 번은 주곤 하지. 당신이 최가을의 상처를 할퀴고 인터넷에 헛소문을 퍼뜨린 거, 이번 한 번은 모르는 척 넘어가 줄게. 물론 용서하는 건 아냐. 용서는 내가 하는 게 아니라 최가을이 해야 하는 거니까."

"나, 나도 대가를 치렀어요. 나도 평생 마음 편하게 산 건 아니거든요. 나도 최가을 때문에 친구도 한 명 남지 않고, 속죄하면서 살았다고요!"

성미가 외쳤다.

성미는 자신이 왜 이렇게까지 비난받아야 하는지 알 수 없었다.

강한은 성미를 지그시 노려보다가 말했다.

"그래, 넌 그냥 평생 그렇게 생각하면서 살아. 하지만 생각만 해. 최가을을 향한 원망을 행동으로 옮기는 순간, 너는 평생 불행해질 거야. 내가 널 항상 지켜볼 거야."

"정말로 미안하게 생각하신다면요. 하나 찾아 주셨으면 하는 게 있어요."

연진이 말했다.

"가을이 부모님의 사진이나 가족사진, 어릴 때 사진도 좋습니다. 혹시 갖고 계신 게 있다면 찾아서 주시겠습니까?"

성희가 말했다.

강한은 지친 표정으로 성미의 집에서 나왔다.

강한의 손에는 성미의 부모가 준 가을 아버지의 사진이 몇 장 들려 있었다.

원하는 것을 얻었는데도 마음은 개운하지 않았다.

아니, 오히려 더 어둡게 가라앉았다.

가을이 어린 시절을 보냈던 집에 직접 들어가 보니, 그 집, 그 사람들 속에서 혼자 오도카니 앉아 있었을 가을이 떠올라 가슴이 미어졌다.

이 마음이 한 조각이라도 가을에게 전해진다면 좋을 텐데. 그 한 조각이 가을의 무너진 심장을 조금이라도 위로해 준다면 좋을 텐데.

'앞으로 세 집 남았군.'

강한은 성희와 연진에게도 가을의 친척들 집에 찾아가, 사건의 진실을 알리고 가을 부모님의 사진들을 전부 받아 와 달라고 부탁해 뒀다.

멀리 사는 친척도 있어서 하루 안에 끝내기는 힘들었다.

'앞으로 몇 번 더 이 기분을 느껴야 하는 건가?'

입 안이 썼다.

＊　　　＊　　　＊

가을의 친척들을 만나는 일이 생각보다 오래 걸리지는 않았다.

강한은 성희와 연진을 배려해서 지방에 사는 친척들은 전부 그가 맡았다.

내일 한 집만 더 들르면 성희의 일은 끝이었다.

강한은 늘 제멋대로인 것처럼 행동하지만, 궂은일은 조금이라도 더 자신이 하려고 했다.

강한의 성향을 알 만한 사람들은 알기에, 그토록 찡그린 표정으로 있는 데도 다들 그를 좋아하는 것이리라.

강한 본인은 자신의 잘생긴 외모 때문일 거라고 생각하지만…….

강한은 알고 있을까.

불쾌한 표정으로 타인을 행복하게 해 줄 수 있는 사람이, 세상에는 많지 않다는 걸. 그렇게 찡그린 얼굴로도 많은 사람들을 즐겁게, 행복하게 만들어 주고 있다는 걸.

강한은 알고나 있을까.

[형님, 전 일 끝났는데. 어디세요?]

휴대폰이 울려서 확인했더니 연진이 메시지를 보냈다.

성희는 연진에게 전화를 걸었다.

"나, 심부름센터에 들어가 보려고."

[아, 그럼 같이 가요. 오늘 대장도 못 나오는데 우리라도 일해야죠.]

"그래, 어디서 만날까?"

[떡볶이, 오뎅 때리고 가죠. 역 앞 포장마차에서 기다릴게요.]

연진의 목소리가 밝은 걸 보니, 오늘 연진이 만난 친척들은 그리 나쁘지 않았나 보다.

전철에는 사람이 그리 많지 않았다.

그래서 전철역과 열차 안에 붙은 광고가 더 잘 보였다.

—어디에나 그놈의 웃는 얼굴이 존재해요.

전철을 탈 일이 많지 않았던 성희는, 이제야 연진이 울분을 토했던 이유를 깨달았다.

어디에나 리성의 웃는 얼굴이 존재했다.

광고판 속의 리성은 세상의 어떤 고통도 겪어 보지 못한 사람처럼 웃고 있었다.

해맑은 그 미소 위에 가을의 쓸쓸한 미소가 겹쳐져, 가슴이 아팠다.

이 남자는 모르겠지.

어린 시절 그가 한 불장난에, 한 가족은 어떻게 파괴되었는지. 그가 가족들의 보호를 받으며 모든 것을 잊고 살아갈 때에, 한 소녀는 얼마나 고독하게 지내왔는지. 팬들의 사랑을 받아 즐거워할 때에, 한 소녀가 얼마나 죽고 싶어 했는지.

이 남자는 모르기에 이토록 환하게 웃을 수 있는 것이겠지.

물론 리성에게도 그 나름의 고충은 있을 테지만, 자신이 선택한

길에 대한 대가로 감당해야 하는 고통과 선택한 적도 없는데 감당할 수밖에 없는 고통은 그 질이 달랐다.

성희는 전철 의자에 앉아, 맞은편에서 스키복을 입고 웃는 리성의 사진을 가만히 노려봤다.

'난 역시 저놈이 싫어.'

성희와 연진, 둘은 포장마차에서 떡볶이와 오뎅, 순대까지 먹으며 오늘 친척들을 만나 본 일에 대해 이야기했다.

근처 마트에 들러서 똘이에게 줄 간식을 사들고 심부름센터에 들어간 연진과 성희는, 거실에서 퍼져 나오는 어두운 오라에 걸음을 멈췄다.

지영이 똘이를 품에 안고 무시무시한 눈으로 둘을 노려보고 있었다.

"어…… 누나, 오랜만이에요."

간신히 정신을 차린 연진이 먼저 입을 열었다.

"어디 갔다 오는 길이야?"

지영이 날카롭게 물었다.

"그냥 뭐, 떡볶이도 먹고, 순대도 먹고, 똘이 간식도 좀 샀고요."

간식이라는 말에 똘이가 지영에게서 벗어나려고 몸을 틀었지만, 지영은 놔주지 않았다.

"둘이 같이?"

"네, 둘이 같이요."

"사이가 좋네?"

"네, 사이좋죠. 형님이랑 나는 궁합이 좋잖아요."

"아하, 그러서?"

"네, 그러십니다. 하하하하."

지영의 시선이 성희에게로 향했다.

"집에 콕 틀어박혀 있으시더니?"

"그만 틀어박힐 때도 된 것 같아서."

"아, 그러서?"

"응, 그러서."

"대장은?"

"글쎄. 일하러 나가지 않았을까?"

"거짓말 좀 그만해!"

지영이 버럭 외쳤다.

동시에 똘이가 지영의 품을 벗어나 방으로 도망쳤다.

벌떡 일어난 지영이 둘을 노려봤다.

"대체 다들 뭐야? 나만 빼놓고 자기들끼리 뭐 하는 거야? 왜들 이러는 건데? 형님은 갑자기 은둔하지를 않나, 캡은 도서관에 틀어박혀 있질 않나, 그런데도 대장은 아무 말도 안 하질 않나! 그러다가 뭐? 그러실 때도 됐다고? 내가 바보야? 내가 눈이 없어? 뭔가 있는 거잖아! 뭔가 있는데 나한테만 말을 안 해 주는 거잖아! 가을이 관련된 일이지? 그런 거지?"

지영이 와르르 쏟아 냈다.

성희는 한숨을 내쉬었다.

*—말 안 하면 좋겠지만, 슬슬 말해 주는 것도 좋겠지. 구미호도
알고 싶을 테니까.*

며칠 전 지영에게는 어떻게 해야 하냐고 물었더니, 강한은 그렇
게만 대답했다.

성희의 판단에 맡기겠다는 말일 것이다.

"그래, 말해 줄게."

성희는 결정했다.

연진이 놀란 눈으로 성희를 돌아봤지만 말리지는 않았다.

언제까지고 지영에게 감출 수는 없었다.

지영 성격에 나중에 알게 되면 더 난리가 날 수도 있다.

"앉아 봐."

지영은 입을 꾹 다물고 소파에 앉았고, 연진과 성희는 그 맞은편
에 앉았다.

"우리는 강한이 부탁을 받고 가을이의 친척들을 만나고 다녔어.
20년 전, 불이 났던 날의 진실을 알려 주려고."

성희는 성미가 가을에게 했던 말부터 사건의 진실을 알아내고,
친척들이 잘못 알고 있는 점을 고쳐 준 일들까지 전부 이야기했다.

지영은 팔짱을 끼고 앉아 말없이 성희의 이야기를 들었다. 불만
스러운 눈빛은 여전히 사라지지 않았다.

"그리고. 소년 A. 며칠 후에 가을이한테 소년 A에 대해 이야기를
해 줘야 하는 상황이 됐어."

"그래서 그 빌어먹을 소년 A가 대체 어떤 사람인데?"

"진리성이야."

"어?"

"진리성이라고."

생각지도 못한 이름이 나와서인지, 지영은 어안이 벙벙한 표정이었다.

자기가 들은 이름과 자신이 아는 이름을 연결시키지 못한 듯, 멍하게 성희를 응시했다.

"진리성…… 이라면? 어, 그러니까…… 그 진리성? 연예인, 그 진리성을 말하는 거야?"

"응."

"잠깐만. 그게 정말이야? 소년 A가 진리성이라고? 연예인? 그…… 최가을 좋다고 따라다니는, 그 진리성?"

"응."

"정말이야, 캡? 진짜야? 나 놀리는 거지? 지금 장난치는 거지?"

"진짜예요, 누나."

"아…… 어, 음. 정말? 진짜?"

"네."

"말도 안 돼."

지영이 고개를 저었다.

"말도 안 돼. 가을이랑 그렇게 가까이 있는데, 몰랐다고? 가을이도 모르고 진리성도 모르고? 그래, 가을이는 모를 수 있다고 쳐. 그런데 진리성이 모른다고? 자기 때문에 가을이네 가족이 그렇게 된걸?"

"……."

"어? 말 좀 해 봐. 진리성이 정말 모르는 거야? 모를 수가 없잖아. 가을이 팔에 화상도 있고, 가을이를 그렇게 따라다닐 정도면 가을이한테 부모님이 안 계신 것도 알 텐데. 그러면 모를 수가 없잖아. 응?"

"과거의 기억을 잊은 것 같아."

성희의 대답에 지영이 벌떡 일어났다.

"그게 말이 돼? 자기 때문에 한 가족이 죽었는데! 가을이는 저렇게 사는데! 잊었다고? 잊고서 TV에 나와서는 저렇게 웃는다고? 그게 말이 돼?"

"말이 안 됐으면 좋겠는데, 되는 일도 있나 봐요."

연진이 한숨 섞인 목소리로 중얼거렸다.

힘이라곤 없는 듯한 연진의 말에 그제야 지영은 '진리성이 소년 A'라는 것을 받아들였다.

진리성이 소년 A였다.

사람들의 사랑을 받고 소녀들의 우상인 진리성이, 가을의 가족을 죽인 소년 A였다.

이제야 강한이 왜 그렇게까지 소년 A에 대한 정체를 감췄는지 이해했다.

진리성이기 때문이다.

소년 A가 많은 사람의 사랑을 받으며 티 없이 맑게 살아가고 있기 때문이다.

"지영아. 네 마음은 알아. 하지만 조용히 있어. 며칠 후에 강한이가 가을이를 만나서 이야기할 거야. 가을이가 최대한 상처받지 않도록 말하려고 하니까……."

"어떻게 상처를 안 받아!"

지영의 외침은 절규에 가까웠다.

"진리성이잖아! 그 빌어먹을, 죽일 놈이 진리성이잖아! 어떻게! 어떻게! 어떻게 해, 오빠…… 도대체…….

지영의 눈에 고였던 눈물이 뚝, 뚝 떨어졌다.

그 모습을 지켜보는 두 남자의 눈가도 붉어졌다.

지영은 두 손으로 얼굴을 가렸다.

"우리 가을이 어떻게 해…….

친구들과의 약속 시간은 오후 7시였지만, 지영이 도착했을 때는 10시가 넘은 시간이었다.

2차 장소인 곱창집으로 옮긴 친구들은 이미 거하게 취해 있었다.

지영은 터벅터벅 들어가 친구들 사이에 말없이 앉았다.

소년 A는 진리성이다.

몇 시간이 지난 지금도 그 충격이 가시질 않았다.

아무 관계없는 자신도 이 정도인데, 이 진실을 알게 되었을 때 가을의 충격이 어떨지는 안 봐도 훤했다.

"넌 늦었으면서 미안하다고도 안 하냐?"

"구미호 입에서 미안하다는 소리가 나오길 기대했어? 온 것만으로도 감사해야지."

친구들이 웃으며 지영의 잔에 소주를 따랐다.

어찌 되었든 강한이 가을에게 이야기해 주기 전까지는 이 감정의 동요를 가라앉혀야만 했다.

친구들의 떠들썩한 목소리를 들으면 조금 나아질까 싶었지만, 부글부글 끓는 속은 조금도 가라앉지 않았다. 아니, 오히려 점점 더 끓어올랐다.

애들아. 그거 알아? 소년 A가 진리성이래.

그 말이 목구멍까지 튀어나왔다.

"너, 울었냐?"

과하게 술을 마시는 법이 없는 재호만이 지영의 부은 눈을 알아보고는 작은 목소리로 물었다.

"응, 울었어."

지영이 순순히 인정하자 재호는 놀란 듯 눈을 크게 떴다.

"네가 울었다고? 왜? 무슨 일 있어?"

"없어. 나한테는 아무 일도 없어. 정말로 나한테는 아무 일도 없어."

재호가 걱정스러운 듯 미간을 좁혔다.

"왜 그래, 너? 무슨 일이야?"

"아무 일도 없다니까."

내뱉듯이 대답하고 고개를 든 지영의 눈에, 맥주캔을 들고 웃는 리성의 얼굴이 보였다.

맥주 화보 속 리성은 정말이지 분통이 터질 만큼 환하게 웃고 있었다.

"죽여 버릴 거야."

"⋯⋯어? 갑자기? 날?"

"아니, 저놈."

지영이 벌떡 일어나 진리성의 광고 브로마이드를 찢었다.

그녀의 행동에 가게 안에 있던 사람들이 다들 놀라 지영을 돌아봤다.

지영은 브로마이드를 바닥에 던지고 발로 밟으며 말했다.

"내가 조만간 이 자식을 죽여 버릴 거야."

*　　*　　*

강한에게 소년 A에 대해 듣기로 한 날이 다가오고 있었다. 그리고 가을의 좁은 집에는 뜯지 않은 택배 박스가 쌓여만 가고 있었다.

택배가 오기 시작한 건, 강한이 일주일이라는 기한을 제안한 이튿날이었다.

택배를 시킨 적도 없는데 배달이 왔기에, 잘못 온 건 줄 알았다. 하지만 택배 박스에는 정확하게 '최가을'이라는 이름이 쓰여 있었고, 보낸 이의 정보는 없었다.

택배를 뜯자 고급 카메라가 들어 있었다.

사고 싶지만 비싸서 사지 못했던 카메라였다.

그리고 편지 한 통.

─누나, 나야. 진리성.

누나한테 미안하다는 말을 하고 싶어서.

내 마음을 보여 주고 싶어서. 그래서 이렇게 편지를 써.

내가 누나한테 큰 실수를 한 것 같아. 내 마음을 누나한테

밀어붙이면 안 되는 거였는데, 왜 그랬는지 모르겠어.

그저 누나가 많이 좋아서, 이렇게까지 좋아해 본 게 처음
이라서, 내가 많이 서툴렀나 봐. 누나가 보고 싶고 같이 있고
싶은데, 어떻게 해야 좋을지 알 수가 없었어.

　　누나한테 억지로 내 마음을 강요하면서, 심부름센터까지
찾아가 누나를 사려고 한 거. 정말 미안해. 나 때문에 누나
가 사람들한테 안 좋은 소리를 듣게 만든 것도 미안해.

　　미안해서 이 마음을 다 보여 주고 싶은데, 내가 얼마나 미
안해하는지 알려 주고 싶은데, 그 방법조차 모르겠어.

　　그래서 누나가 사과를 받아 줄 때까지, 나에 대한 기분이
풀릴 때까지 매일 하나씩 선물을 보내려고 해.

　　누나가 잘 써 줬으면 좋겠어.

　　손으로 직접 쓴 편지였다.

　　가을은 편지를 다 읽은 후, 다시 봉투에 넣어 택배 박스 안에 집
어넣었다. 카메라는 꺼내 보지도 않았다.

　　박스 테이프를 찾아와 택배 박스를 다시 포장한 가을은 그것을
구석에 그대로 놔뒀다.

　　그리고 이튿날, 또 택배가 왔다.

　　이번에는 편지가 없었고, 귀걸이만 한 쌍 들어 있었다.

　　아마도 귀걸이에 박힌 보석은 큐빅이 아닌 비싼 보석이리라.

　　가을은 그것도 다시 포장해, 전날 받은 택배 박스 위에 올려놨
다.

　　그 이튿날부터 온 택배 상자들은 아예 뜯지도 않고 쌓아 두었다.

큰 상자도, 작은 상자도 있었지만 내용물이 궁금하지 않았다.

그런 것은 이제 아무래도 좋았다.

가을이 궁금한 것은 단 하나. 소년 A가 누구인지, 어떻게 살고 있는지였다.

다른 것들은 정말로 아무래도 좋았다.

* * *

강한과 약속한 날이 되었다.

전날 밤부터 가을은 한숨도 자지 못했다.

새벽부터 씻고 나갈 준비를 끝냈다.

10시에 출발하자.

가을은 그렇게 결정했다.

침대에 앉아 나갈 시간이 되기를 기다리는 동안, 여러 가지 생각이 머릿속을 오갔다.

막상 소년 A에 대해 알게 될 시간이 되니, 무서웠다.

왜 이런 감정이 드는 걸까?

소년 A를 알고 싶었다.

내 가족을 죽인 그가 어떻게 살고 있는지, 후회는 하고 있는지, 알고 싶었다.

그게 유일한 삶의 목표였다.

그 목표에 도달하게 되었는데, 왜 무서운 걸까?

'다들 말해 주지 않으려고 해서야.'

강한도, 성희도, 연진도 소년 A가 누군지 아는 것이 확실했다. 그런데도 가을에게만큼은 말해 주지 않으려고 했다.

가을이 위험한 인물이라고 판단해서가 아니다. 아마 다른 이유가 있으리라.

'싫다, 정말.'

가을은 두 손으로 얼굴을 가렸다.

강한을, 성희를, 연진을, 지영을 믿었다.

그들이 가을에게 보이는 배려와 애정이, 거짓이 아니라는 걸 믿게 되고 말았다.

믿게 되었기에, 무서운 것이다.

그들이 이유 없이 안 알려 주는 게 아니라는 걸 알기에. 가을 만 소외시키는 데는 이유가 있으리라고 생각하기에. 소년 A에 대해 듣는 것이 무서운 것이다.

강한의 절박한 표정이 떠올라, 더 무서웠다.

하지만 계속 무서워하고 있을 수만은 없었다.

아무리 무서워도, 소년 A가 어떻게 지내는지 알고 싶었다.

그래야 이 삶을 계속 살아가든, 끝내든 결정을 내릴 수 있을 것 같았다.

이 지독한 어둠에 혼자서 머무는 걸, 이제는 그만두고 싶었다.

가을은 시간을 확인하고는 침대에서 일어났다.

소년 A를 만나러 갈 시간이다.

연진과 성희, 지영은 어젯밤부터 가을 심부름센터에 와 있었다.

강한은 어젯밤부터 아무 말도 없었다.

그의 초조함과 불안이 다른 사람들에게까지 전해졌다.

지금껏 강한이 자신 없어 하는 걸 본 적이 없었지만, 그걸 놀릴 여유가 다른 직원들에게는 없었다.

모두가 같은 기분으로 가을이 오기를 기다렸다.

그때, 테이블 위에 올려둔 강한의 휴대폰이 울렸다.

[지금 출발해요.]

가을에게 온 메시지를 확인한 강한이 처음으로 입을 열었다.

"다들, 자리를 좀 비켜 줘."

"싫어."

지영이 곧바로 대답했다.

"나도 여기 있을 거야."

"아니, 자리를 비켜 주는 게 좋겠다."

"싫다니까."

강한이 한숨을 쉬었다.

"너희들이 있으면 가을이가 감정을 다 표현하지 못할 거야. 평소처럼 꾹꾹 안으로 삼키고 애써서 웃고 괜찮다고 거짓말하고 여기를 나가겠지."

"그럼 대장이 가을이랑 같이 있어 준다고 뭐가 달라져? 대장은 항상 누군가를 행복하게 해 줄 수 없다면서 한 발 뒤로 물러서잖아. 지금껏 가을이한테도 그랬잖아. 도망만 쳤잖아."

"그래, 그랬지."

"그러니까 내가 있을 거야. 나는 적어도 가을이한테 어깨는 빌려 줄 수 있으니까."

"도망 안 쳐, 이번엔."

강한은 담담하게 말했지만 그의 음성에는 묵직한 감정이 담겨 있었다.

"뒤로 물러서지도 않고, 도망치지도 않을 거야. 내가 할게, 전부 다. 그러니까 구미호. 자리 좀 비켜 줘."

지영은 입을 고집스럽게 다물고 강한을 노려봤다.

강한이 덧붙였다.

"부탁이야."

저 멀리 걸어가는 사람들의 모습이 보였다.

남자 두 명, 여자 한 명.

뒷모습이지만 연진과 성희, 지영이라는 걸 알 수 있었다.

가을은 그들을 부르지 않고 심부름센터의 초인종을 눌렀다.

[네.]

강한의 목소리가 들려왔다.

"저 왔어요."

[응, 들어와.]

삑—

덜컥—

인터폰으로 대문을 열어 주는 소리가 들렸다.

가을에게도 대문 열쇠가 있기는 하지만, 이제는 의뢰자의 신분이라서 초인종을 눌렀다.

주머니에 들어 있는 열쇠는 돌려주기 위해 가지고 온 것이었다.

오늘 소년 A에 대해 듣고 나면, 앞으로 가을 심부름센터를 찾아올 일은 없을 테니까.

현관문을 열었더니, 똘이가 마중 나와 있었다.

똘이는 가을을 가만히 올려다봤다.

똘이의 호박색 눈이 가을에게 이야기하는 것만 같았다.

정말 안 올 거야? 내가 여기 있는데?

가슴이 아팠다.

"안녕, 똘이야."

가을은 힘없이 인사하고 똘이를 지나쳐 거실로 향했다.

강한은 손님들을 맞이하는 소파에 앉아 있었다.

의뢰인을 상대할 때, 강한의 양쪽에는 보좌할 인물이 한 명씩. 사람이 없으면 고양이나 쿠션이라도.

그랬었는데, 오늘 강한의 옆에는 아무것도 없었다.

가을은 의뢰인이 앉는 소파에 앉았다.

"저, 왔어요."

무슨 말을 해야 좋을지 몰라 아까 했던 말을 또 했다.

"그래, 어서 와."

강한의 대답에 또 가슴이 아팠다.

어서 와. 잘 다녀와. 밥은 먹었어? 수고했어.

들지 못했던 말들을 가을 심부름센터에 와서야 들을 수 있었다는 게 떠올랐기 때문이다.

"이제 뭘 어떻게 해야 돼요? 음, 고객처럼 굴어야 하나?"

"아니, 그냥 앉아서 들으면 돼. 내가 하는 이야기들을."

"네, 그럼 들을게요. 말해 주세요."

"그래."

강한은 옆에 있던 서류를 집어 가을의 앞으로 내밀었다.

소년 A에 대한 정보일까?

무서워서 손을 뻗을 수가 없었다.

"그건 20년 전, 어느 주택가에서 일어난 화재에 대한 조사 보고서야."

"아……."

"네 친척들이나 최성미는 한참 잘못 알고 있었어. 경찰들이, 혹은 소방관들이 하는 말을 듣고 자기들 멋대로 해석하고 그걸 진실로 받아들인 거였지. 지금 내가 가지고 온 게 진짜야. 그게 진실이지."

"그런 건 아무래도 좋아요."

"아니, 아무래도 좋지 않아. 정확하게 알아야지."

가을이 읽으려고 하지 않자, 강한은 자기가 설명했다.

화재가 어떻게 일어났고, 그 집에서 어떤 일이 벌어졌는지.

그날의 광경이 생생하게 덮쳐 오는 듯해, 가을은 눈을 감았다.

뜨거운 열기와 폐를 파고드는 독한 연기, 하을의 울음소리와 엄마의 비명, 그리고 마지막으로 안겼던 아빠의 품.

아아, 아빠의 품.

그 따스하고 단단했던, 평생 나와 함께할 거라고 믿었던 그 품.

"아빠……."

가을의 목소리가 신음처럼 흘러나왔다.

강한은 잠시 말을 멈추고 가을이 감정을 가라앉히기를 기다렸다.

가을이 다시 눈을 뜨자, 강한이 말했다.

"네 친척들을 만났어. 전부 다 만나서, 그날의 일에 대해 설명했어. 사과도 받았지. 내가 받을 사과는 아니지만, 널 그렇게 대했던 것들을 후회하고 미안해하게 됐어."

"대장. 저는 진짜로 그런 건 아무래도 좋아요."

"그래, 그럴 거야. 그럴 거라고 생각했어. 하지만 이건 아무래도 좋지 않을 거야."

강한이 이번에는 옆에 있던 서류 봉투를 내밀었다.

이거야말로 소년 A에 대한 정보인가 보다.

곧바로 봉투를 향해 손을 뻗을 수가 없었다.

이번에는 강한이 아무 설명도 해 주지 않고, 가을이 손을 뻗기를 기다렸다.

18장

가을은 크게 심호흡을 한 후, 서류 봉투를 집어 들고 그 안을 살펴봤다.

안에는 서류가 아닌 다른 것들이 들어 있었다.

손을 넣어 꺼냈더니, 사진이었다.

그리고 그 사진에는……

그 낡고 오래된 사진에는…….

"아……"

젊은 아빠와 엄마가 있었다.

연애할 당시의 사진인지, 손을 꼭 잡고 환하게 웃는 아빠와 엄마.

"아…… 아아…….""

가을은 신음을 흘리며 사진들을 꺼냈다.

어린 아빠, 어린 엄마. 젊은 아빠, 젊은 엄마. 그리고.

"이거…… 나예요. 이거 나야."

어린 가을을 안고 있는 엄마와 아빠.

불이 나서 전부 타 버려, 아무리 보고 싶어도 볼 수 없었던 가족 사진이 그곳에 있었다.

"이건 하을이 태어났을 때예요. 아, 이것 좀 봐요."

그 순간 가을은 소년 A도 잊고, 정신없이 그리웠던 얼굴들을 눈에 담았다.

사진 속의 부모님은 행복해 보였다.

몇 년 후 그들에게 닥칠 불행을 모르기에, 더없이 환하게 웃고 있었다.

이제는 아무리 원해도 가질 수 없는 행복과 애정이, 사진 속에 듬뿍 담겨 있었다.

"아, 어떡해……."

가을은 어린 가을의 뺨에 뽀뽀를 하는 엄마 사진을 보며 중얼거렸다.

"아, 우리 엄마가 지금 나보다 젊었을 때예요. 아, 정말…… 우리 엄마, 너무 예쁘다. 아, 진짜…… 너무 예뻐."

사진은 수십 장이었고, 가을은 한 장, 한 장 시간을 들여 사진을 보며 쓰다듬었다.

눈물을 뚝뚝 흘리며 울고 웃는 가을의 모습을, 강한은 가만히 지켜보고만 있었다.

"사진을 정말로…… 한 장이라도…… 갖고 싶었어요. 우리 엄마,

아빠 얼굴이요. 우리 하을이 얼굴이요. 꿈에서, 기억에서 보는 그런 거 말고요. 진짜로 꼭 한 번만이라도 더 보고 싶었어요."

친척들이 부모님의 사진을 가지고 있을 거란 생각을 해 본 적이 없었다.

그저 눈치를 보며 하루하루를 견디기에도 벅차서, "엄마가 보고 싶어요.", "아빠가 보고 싶어요."라는 말 한마디 할 수 없었다.

두 번 다시는 못 볼 줄 알았던 내 가족들의 사진이 가을의 가슴을 아릿하게 만들었다.

두 번 다시는 돌아오지 않을 행복하고 따스한 순간들이 사진 속에 담겨 있었다.

"보고 싶다."

하지 못했던 말을 입 밖으로 꺼냈다.

"아, 엄마. 아빠. 보고 싶어."

가을은 한 사진을 뚫어져라 응시했다.

유일하게 가을의 가족 전부가 나온 사진이었다.

아마도 명절 때인 듯, 단정하게 차려입은 엄마, 아빠가 한복을 입은 가을과 하을을 안고 어색하게 웃고 있었다.

친척들이 다 모인 자리에서 가족사진이라도 찍자는 말이 나왔었나 보다.

지금의 가을과 비슷한 나이로 보이는 엄마와 아빠의 모습을 보니 자꾸만 눈물이 나왔다.

나는 이렇게 나이가 들어가는데, 엄마와 아빠의 시간은 여기서 멈췄다.

내가 30살이 되어도, 50살이 되어도, 엄마와 아빠는 20대 후반, 혹은 30대 초반의 모습으로 멈춰 있으리라.

그때도 엄마, 아빠라고 부를 수 있을까?

그때도 엄마, 아빠가 나를 딸이라고 알아볼 수 있을까?

가을은 그렇게 만들어진 석상처럼 미동도 없이 사진을 응시했다. 그렇게 한참이 지난 후, 사진에서 눈을 뗀 가을이 고개를 들고 강한을 마주 봤다.

"고마워요, 대장. 정말로 고마워요. 대장은 정말…… 항상 나한테 제일 필요한 걸 해 주네요. 진짜로 고마워요."

"그래."

감사 인사를 받으면서도 강한의 표정은 밝아지지 않았다.

"대장한테는 정말로 늘 고마워요. 모두한테 정말로 감사하게 생각하고 있어요. 사진은 정말…… 아, 대장. 정말 고마워요. 상상도 못 했어요. 정말로 감사해요, 대장."

"그래."

"하지만요, 대장. 이제 알려 주세요."

"……."

"소년 A에 대해서."

강한은 작게 한숨을 내쉬고 말했다.

"소년 A는 잘 자랐고, 잘 살아가고 있어. 양친도 잘 살아 있고, 현재는 집을 나와서 혼자 살아. 결혼은 하지 않았고, 번듯한 직장이 있어. 연애는 아직 안 하고 있고."

"네."

"이 정도로는 안 되겠어?"

"……."

"소년 A는 그때의 사건을 잊고 잘 살아가고 있어. 이 정도로의 정보로 끝낼 순 없어?"

"네, 대장. 대장은 제가 뭘 원하는지 아시잖아요."

"그래, 알지."

강한은 옆에 있던 서류 봉투를 집어 들었다.

마지막 서류였다.

"이게 소년 A야."

이번엔 가을도 무서워하지 않고 손을 뻗었다.

강한이 준 가족사진이 용기를 주었기 때문이었다.

하지만 서류를 꺼내, 거기에 붙어 있는 사진을 보는 순간.

손에서 힘이 빠졌다.

서류가 팔랑거리며 바닥으로 떨어졌지만, 서류의 사진은 여전히 가을의 눈에 똑똑히 들어왔다.

"이게…… 뭐예요?"

"소년 A."

"아뇨, 대장. 저 지금 대장이랑 장난치고 싶지 않은데요."

"나도 장난치는 거 아니야."

강한의 얼굴에는 웃음기가 없었다. 항상 없기는 했지만.

강한이 장난을 치는 게 아니라는 걸, 그의 눈빛으로 알 수 있었다.

어둡게 가라앉은 그의 눈동자는, 두 번 다시는 밝아지지 않을 듯 보였다.

"어, 저기. 아니에요. 아닐 거야. 대장이 뭔가 잘못 아신 거 아니에요? 대장도 전부 다 아는 건 아니잖아요."

가을은 도저히 믿을 수가 없었다.

소년 A의 서류에 진리성이 환하게 웃는 사진이 붙어 있는 현실을, 도저히 받아들일 수가 없었다.

이렇게 가까운 곳에 있었다고? 소년 A가?

나한테 사랑한다고 했는데? 날 졸졸 따라다녔는데? 그 애의 사진을 백 번은 찍어 줬는데? 매일 나한테 선물을 보내는데?

그 진리성이 소년 A라고?

내가 그걸 몰랐다고?

소년 A가 저렇게 행복하게 살아가고 있는 걸 바로 옆에서 지켜보면서도, 몰랐다고? 내가?

"소년 A는 진리성이야."

강한이 말했다.

"그리고 진리성의 본명은 최진우고."

순간.

—진우야, 얼른 들어와.

목소리가 떠올랐다.

—진우야, 어디 있어?

잊고 있던 이름.

—진우야, 마당에서 불장난하지 말랬지?

옆집 아주머니의 목소리.

지끈—

두통이 몰려와, 가을은 두 손으로 머리를 감쌌다.

옆집 소년의 부모는 맞벌이를 했다.

집에 혼자 있는 시간이 많은 소년은 늘 마당에 나와서 혼자 놀았다.

두 집 사이의 벽은 높지 않았다.

어린 가을도 가끔 마당에 나와서 놀 때가 있었다.

콧노래를 흥얼거리며 소꿉장난을 하다 보면, 옆집 소년이 담 너머로 가을을 구경하다가 물어봤다.

—뭐해?
—소꿉놀이.
—혼자서 심심하지 않아?
—응. 저기 봐 봐. 햇님이랑 구름이 나랑 같이 놀아 주는걸.

가을의 대답에 소년은 고개를 젖히고 하늘을 올려다보고는 웃었다.

―그게 뭐야? 햇님이랑 구름은 너랑 못 놀아 줘.

―아냐, 놀아 주거든. 엄마가 나는 햇님이랑 구름이랑 친구랬어.

―거짓말쟁이.

그렇게 말하는 소년의 얼굴이 떠올랐다.

너무 어릴 때의 일이라 그 얼굴을 잊고 있었다.

점점 어린 소년의 얼굴 곳곳에서 진리성이 보였다.

한쪽에만 쌍꺼풀이 있는 눈.

소년 A의 눈.

진리성의 눈.

번쩍―!

가을이 눈을 부릅떴다.

"소년 A가 진리성이네요."

"그래."

"소년 A가 진리성이었어요."

"그래."

이런 순간, 호흡 곤란이라도 왔으면 좋겠다고, 가을은 생각했다.

그러나 언제부터인가 가을의 폐는 고장 없이 움직였다.

지금도 마찬가지였다.

충격적인 진실을 알았는데, 가을의 폐는 잘 움직이고 있었다.

"걔는…… 걔는 날 알아보지 못했어요."

"그래."

"걔가요. 날 사랑한다고 했어요."

"그래."

"날 사랑한다면서, 나를 만지기도 하고."

가을은 리성의 손이 닿았던 어깨를 떼어 버리고 싶다는 듯 문질렀다.

"아, 싫어. 싫어요. 끔찍해. 징그러워. 토할 것…… 우욱!"

가을이 화장실로 뛰어 들어갔다.

강한도 일어나 화장실로 향했다.

변기를 잡고 토하는 가을의 등을, 강한은 가만히 쓸어 주었다.

떨쳐 낼 힘도 없는지, 가을은 계속 토했다.

먹은 게 없어서 위액만 쏟아져 나왔다.

"걔, 기억 못 하는 거죠?"

구토가 멈췄지만, 가을은 여전히 변기를 부여잡은 채로 물었다.

"대장, 걔, 그 일에 대해 하나도 기억 못 하는 거 맞죠?"

"그래."

"걔 때문에 우리 엄마랑 아빠랑 하을이랑. 다 죽은 거, 걔는 하나도 기억 못 하고 그렇게 행복하게 사는 거죠?"

"그래."

"우욱! 욱!"

가을이 또 토했다.

한참을 토한 가을이 고개를 들었다.

그녀의 눈은 붉게 충혈되어 있었다.

손등으로 입가를 쓱 닦은 가을이 말했다.

"갈게요."

"가지 마."

강한이 그녀의 손을 잡았다.

"만지지 마요. 나 지금 그 손으로 토한 거 닦았어요."

"내 손에 토한다고 내가 더러워할 것 같아?"

"아뇨, 안 그럴 것 같아요."

"그래, 그러니까 가지 마."

"놔줘요, 대장. 나 집에 갈래요. 여기 온 목적은 이뤘어요. 소년 A
에 대해 알려 줘서 고마워요. 의뢰비는 대장이 바라는 대로 드릴게
요. 나중에 폰으로 연락 주세요. 입금할게요."

"그런 건 됐어. 가지 마."

"갈 거예요."

"가지 마."

"갈 거예요."

"가지 마, 최가을."

"갈 거라고! 갈 거라고! 나 갈 거라고! 갈 거라고요! 가겠다는데
왜 그래요!"

가을이 외쳤다.

"갈 거라니까요! 나, 집에 갈 거라고! 집에 갈 거라고요! 여기 있
기 싫다고요! 그냥 가겠다잖아요! 내가 많은 걸 바라요? 내가 뭐, 진
리성 죽여 달래요? 그냥 집에 가겠다고요! 그냥 간다고 하잖아요!
그거 하나도 못 들어줘요? 응?"

"응, 못 들어줘."

"좀요! 대장 좀! 제발 나 좀 내버려 둬요! 나 좀 귀찮게 하지 말라

고! 나 좀 봐 달라고! 제발 좀요!"

"싫어."

"진짜 대장은 왜 이래요? 나 그냥요. 그냥 혼자 있고 싶다고요! 괜찮다고요! 나 진짜 괜찮으니까요! 나 정말로 괜찮으니까! 나 좀 봐 달라고! 제발 좀! 나 진짜 괜찮으니까!"

강한이 두 손으로 가을의 양 볼을 잡아, 자신을 똑바로 보도록 고정 시켰다.

"최가을. 너는 괜찮지 않아."

"욱!"

"너는 하나도 괜찮지 않아. 죽고 싶을 거야. 울고 싶을 거고, 그런 건 괜찮은 게 아니야."

"으윽……."

"괜찮지 않은데, 그냥 보낼 순 없어. 최가을, 네가 하나도 안 괜찮은데, 이 손 놔줄 순 없어."

"으흐윽……."

"그래, 최가을. 잘 하고 있어."

강한이 가을을 품으로 끌어당겼다.

그녀의 얼굴을 품에 묻은 그가 말했다.

"그렇게 우는 거야. 그렇게 화도 내고, 욕도 해. 지금 네 기분, 네가 하고 싶은 거. 다해. 대신에."

강한이 가을을 꽉 끌어안았다.

"여기서 해."

"으아아아아!"

가을은 강한의 품에 안겨 절규했다.

하염없이 목 놓아 우는 가을을, 강한은 가만히 끌어안고 있었다.

가을의 슬픔과 고통이 전염된 것처럼, 강한의 얼굴도 고통스럽게 일그러졌다.

그녀의 눈물이 그의 가슴을 적시고, 아프게 퍼져 나갔다.

그 어떤 말로도 그녀를 위로할 수 없음을, 강한은 알고 있었다.

그녀의 아픔을 없애기 위해 무슨 일이든 해 주고 싶은데, 할 수 있는 일이 없었다.

뭐든 해 드리는 가을 심부름센터는 무슨.

아무것도 해 줄 수가 없다.

사랑하는 여자가 이토록 서글프게 우는데도. 이토록 아파하는데도.

얼마나 울었을까.

가을은 이제 눈물조차 나오지 않았다.

쉰 목소리만 끄윽, 끄윽 소리만 흘러나올 뿐이었다.

두 손으로 그의 가슴을 밀어냈다.

이번에는 쉽게 떨어져 나갔다.

"죽여 버릴 거예요."

가을이 중얼거렸다.

"나, 진리성을 죽여 버릴 거야."

강한은 대답 없이 가을을 물끄러미 응시하고 있었다.

그의 깊은 눈동자는 언제나 그렇듯 흔들리지 않았다.

책망의 빛도, 비난의 빛도 없었다.

그저 가을을 응시하고만 있었다.

"왜 그렇게 봐요? 나, 걔 죽일 거예요. 걔가 우리 가족 다 죽였잖아요. 그런데도 걔는 그렇게 멀쩡하게 살고 있잖아요. 하나도 후회하지 않고. 아니, 후회가 아니라…… 하…… 하하…….."

헛웃음이 나왔다.

"기억조차 못 하잖아요. 하…… 그게 말이 돼요? 하하…… 하, 말도 안 돼. 정말 말도 안 돼. 하…….."

"……."

"그러니까 죽일 거야. 죽이면서 말해 줄 거야. 너 때문에 우리 가족이 죽었다고. 내 엄마랑 내 아빠랑 내 동생이 불에 타서 죽었다고. 내가 걔 죽이면서 말해 줄 거예요."

"……."

"왜요? 왜 그렇게 봐요?"

"……."

"왜 그렇게 보냐니까요? 내가 틀렸어요? 내가 잘못 생각하는 거야? 걔는 어려서 아무것도 몰랐으니까, 실수로 그런 거니까, 법적으로 보호받으니까, 그러니까 그냥 용서하고 넘어가야 하는 거예요? 응?"

"……."

"그린 거냐고요, 대상! 제발 뭐라고 말 좀 해 봐요."

"내가 무슨 말을 해 줄까?"

"무슨 말이든요!"

"무슨 말을 해야 네 기분이 나아질까?"

강한이 이토록 자신감 없는 목소리로 말하는 건 처음이었다.

가을의 눈동자가 일렁, 흔들렸다.

그제야 강한의 눈에 담긴 걸 확인할 수 있었다.

아무것도 없는 게 아니었다.

그 눈동자 안에는 아주 많은 것이, 벅차도록 담겨 있었다.

넘치도록 담긴 그 감정의 이름을 알 수는 없지만, 아프도록 따스한 무언가라는 것만큼은 알 수 있었다.

"싫어요."

가을은 고개를 저었다.

"그러지 마요. 그렇게 보지 좀 마요. 차라리 비난을 하세요. 하면 안 되는 일을 하려는 거라고, 다 끝난 일이라고, 오래전 일을 가지고 왜 그러느냐고 비난을 하라고요."

"난 네가 무슨 짓을 해도 비난 안 해, 최가을."

"그렇게 말하지 좀 말라니까요! 대체 왜 그래요? 왜 그렇게 나한 테 잘 해 주는 건데요! 나는 그냥 의뢰인인데, 의뢰인일 뿐인데, 왜 항상 그렇게……."

"네 덕에 유쾌해졌으니까."

강한이 가을의 말을 끊으며 말했다.

그의 음성은 낮고 묵직했다.

"네 덕에 내 하루가 유쾌해졌으니까."

가을은 입을 다물고 그를 응시했다.

그의 눈동자는 여전히 흔들림 없이 가을에게 고정되어 있었다.

"널 만나서 나는 유쾌해졌어. 네 이름과 같은 가을 심부름센터에 있어도 유쾌하고, 가을이 돌아오면 네 생각이 나서 더 유쾌해지겠지. 지금껏 내게 가을은 아무것도 아닌, 흘러가는 계절 중 하나였지만. 이제 나에게 가을은 즐겁고 유쾌해, 가장 기다려지는 계절이 됐어."

그가 하는 말들이 꿈결처럼 퍼졌다가 눈송이처럼 다시 모여 가을의 가슴에 내려앉았다.

따뜻한 눈송이였다.

"그래서야, 최가을."

무척이나 따뜻해서 머릿속을 휘저은 가혹한 현실도, 심장을 조각낸 날카로운 진실도, 녹아내리기 시작했다.

현실도, 진실도 전부 녹아내리자, 가을의 세상에 존재하는 것은 하얀빛, 따스한 눈송이뿐이었다.

"그래서 나는 네가 무슨 짓을 해도 비난하지 않는 거야. 네가 무슨 짓을 해도, 나는 네 덕에 유쾌하니까."

"그런 사람이."

가을이 손을 뻗었다.

그녀의 검지 끝이 강한의 주름진 미간에 닿았다.

"이렇게 찡그리고 있어요?"

그 순간, 언제나 그의 미간에 자리 잡고 있던 주름이 펴졌다.

그의 눈이 서서히 반달 모양으로 접혀 가는 광경을, 가을은 숨도 쉬지 못하고 지켜봤다.

"내가 왜 안 웃어?"

그의 눈가에서 시작된 미소가 입가에도 번졌다.

그는 다정하고 따뜻하고 달콤해서 녹아내릴 듯한 미소를 지으며 말했다.

"항상 웃고 있어. 널 볼 때마다."

*   *   *

"집에 갈래요."

이번에는 강한이 반대하지 않았다.

"그래, 데려다줄게."

이번에는 가을도 반대하지 않았다.

밖으로 나가자 쌀쌀한 공기가 가을의 점퍼 속으로 파고들어 왔다. 가을은 옷깃을 여미고 걸었다.

강한은 묵묵히 가을의 옆에서 걷고 있었다.

이런 걸 맥이 빠졌다고 해야 하는 걸까?

소년 A가 진리성이라는 걸 아는 순간 속에서 휘몰아치던 분노가 어디론가 사라졌다.

물론 완전히 사라진 것은 아니리라.

다만 그 크기가 줄어 어딘가에 숨어 있는 것이겠지.

강한 덕분이었다.

―시간을 좀 줘.

강한은 그렇게 말했다.

—최대한 네가 상처받지 않도록, 소년 A가 누군지 알아도 괜찮
도록, 그 방법을 찾아볼 시간이 필요해.

그는 시간이 필요하다고 말했고, 정말로 그 방법을 찾아냈다.

다시는 볼 수 없을 줄 알았던 가족사진과 기대도 못 했던 그의
미소.

그 두 개가 겹쳐져, 폭발하려던 분노를 가라앉혔다.

—네 덕에 유쾌해졌으니까.

강한은 왜 그런 말을 한 걸까?

그런 말을 하면 가을이 당황하리라는 걸, 분노를 멈추리라는 걸
계산하고 있었던 걸까?

'아니, 그렇지는 않을 거야.'

왜인지 그가 그저 가을의 감정을 억누르기 위해 그런 말을 했을
거란 생각이 들진 않았다.

그 상황에서 무슨 말을 들어도 소용없었을 것이다.

그의 말이 와닿은 건, 그리하여 소년 A에 대한 충격이 가라앉은
건, 그의 눈빛이, 가을에게 고정된 그의 곧은 눈빛이 진심이었기 때
문이었다.

진심이 아니었다면 닿지 않았으리라.

가을은 천천히 걸어가다가 그를 흘끗 돌아봤다.

미소를 거둔 그는 평소처럼 찡그리고 있었다. 그가 미소를 지었던 것이 꿈처럼 느껴졌지만, 꿈이 아니라는 걸 알고 있었다.

그의 미소는 가을이 상상했던 것 이상으로 예뻤으니까.

어느새 집에 도착했다.

가을은 그에게 돌아가라는 말을 하지 않고 문을 열었다.

문을 열자마자 구석에 쌓인 택배 박스가 보였다.

숨죽이고 있던 분노가 다시 수면 위로 올라왔다.

저 택배 박스들.

리성이 사과를 한답시고 보낸 값비싼 선물들.

가을을 사겠다고 말하던 리성의 목소리.

가을을 볼 때마다 환하게 웃던 리성의 얼굴.

리성과 함께 했던 순간들이 떠올라, 심장을 움켜쥐었다.

진리성이 소년 A인 줄도 모르고, 그와 대화를 하던 자신의 모습도 떠올랐다.

그놈 때문에 내 가족이 죽었는데.

그놈 때문에 나는 이렇게 살아왔는데.

그놈 때문에. 그놈 때문에!

가을은 신발도 벗지 않고 들어가, 제일 위에 있는 박스를 집어 들었다.

그놈 때문에!

가을은 택배 박스를 집어 던지려다가 멈췄다.

강한이 열린 문 앞에 서서 이쪽을 가만히 응시하고 있었다.

알고 있었다.

내가 무슨 짓을 하든 그는 비난하지 않으리라는 걸.

믿고 있었다.

여기서 택배 박스를 집어 던지고 악을 쓰고 화를 내도, 그는 조금도 비난하지 않으리라는 걸.

알기에, 그런 행동을 할 수가 없었다.

이상한 일이었다.

그가 비난하지 않으리라는 걸 믿기에, 함부로 행동할 수 없다니.

"대장."

가을은 들고 있던 박스를 도로 내려놓고 강한을 불렀다.

"응."

"저, 의뢰를 하려고요."

"네, 고객님. 뭐든 해 드리는 가을 심부름센터입니다. 내 남자 바람 증거 찾기, 돈 떼먹은 놈 찾아내기, 강아지 산책에 아이스크림 배달까지. 원하시는 걸 말씀만 해 주세요. 뭐든 해 드립니다."

언제나처럼 흘러나오는 영업용 멘트에, 피식 웃음이 흘러나왔다.

두 번 다시는 웃지 못할 줄 알았는데.

"이거요."

가을이 쌓여 있는 상자들을 가리켰다.

"이거, 진리성한테 받은 거예요. 진리성. 최진우. 뭐든 좋아요. 이거. 내 집 안에 있는 게 끔찍해요. 토할 것 같아요."

이런 말까지는 하지 않아도 되겠지만, 다 쏟아 내고 싶었다.

그가 지루해하지 않고 들어 주리라는 것을 알고, 믿기에 가을은 속에만 쌓아 두었던 찌꺼기를 내뱉을 수 있었다.

"이거, 진리성한테 돌려주세요. 그리고 전해 주세요. 끔찍하고 토할 것 같으니까, 두 번 다시는 아무것도 보내지 말아 달라고."

강한이 살짝 고개를 숙였다.

"네, 고객님. 신속하게 처리해 드리겠습니다."

강한은 트럭을 가지고 와 택배 박스를 전부 옮겼다.

가을은 트럭이 완전히 안 보일 때까지 지켜보다가 집으로 들어왔다.

문을 닫은 가을은 강한에게 받은 가족사진들을 꺼냈다.

침대 위에 사진을 펼쳐 놨다.

아무리 보아도 그리운 얼굴들을 하염없이 응시했다.

뚝— 뚜욱—

멈춘 줄 알았던 눈물이 다시 흘러나왔다.

"으……."

만지고 싶었다.

엄마와 아빠의 살을, 체온을, 향기를, 가을은 간절히 원했다.

"으…… 으으……."

보고 싶어서, 그리워서.

"으으윽……."

가을은 오열했다.

사진을 품에 끌어안고, 가을은 울고 또 울었다.

엄마 아빠가 보고 싶었다.

혼자서 운 지 얼마나 지났을까.

휴대폰이 울렸다.

가을은 품에 안고 있던 사진을 내려놓고 휴대폰을 집어 들었다.

강한이 일을 끝냈다고 보낸 메시지일 줄 알았는데, 지영에게 온 메시지였다.

[가을아. 너네 집에 가도 돼?]

그저 문자일 뿐인데도, 지영의 걱정스러운 마음과 조심스러운 표정이 담겨 있었다.

가을은 망설였다.

우는 모습을 아무에게도 보이고 싶지 않았다.

하지만 지금은.

텅 빈 집을 돌아봤다. 그리고 가족사진도.

하지만 지금은 혼자 있고 싶지 않았다.

온기가 필요했다.

따스함이 간절했다.

[응, 와도 돼.]

기다렸다는 듯 초인종이 울리는 바람에, 가을은 울면서 웃을 뻔했다.

손등으로 눈물을 닦고, 얼른 화장실에 들어가 얼굴을 확인했다.

퉁퉁 부은 몰골이 엉망이었다.

이런 약해 빠진 모습을 보이고 싶지 않지만, 아마 지영도 이 정도는 예상했으리라.

가을은 두 손으로 얼굴을 한 번 문지른 후, 현관문을 열었다.

지영만 왔을 줄 알았는데, 그 뒤에는 성희와 연진도 서 있었다.

똑같은 표정으로 서 있는 세 사람의 모습에 가을은 빙그레 미소를 지었다.

두 번 다시는 웃을 수 없을 줄 알았는데, 오히려 전보다 진심으로 웃을 수 있게 된 것 같다. 이상한 일이다.

"들어와."

가을이 안으로 들어가며 말했다.

셋은 말없이 안으로 들어왔다.

"뭐 마실래? 아, 마실 게 없네. 사 놓은 게 없어서. 요새 장을 안 봤거든. 생수는 몇 병 있는데, 물이라도 마실래?"

부은 눈을 보이는 게 민망해서, 가을은 주방에 서서 주절주절 말했다.

그때, 지영이 가을을 뒤에서 끌어안았다.

지영의 따스한 체온이 등으로 전해졌다.

그래, 이거다. 이런 게 필요했다.

이런 게 필요했다는 걸, 이제는 인정할 수 있었다.

"물 안 마셔도 돼. 목마르지 않아. 그냥 안아 주고 싶어서 왔어. 그냥 오늘도 널 안아 주고 싶었어."

가을은 고개를 툭 떨어뜨렸다.

간신히 멈춘 눈물이 다시 흘러나왔다.

"응."

목이 메었다.

"응, 고마워."

좁은 집에 손님이 세 명이나 찾아온 건 처음이었다.

몸집이 큰 성희까지 있어서 집은 더 좁게 느껴졌다.

하지만 이 북적북적한 느낌이, 가을은 좋았다.

걱정스러운 표정으로 가을을 지켜보는 지영과 성희, 연진에게 무슨 말을 해야 좋을지 알 수 없었다.

나 괜찮아.

습관처럼 하던 그 말을, 오늘만큼은 하기가 힘들었다.

괜찮지 않았다. 조금도 괜찮지 않았다.

지금 이 순간에도 리성은 아무것도 모른 채 촬영을 하고 있을 것이다. 팬들의 환호와 스텝들의 격려를 받으며, 환하게 웃고 있을 것이다.

내 가족을 죽인 그놈은 찬란한 빛 속에서 아무런 근심 없이 웃고 있을 것이다.

내 가족을 죽인 그놈은 내 가족을 죽였다는 사실조차 깨끗이 잊었으니까.

"죽여 버리고 싶어."

불쑥 튀어나온 본심에, 가을 본인이 더 놀랐다.

지영이 기다렸다는 듯 말했다.

"죽이자."

지영의 눈빛은 진심이었다.

"그 말을 기다렸어. 죽이자, 가을아. 내가 며칠 전에 소년 A가 진리성이라는 말을 들었거든. 그때부터 계속 생각했어. 죽여야겠다고. 너도 그렇게 생각한다니 정말 잘 됐어. 죽이자."

"그래요, 누나. 죽여요, 우리. 저, 여러 가지로 방법을 생각해 봤거든요. 늘 경호원이랑 같이 다니기는 하지만, 그래도 방법은 있을 거예요."

연진이 거들었다.

성희는 너희 좋을 대로 하라는 표정이었다.

"나는 그냥 단숨에 죽이는 건 별로라고 생각해. 가을이가 그동안 얼마나 고통스러웠는데 단숨에 죽여? 온갖 고통을 다 준 다음에, 서서히 죽게 만들 거야."

"저도 그게 좋을 것 같아요. 아무것도 모른 채로 단숨에 죽게 할 순 없죠. 일단 계획을 세우는 게 좋겠어요. 완전 범죄."

"내가 우리 오빠한테 물어볼게. 우리 오빠, 검사야. 우리 아빠는 판사고. 우리 친척들 중에 힘 좀 있는 사람들 많아. 내가 무슨 짓을 해도 빼내 줄 사람들 많다고. 그러니까 실행에 옮기는 건 나야. 가을이 넌 그냥 거기서 기다리고 있어. 내가 그놈을 납치해서 네 앞에 앉혀 놔 줄게."

"그럼 납치는 누나가 해요. 미인계를 쓰든, 약을 쓰든. 그다음부터는 제가 할게요. 차라리 죽여 달라는 말이 나오게 해 주는 게 어때요?"

"당연히 그래야지. 그 자식, 너무 얄밉잖아! 범죄자 주제에 다 잊고 살아가다니. 그게 말이 돼? 죽이자. 죽일 거야, 내가! 내 손으로!"

"아니, 죽이는 건 제가 할 거라니까요."

"아, 왜 네가 해? 납치는 내가 하는데, 마무리도 내가 하게 해 줘."

지영과 연진이 분통을 터뜨리며 의견을 나누는 모습에, 가을은 어안이 벙벙해졌다.

지영과 연진이 너무 화를 내면서 심각하게 '살인 계획'을 세우니, 가을이 할 말이 없어졌다.

오히려 그들을 말려야 하게 생겼다.

"아니, 저기. 그렇게까지는 안 해도 되는데."

"되긴 뭐가 돼!"

"되긴 뭐가 돼요?"

지영과 연진이 버럭 외쳤다.

"죽여야지! 그런 놈은 살면 안 돼!"

"맞아요! 제가 그놈 광고를 볼 때마다 얼마나 속이 터지는 줄 아세요?"

"짜증 나 죽겠어! 나 요새 그놈 포스터 볼 때마다 찢고 다녀. 아주 다들 내가 미친년인 줄 알 거야!"

이쯤 되니 누가 피해자인 줄 모르겠다.

"하…… 하하…… 하……."

이번에 가을의 입에서 흘러나온 웃음은 헛웃음이 아니었다.

"하하하…… 하하하."

정말로 웃겨서 웃음이 나오는데, 눈물도 같이 흘렀다.

나는 가족이 없다.

20년 전부터 그랬다.

하지만 내게는 이들이 있다.

가족은 아니지만, 알게 된 지 얼마 되지 않았지만.

나의 슬픔을, 나의 분노를, 나의 고통을, 자신의 것처럼 생각해 주는 이들이 있다.

내가 찡그릴 때 함께 찡그려 주고, 내가 아플 때 함께 아파해 주고, 내가 화가 날 때 나보다 더 화를 내주는.

이런 사람들을 가족이란 단어 말고 뭐라고 부를 수 있을까.

"그래."

가을은 웃으며 지영과 연진, 성희를 천천히 돌아봤다.

"이제 나는 괜찮아."

나는 가족이 있으니까.

*　　　*　　　*

강한은 리성이 사는 오피스텔 앞에 트럭을 멈췄다.

리성이 지금 촬영 중이라는 건 알고 있었다.

마음 같아서는 방송국에 찾아가, 모든 사람들 앞에서 리성의 정체를 까발리고 싶었다.

하지만 참았다.

리성이 소년 A다.

그걸 알리는 건, 가을이 원할 때였다.

오늘 가을의 의뢰는 이 택배들을 리성에게 돌려주는 것뿐이었다.

강한은 꼼짝도 하지 않고 몇 시간을 기다렸다.

이윽고 리성의 차가 오피스텔 주차장으로 들어가는 모습이 보였다.

5분쯤 지난 후, 강한도 차에서 내려 택배 상자들을 카트에 실었다.

경비원은 강한을 택배로 생각한 듯 앞을 막지 않았다.

강한은 엘리베이터를 타고 올라갔다.

드르르륵―

택배를 실은 카트를 밀고 리성의 집 앞까지 갔다.

딩동―

초인종을 누르자,

"누구세요?"

정훈의 음성이 들려왔다.

바라던 바다.

"택배입니다."

"택배요?"

잠시 대화가 끊겼다.

리성에게 택배를 시킨 게 있는지 물어보고 있으리라.

달칵―

문이 열렸다.

무심히 문을 연 정훈은 곧바로 강한을 알아보고 표정을 굳혔다.

정훈이 다시 문을 닫기 전에, 강한이 한 손으로 문을 잡았다.

정훈의 뒤로 소파에 앉아 있는 리성의 모습이 보였다.

TV를 보고 있던 리성은 뒤늦게 현관문 쪽이 이상하다는 걸 깨닫고 고개를 돌렸다.

강한을 본 리성의 표정 또한 어두워졌다.

"택배입니다, 진리성 씨."

강한이 카트를 현관문 안으로 들여보내며 말했다.

리성은 카트에 쌓인 택배 상자를 알아본 듯했지만, 정훈은 전혀 모르는 눈치였다.

정훈 모르게 보낸 택배였나 보다.

"최가을 씨가 전해 달라더군요. 이런 택배 그만 보내라고. 끔찍하니까 그만뒀으면 좋겠다고."

"거짓말……."

리성이 일어나며 말하려 했지만, 강한이 검지를 들어 리성의 말을 막았다.

"난 그냥 택배 기사일 뿐, 더도 덜도 보태지 않겠습니다. 그리고 이정훈. 이건 택배 기사가 아니라 우강한으로서 말하는 건데."

강한은 목소리를 낮추지 않았다.

리성이 들어도 상관없었다.

아니, 리성이 들어 주었으면 했다.

"네가 최가을한테 하는 짓을, 내가 모를 거라고 생각하지 마."

강한의 말이 끝나기가 무섭게 정훈이 주먹을 들어 올렸다.

이번에 정훈의 주먹은 멈추지 않았다.

운동으로 다져진 단단한 주먹이 강한의 턱에 꽂혔다.

다른 사람이라면 충격으로 몸이 뒤로 나가떨어졌을 만한 타격이지만, 강한은 턱만 돌아갔을 뿐 비틀거리지도 않았다.

강한은 목을 양옆으로 까딱거리고 나서 다시 정훈을 노려봤다.

"당황하면 주먹이 먼저 나가는 타입인가 보군. 그런 것 같아서 미리 준비를 해 뒀지."

강한이 턱으로 복도 맞은편 창문 쪽을 가리켰다.

창가에는 강한의 휴대폰이 동영상 촬영을 하는 상태로 놓여 있었다.

정훈이 몸을 날리려 했지만, 강한이 못 나오도록 정훈을 막았다.

"완전 범죄라는 건 네가 생각하는 것보다 더 힘든 일이야. 돈과 권력이 있다고 해서 모든 사람의 입과 귀를 막을 수 있는 것도 아니지. 네 뒤에 버티고 있는 권력이, 이 세상 모든 것들을 뛰어넘을 거라고 생각하지 마. 세상에는 그보다 더 높은 것이 존재하는 법이니까."

강한이 슬쩍 뒷걸음질을 해 휴대폰을 집어 바지 주머니에 넣었다.

"최가을한테 하는 짓을 여기서 멈추면, 나도 모르는 척 넘어가 줄 수 있어. 일을 크게 벌여 봐야 최가을에게만 상처가 될 테니까. 하지만 네가 계속 움직인다면, 그때는 나도 움직여야겠지. 그때가 되면."

강한은 리성 쪽으로 시선을 돌렸다.

강한의 눈동자가 리성에게 꽂히는 걸, 정훈은 분명하게 목격했다.

'이놈은 진리성이 누군지 알고 있어.'

정훈은 확신했다.

리성은 어리둥절한 표정으로 이쪽을 보고 있었다.

강한은 리성을 똑바로 응시하며 말했다.

"네가 보호하고 싶은 걸 보호할 수 없게 될지도 몰라."

강한의 눈동자가 다시 정훈에게로 향했다.

"나도 꽤나 막 나가는 편이라서 말이야."

정훈은 아무 말도 하지 못했다.

리성이 보고 있는 상황에서 허투루 말을 꺼낼 수는 없었다.

강한은 경고하듯 정훈을 노려보고는 휙 돌아서서 걸어갔다.

마음 같아서는 강한을 패대기치고, 그의 휴대폰을 빼앗고 싶었지만 그럴 수가 없었다.

강한은 아무 방해도 없이 엘리베이터에 탔고, 닫히는 문으로 정훈을 지그시 노려보다가 검지로 자신의 입술을 가리켰다.

'내가 입 다물고 있을 때 몸을 사려.'라는 경고라는 걸, 정훈은 알 수 있었다.

"형."

어느새 뒤로 다가온 리성이 정훈을 불렀다.

정훈은 총에 맞은 사람처럼 깜짝 놀라 뒤를 돌아봤다.

리성이 노기 띤 눈으로 정훈을 쏘아보고 있었다.

"지금 저 사람이 한 말이 무슨 말이야? 형, 가을이 누나한테 무슨 짓을 한 건데?"

"무슨 짓이라니……."

정훈이 제일 걱정했던 순간이 왔다.

"모르는 척하지 마. 저 사람, 가을이 누나를 두고 없는 소리를 할 사람 아니야. 그리고 지금 형 태도도 이상하고. 형, 가을이 누나한테 무슨 짓을 하는 거야?"

"아무 짓도 안 했어."

"아니, 형은 뭔가 했어. 그래서 저 사람이 화가 난 거고."

"하아."

정훈은 이 상황을 모면해야만 했다.

리성은 바보가 아니었다.

완전한 거짓말로는 리성을 속일 수가 없었다.

"대표님은 네 배우자감으로 좀 더 신분이 확실한 사람을 원해서. 네가 최가을을 많이 따르는 것 같으니까, 스캔들이라도 날까 봐 걱정이 많으시고. 이번에 기사도 뜨면서 초조해하셨어."

"그래서?"

"최가을 씨한테 너랑 좀 멀어졌으면 좋겠다고 이야기를 했어. 자꾸 이렇게 너랑 관계가 되면 좋지 않다고."

"이야기만 했다고?"

"그래."

"그런데 저 사람이 저렇게 격하게 행동한다고?"

"너도 그러잖아."

"내가 뭘……!"

"너도 최가을 씨만 관계되면 격하게 행동하잖아. 저 사람도 마찬가지겠지."

"……."

할 말이 없는지, 리성이 입을 다물었다.

"내가 최가을 씨한테 뭘 어쨌겠어? 최가을 씨도 성인인데 만나서 얘기하는 수밖에 더 있어? 너한테 말도 없이 행동한 건 정말 미안해. 하지만 이번에 기사 뜬 것 때문에 걱정이 되고 초조해서 어쩔 수가 없었어. 앞으로는 너한테 말하고 행동할게. 미안하다."

"알겠어."

리성이 대답했다.

"가을이 누나한테 아무 짓도 하지 마. 누나한테 무슨 일 생기면, 난 형을 용서하지 못할 거야."

"그런 짓 안 해. 걱정하지 마."

정훈은 리성이 믿는 것 같아서 안심했다.

리성은 되돌아온 택배 상자를 어두운 눈으로 응시하다가 자야겠다며 방으로 들어갔다.

리성이 방에 들어가고 한 시간 정도 기다렸다가, 정훈은 조용히 집을 나섰다.

달칵—

문 닫히는 소리가 들렸다.

아주 작은 소리였지만, 귀를 기울이고 있던 리성은 그 소리를 분명히 들었다.

소리가 들리자마자 침대에서 내려와 방을 나왔다.

'아무 짓도 안 했다고?'

그런 말을 믿을 만큼 바보는 아니다.

리성은 신발을 신고 조금 기다렸다가 현관문을 열었다.

엘리베이터는 3층에 멈춰 있었다.

정훈은 엘리베이터에 타지 않았을 것이다.

정훈이 최 대표와 통화를 할 땐 비상계단을 이용한다는 걸 이미 알고 있었다.

높은 층이라 비상계단을 이용하는 사람이 없어서, 비밀스럽게 통화를 하기에는 최적의 장소였다.

"네, 대표님. 아무래도 그놈이 진우에 대해 알고 있는 것 같습니다."

작기는 하지만 정훈의 목소리가 들려왔다.

리성은 숨을 죽이고 비상구 문에 귀를 기울였다.

"별 볼 일 없는 심부름센터 사장인 것 같습니다. 아무래도 최가을보다는 우강한이 더 위험할 것 같습니다. ……네, 그럼 우강한 쪽부터 먼저 처리하도록 하겠습니다."

처리하도록 하겠다.

그 말에 리성은 숨을 멈췄다.

'대체 뭘?'

뭐가 그리 위험하고, 뭘 그렇게 처리하겠다는 걸까?

흘러가는 상황을 도통 이해할 수가 없었다.

하지만 한 가지는 분명했다.

이건 단지 스캔들이나 사랑에 관계된 문제가 아니었다.

＊　　　＊　　　＊

소년 A가 어떻게 사는지 알고 나면 삶이 달라질 줄 알았다.

콕 집어 말할 수는 없지만, 큰 변화가 있을 거라고 생각했다.

하지만 아니었다.

소년 A인 진리성은 여전히 잘 살고 있고, 가을의 삶 역시 변한 것은 없었다.

'아니, 저게 있나?'

가을은 벽에 붙은 가족사진을 응시했다.

소년 A가 어떻게 사는지 알고 싶다는 게, 그동안 삶의 목적이었다.

삶의 목적을 이루고 나면 나의 삶도 끝나지 않을까, 하고 막연히 생각해 왔다.

그러나 삶은 계속되고 세상은 아무 문제 없이 돌아가며, 가을에게는 가족사진이 생겼다.

가을이 갓난아기일 때, 엄마가 가을을 안고 환하게 웃는 사진이 있었다.

아마도 이 사진을 찍은 건 아빠이리라.

이때 엄마와 아빠는 바랐을 것이다. 두 사람 사이에서 태어난 아이가 행복하게 잘 자라기를. 그 어떤 순간에서도 웃으며 살아가기를.

가을을 안고 카메라를 보는 엄마의 웃는 얼굴에서, 그 마음을 느낄 수가 있었다.

"엄마, 그렇게 웃으면 내가 잘 살아야 할 것 같잖아."

가을과 비슷한 나이로 보이는 엄마를 보며 말했다.

"씩씩하게 살아가야 할 것 같잖아."

가을은 사진을 향해 손을 뻗었다.

엄마, 아빠가 그런 것을 바랐다면 앞으로 남은 삶을 잘 살아가야 하겠지.

"그런데 뭘 하면서 살아야 하지?"

그저 소년 A에 대해 알고 싶어 하며 하루하루를 살아왔다.

돈을 버는 목적은 하나였다.

돈을 벌어 소년 A의 정보를 알아내는 데에 사용할 생각뿐이었다.

그걸 알아낸 후의 일에 대해서는 생각해 본 적이 없었다.

침대에 앉아 오랜만에 휴대폰을 켰다.

친구들과의 단체 채팅방에 근황 보고 몇 개, 가을 심부름센터의 단체 채팅방에 의뢰 관련 대화 몇 개, 의찬에게서 메시지가 몇 개 와 있었다.

[무슨 일 있는 거 아니지?]
[슬슬 일해야 하지 않겠어?]
[널 찾는 사람이 많아.]

소라에게서 온 메시지도 있었다.

[가을아, 난 네 편이야.]

가을이 세상과 차단을 하고 지낼 때에도, 세상은 여전히 돌아가고 있었다.

'슬슬 일 문제도 해결해야 하네.'

연예계 쪽 일은 이제 관둬야겠다.

오며 가며 리성을 마주칠 상상만 해도 속이 울렁거렸다.

리성의 웃는 얼굴을 보고 싶지 않았다.

딩동―

초인종이 울렸다.

문을 열었더니 지영이 있었다.

"뭐하고 있었어?"

들어오라는 말도 안 했는데 지영이 자연스럽게 집 안으로 들어왔다.

소년 A가 진리성이라는 걸 알게 된 지도 며칠이 지났다.

그 날 이후 지영은 매일 가을을 찾아왔다.

"그냥 시간 낭비하고 있었지, 뭐."

"나도 시간 낭비 좋아하는데. 같이 낭비하자."

"그럴까?"

"점심 먹었어?"

"아직."

"그럼 나가서 밥 먹고 쇼핑이나 하자."

"쇼핑?"

가을은 통장 잔고가 얼마나 되는지 가늠해 봤다.

"응, 시간 낭비하는 데 쇼핑만큼 좋은 게 없거든. 나가자. 집에만 있으면 답답하니까."

집 밖에 나오는 건 그날 이후 처음이었다.

유독 하늘이 파란 날이었다.

차가운 공기는 신선했고, 하늘을 장식한 구름은 더없이 새하얬다.

내 머릿속도 저렇게 하얗게 비었으면 좋겠다고 생각하며, 가을은 지영을 따라 걸었다.

"그러고 보니 너랑 단둘이 밖에 나오는 건 처음인 것 같아."

가을이 택시를 잡는 지영을 보며 말했다.

"그러네. 나는 심부름센터 일을 잘 안 하니까. 보통 대장이랑 다녔지?"

"응. 초반에는 형님이나 캡이랑도 잘 다녔었는데."

어느 순간부터 강한이랑만 같이 다녔다.

"오늘은 일 생각하지 말고 데이트나 즐기자."

택시를 타고 근처의 백화점으로 향했다.

가까운 거리인데도 거침없이 택시를 타는 지영의 모습에, '역시 있는 집 자식은 다르구나.'라는 생각을 했다.

지금껏 지영이 내색을 안 해서 몰랐는데, 그녀의 배경이 대단하나는 설 이번 일을 통해 알게 되었다.

"요새 기분은 좀 어때?"

2층 여성복 코너로 향하며 지영이 물었다.

"잘 모르겠어. 그냥 허무해. 속에 꽉 차 있던 게 싹 빠져나간 기분이야."

"그럼 이제 하나씩 다시 채워야겠네."

"그러게. 다시 채우면 되는구나."

"응. 일단 너네 집 옷장부터 채우자. 옷이 너무 없더라."

"언제 그런 걸 다 확인했대?"

"너 안 볼 때 몰래몰래 확인했지."

지영이 가을을 옷 가게로 끌어당겼다.

지영은 옷 가게를 쭉 둘러보더니 원피스 몇 벌을 꺼냈다.

"이거 입어 봐."

"응? 나?"

"그럼 너지, 누구겠니?"

지영이 꺼내 든 원피스는 파스텔톤의 여성스러운 원피스로, 가을이 입어 본 적이 없는 스타일이었다.

"난 이런 거 좀 안 어울릴 것 같은데."

"어울릴 거야. 내 안목을 믿어."

지영이 원피스 하나를 가을에게 떠넘겼다.

가을은 어쩔 수 없이 피팅룸에 들어가 원피스를 갈아입었다.

피팅룸 안에는 거울이 없어서 자신의 모습을 확인할 수가 없었다.

무릎 위로 올라오는 연분홍색 원피스를 입고 피팅룸에서 나갈 용기가 나지 않았다.

"다 입었지? 얼른 나와 봐."

밖에서 지영이 채근하는 소리가 들려왔다.

가을은 크게 심호흡을 하고 문을 열었다.

"역시 내 안목은 정확해."

지영이 잘난 체를 했다.

"어머, 진짜 잘 어울리세요."

옆에 있던 점원이 지영을 거들었다.

이런 경험은 처음이라 가을은 몸 둘 바를 몰라 하며 어색하게 서 있었다.

지영이 원피스 하나를 더 내밀었다.

"이런 스타일도 입어 보자."

검은색이라서 안심하고 피팅룸으로 들어온 가을은 원피스를 입어 보다가 당황했다.

몸에 착 감기는 검은색 원피스는 너무 짧고 심지어 옆트임까지 있었다.

"얼른 나와 봐, 얼른."

"아니, 이건 정말 못 나가겠는데."

너무 야하다.

"왜? 얼른 나와 봐. 한 번 보여는 줘야지."

친구와 쇼핑을 하러 나온 건 처음이기에, 한 번 보여는 줘야 한다는 말이 진리인 줄 알았다.

가을은 울며 겨자 먹기로 피팅룸의 문을 열었다.

"크흐. 역시 잘 어울려."

지영이 감탄했다.

"그러게요. 체형이 정말 예쁘시네요. 그 원피스 소화하는 분이 별로 없는데."

직원이 또 거들었다.

옆에서 말리는 시누이가 더 얄밉다더니, 딱 그 짝이었다.

"안 돼, 나 이런 건 진짜 못 입어. 입고 갈 만한 곳도 없고."

"심부름센터에 올 때 입고 와."

"아니, 닭장 청소나 하러 다니는데 이런 걸 입고 갈 수는 없잖아."

가을의 말에 지영이 빙그레 웃었다.

"심부름센터, 계속 나올 거구나?"

말려들었다.

"응, 계속 나가야지. 시간이 나면."

가을은 솔직하게 대답했다.

심부름센터를 계속 나갈지에 대해 생각해 본 적은 없는데, 얼떨결에 이런 말이 튀어나왔다.

그렇다면 나는 심부름센터를 계속 나가고 싶은가 보다. 그걸 굳이 억누를 필요는 없었다. 나는 이제 씩씩하게 잘 살아가기로 결심했으니까.

지영에게 떠밀려 옷을 여러 번 갈아입었다.

마지막 옷까지 입고 나왔을 땐, 이미 지영이 모든 옷의 결제를 끝낸 후였다.

"지영아, 이걸 왜 네가 사?"

"그러려고 나온 거야."

"하지만……."

"괜찮아. 나, 돈 많아."

"나는 네가 돈이 많아서 만나는 게 아냐."

가을의 말에 지영의 눈이 가늘어졌다.

"어머, 감동이어라. 나, 방금 좀 설레었어."

"뭐야, 그게."

"있잖아, 가을아. 나는 이번에 너를 위해 뭐든 해 주고 싶었어. 정말로 뭐든 해 주고 싶은데, 내가 해 줄 수 있는 게 없더라. 대장이나 형님이나 캡이나, 널 위해서 열심히 뛰어다녔는데, 심지어 널 만난 적도 없는 우리 오빠까지 뭔가를 했는데…… 나는 해 준 게 없었어. 그게 너무 아쉽고 한심스러워서, 이런 거라도 해 주고 싶어."

"해 준 게 없긴 뭐가 없어. 날 안아 줬잖아. 그게 얼마나 따뜻했는데."

"안아 주는 건 언제든 해 줄 수 있어. 그리고…… 내 욕심이야, 이건. 네가 내가 사 준 옷을 입고 다녔으면 좋겠어. 그럼 소유권을 주장할 수 있잖아."

"소유권? 대체 그걸 누구한테 주장하고 싶은데?"

어리둥절해 하는 가을을 보며, 지영은 속으로 웃었다.

'당연히 대장한테.'

그러면 강한은 굉장히 심기가 불편해질 것이다. 아마 가을을 데리고 나가서 자기가 옷을 사 주고, 그것만 입고 다니라고 강요할지도 모른다.

가을에게는 아주 귀찮은 일이겠지만, 강한이 가을의 소유권을 두고 전전긍긍해하는 모습을 보고 싶었다.

그걸 지켜보는 건 아주 즐거운 일일 것이다.

미안해하는 가을을 데리고 다른 옷 가게로 들어갔다.

거기서 또 옷을 골라 주고 피팅룸에 집어넣고 기다리는데, 휴대폰이 울렸다.

강한에게 온 전화였다.

액정에 뜬 이름을 보니 재미있는 생각이 떠올랐다.

[너, 일 안 나오냐?]

강한이 퉁명스럽게 물었다.

"나, 요새 바빠."

[바쁘긴. 허구한 날 최가을이랑 노닥거리는 걸 모를 것 같아?]

"부러워?"

[부럽긴 뭐가 부러워? 나는 남부러울 거 없이 잘난 사람이야, 왜 이래?]

"아, 그러셔요. 아무튼 나, 대장한테 의뢰 하나 하려고."

[같은 직원끼리 의뢰는 뭔 놈의 의뢰야? 나는 직원 의뢰는 안 받…….]

"시간당 5만 원."

[말씀만 해 주십시오, 고객님. 뭐든 해 드리는 가을 심부름센터입니다. 내 남자 바람 증거 찾기, 만취했을 때 업어다가 댁까지 모셔 드리기, 마음에 안 드는 여자 뒤통수 한 대 때려 주기…….]

"그런 건 됐고. 2시간 후에 홍대로 와 줘. 예쁘게 입고."

[물론 2시간 정확하게 맞춰서 홍대로 나가 드리겠습니다, 고객님.]

강한은 시간당 5만 원에 영혼이라도 바칠 수 있는 것처럼 싹싹하게 대답하고는 전화를 끊었다.

지영은 마침 옷을 갈아입고 피팅룸 밖으로 나온 가을을 보며 말했다.

"가을아, 우리 예뻐지러 가자."

*　　　*　　　*

지금껏 메이크업을 받고 헤어 디자이너에게 머리를 하는 걸 보기만 해 왔지, 직접 받는 건 처음이었다.

지영의 손에 이끌려 미용실에 가서 머리에 화장까지 했다.

거의 화장기가 없이 다니는 가을이었기에, 옅은 화장으로도 점점 달라지는 자신의 모습이 신기했다.

처음에는 정신없이 구경하다가 뒤늦게 이게 무슨 일인가 싶어 지영에게 물었다.

"나, 지금 왜 이렇게 화장하는 거야?"

"기분 전환."

거울을 통해서 가을의 모습을 지켜보던 지영이 짧게 대답했다.

지영의 말대로 기분 전환이 되기는 했다.

누군가가 내 얼굴과 머리를 조심스럽게 만져 주는 것이 싫지 않았다.

다 끝낸 후 이번에도 택시를 타고 홍대로 이동했다.

홍대는 늘 그렇듯 사람이 북적거렸다.

번화한 거리를 지나쳐 골목으로 들어가자 조금 한적해졌다.

"뭐 먹고 싶은 거 있어?"

지영이 물었다.

"글쎄. 초밥도 괜찮겠다."

마침 옆에 보이는 초밥 가게를 보며 말했다.

"그래, 초밥 먹자."

점심시간이 지나서 그런지 가게에는 손님이 별로 없었다.

칸막이가 된 안쪽에 자리를 잡자마자, 지영은 화장실에 다녀오겠다며 자리를 떠났다.

지영이 자리를 비운 틈에, 가을은 휴대폰을 꺼내 전면 카메라로 자신의 얼굴을 확인했다.

화장을 해서 그런지 액정에 뜬 얼굴이 유독 괜찮아 보였다.

'그러고 보니 혼자 셀카를 찍는 건 처음이네.'라고 생각하며, 버튼을 눌렀다.

찰칵—

소리와 함께 사진이 찍혔다.

처음 찍는 거라 그런지 어색하게 나왔다.

'뭐라더라. 45도 각도였나?'

휴대폰을 살짝 위로 올리고 있는데, 어깨너머로 비치는 얼굴이 있었다.

생각지도 못한 얼굴이 등장하는 바람에, 가을은 휴대폰을 떨어뜨렸다.

휴대폰이 바닥에 닿기 전, 강한이 낚아챘다.

"뭘 그렇게 놀라? 귀신이라도 봤어?"

강한이 툴툴거렸다.

"귀신보다 더한 걸 본 것 같네요. 여긴 어떻게 알고 온 거예요?"

"내가 모르는 게 어디 있어?"

강한이 휴대폰을 건넸다.

그걸 받아 테이블에 내려놓으려 했더니 강한이 미간을 좁혔다.

"왜 내려놔? 사진 안 찍어?"

"됐어요, 뭘 찍어요."

"모처럼 화장도 하고 예쁜데 기록으로 좀 남기지 그래?"

강한의 무심한 칭찬에 오히려 얼굴이 달아올랐다.

"평소에는 되게 안 예쁜가 보죠?"

쑥스러운 마음에 내뱉은 질문이었는데, 돌아오는 대답은 진지했다.

"평소에도 예뻐. 오늘도 예쁘고. 언제가 더 예쁘냐고 묻는다면, 글쎄."

강한이 가을의 옆에 서서 그녀의 얼굴을 빤히 내려다보다가 말했다.

"언제나, 1초도 빼놓지 않고."

그의 진지한 눈빛을 똑바로 보기가 힘들어, 가을은 고개를 푹 숙였다.

느닷없이 이런 곳에 나타난 것도 당황스러운데, 거침없는 칭찬에 어떻게 반응을 해야 좋을지 알 수 없었다.

가을이 어쩔 줄 몰라 하는 동안 강한은 맞은편 자리에 앉았다.

"아, 거기 지영이 자리인데."

"구미호는 안 와."

그제야 강한이 왜 이곳에 있는지 알 것 같았다.

"미호가 의뢰했어요?"

"그래. 하지만 서비스 멘트 포함은 아냐."

"네?"

"방금 전 그 말은 의뢰에 포함되어 있는 게 아니라고."

한발 늦게 그가 한 말의 의미가 '그건 내 진심이야.'라는 걸 이해했다.

이해하고 나니 더더욱 그의 얼굴을 똑바로 볼 수가 없었다.

가을은 시선을 아래로 내리깔았다.

"미호가 무슨 생각인지 모르겠네요."

"응, 나도. 하지만 고가로 고용이 됐으니, 최선을 다해 시간을 보내 주겠어. 여기요."

강한이 종업원을 불렀다.

"VIP 코스로 두 개 주세요."

"네, 손님."

종업원이 떠나자마자 가을이 허리를 앞으로 숙였다.

"대장, VIP 코스는 10만 원이 넘어요."

"그래서?"

"너무 비싸잖아요."

"비싼 옷에 비싼 머리에 비싼 화장까지 했는데, 음식은 싸구려를 먹일 수 없지."

"어차피 뱃속에 들어가면 다 똑같은데."

"그렇게 따지면 어차피 죽을 거 왜 살아?"

"그러게요."

가을이 어깨를 축 늘어뜨리자, 강한이 말실수를 했다고 생각했는지 당황해서 손을 뻗었다.

"아니, 그런 뜻이 아니라……."

"정말 어차피 죽을 거 왜 살까요?"

"아니, 진짜로 그런 뜻이 아니라니까. 난 그냥…… 그래, 농이야, 농. 농담 몰라?"

가을이 씩 웃으며 고개를 들었다.

"당황했어요?"

"어?"

"우와, 대장도 당황을 하는구나."

가을의 말에 강한이 눈이 커졌다.

강한은 놀란 눈으로 가을을 응시하다가, 가을이 장난쳤다는 걸 깨달았는지 고개를 옆으로 돌렸다.

"너, 진짜 못됐다."

"네, 난 진짜 못됐죠. 대장은 진짜 당황했고."

"그런 거로 장난치지 마. 심장이 뚝 떨어지는 줄 알았다고."

"아하하."

가을이 작게 웃는 소리에, 강한의 표정도 누그러졌다.

"고마워요, 대장. 내 장난에 심장이 뚝 떨어질 만큼 당황해 줘서."

가을의 감사 인사에, 강한은 묘한 눈으로 가을을 빤히 응시했다. 그러다가 가을의 뒤쪽에 있는 포스터를 확인하고는 벌떡 일어났다.

가을은 강한이 왜 이러나 싶어 돌아봤다.

가을의 자리 뒤 벽면에 리성의 맥주 광고 포스터가 붙어 있었고, 강한은 그걸 찢으려고 하고 있었다.

가을이 일어나 강한의 손목을 잡았다.

"괜찮아요, 대장."

"보기 싫잖아."

"보기 싫죠. 하지만 찢지 않아도 돼요."

"정말 괜찮겠어?"

"네, 정말로요."

강한이 미심쩍다는 표정으로 제자리에 돌아와 앉았다.

"그런 눈으로 보지 마요. 이번에는 거짓말 아니니까."

"그렇다면 다행이지만."

"있잖아요, 대장. 나, 호흡 곤란이 사라졌어요."

"아, 그래?"

"네. 언제부터인지 모르겠는데, 없어진 것 같아요. 소년 A에 대한 걸 알았을 때, 정말로 충격이 컸거든요. 다른 때라면 이것보다 작은 일에도 숨이 안 쉬어지는데, 그날은 쉬어지더라고요. 차라리 숨이 막혀 죽어 버렸으면 좋겠다고 생각하는데도, 숨이 쉬어지더라고요."

"그래."

"나도 모르는 새에 살고 싶어졌나 봐요. 살아가고 싶어졌나 봐요."

종업원이 된장국과 밑반찬을 놓아 주는 걸 응시하며, 가을은 계속해서 말했다.

"대장이 가져다준 사진들을 벽에 붙여 놨어요. 그 사진들을 쭉 보고 있으면요. 엄마랑 아빠가 말하는 것 같아요. 살아가라고. 잘 살아야 한다고."

"응."

"나는 어느새 가을 심부름센터 직원들이 가족 같아졌어요. 그랬더니 생각을 하게 되더라고요. 만약 내가 대장을, 형님을, 지영이랑 캡을 구하다가 죽으면, 어떤 생각을 할까. 그들이 죽어 버린 나를 떠올리며 평생 불행하게 살아가기를 바랄까? 평생 외로움 속에서 울지도, 웃지도 않고, 차라리 죽는 게 나은 그런 삶을 살아가기를 바랄까?"

가을은 시선을 들어 강한과 눈을 맞췄다.

"엄마, 아빠는 저를 낳았을 때, 아니, 절 임신했다는 걸 알았을 때 많은 생각을 하셨겠죠. 아마 대부분 제가 아주 행복하게 자랐으면 좋겠다는 생각이셨을 거예요. 사진 속에서 절 보는 엄마, 아빠의 눈빛은 다 그렇더라고요. 우리 딸, 우리 예쁜 딸. 그게 사진으로도 보이더라고요."

목이 메어서, 가을은 꿀꺽 침을 삼켰다.

"잘 살아가기로 했어요. 있는 힘껏 행복해지기로 했어요. 그 애를 용서하지는 못했어요. 용서를 하면 더 편해지네, 어쩌네 하지만…… 아니요, 저는 용서 못 하겠어요. 밉고 싫어요. 하지만 밉고 싫다는 마음에 집중해서, 내 곁에 있는 소중한 것들을 놓치고 싶지는 않아요. 아직은 그 애의 얼굴을 보는 게 끔찍하지만, 가끔은 토할 것 같지만, 내 소중한 한순간이 그 애 때문에 일그러지는 게 더 싫어요."

가을은 슬쩍 뒤를 돌아봤다.

리성은 맥주를 손에 들고 환하게 웃고 있었다.

"그래서 인정하려고요. 내 가족을 죽인 그 애가 잘 살아가고 있다는 걸, 굉장히 많은 사랑을 받고 행복하게 지낸다는 걸, 그건 내가 어떻게 할 수 없는 부분이라는 걸, 그냥 인정하고 받아드리려고요. 그 애를 미워하는 데에 내 시간과 내 감정을 소비하지 않으려고요."

"기특하네."

강한이 말했다.

"하지만요, 대장. 가끔은 징징거리고 싶어질지도 모르겠어요. 가끔은 견딜 수가 없어질지도 모르겠고요. 그럴 땐, 대장 앞에서 조금 징징거려도 괜찮아요?"

"말했잖아. 뭘 해도 괜찮다고. 가끔이 아니라 자주 그래도 괜찮아. 매일 그래도 괜찮고. 하고 싶은 대로 해. 난 항상 여기에 있으니까."

강한의 음성은 늘 그렇듯 무뚝뚝했지만 따스했다.

"대장은 정말 이상할 정도로 나한테 잘해 주는 것 같아요."

"그것도 말했잖아. 네 덕에 유쾌해져서 그렇다고."

유쾌하다고 말하는 강한의 표정은, 항상 그렇듯 불쾌해 보였다.

그의 찡그린 표정을 보노라니, 저번에 봤던 그의 미소가 떠올랐다.

아주 짧지만 강렬한 인상을 남겼던 그의 미소.

주위가 환해지는 그 미소를, 가을은 다시 한 번 보고 싶었다.

"그런 말은 좀 웃으면서 하면 안 돼요?"

"웃겨야 웃지. 안 웃긴데 어떻게 웃어?"

"날 볼 때마다 항상 웃는다면서요?"

"그건…… 그건 말이 그렇다는 거지."

"말만 그런 게 어디 있어요? 행동으로도 좀 보여야지."

"난 원래 말과 행동이 다른 남자야!"

"그거참, 대단하시네요."

"대단하니까 대장 노릇을 하지. 뭣도 없는 놈이 대장이면 니들이 당당하게 '내가 저 남자 부하입니다.'라고 말할 수 있겠어?"

"지금도 어디 가서 당당하게 대장 부하라는 말은 안 하거든요?"

"날 대장이라고 부르면 그게 내 부하라는 걸 인정한 거지."

"아, 그런 거면 그냥 대장이라고 안 부를래요."

"그래? 그럼 뭐라고 부를 건데."

"네?"

"뭐라고 부를 거냐고."

왜일까?

가을을 보는 강한의 눈빛에 기대감이 담긴 것만 같았다.

가을은 잠시 망설이다가 입을 열었다.

"아저씨?"

＊　　　＊　　　＊

"다녀왔습니다."

집으로 들어온 가을은 벽에 붙은 사진을 보며 말했다.

씻고 나와 옷을 갈아입고 벽 앞에 섰다.

"엄마, 아빠, 하을아. 나는 오늘 꽤 괜찮은 하루를 보냈어. 내일은 더 괜찮은 하루가 되었으면 좋겠다는 생각을 해. 아직은 가슴이 아픈데, 내일이 되면, 모레가 되면, 그리고 내년이 되면…… 점점 더 나아지지 않을까, 하고 기대를 하게 돼. 살아가면서 미래에 대해 기대하는 건 처음이야."

항상 어둠이었다.

앞을 보아도, 뒤를 보아도, 옆을 둘러보아도 늘 어둠뿐이었다.

시간이 흘러도 어둠뿐이라는 것을 알기에, 기대조차 되지 않았다.

그러한 삶이었다.

"열심히 살아갈게. 엄마, 아빠가 지켜 준 몫만큼, 하을이가 못 누린 몫만큼, 내가 더 많이 보고 느낄게. 아주 많이 웃을게. 앞으로는 엄마 아빠가 준 이 삶을, 소년 A의 것이 아니라 내 것으로 만들게."

함께였다면 더 좋았을 테지만.

함께 누릴 수 있었다면 더 행복했을 테지만.

"잘 살아갈게. 엄마 아빠가 날 낳았을 때 원했던 만큼, 행복한……."

―널 만나 유쾌해졌으니까.

　강한의 음성이 떠올라서 덧붙였다.
　"그리고 유쾌한 최가을이 될게."
　사진 앞에 서서 주문처럼 말하다 보니, 정말로 그럴 수 있을 거란 생각이 들었다.
　뭘 할까 고민하다가 책장에 있는 얼마 안 되는 책 중 하나를 뽑아 들었다.
　한때 유행이었던 흔해 빠진 자기계발서였다.
　자기계발서에는 뻔한 이야기가 쓰여 있다고는 해도, 가끔 한 번씩 읽으면 다시 한 번 삶을 돌아보게 만들어 주곤 했다.
　마음가짐이 달라진 이때, 다시 읽으면 새로운 기분이 들지 않을까?
　그러기를 기대하며 책을 펴 드는데, 휴대폰이 울렸다.
　의찬에게 걸려 온 전화였다.
　[난 너 무슨 큰일이라도 당한 줄 알았다.]
　오랜만에 듣는 의찬의 목소리에는 걱정이 가득 담겨 있었다.
　"죄송해요, 선배. 미리 연락을 드렸어야 했는데."
　[여긴 난리였어, 난리. 너랑 진리성 사건 때문에.]
　진리성이라는 이름은 아직도 가슴에 둔탁한 충격을 일으켰다.
　구역질이 날 것 같았지만 간신히 참았다.
　"아, 그래요."
　[그래도 그쪽 소속사에서 힘을 쓴 건지, 뭔지, 기사들은 다 내려갔어. 인터넷도 어느 정도 조용해진 것 같고. 너, 괜찮은 거지?]

"네, 괜찮아요."

[그런 일에 지지 마. 여기, 네 편 많아.]

"네, 감사해요."

[그런데 있잖아. 이런 상황에서 정말 미안한데…… 모레, 시간 좀 돼? 진리성이 오랜만에 앨범을 낸다고 화보 촬영을 하는데, 너랑 하고 싶다고 하네.]

"……."

[껄끄러울 것 같아서 다른 애 붙여 주려고 했는데, 진리성 고집이 아주 대단해. 네가 아니면 안 찍겠다고 했나 봐. 소속사에서도 곤란한 눈치더라.]

"있잖아요, 선배."

머릿속에 그림이 그려졌다.

'앞으로 뭘 해야 할까?'에 대한 답이 순식간에 그려졌다.

"저, 그만둘 거예요. 그 일."

[어? 뭐? 일 그만둔다고?]

"네, 저 그 일 그만두려고요."

[왜 그래, 가을아. 이번 사건 때문에 네가 마음고생 많이 한 건 알지만, 이 일 그만두면 뭐 해 먹고 살게?]

"글쎄요. 편의점 알바라도 구할 수 있다면 구해야겠죠."

[그걸로 생활비가 되겠어?]

"굶더라도, 그 일은 관두려고요. 연예인 사진 찍는 일은 아무래도 저랑 안 맞는 것 같아요."

[가을아. 그러지 말고…….]

"고민을 해 봐도 마찬가지예요. 저는 그 일 하고 싶지 않아요. 그리고요, 선배. 전 진리성을 싫어해요. 아주 끔찍하게 싫어요. 이름을 듣는 것조차도, 정말 싫어요. 그러니까요, 선배. 나중에 뵙고 인사드릴 때에도 그 이름은 안 나왔으면 좋겠어요."

[가을아…….]

"그동안 많이 챙겨 주셔서 감사해요. 다음에 인사드리러 갈게요."

가을의 결심이 확고하다는 걸 깨달았는지, 의찬은 더 이상 붙잡지 않았다.

전화를 끊고 나서 가을은 자기계발서를 도로 책장에 꽂고, 책상 앞에 앉아 노트를 펼쳤다.

하고 싶은 일이 생겼다.

아마 조금 오래 걸리겠지만.

'소년 A를 알아낸 근성으로라면 해낼 수 있겠지.'

꼭 하고 싶은 일이 생겼다.

19장

"아르바이트요?"

아르바이트를 구하러 나가는 길에, 연진과 마주쳤다.

연진은 대학교 도서관에 책을 빌리러 가는 길이라고 했다.

"응, 연예인 사진 찍는 일은 관뒀거든."

"그래도 그거 꽤 돈이 되지 않았어요?"

"그렇긴 한데, 이제는 하기 싫어서."

"하기 싫으면 하지 말아야죠. 요새는 아르바이트, 인터넷으로도 구할 수 있는데."

"내가 원래 인터넷을 잘 안 해서 복잡하더라고. 어떤 게 좋은 정보인지도 모르겠고."

"하긴, 사기도 꽤 많으니까요. 그냥 심부름센터에서 일하는 건 어때요?"

"심부름센터 일은 계속할 건데, 월급이 얼마나 되는지도 모르겠고⋯⋯."

"많진 않죠. 보통 수당으로 떨어지니까. 돈이 많이 급해요?"

"일단은 생활비 정도는 벌어야지. 모아 둔 돈을 쓰고 싶진 않거든."

"계속 알바만 할 순 없을 텐데."

"응, 알바 하면서 다른 곳도 찾아보려고. 어떤 일이 좋을까?"

"취집 어때요?"

"응?"

"돈 많은 남자랑 결혼하는 거요."

"아하하하하. 내 주위에 돈 많은 사람이 없어."

가을이 재미있다는 듯 웃었다.

'이 누나는 진짜 모르나?'

강한은 서울에 마당이 있는 2층 주택을 소유하고 있었다.

게다가 연진이 몰래 조사한 결과에 따르면, 비운의 천재 사진작가 W의 아버지는 미국 유명 대학의 교수고, 어머니는 유명 브랜드의 수석 디자이너였다.

부모의 스펙이 사진작가 W가 이슈가 된 이유 중 하나였다.

"대장은 어때요?"

"어?"

"결혼 상대로, 우리 대장 어때요?"

순간 가을의 얼굴이 새빨개지는 걸, 연진은 똑똑히 목격했다.

가을도 얼굴이 빨개지는 걸 느꼈는지 얼른 고개를 숙였다.

"아니, 나는 결혼 생각 없어, 아직은. 그리고 대장은…… 음, 대장은. 공사가 다망하잖아."

가을이 땅을 내려다보며 더듬더듬 말했다.

연진은 가을이 3살 많은 누나인데도 10살 어린 동생처럼 보여서 귀여웠다.

그러다 문득, '아, 가을이 누나도 대장을 좋아하는구나.'라는 데에 생각이 미쳤다.

'안됐다, 가을이 누나. 그런 남자를 좋아하다니. 차라리 형님을 좋아했더라면 좋았을 텐데.'

연진은 진심으로 가을을 응원하고 싶어졌다.

"누나, 힘내요."

그걸 아르바이트 구하는 데 힘내라는 말로 들었는지, 가을이 고개를 끄덕였다.

"응, 힘낼게."

"정말로요, 누나. 정말 여러 가지로 힘내셔야 해요."

"응, 그럴게."

아무것도 모르고 순진하게 대답하는 가을을, 더는 지켜볼 수가 없었다.

"누나, 저는 이 버스를 타고 가지만, 누나는 계속 힘내셔야 합니다."

"응, 알겠어! 잘 가. 이따 봐."

연진은 버스에 올라서도, 가을을 향해 두 주먹을 불끈 쥐고 '화이팅' 포즈를 취해 보였다.

가을은 연진의 응원도 받았으니 더 열심히 아르바이트를 찾아봐야겠다고 생각했다.

가게가 많은 거리를 걸으며 가게 입구에 '알바 구함' 종이가 붙어 있는지 확인했다.

몇 군데 찾아서 들어가 봤지만 다들 최저 임금보다 적은 금액을 불렀다.

'알바 구하기 되게 힘드네.'

가을은 두리번거리면서 걷다가 걸음을 멈추고 뒤를 휙 돌아봤다.

'뭐지?'

누군가 따라오는 듯한 기분이 들었다.

'기분 탓인가? 하긴, 누가 날 따라오겠어. 대장이라면 몰라도.'

대장 생각을 했기 때문일까?

마침 강한에게서 전화가 걸려 왔다.

[어디야?]

"시내예요."

[시내는 왜? 할 일이 없어?]

"네, 할 일이 없어서 나왔어요. 알바 좀 구해 보려고요."

[알바? 알바는 왜?]

"일 그만뒀거든요."

[그럼 여기서 일해.]

"에이, 됐어요. 직원 세 명 월급 챙겨 주기도 힘들 텐데."

[안 힘드니까 여기서 일하라고.]

"싫어요. 대장은 원래 받아야 할 돈보다 더 많이 줄 거잖아요."

강한은 대답하지 않았지만, 가을은 강한이 '어떻게 알았지?'라는 표정을 짓고 있을 거라는 걸 알고 있었다.

"앞으로 먹고사는 건 대장 도움 없이 내 힘으로 하고 싶어요. 대장한테는 내가 징징거릴 때 받는 도움으로도 충분해요."

[그런 건 다 괜찮다니까.]

"대장, 나요. 돈 모아서 사진관을 열려고요."

누구에게도 하지 않은 이야기를 꺼냈다.

"내 힘으로 번 돈으로 작은 오피스텔이나 뭐, 그런 곳 빌려서 사진관을 하나 열려고요. 역시 나는 사진 찍는 게 좋아요. 사람들이 그리움을, 추억을 간직할 수 있는 사진을 찍어 주고 싶어요."

[그래.]

"그러다가 언젠가는 여행을 가서 W처럼 멋진 사진을 찍어보고 싶어요. 그러고 싶어졌어요."

[……그래.]

"이것만큼은 내 힘으로 해 보고 싶어요. 해 보다가 안 되면 도움을 청할게요."

[고집쟁이.]

"대장만 하겠어요?"

[오늘 여기에 올 거야?]

"네, 알바 구하고 나서 곧바로 갈게요."

[그래, 이따 봐.]

"네, 이따 봐요."

이따 봐요, 라고 말할 수 있는 사람들이 있다는 건, 가슴 설레는 일이었다.

마음가짐을 바꾸니 많은 것이 달라졌다.

한 순간, 한 순간에 고통과 어둠, 외로움만이 존재하던 시간은 끝이 났다.

가을은 끊긴 휴대폰을 응시하며 속삭였다.

"고마워요, 대장."

*　　　*　　　*

"똘이야."

강한과 단둘이 있으면 늘 그렇듯, 똘이는 책장 깊은 곳에 숨어 있었다.

"최가을이 W처럼 멋진 사진을 찍고 싶대."

강한은 한숨을 내쉬었다.

"그 사진이 얼마나 많은 사람을 죽게 만들었는지 모르는 걸까?"

그 사진을 떠올리면 항상 그랬듯, 강한의 미간이 더 좁아졌다.

"알게 되면 경멸할까? 아니, 최가을은 착하니까 경멸하지는 않겠지. 하지만…… 보는 눈이 조금은 달라지지 않을까?"

똘이가 바닥으로 툭 뛰어내리더니 강한의 종아리에 몸을 비볐다.

"뭐야? 위로해 주는 거냐? 됐어, 이 똥고양이야. 이 정도로 네 밥값을 다 한다고 생각하지 마. 밥값을 하려면 지금 나가서 불륜 사진이라도 찍어 오라고."

강한은 투덜거리며 휴대폰을 주머니에 집어넣었다.

오랜만에 불륜 사진을 찍어 달라는 의뢰가 들어왔다.

방학이 끝날 무렵이라 그런지 방학 숙제를 해 달라는 의뢰도 몇 개 들어와 있었다.

우선 한 군데 들러 방학 숙제를 끝내 놓고, 곧바로 불륜 사진을 찍으러 갈 예정이었다.

"바빠 죽겠는데, 캡은 공부나 하러 가고. 이래서 대학물 먹은 놈들은 못 쓰겠다니까."

연진이 들었더라면 "대장도 명문대 나왔잖아요!"라고 할 만한 말을 하며, 강한은 집에서 나왔다.

넓은 마당을 지나 대문을 열고 나와 몇 걸음 걷자마자.

부아아아앙—!

차가 달려오는 소리가 들렸다.

강한은 멍하니 뒤로 고개를 돌렸고, 좁은 골목을 달려오는 트럭을 목격했다.

'이런.'

피할 새도 없이 트럭이 덮쳐 왔다.

'이렇게 노골적으로 공격을 해 올 줄이야.'

육체가 충격을 느끼기도 전에, 암흑이 강한의 시야를 덮었다.

가을은 조용한 음악이 흐르는 자그마한 커피숍에서 일자리를 구했다.

커피숍 주인은 30대 중반의 세련된 여자로, 성격이 좋아 보였다.

오전 10시부터 오후 4시까지가 가을의 근무 시간이었다.

최저 시급이기는 하지만 점심을 제공해 줄 거고, 3개월마다 시급 인상을 해 주겠다고 했다.

가을 심부름센터와도 가까운 거리에 있어서 더 좋았다.

커피숍을 나와 가을 심부름센터로 향했다.

시내에서 가을 심부름센터로 가는 길에는 사거리가 있었는데, 신호가 긴 곳이었다.

파란불이 깜빡이기에 열심히 달렸지만 도착하기 직전에 빨간불로 바뀌었다.

가을은 횡단보도 앞에서 숨을 몰아쉬었다.

'굳이 급하게 갈 필요는 없는데.'

그래 봐야 2, 3분 더 늦게 가는 건데 서두를 필요는 없었다. 하지만 얼른 가을 심부름센터에 가고 싶었다.

어서 와, 라고 맞아 주는 목소리를 듣고 싶었다.

두 손을 점퍼 주머니에 꽂고 서서 파란불로 바뀌기를 초조하게 기다릴 때였다.

탁—!

누군가 가을의 등을 밀었다.

"으앗!"

가을은 작게 비명을 질렀다.

버스가 빠른 속도로 달려오는 모습이 보였다.

"꺅!"

"뭐야?"

주변 사람들의 비명 소리도 들려왔다.

모든 것이 느리게 흘러가는 것만 같았다.

버스가 눈앞으로 닥쳐왔을 때에야 비로소 '아, 사고를 당하는구나.'라는 걸 자각했다.

그때, 누군가 가을의 팔을 잡아 끌어당겼다.

끼이이익—!

버스가 급브레이크를 밟아 멈추고.

콰당—!

가을은 그녀를 끌어당긴 사람과 함께 바닥에 굴렀다.

"우왓!"

"뭔데? 왜 이래?"

사람들의 수선스러운 소리.

"앞 똑바로 보고 다녀!"

버스 기사의 외침이 들려왔다.

가을은 아까부터 눈을 부릅뜬 채 깜빡이지도 못하고 있었다.

심장이 쿵, 쿵, 쿵 거세게 뛰었다.

"괜찮아, 아가씨?"

가을과 함께 넘어진 남자가 물었다.

가을은 넋이 나간 표정으로 남자를 돌아봤다.

키가 크진 않지만 체격이 다부지고 눈매가 날카로운 외모로, 가을은 처음 보는 얼굴이었다.

심장이 쿵쿵 뛰어서 대답을 할 수가 없었다.

아직도 방금 전 벌어진 일이 믿어지지가 않았다.

'누군가가 내 등을 밀었어.'

뒤늦게 그 사실을 떠올렸다.

'누가 날 죽이려고 했어.'

이게 최근에 많이 일어나는 '묻지 마 살인' 같은 걸까?

사회에 불만이 많은 사람이 아무나 죽으라는 생각으로 등을 떠민 걸까?

머릿속이 헝클어져서 사고를 제대로 할 수가 없었다.

남자가 먼저 일어나 가을의 손을 잡아 "으잇차!" 하며 일으켰다.

사고가 날 뻔한 걸 목격한 사람들은 곧 아무 일도 없었다는 듯 파란불이 되자마자 횡단보도를 건넜다.

남자는 사람들의 뒤통수를 노려보며 말했다.

"하, 아가씨 등을 민 놈을 못 찾아냈네. 그놈까지 찾아냈으면 불쾌한 씨한테 사례 좀 톡톡히 받았을 텐데."

정신이 없는 와중에도 '불쾌한 씨'라는 이름이 정확하게 들려왔다.

"불쾌한…… 씨요……?"

"어, 불쾌한 씨. 불쾌한 씨 알지? 모르나? 알 텐데."

"아, 네. 알아요. 우리 대장……."

"그래, 아가씨 네 대장. 그놈도 참 대장이라는 말 좋아한단 말이야."

남자가 몸에 묻는 먼지를 툭툭 털었다.

그제야 가을은 이 남자가 자신의 목숨을 구했다는 걸 깨달았다.

"저기, 구해 주서서 감사합니다. 정말 감사해요."

가을이 꾸벅 인사를 하자, 남자는 씩 웃었다.

"고마워할 거 없어. 어차피 다 돈 받고 하는 일이니까."

"돈을 받아요?"

"어, 불쾌한 씨가 날 고용했어. 못 들었어? 누가 아가씨를 죽이려고 하잖아. 그것 때문에 요 며칠 아가씨 뒤를 졸졸 따라다녔지."

"아…… 누가, 절 죽이려고 한다고요?"

남자가 무슨 말을 하는지 알 수 없었다.

가을의 어리둥절해하자, 남자는 아차 하는 표정을 지었다.

"이런, 내가 너무 많이 말했나? 이거 아가씨한테는 비밀이었던 거야? 불쾌한 씨는 대체 뭔 생각이지? 아가씨도 알아야 알아서 몸조심을 할 텐데. 이게 위협받는 쪽이 위험한 걸 아는 거랑 모르는 거랑 지켜 줄 때의 강도가 다르거든."

"제가 위협을……."

이 남자는 대체 무슨 말을 하는 걸까?

죽인다는 둥, 위협을 받는다는 둥.

그런 건 가을의 세계에 없는 일이었다.

"하여간 아가씨. 누군가 아가씨 목숨을 노리고 있어. 그러니까 당분간은 몸 좀 조심하도록 해. 이렇게 마음대로 돌아다니는 거, 자제 좀 하는 게 좋아."

"아, 네……."

무슨 소리를 하는지 하나도 이해할 수는 없었지만, 일단은 그렇게 대답하는 수밖에 없었다.

강한을 만나서 그의 이야기를 들어 보는 게 우선일 것 같았다.

갑자기 누군가가 내 목숨을 노린다는 말을 듣는다면 웃어넘기겠지만, 실제로 죽을 뻔한 상황이었다.

등을 미는 손의 감촉이 아직도 생생하게 남아 있었다.

"저기, 그럼 전 가 볼게요. 정말 감사합니다."

"나한테 고마워할 것 없다니까."

남자가 손을 흔들고 돌아섰다.

누군가 지켜보는 듯 느껴졌던 건 저 남자의 시선이었나 보다.

'대체 누가? 나를? 왜? 나도 모르는 새에 위험한 일이라도 한 건가? 아무 일도 안 했는데. 아, 설마…… 나랑 진리성이랑 스캔들 난 것 때문에, 팬들 중에 누군가가 날 노리는 건가? 아니, 그럴 리는 없지. 아무리 팬이라도 그런 짓까지는 하지 않을 거야. 그럼 성미인가? 성미가 날 미워해서 그런 짓을 했나? 아냐, 그렇게까지 하진 않을 거야. 설마 밉다고 사람 시켜서 죽이려고 하겠어? 게다가 배후가 성미라면 대장이 벌써 알아냈을 거야. 그럼 뭐지? 대체 내가 무슨 짓을 한 거지?'

혼란스러운 머릿속이 도무지 정리가 되지 않았다.

심장은 여전히 쿵, 쿵, 쿵 아플 정도로 뛰고 있었다.

아무래도 강한에게 전화를 해 봐야겠다. 심부름센터에 도착할 때까지 버티지 못할 것 같다.

주머니로 손을 넣어 휴대폰을 찾아 더듬는데, 휴대폰이 진동했다.

지영에게 온 전화였다.

"아, 지영아. 나 있잖아."

[가을아!]

휴대폰에서 들려오는 절박한 음성에, 가을은 걸음을 멈췄다.

이 목소리를, 이 억양을, 언젠가 들어 본 적이 있다.

[가을아, 어떡해! 대장이 사고가 났어! 차 사고가 났어!]

그래, 20년 전 그날.

―가을아!

그 불길 속에서 들은 아빠의 외침.

*　　　*　　　*

어떻게 병원까지 왔는지 모르겠다.

정신을 차리니 화학 약품 냄새가 나는 하얀 공간에 있었다.

심장이 쿵, 쿵, 쿵, 아프도록 뛰었다.

그 울림이 청각을 자극하고, 뇌를 쥐어짰다.

아프다.

숨이 멎을 것만 같다.

―가을아!

20년 전으로 돌아간 것만 같았다.

폐를 자극하는 독한 연기와 피부를 태우는 뜨거운 열기.

—가을아!

아빠의 목소리가 언제부터인가 강한의 음성으로 바뀌었다.

—가을아!

강한이 마지막으로 가을을 부르는 것만 같았다.
숨을 쉴 수가 없었다.
호흡 곤란은 이제 사라진 줄 알았는데.
손가락 끝이 차게 식었다. 가을은 주먹을 꽉 쥐었다.
천천히 호흡을 하려고 애쓰며 생각을 정리해 보려 했지만, 불가능했다.

—가을아!

강한의 단말마가 들려오는 것만 같았다.
강한이 사고를 당했다.
강한이 차에 치였다.
두 개의 사실이 가을의 뇌를 부여잡고 놔주지 않았다.
다른 생각을 할 수가 없었다.
강한이 가을의 세계에 발을 디딘 지 오래되지도 않았는데, 그가 없는 삶을 상상할 수가 없었다.

그가 죽으면, 나도 죽겠지.

그런 생각을 멈출 수가 없었다.

죽은 사람은 죽은 사람이고, 산 사람은 산 사람이니 씩씩하게 살아가야 한다는 생각 따위는 들지도 않았다.

우강한이 죽으면 최가을도 죽는다.

짧은 시간이지만 많은 추억이 있었다.

가을의 조각난 심장을 녹여서 다시 붙여 준, 그의 따스한 말과 행동들이 전부 떠올랐다.

이 흉측한 팔을 고귀하다 말해 준, 네가 무슨 짓을 해도 괜찮다 말해 준, 그의 다정한 음성이 생생했다.

아빠의 체온도, 엄마의 향기도, 하을의 웃음소리도 전부 생생한데, 실제로 느낄 수는 없다.

강한의 음성도 그렇게 되는 걸까?

내 가족들을 두 번 다시는 볼 수 없게 된 것처럼, 강한 또한 볼 수 없게 되는 걸까?

그의 향기를, 체온을, 음성을, 평생 그리워하며 살아가야만 하는 걸까?

'나는 정말로 저주받았나 봐.'

가을은 강한의 사고가 자신 때문이란 생각이 들었다.

"그래도 크게 다친 게 아니라서 다행이에요."

"그러게. 징그럽게 튼튼한 녀석이니까."

"나, 진짜 깜짝 놀랐어. 사고당했다는 말만 듣고 죽은 줄 알았단 말이야."

"저도요. 어떻게 된 거예요, 형님?"

"심부름센터 골목 들어가는데 트럭 하나가 빠르게 달려 나가더라. 뭔가 기분이 이상해서 달려가 보니까, 강한이가 쓰러져 있었고. 쓰러진 상태에서도 휴대폰 넘기던데. 사진 찍었으니까 트럭 번호 조회하라고."

"그래서 조회는 했어요?"

"지완 선배한테 맡겨 뒀어. 곧 알아내 주겠지."

연진과 지영, 성희가 하는 대화의 내용이 가을의 귀에는 하나도 들어오지 않았다.

가을의 심장은 여전히 쿵, 쿵, 쿵 시끄러운 소리를 내며, 주위의 모든 소리를 차단하고 있었다.

그때.

"이거 진리성 쪽에서 한 거 아니에요?"

연진의 목소리가 심장 박동 소리를 뚫고 들어왔다.

가을이 멍한 눈으로 연진을 돌아보는 걸, 셋 중 누구도 눈치채지 못했다.

"진리성이 소년 A라는 거 모르게 하려고, 걔네 부모가 엄청 손쓴다면서요? 그것 때문에 가을이 누나도 위험한 상황이고. 대장이 방해가 되니까 대장도 처리하려고 한 거 아니에요?"

"그래, 그런 것 같다."

성희가 대답했다.

가을은 주먹을 꽉 쥐었다.

그런 일이 있는 줄은 몰랐다.

아마도 가을이 염려할 것이라 생각해 말해 주지 않았을 것이다.

당장이라도 뛰어나가고 싶지만 참았다.

강한의 수술이 끝나기를 기다리는 게 우선이었다.

그가 무사한 것을 확인해야만 뭐든 할 수 있을 것 같았다.

한 시간쯤 지나 수술이 끝났다.

침대에 누워 있는 강한은 오른팔과 오른 다리에 깁스를 하고, 목과 어깨에 붕대를 감고 있었다.

마취가 풀리지 않아 눈을 감고 있는 그의 모습에 눈물이 나오려고 했다.

가을은 이를 악물었다.

강한을 병실로 옮기고 나서 의사는 수술이 잘 끝났다며, 마취가 깨도록 옆에서 말을 걸어 주라고 말했다.

성희가 강한의 뺨을 살짝 두드리자, 강한이 힘겹게 눈꺼풀을 들었다.

"좀 자자."

강한의 목소리는 잔뜩 잠겨 있었다.

"잠깐 깨어 있다가 자래."

"깨웠다가 재웠다가, 난리구만."

강한이 중얼거렸다.

가을은 차마 그에게 다가가지 못하고, 침대에서 조금 떨어진 곳에 우두커니 서 있었다.

이유야 어찌 되었든 나 때문이다.

나를 보호하려다가 그가 다쳤다.

"최가을은? 최가을은 괜찮아?"

이런 상황에서도 강한이 물었다.

"전 괜찮아요."

가을이 대답했다.

누군가 등을 밀어서 죽을 뻔했다는 이야기는 하지 않았다. 그런 말로 그가 걱정하게 만들고 싶지 않았다.

강한의 시선이 가을을 찾아 헤매다가, 가을에게 고정되었다.

"거기서 뭐 해? 병문안을 왔으면 가까이 좀 와."

"저 때문에 미안해요."

"그게 무슨 소리야?"

강한이 옅은 미소를 지었다.

—항상 웃고 있어. 널 볼 때마다.

그의 목소리가 귓가에 생생하게 울렸다.

처음 보는 강한의 미소에, 성희와 연진, 지영은 숨이 넘어갈 듯 놀란 표정을 지었다.

하지만 그런 모습들은 가을의 눈에 들어오지 않았다.

"너 때문에 나한테 벌어진 일은 딱 하나야. 내 삶이 유쾌해진 거."

마취가 덜 풀려서일까.

강한은 주위에 다른 사람들이 있는데도 달콤한 말을 내뱉었다.

그의 입가에 번진 미소는 여전히 사라지지 않고 있었다.

"그러니까 이리 와 봐."

강한이 힘들게 손을 뻗으려 하기에, 가을은 얼른 침대 옆으로 다가갔다.

"많이 아프죠?"

참고 있던 눈물이 결국 무게를 이기지 못하고 흘러내렸다.

"많이 아프죠, 대장? 어떡해요, 이렇게 다쳐서."

"괜찮아, 이런 건 침 바르면 나아."

"안 그래요, 수술까지 했잖아요."

"살면서 수술 한두 번쯤은 할 수 있는 거지. 보험도 들어 뒀고, 문제없어."

"대장……."

"걱정 마, 최가을. 울지 마, 최가을."

강한이 침대 너머로 손을 뻗어 가을의 손을 잡았다.

차갑게 식은 가을의 손에, 그의 손은 무척이나 따스했다.

강한은 마취 때문에 자꾸 감기려는 눈꺼풀에 힘을 주며, 가을에게 말했다.

"이것 봐. 나는 안 죽어. 차에 치여도, 불에 휩싸여도, 나는 널 두고 죽지 않을 거야."

*   *   *

사실은 많은 생각을 했었다.

리성이 소년 A라는 것을 알게 된 후, 그를 고통스럽게 만들 오만 가지 방법을 상상했었다.

하지만 아무 짓도 하지 않기로 결심했다.

환하게 웃는 엄마와 아빠의 사진을 보며, 엄마 아빠는 내가 행복하게 살기를 바랄 거라고, 그러니까 복수나 증오는 잊고 행복하게 살아가자고, 그렇게 결심했다.

분란을 일으켜 소란스러운 가운데서 사람들의 반응에 전전긍긍하며 시간을 낭비하지 말자고, 부모님이 만들어 준 이 소중한 시간을 제대로 보내자고 생각했다.

그렇게 살다 보면 언젠가는 소년 A를 진심으로 용서할 날이 올 거라고, 그때야말로 내가 나의 삶을 새롭게 시작하는 순간이 될 거라고, 마음을 다잡았다.

'안 되겠어, 진리성.'

하지만 이제는 안 되겠다.

더는 못 참겠다.

나는 아무 짓도 하지 않았는데, 강한은 잘못이 없는데, 그저 과거의 잘못을 덮기 위해 자꾸만 찔러 오는 그들을 용서할 수가 없었다.

강한을 죽이려고 한 순간, 소년 A의 죄는 더 이상 과거의 잘못이 아니었다.

아무것도 몰랐다는 건 이유가 되지 않는다.

'나는 너를 용서할 수가 없어.'

아마도 시끄러워질 것이다.

어쩌면 모두가 가을을 비난할지도 모른다.

하지만 그런 건 이제 아무래도 상관없다.

진리성이 더 이상 과거를 외면하고 회피하게 놔두지 않을 것이다.

가을은 강한이 다시 잠든 모습을 지켜보다가, 조용히 병원을 나와 택시를 잡았다.

진리성의 스케줄은 꿰고 있었다.

지금쯤 방송국에서의 촬영이 끝나가고 있을 것이다.

택시를 타고 방송국으로 가는 동안에도 마음은 바뀌지 않았다. 아니, 점점 더 단단히 굳어졌다.

방송국 앞에서 내렸다.

방송국 정문으로 들어가다가, 맞은편에서 천천히 달려오는 벤을 발견했다.

리성이 탄 차였다.

그 주위로 리성을 보러 온 팬들이 있었고, 몇 명의 기자들도 있었다.

가을은 벤 앞으로 달려가 두 팔을 벌리고 섰다.

뒤늦게 가을을 발견한 벤이 끼익, 소리를 내며 멈췄다.

팬들이 뭐라고 떠들어댔지만 하나도 귀에 들어오지 않았다.

저 벤 안에 진리성이 있다.

20년 전 내 가족들을 죽이고, 지금은 내 소중한 사람까지 죽이려고 한 진리성이, 저 안에서 아무것도 모르는 채 웃고 있다.

"진리성!"

가을이 외쳤다.

팬들의 목소리가 더 커졌다.

"진리성!"

가을은 또 한 번 외쳤고, 차 문이 열렸다.

"누나."

리성이 놀란 눈으로 가을을 쳐다봤다.

"누나, 위험하잖아. 어쩐 일이야? 일단 차에……."

"나는 너를 용서하려고 했어!"

"어?"

"지금은 안 되지만, 어떻게든 너를 용서해 보려고……."

가을은 더 이상 말을 할 수가 없었다.

누군가 뒤에서 가을의 입을 틀어막았기 때문이다.

"형, 그러지 마."

리성이 가을의 뒤에 서 있는 정훈을 보고 말했다.

가을은 몸을 버둥거려 빠져나오려고 했지만, 정훈의 힘을 이길 수가 없었다.

여기저기서 찰칵거리는 소리가 들렸다.

기자들과 팬들이, 혹은 지나가던 사람들이 이 소란을 사진과 동영상으로 찍고 있었다.

"형, 그러지 말라니까. 가을이 누나를 놔줘."

하지만 정훈은 리성의 말을 듣지 않았다.

"형!"

리성이 언성을 높였다.

"가을이 누나, 놔주라니까!"

정훈은 대답 없이 가을의 입을 막은 채 가을을 끌고 가려고 했다.

그때, 강한 힘이 정훈의 팔을 비틀어, 가을에게서 떼어 냈다.

성희였다.

성희는 솜씨 좋게 정훈의 팔을 뒤로 비틀어 올려, 움직이지 못하도록 만들었다.

"이거 놔!"

정훈이 몸을 틀었지만, 성희의 힘을 이기지는 못했다.

가을이 성희를 돌아보자, 성희가 말했다.

"네가 하고 싶은 걸 해. 네가 뭘 하든 괜찮은 건, 강한이뿐만이 아니니까."

가을은 가볍게 고개를 끄덕이고는 다시 리성을 돌아봤다.

리성은 이 모든 상황이 무슨 일인지 알 수 없어, 혼란스러운 표정이었다.

"누나, 무슨 일이야?"

"방금 봤지? 너는 항상 이렇게 보호를 받아."

"아, 응. 미안해. 정훈이 형이 가끔 과할 때가 있어서…… 다친 곳은 없어?"

"있어."

가을은 팔을 걷어 올렸다.

화상 흉터가 드러나자 리성이 미간을 좁혔다.

"나, 다친 곳 있어, 진리성. 20년 전에, 이렇게 다쳤어."

"리성아! 그만 차로 돌아가!"

성희에게서 빠져나오지 못한 정훈이 버럭 외쳤다.

"진리성, 얼른 차로 돌아가! 들을 거 없어! 차 끌고 집에 가 있어! 이쪽은 내가 해결하고 갈 테니까!"

"좋겠다, 넌. 항상 이렇게 보호를 받아서. 나는 내 보호자가 다 죽어서 보호를 받아 본 적이 없는데. 너는 참 좋겠다."

가을은 정훈이 소리를 치든 말든 계속해서 말했다.

성희가 정훈의 입을 막았는지, 그가 외치는 소리도 더는 들려오지 않았다.

팬들도, 기자들도, 모두가 조용했다.

영문을 알 수 없지만, 무언가 끼어들어서는 안 될 것 같은 이 광경을, 모두가 조용히 지켜보고 있었다.

"20년 전에 옆집 꼬마의 불장난에 우리 집이 불탔어. 엄마도, 아빠도, 내 동생도, 다 죽었어. 나만 살아남았지. 나 혼자만. 옆집 꼬마는 소년 A라는 이름으로 보호를 받았어. 처벌을 받기에는 너무 어렸거든. 그런데 나는, 그 일도 부모님과 동생을 다 잃은 나는, 그냥 최가을이었어. 혼자 살아남은 최가을."

"누나…… 그게 다 무슨 말이야?"

리성은 혼란스러운 눈으로 가을을 응시했다.

"나는 7살 때부터 지금까지 엄마 아빠를 그리워하면서, 내 동생을 보고 싶어 하면서, 그렇게 살아왔어. 아무도 내 편이 아닌 이 세상에서, 언제나 20년 전의 화재 현장에 돌아가 숨을 못 쉬는 호흡 곤란 상태에 빠지면서, 차라리 죽고 싶다고 생각하면서, 혼자서 살아왔어. 그러면서 늘 생각했어. 소년 A는 자기가 한 일을 후회하고 있을까? 죄책감은 느낄까? 내 가족들을 다 죽인 소년 A는, 가끔 그 일을 떠올리며 괴로워할까?"

"누나……."

"어때?"

가을이 리성을 노려봤다.

"넌 기억하니? 후회한 적 있니? 죄책감을 느껴 본 적 있니? 한 번이라도, 불에 타 죽어 간 내 가족들을 떠올리며 괴로워한 적 있니?"

"누나, 그거…… 그거 정말 안됐는데…… 정말 안타까운데…… 지금 무슨 말을 하는 거야?"

"그래, 역시 너는 기억 못 하는구나."

가을이 차갑게 웃었다.

"네가 소년 A라는 걸, 너의 불장난에 한 가족이 불행해졌다는 걸, 너는 기억하지 못하는구나."

순간, 주위가 술렁거렸다.

기자들이 휴대폰으로 어딘가에 전화해 빠르게 무어라 말하고, 팬들이 저게 뭔 소리냐고 소곤거렸다.

하지만 가을과 리성은 둘만의 공간에서 서로를 응시하고 있었다.

"저기, 누나. 그게 무슨 말이야? 내가 소년 A라니? 내가 뭘 했다고?"

"네가 소년 A야. 네가 20년 전, 아니, 이제 21년 전인가? 네가 너희 집 마당에서 불장난을 했고, 그 불이 우리 집으로 번졌고, 잠을 자던 우리 가족은 봉변을 당했어. 우리 엄마랑 아빠랑 5살이었던

내 동생은 죽었어. 나만 살아남았지. 나만 혼자 꾸역꾸역 살아왔
지."

"……."

"너는 그때 어려서 소년 A로만 발표되고 아무 처벌도, 책임도 지
지 않았어. 그래, 그럴 수 있어. 그게 법이니까, 어쩔 수 없지. 그렇
다고 쳐. 그런데 있잖아, 진리성. 이제 넌 더 이상 어리지 않잖아.
너는 그동안 행복하게 잘 살아왔잖아. 그러면 이러지 말아야지."

"내가 뭘…… 잠깐, 누나. 나는 누나가 하는 말이 무슨 말인지 정
말 모르겠는데."

"그렇다면 널 지켜 주는 사람들에게 물어보는 게 좋겠다. 너의
보디가드, 너의 아버지, 너의 어머니. 그 사람들은 알 테니까. 널 지
키기 위해, 나를, 그리고 우강한 씨를 죽이려고 한걸."

"어?"

"혹시라도 우리 때문에 네가 소년 A라는 게 알려질까 봐 입을 다
물게 하려고, 나랑 내 사람들을 죽이려고 한 걸, 네 가족들과 네 보
디가드는 알 테니까."

또 주위가 술렁거렸다.

리성의 눈동자가 성희에게 잡혀 있는 정훈에게로 향했다.

"아무것도 기억하지 못하는 채로, 보호만 받으며 살아가는 게 너
한테는 참 편하고 행복하겠지만. 그것 때문에 죽어 가는 사람들이
있다는 걸 외면하지 마. 그리고 제발. 이제 제발 내 소중한 것들을
빼앗아 가지 마."

성희에게 풀려나자마자, 정훈은 리성을 끌어당겨 억지로 차에 태웠다.

기자들이 몰려와 앞을 가로막았지만, 정훈은 액셀을 밟았다.

빠르게 돌진하는 차에, 기자들이 옆으로 비켜섰다.

찰칵— 찰칵—

그러는 와중에도 셔터 소리는 계속 울려 퍼졌다.

"형."

리성이 운전석을 잡았다.

"형, 지금 가을이 누나가 무슨 말 하는 거야? 형, 가을이 누나한테 무슨 짓 했어?"

정훈은 대답하지 않았다.

"형! 소년 A라는 게 뭐야? 내가 소년 A라는 게 뭐냐고? 대체 무슨 말이야? 형, 형이 가을이 누나랑 그 남자를 죽이려고 했어? 형, 왜 대답을 안 해? 뭔데? 대체 나 모르게 무슨 짓들을 하는 거야? 응? 대답 좀 해! 대답 좀 하라니까!"

리성이 울부짖듯 물었지만, 정훈의 닫힌 입은 열리지 않았다.

*　　*　　*

기자들은 빠르게 움직였다.

가을의 말이 진실인지 아닌지가 중요한 게 아니었다.

대한민국에서 가장 사랑받는 연예인에게 무언가 벌어졌다는 것이 중요했다.

방송국 앞에서 벌어진 일이 빠르게 기사화되고, 순식간에 상위권을 차지했다.

현장에 있던 사람들이 올린 동영상과 사진이 빠른 속도로 퍼져 나갔고, 네티즌들은 경찰보다 빠르게 11년 전 한 가족에게 벌어진 비운의 사건을 찾아냈다.

　　ㅡ이 사건인 듯. 소년 A. 살아남은 7살짜리 딸 최가을.

　　ㅡ헐. 이걸 진리성이 했다고?

　　ㅡ대박, 진리성. 한 가족 다 죽이고 연예인이 된 거야? 뻔뻔하네.

　　ㅡ강심장이네, 완전. 저게 가능해?

　　ㅡ미친 거 아냐? 어떻게 저런 짓을 하고 다 잊고 살아?

　　ㅡ기억 못 하는 척하는 거 아냐?

　　ㅡ그런데 죽인다는 건 뭐임? 진리성이 또 최가을을 죽이려고 했다면서?

　　ㅡ최가을이 자기가 소년 A라는 걸 밝힐까 봐 살인 청부한 거 아냐?

　　ㅡ덜덜덜.

리성을 비난하는 여론만 있는 게 아니었다.

　　ㅡ우리 오빠가 뭘 잘못했다고? 사실인지 아닌지도 모르는데.

－진리성이 소년 A라는 증거는 없지 않나? 그 여자 얘기만 믿고 진리성 비난하는 건 시기상조인 듯. 조금 더 기다려 봐야 할 듯.

－그 여자 그냥 관심종자 아냐?

－여기서 싸우지 말자. 나중에 조사하면 다 밝혀지겠지.

－어차피 20년 전 일이고, 진리성이 어릴 때 아무것도 모르고 한 짓인데, 이제 와서 끄집어내는 것도 좀…….

－그 여자가 구라쟁이인 듯.

리성을 보호하는 여론도 많았다.

하루 만에 인터넷은 뜨겁게 달궈졌다.

갑론을박이 펼쳐지는 가운데, 지영은 강한의 병실에 앉아 있다가 휴대폰으로 상황을 확인했다.

"누나, 이거. 가을이 누나 더 위험해지겠는데요. 팬들이 가만히 안 있을 것 같은데."

연진이 걱정스럽게 말했다.

"그러게, 기자들도 엄청 들러붙겠네."

지영은 어딘가로 전화를 걸었다.

"아빠. 난데. 나, 딸 쿠폰 좀 쓸게."

[그런 거 준 적 없다.]

"그럼 줬다고 치고. 내 친구 좀 보호해 줘. 솜털 하나도 상하지 않게."

은은한 클래식이 흘러나오는 고급 레스토랑에서, 지완은 아버지와 식사를 하는 중이었다.

지영이 제 할 말만 하고 전화를 끊자, 아버지가 지완에게 물었다.

"지영이가 요새 무슨 짓을 하고 다니는 거냐?"

"사랑에 빠진 것 같던데요."

지완이 고기를 썰며 대답했다.

"사랑?"

"네. 최가을이라는 여자를 사랑하게 됐나 봐요."

지완의 말에 아버지가 혀를 찼다.

"사내놈들 꾀고 다니는 것도 모자라서, 이젠 여자한테까지 손을 뻗쳐?"

"이번엔 진심인가 봐요. 그런데 그 여자가 불쾌한 씨한테까지 사랑을 받고 있나 봅니다."

"불쾌한 씨랑 우리 딸이 라이벌이라고?"

"네. 둘 다 아주 지극정성이에요. 요새 최가을 소유권을 두고 다투는 중인 것 같던데."

"흐음. 내가 힘을 좀 빌려주면 우리 딸이 불쾌한 씨를 이기려나?"

진지하게 고민하는 아버지를 보며 지완은 피식 웃었다.

"그렇지 않을까요?"

* * *

와장창―!

리성의 아버지인 최 대표가 모니터를 집어 던졌다.

"대표님, 무슨 일이세요?"

비서가 놀라서 뛰어 들어왔다.

"나가!"

최 대표가 외쳤다.

"아, 네. 죄송합니다."

비서가 쩔쩔매며 나가는 모습을, 최 대표는 노려봤다.

무슨 일인지, 저놈은 알고 있을 것이다.

알면서도 모르는 척하는 거겠지.

비서의 눈동자에 새겨진 의문과 비난을, 최 대표는 똑똑히 목격했다.

최가을이 그런 짓을 하고 하루도 안 되어, 인터넷이 소년 A로 도배되었다.

최 대표와 소속사가 돈을 쓴다고 해서 해결될 수준이 아니었다.

언론은 잠재울 수 있다고 쳐도, 각 게시판에 우후죽순처럼 번지는 게시물들까지 전부 삭제할 수는 없었다.

지금껏 아무 스캔들도 없었던 바른 청년 리성의 이야기는, 사람들에게 좋은 먹잇감이었다.

리성이 성실하게 살아온 만큼, 숨겨진 진실이 내뿜는 향기는 더욱 짙었다.

게다가 그 진실이라는 것이 그저 여자와의 염문설 따위가 아닌 것이 더 큰 문제였다.

한 가족을 죽였다. 그리고 그걸 까맣게 잊고 살아왔다. 게다가

리성이 모르는 채로 살게 해 주기 위해 살인 청부까지 했다.

그 모든 이야기가 인터넷을 떠돌았다.

"그 계집애가!"

이제는 기억도 나지 않는 가을의 얼굴을, 조금 전 인터넷 기사에서 보았다.

가을이 리성의 앞에 서서 리성을 노려보는 모습이 선명하게 찍혀 있었다.

"그 아무것도 없는 계집애가!"

리성은 힘들게 얻은 소중한 아들이었다.

그 당시 일이 바빠 리성을 잘 챙겨 주지 못했다.

리성에게는 아무 잘못이 없었다.

그저 부모님을 기다리다가 심심하고 외로워서 장난을 조금 쳤을 뿐이다.

그 불이 번져 옆집에 퍼질 줄 누가 알았겠는가.

리성은 악의가 있어서 한 짓이 아니었다.

고작 6살이었던 리성에게 그 짐을 지우는 건 가혹했다.

"우리 진우는 아무 죄도 없어!"

리성은 죄가 없었다.

죄가 있다면, 잘 타는 소재로 옆집을 지은 건축사가, 화재에 대비해 두지 않은 옆집이, 불이 났는데도 제때 도망치지 못한 옆집 가족들이, 그냥 같이 죽어 버리지 않은 가을이, 다 끝난 일을 가지고 인제 와서 떠들어댄 최가을이!

똑똑—

"저기, 대표님. 기자가 찾아왔는데요."

비서가 조심스럽게 문을 열고 말했다.

"없다고 해!"

"그러긴 했는데……."

비서의 뒤에서 불쑥 튀어나온 손이 문을 벌컥 열었다.

기자들이 안으로 들어왔다.

"최 대표님, 이번 사건에 대해 들으셨지요?"

"진리성 씨가 소년 A라는 이야기가 있던데, 과거 그 사건을 기억하고 계십니까?"

"살인 청부, 사실입니까?"

기자들이 멋대로 들어와 떠들어댔다.

"경비 불러!"

최 대표의 외침에 비서가 후다닥 밖으로 나갔다.

쏟아지는 기자의 질문에, 최 대표는 한 마디도 대답하지 않았다.

이윽고 경비원들이 들어와 기자들을 몰아냈다.

최 대표가 이를 으드득 갈았다.

"죽여 버려야겠어."

최 대표가 키보드를 들어 집어 던졌다.

"그 계집애를 죽여 버릴 거야!"

리성은 닫힌 문을 노려봤다.

몇 시간 동안 문을 두드리며 악을 썼지만, 굳게 닫힌 문은 열릴 생각을 하지 않았다.

그 어떤 정보도 주지 않고 집에 돌아온 정훈은, 들어오자마자 리성을 방에 밀어 넣고는 밖에서 문을 잠가 버렸다.

문밖에 자물쇠가 있다는 건 알고 있었지만 크게 염두에 두진 않았다. 전에 살던 사람이 중요한 것을 넣어 두고 손님이 올 때는 잠가 두었나 보다고 생각했을 뿐이었다.

그걸 이런 용도로 사용할 줄이야.

휴대폰도 빼앗긴 터라 세상이 어떻게 돌아가는지도 확인할 수가 없었다.

가을과의 사건은 분명히 인터넷을 뜨겁게 달구었을 것이다.

그런 건 아무래도 좋았다.

'내가 소년 A라고? 11년 전 불을 질렀다고? 그게 대체 무슨 말이야?'

문득 종종 꾸곤 하는 꿈이 떠올랐다.

크게 일렁이는 불꽃을 구경하는 꿈.

오싹―

소름이 돋았다.

'아니, 그럴 리가 없잖아. 내가 불을 질러서 사람이 죽었는데, 그걸 새까맣게 잊고 있을 리가 없잖아. 아무리 어릴 때 일이라도.'

―*가을이야. 최가을.*

어린 소녀의 음성이 떠올랐다.

—넌 이름이 뭐야?

그 소녀가 어떤 얼굴이었는지는 기억나지 않았다.

이건 뭘까?

상상인가?

아니면 정말로 내가 이런 목소리를 들은 적이 있나?

아무도 제대로 설명을 해 주지 않으니 혼란스러운 머릿속이 정리되지 않았다.

"형, 문 좀 열어 봐, 제발. 응?"

이번에는 문 앞에 서서 애원했다.

정훈이 이 밖에 있는지, 없는지조차 알 수 없었다.

문밖은 고요했다.

순간 이 세상에 혼자 남았다는 고독감이 리성을 짓눌렀다.

고독, 혹은 외로움.

이런 감정을 느끼는 건 처음이었기에, 리성은 손발이 덜덜 떨렸다.

"형, 제발 좀 열어 보라니까? 밖에 있는 거 맞지? 형!"

딩동—

그때, 초인종 소리가 들렸다.

"여기요! 여기 사람이 갇혀 있어요! 여기요!"

리성이 부르짖었다.

"이 방에 쟁반이 드나들 만한 크기의 구멍을 뚫어 주시면 됩니다."

정훈의 담담한 음성이 들려오는 바람에 심장이 철렁 내려앉았다.

'쟁반이 드나들 만한 크기의 구멍이라니……'

리성은 두 눈을 부릅뜨고 문을 노려봤다.

위이이이잉—!

시끄러운 기계 소리가 들리더니 닫힌 문 아래를 잘라 내기 시작했다.

정훈이 요구한 대로 딱 쟁반이 드나들 만한, 작은 크기의 구멍이었다.

리성은 눈앞에서 벌어지는 현실을 믿을 수가 없었다.

저 구멍은 앞으로 식사를 제공할 때 사용될 것이다. 어쩌면 볼일도 이 안에서 처리해야 할지도 모른다.

'나는 정말로 감금당한 거야.'

잠깐 갇혀 있다가 끝날 일이 아니었다.

'난 진짜로 여기서 나갈 수 없는 거야. 대체 언제까지?'

정훈이 무슨 생각을 하는지 알 수 없었다.

정훈 혼자의 생각은 아닐 것이다. 아마도 아버지의 허락을 구하고 진행하는 일이리라.

'대체 왜? 가을이 누나가 한 말들이 대체 뭐길래? 정말로……'

—널 지키기 위해, 나를, 그리고 우강한 씨를 죽이려고 한걸.

'정말로 죽이려고 한 거야? 가을이 누나를? 그 남자를? 진짜로?'

기계 소리가 멈췄다.

"이 일은 비밀로 해 주서야 합니다. 만약 입을 열면……."

"법적 조치 그거 말이죠? 걱정 마십쇼. 우리 심부름센터는 고객의 비밀을 내 마누라처럼 지켜 드리니까."

밖에서 들려오는 대화에 리성은 콧등을 찡그렸다.

빌어먹을 심부름센터들.

문이 열리고 닫히는 소리가 들린 후, 정훈이 방으로 걸어오는 소리가 들렸다.

"리성아."

"형!"

"이렇게까지 해서 미안하다. 곧 모든 걸 해결할 거야. 며칠 걸리겠지만, 불편하더라도 그때까지만 참아 줘."

"형, 잠깐만! 대체 왜 이러는 건데? 얘기 좀 하자니까!"

"이건 다 널 위해서야. 널 지키기 위해서 이러는 거니까, 조금만 참아 줘."

*　　　*　　　*

"우리 진우 어떻게 해. 우리 진우. 우리 진우는 아무 잘못도 없는데. 우리 진우, 불쌍해서 어떻게 해."

최 대표는 부인이 같은 말을 반복하며 엉엉 우는 모습을 짜증스럽게 노려봤다.

최가을.

그 계집 하나 때문에 엉망진창이 되어 가고 있었다.

'지금껏 가만히 있다가 왜 인제 와서 지랄인 거야, 지랄이!'

화가 치밀어 견딜 수가 없었다.

하지만 수습할 수 있다.

완전히 없던 일로 할 수는 없겠지만, 돈 좀 뿌리면 언론사는 입을 다물 것이다.

각 게시판에 올라온 글들을 삭제하다 보면, 언젠가는 다른 이슈가 터질 것이고, 리성의 사건은 조금씩 잊힐 것이다. 항상 그래왔으니까.

"좀 나가 있어 봐. 이제부터 하나, 하나 수습해야 하니까."

"수습할 수 있는 거예요? 응?"

"할 수 있지, 그럼. 내가 가진 돈이 얼만데. 이 돈 다 써서라도 수습할 테니까, 당신은 집에 가서 기다려. 기자들이 뭐라고 떠들어대든 대답하지 말고. 괜히 집 밖에 나왔다가 구설수에 오르지 말고."

"알겠어요."

부인이 나간 후, 최 대표는 그동안 접대를 자주했던 신문사의 높으신 양반에게 전화를 걸었다.

전화를 받지 않기에, 이번에는 다른 신문사의 국장에게 전화를 했다. 평소에 호형호제할 정도로 친분이 두터운 인물이었다.

[오, 최 대표.]

"양국."

최 대표는 양 국장을 항상 양국이라고 불러왔다.

"기사 봤지? 우리 리성이."

[응, 봤지.]

"그것 좀 어떻게 해 봐. 그 여자애가 있지도 않은 일을 떠벌려 가지고 피해가 커. 최가을? 그 여자애를 조만간 무고죄랑 명예 훼손으로 고소할 예정이야. 그렇게 기사 좀 써 줘."

[아, 그게 없는 사실이었어?]

"그래. 양국, 차 바꿀 때 됐다고 했잖아. 내가 근사한 거로 하나 뽑아 줄게."

[뭐, 내 차야 앞으로 10년은 더 탈 수 있을 텐데. 괜찮아.]

묘하게 거리감이 느껴지는 대답에, 최 대표는 인상을 찌푸렸다.

"괜찮긴, 우리 사이에. 내 성의라고 생각하고 받아 줘. 그리고……."

[최 대표. 미안한데, 우리 신문사는 항상 진실만을 기사로 써. 알잖아.]

'진실은 개뿔.'

최 대표는 속으로 욕설을 하면서도 다정하게 대답했다.

"알지, 아니까 얘기하는 거야. 양국네 신문사가 괜히 소문에 이리저리 휘둘려서 기사 내는 거 막아 주려고. 최가을, 그 여자애가 한 소리, 그거 다 개소리야."

[뭐, 그럴 수도 있겠지만…… 우리 쪽도 정보가 있어서.]

"어?"

[정보가 좀 있거든.]

"무슨 정보?"

[알잖아. 그런 걸 말해 줄 수 없는 거. 그리고…… 이번엔 안 돼, 최 대표. 나도 뭐가 뭔지는 모르겠지만, 아무래도 최 대표가 건드리면 안 되는 사람을 건드린 것 같아. 압력이 들어왔어.]

"압력이라니……? 대체 누가?"

[그것도 말 못 해 줘. 난 내 목숨이 아깝거든. 최 대표, 이건 그동안의 정을 생각해서 하는 말인데, 그냥 잠자코 있어. 섣불리 움직였다가는 최 대표뿐만 아니라, 자네 아들까지 위험해질 거야. 그럼 끊을게.]

양 국장이 전화를 뚝 끊어 버렸다.

최 대표는 끊긴 휴대폰을 노려보다가 벽에 집어 던졌다.

"시벌! 대체 뭔 지랄들이야!"

이를 바득바득 갈다가 생각을 고쳐 다시 휴대폰을 가지고 왔다.

'양 국장, 그 새끼는 겁쟁이야.'

최 대표는 다른 신문사에도, 경찰서장에게도, 전부 전화를 돌렸다.

받는 사람도, 받지 않는 사람도 있었지만 결과는 같았다.

아무도 최 대표의 요구에 응해 주지 않았다.

*　　*　　*

진리성 사건은 가라앉기는커녕, 날이 갈수록 점점 뜨겁게 불타올랐다.

진리성이 11년 전 일가족 참변 사건의 가해자 소년 A라는 사실이 진실이라는 게 밝혀졌다.

한 가족이 죽고, 한 소녀의 인생이 엉망이 되었는데도, 그 가해자인 진리성이 다 잊은 채 잘 살아왔다는 사실에 비난이 쇄도한 가운데, 누군가 익명으로 녹음 파일들을 인터넷에 올렸다.

리성의 매니저인 정훈이 청부 살인을 하는 통화 내역과 정훈과 최 대표 사이의 통화 내역이었다.

순식간에 퍼져 나간 파일이 확인 결과 진짜라는 게 알려지자, 각 포털 사이트의 뉴스가 진리성 측의 청부 살인으로 도배 되었다.

리성의 팬 카페는 하루에도 수백 명이 가입해서 욕설을 남겼고, 수천 명의 팬이 탈퇴를 했다.

　―아무리 어릴 때 모르고 한 짓이라도, 피해자는 그걸 평생 가슴에 닦고 살아갈 텐데.

　―이건 진짜 최가을만 너무 불쌍한 거 아냐? 최가을은 부모도 잃고 동생도 잃고 혼자 살아왔는데, 다 잊어버리고 TV에 나와서 웃는 게 말이 돼?

　―애초에 그걸 잊은 게 말이 안 되지. 어떻게 세 명이나 죽여 놓고 다 잊어버릴 수 있지? 아무리 어릴 때라도, 6살이면 기억하지.

　―나도 6살 때 일이 다 기억나는데.

　―기억 안 나는 척하는 거 아님?

　―우리 오빠도 반성하고 후회했겠죠. 사람이 너무 큰 충격을 받으면 잊을 수도 있는 거 아니에요?

　―미친. 아직도 진리성 빠는 애들이 있네. 진리성이 니네 부모를 죽여도 그런 말이 나오나 보자.

그 와중에도 리성을 옹호하는 팬들이 남아 있었지만, 그들의 수는 며칠 전에 비하면 미미했다.

리성이 그 어떤 말도 없이 은둔을 하는 바람에, 리성이 맡은 프로의 MC는 다른 연예인으로 대체되었고, 리성이 광고한 맥주의 포스터는 매일 같이 찢겨 나갔다.

리성이 출연한 대하드라마의 시청자 게시판에는 리성의 하차, 드라마 방영 중단을 요청하는 글이 쇄도했고, 범죄자는 연예인이 되는 걸 금지시켜야 한다는 서명 운동이 벌어졌다.

가을이 리성의 앞을 가로막고 모든 사실을 알린 후, 일주일 만에 벌어진 일이었다.

"얼마 다치지도 않았으면서 병원에는 참 오래도 누워 있는구나."

지완이 병실로 들어오며 말했다.

"완전히 나을 때까지는 가만히 누워 있는 게 최고야. 괜히 움직였다가 뼈 하나라도 상하면 어떻게 해?"

"하여간 자기 몸은 징그럽게도 챙기네."

지완이 침대 옆에 앉았다.

"네가 부탁한 정보들은 언론사와 경찰에 다 뿌렸다. 경찰 조사 들어갔고, 조만간 구속될 거야. 언론사 쪽은 그쪽에서 손을 댈 수 없게 말을 해 뒀고. 이 정도면 만족하냐?"

"만족이라. 글쎄."

강한이 미간을 좁혔다.

"최가을이 혼자서 살아온 지난 20년을 생각하면, 만족이 안 돼.

하지만 진리성은 무너졌어. 이보다 더 할 수는 없겠지."

"그래. 어쩌다가 그놈들은 너 같은 놈을 건드려 가지고."

"고마워, 형."

강한의 말에, 지완이 소스라치게 놀라며 벌떡 일어났다.

몸서리를 치는 지완을 보며, 강한이 다시 한 번 말했다.

"정말 고마워, 형. 형이 도와주지 않았다면 힘들었을 거야."

지완이 부르르 떨며 뒷걸음질을 쳤다.

"죽겠군. 네놈한테 고맙다는 말을 다 듣다니."

"영광으로 여겨. 내 감사 인사는 돈 주고도 못 사는 거니까."

*　　　*　　　*

집 밖이 소란스러웠다.

며칠 전부터 계속 그랬다.

리성의 팬들이 몰려와 가을을 향해 욕을 했고, 기자들이 취재를 하기 위해 쉴 새 없이 초인종을 눌러댔다.

인근 주민들의 항의에도, 경찰의 제지에도 잠시만 조용해질 뿐 곧 다시 시끄러워졌다.

'이사를 가야겠네.'

더 이상은 주위에 폐를 끼칠 수 없었다.

'그 전에 마무리 지을 건 지어야지.'

사람들 앞에 서는 것이 싫었기 때문에 미루고 미뤘지만, 이제 해야 할 때가 왔다.

가을은 거울 앞에 서서 자신의 모습을 점검하고, 현관문으로 향했다.

가을이 문을 열자 주위가 갑자기 조용해졌다.

집 앞에 모여 있는 사람들을, 가을은 물끄러미 응시했다.

"저 시발년. 저년 때문에 우리 오빠가……!"

리성의 팬 중 누군가의 중얼거림에, 다시 소란이 시작되었다.

욕설과 질문들이 쏟아졌다.

"진리성이."

가을이 입을 열었다.

큰 목소리가 아니었다.

"우리 가족을 죽였습니다."

사람들이 입을 다물었다.

"거짓말하지 마!"

팬 한 명이 외쳤지만.

"조용히 좀 해!"

"최가을이 말하잖아!"

기자들의 외침에 수그러들었다.

"11년 전, 옆집에 살던 최진우는 마당에서 종종 불장난을 하곤 했습니다. 제대로 끄지 않은 불이 우리 집으로 번졌고, 잠을 자던 우리 가족은 봉변을 당했습니다. 엄마와 동생은 빠져나오지 못했고, 아빠는 나를 구한 후 엄마와 동생을 구하러 들어갔다가 나오지 못했습니다."

—가을아!

아빠의 마지막 외침이 아직도 생생했다.

"나는 7살이었습니다. 7살에 가족들을, 집을 잃었습니다. 나는 친척들에게 맡겨졌고, 친척들 집을 전전하며 어린 시절을, 10대를 보냈습니다. 하루에도 몇 번씩 호흡 곤란이 찾아왔습니다. 마치 7살 때 불이 났던 그 현장 속에 있는 것처럼, 숨을 쉴 수가 없어지곤 했습니다. 그렇게 나는 오늘까지 살아왔습니다."

"그래서 어쩌라고."

"아, 좀 조용히 하라니까!"

"진리성이 그때의 일을 잊고 연예인이 되어 행복하게 살아간다는 걸 알게 됐습니다. 충격이었지만 그래도 모르는 척하려고 했습니다. 잊으려고 했고, 용서하려고도 했습니다. 그래요, 나는 진리성을 용서하려고 했습니다. 하지만 진리성은 또다시 내 소중한 것을 빼앗으려고 했습니다. 그게 진리성의 자의든, 타의든 중요하지 않습니다."

"리성이 오빠는 아무것도 몰랐잖아!"

날계란이 날아와 가을의 이마에 부딪혔다.

주르륵—

이마를 타고 흘러내리는 계란을, 가을은 닦아 내지 않고 계속해서 말했다.

"진리성을 보호하기 위해 그들이 무슨 짓이든 한다면, 나도 그래야겠다고 생각했습니다. 내 소중한 것을 위해, 나 역시 뭐든 해야만 했습니다. 진리성 측에서는 나와 내 소중한 사람을 죽이려고 했습니다. 그리고 나는 그저 진실을 말했을 뿐입니다. 내가 왜 이렇게 비난을 받아야 하고, 소동에 휘말려야 하는지 모르겠습니다. 다시 생각해도 나는 죄가 없고, 진리성에게는 죄가 있습니다."

시종일관 담담하게 말하던 가을이 목소리를 조금 높였다.

"6살 때에 벌인 일이라 보호를 받았고, 법적으로 보호받은 일에 대해 언급한 게 죄라면 죄겠지요. 그렇다면 나는 그에 대한 벌은 받을 생각입니다. 그러면 된 거겠죠. 진리성도 딱 그만큼만 했으니까. 나도 딱 법적인 책임만 지고 잊도록 하겠습니다."

자꾸 붙잡는 사람들을 뚫고 택시를 잡아탄 것만으로도 진이 쭉 빠졌다.

뒤를 보니 따라오는 차들이 보였다.

이래서야 어디 한 군데 가기도 힘들다.

언제쯤 되어야 이 일들이 조용해질까?

병원에서 내리자마자 안으로 뛰어 들어가 비상구로 들어갔다.

비상구 계단으로 5층에 올라가 숨을 헐떡거리며 강한이 있는 병실에 들어갔다.

강한의 병실은 1인실이었는데, 심부름센터 직원들과 지완까지 있어서 북적거렸다.

"왜 그렇게 숨이 차요?"

사과를 깎던 연진이 물었다.

"아, 기자들이 따라와서 도망쳤어. 어쩌면 병실까지 찾아다닐지도 몰라."

"저거 어떻게 좀 못 해?"

지영이 지완에게 물었다.

"일일이 고소하면 조용해지겠지. 그렇게 할까요, 최가을 씨?"

지완이 가을에게 물었다.

지영의 오빠인 지완을 만나는 건 이번이 처음이었다.

지완에게 많은 도움을 받았다고 들었다.

가을은 고개를 숙였다.

"안녕하세요, 처음 뵙겠습니다. 최가을이에요."

"네, 알아요. 저는 김지완이라고 합니다."

지완이 일어나서 가을에게 손을 내밀었다.

왜 내미나 싶었는데 악수를 하자는 뜻인 것 같아서, 그 손을 잡았다.

"남녀칠세부동석이라는 말 몰라? 어디서 처녀 총각이 첫 만남에 손을 잡아?"

강한이 투덜거렸다.

"그러는 대장은 나랑 만난 지 얼마 되지도 않았는데 키…… 아니, 됐어요."

사람들 많은데서 키스 얘기를 꺼내기는 민망했다.

하지만 지완은 기가 막히게 알아듣고는 물었다.

"저놈이 키스했습니까?"

"네, 저기…… 호흡 곤란을 치료하려고."

"그래요? 효과는 있었습니까?"

"네, 뭐. 조금은 있었던 것도 같아요."

"흐음."

지완이 눈을 가늘게 뜨고 강한을 돌아봤다.

강한은 뻔뻔한 표정으로,

"당연히 효과가 있어야지. 내 입술은 돈 주고도 못 사는 거라고."

라고 말했다.

"많이 도와주셨다고 들었어요. 감사합니다."

가을의 말에 지완이 빙그레 웃었다.

"덕분에 생전 찾아오지 않던 성희가 찾아오고, 불쾌한 씨한테는 감사 인사까지 받았으니 제 쪽에서 감사를 해야지요."

지완은 매섭게 보이는 인상이었는데, 웃으니 눈가에 주름이 생겨 부드러워 보였다.

"제 쪽에서 최대한 편의를 봐 드리려고 하겠지만, 경찰 조사는 한 번 받게 되실 겁니다. 어쨌든 소년 A는 법적 보호를 받고 있고, 시효가 지난 일인데 많은 사람들 앞에서 그에 대해 밝혀 버렸으니, 어느 정도 책임져야 할 부분은 있어요. 하지만 형식적인 거고……."

"형식은 개뿔! 그딴 게 어디 있어? 싫어! 안 돼! 내가 용납 못 해!"

가만히 듣고 있던 지영이 벌떡 일어나 외쳤다.

"지영아, 난 괜찮아. 예상했던 일이야."

"아니, 난 예상 못 했고, 난 안 괜찮아. 조사를 왜 받아? 가을이가 뭘 잘못했는데? 가을이는 피해자야, 피해자! 피해자가 피해당한 사실을 밝힌 것뿐인데, 그게 왜 문제가 돼야 돼?"

"하아."

지완이 깊은 한숨을 내쉬고는 성희에게 말했다.

"성희야, 지영이 좀 데리고 나가라."

"네, 선배."

"이거 놔! 난 안 나갈 거야! 난 가을이 옆에 있을 거라고!"

성희는 고래고래 외치는 지영을 번쩍 들어 데리고 나갔다.

복도에 울리던 지영의 목소리가 사라지자, 지완이 다시 말했다.

"다시 한 번 말씀드리지만 큰 문제가 되지는 않을 겁니다. 형식적인 거고, 이쪽에서 손을 써서 작은 문제조차 없게 할 테니까요."

"네, 감사합니다. 큰 문제가 되더라도 각오하고 있었어요."

가을이 지완에게 곧은 시선을 보내며 말했다.

"이놈 때문에 그런 각오를 하신 건가요?"

지완이 엄지로 강한을 가리키며 물었다.

가을이 작게 웃었다.

"아니에요. 그냥 절 위한 일이었어요."

"글쎄요. 제 생각으로는 이놈 때문인 것 같은데요. 만약 놈들이 최가을 씨만 노렸다면, 최가을 씨가 이렇게 빨리, 극단적으로 움직였을까요?"

"글쎄요. 아마도 그렇지 않았을까요?"

강한에게 마음의 짐을 씌우기 싫어 얼버무리는 가을의 모습에, 지완은 싱긋 웃었다.

"이놈이 그럴 만한 가치가 있습니까? 항상 제멋대로에 자기 잘난 체만 하는 놈인데."

"네, 맞아요. 대장은 정말 제멋대로에 잘난 체만 하고, 괜히 윽박지르고 자기 하고 싶은 걸 못 하면 화를 내고. 그런 사람이죠. 하지만 그런 사람이 제멋대로 저를 휘둘러서, 살고 싶게 만들었어요."

"살고 싶게요."

"네. 저는 항상 죽고 싶었거든요. 평생 고독 속에서 불행하게 살아가야만 하는 게 무서웠어요. 그렇게 무섭게 살아가느니 죽고 싶었어요. 그런데 대장이 절 살고 싶게 만들었어요. 대장을 만나서 따뜻한 게 뭔지 알게 됐고, 대장을 만나서 즐거운 게 뭔지 알게 됐어요. 대장을 만나서 내 몸의 화상 흉터가 소중하다는 것도 알게 됐고요. 그래서 저는 대장 덕분에 행복해요. 지금 바로 최가을에게 있어 가장 가치 있는 걸 찾으라면, 대장이에요."

"이야."

고백보다 달콤한 가을의 말에, 지완은 저도 모르게 감탄사를 내뱉으며 뒤를 돌아봤다.

"그렇단다, 불쾌한."

강한은 고개를 반대쪽으로 돌리고 있었는데, 귓불까지 빨갛게 달아올라 있었다.

강한은 이불을 얼굴까지 끌어당기며 대답했다.

"당연히 그래야지."

* * *

딩동—

초인종이 울렸다.

정훈은 소파에 앉아 현관문을 노려봤다.

최 대표와는 연락이 닿지 않았다. 30분 전, 기사로 최 대표가 구속되었다는 사실을 확인했다.

'이제 내 차례인가?'

구속되는 건 상관없었다.

리성이 걱정이었다.

이제 리성을 보호해 줄 사람은 아무도 없다.

리성은 아직 11년 전의 일을 기억하지 못한 것 같지만, 조만간 기억하게 되리라.

마음 여린 리성이 그걸 기억해 내면 큰 충격을 받을 텐데, 그때 함께해 줄 수 없어서 큰일이었다.

'도망칠까?'

하지만 도망치려면 진작 도망쳤어야 했다.

대한민국에서 얼굴이 알려진 리성을 데리고 도망치는 건 불가능했다.

딩동—

또 초인종이 울렸다.

정훈은 천천히 일어나 현관문을 열었다.

예상대로 경찰들이 와 있었다.

"이정훈 씨?"

이미 얼굴을 알 텐데도, 경찰이 물었다.

"네, 이정훈입니다."

정훈은 반항하지 않고 두 손을 내밀었다.

리성의 매니저로서 더 이상 리성의 명예를 더럽히는 일은 할 수 없었다. 여기서 반항을 하면 리성의 이미지만 더 나빠질 것이다.

경찰은 미란다 법칙을 읊어 주며 정훈의 팔에 수갑을 채웠다.

"여기요!"

그동안 자포자기한 듯 잠잠했던 리성이 외쳤다.

"여기요, 저 좀 꺼내 주세요! 여기 사람이 갇혀 있어요!"

경찰이 황당하다는 듯 정훈을 노려봤다.

"진리성입니다. 보호 차원에서……."

정훈이 변명하듯 말했지만 경찰은 듣지 않고 방문으로 달려갔다.

문이 열렸다.

며칠이나 지났을까?

일주일쯤 되었을까?

리성은 문을 열어 준 경찰 뒤로 보이는 정훈을 쏘아봤다. 자신의 눈빛을 느꼈을 텐데도 정훈은 이쪽을 돌아보지 않았다.

"진리성 씨입니까?"

경찰이 물었다.

"네, 진리성입니다. 저…… 저도 잡혀가는 건가요?"

"그런 지시는 없었습니다. 그럼 이만."

경찰이 돌아섰다.

"저기요."

리성이 경찰을 불러 세웠다.

경찰이 짜증스럽게 리성을 돌아봤다.

리성은 경찰의 태도를 이해할 수가 없었다.

나는 갇혀 있었다. 나는 피해자다. 나는 누군가를 죽이라고 사주한 적이 없다.

아무 짓도 하지 않았는데, 왜 마치 내가 가해자라도 되는 듯 대하는 걸까?

"저 사람이 제 휴대폰을 가지고 있어요. 그것 좀⋯⋯."

경멸스러운 시선을 보내는 경찰관에게 조심스럽게 말했다.

정훈을 잡고 있던 경찰이 정훈의 주머니를 뒤져 휴대폰을 꺼냈다.

"이겁니까?"

"네, 그거예요."

"가져가시죠."

"아, 네."

리성은 황급히 달려가 휴대폰을 받아 들었다.

경찰들이 보내는 경멸의 시선이 신경에 거슬렸다.

왜? 내가 뭘 어쨌다고? 물론 우리 아버지랑 정훈이 형이 잘못하긴 했지만, 내 탓은 아니잖아. 나는 정말 아무것도 몰랐다고.

리성은 비명을 지르고 싶어졌다.

경찰들과 정훈이 나가는 걸 지켜봤다.

정훈은 문이 닫힐 때까지, 한 번도 리성을 돌아보지 않았다.

리성은 떨리는 손으로 휴대폰을 켰다.

인터넷을 뒤져 볼 필요도 없었다.

리성은 알지 못했던 수많은 정보들이 쏟아져 들어왔다.

리성은 눈을 깜빡일 생각조차 하지 못하고 정신없이 게시물들을 클릭했다.

경악스러운 진실이 눈을 파고들어 폐를 움켜쥐었다.

숨이 잘 쉬어지지 않았다.

가만히 서서 글을 읽을 뿐인데도 숨이 가빠왔다.

"이걸⋯⋯."

리성의 눈가가 붉어졌다.

"이걸 내가 했다고?"

누군가 오래전 신문 기사를 찍은 사진을 올렸다.

빛바랜 잿빛 종이에 새겨진 기사.

평화로운 한 가정을 산산조각 낸 어린아이의 불장난

그런 제목의 기사에는 환하게 웃는 어린 소녀의 사진이 담겨 있었다.

가을이었다.

20장

매일 기자들이 집 앞에 찾아왔다.

문을 두드려댔지만 응답하지 않았다.

며칠째, 리성은 방에 틀어박혀 컴퓨터로 각종 기사와 게시물을 클릭해 보는 중이었다.

최 대표와 정훈이 경찰 조사를 받는 중이고, 결국은 시인했고, 어쩌고저쩌고.

그런 건 아무래도 좋았다.

가을을 죽이려고 했던 아버지와 정훈이 어떤 상황이든 알 바 아니었다.

리성에게 중요한 건 11년 전 사건의 진실이었다.

수천, 혹은 수만 개의 게시물 중 하나라도, 딱 하나라도.

리성이 소년 A가 아니라는 증거의 글을 찾아내고 싶었다.

리성이 소년 A라는 증거는 많은데, 리성이 소년 A가 아니라는 증거는 하나도 없었다.

그나마 올라오는 팬들의 옹호글은 논리적이지 않은, 감정에 호소하는 글들뿐이었다.

줄어드는 팬 카페의 숫자도, 리성을 욕하는 안티팬의 악플도, 다 상관없었다.

'아니야, 내가 아니야. 나는 소년 A가 아니야. 내가 사람을 죽였을 리 없어. 세 명이나 죽이고서도 그걸 잊었을 리 없어.'

리성은 현실을 부정했다.

며칠째 밥도 제대로 먹지 못했지만 허기를 느끼지 못했다. 속이 울렁거려서 물 한 모금 마시기 힘들었다.

그렇게 하루 종일 게시물을 클릭하다가 까무룩 잠들기를 반복했다.

그날도 리성은 그렇게 책상에 엎드려 잠이 들었다.

꿈에서 리성은 어느 집 거실에 혼자 앉아 있었다.

만화 영화를 보고 냉장고 문을 열어 차게 식은 샌드위치를 먹고, TV 리모컨을 이리저리 눌러보다가, 집 밖으로 나왔다.

밖은 어두운데 엄마와 아빠는 돌아오지 않았다.

외로웠다.

"엄마."

울고 싶었지만 꾹 참고 마당에 앉았다.

서늘한 바람이 불어와 옷 속으로 파고들었다.

다른 집들은 다 불이 꺼져서 주위가 어두웠다.

리성은 도도도 집으로 뛰어 들어갔다.

식탁 구석에 있는 바구니에는 라이터가 들어 있었다.

며칠 전에 불장난을 하다가 엄마한테 혼나기는 했지만, 지금은 다들 자고 있으니까, 엄마 아빠는 늦게 돌아올 테니까 괜찮을 것이다.

종이를 불태울 때 꼬불꼬불 찌그러지는 모습을 보는 게 재미있었다.

그림을 그릴 때 쓰는 스케치북을 가지고 마당으로 나왔다. 스케치북 몇 장을 뜯어 불을 붙였다.

불이 화르륵 타오르며 종이가 꼬불꼬불 움직이고 새까매졌다. 불이 조금씩 수그러들기에 종이 몇 장을 더 뜯어서 던졌다.

그러다가 정신을 차리니, 불이 번지고 있었다.

"아, 안 돼."

리성은 그걸 어떻게 꺼야 할지 알 수 없었다.

스케치북을 던지고 집으로 들어가, 물 컵에 물을 따라서 나왔을 땐, 불이 이미 크게 타올라 옆집의 나뭇가지에 옮겨붙은 후였다.

물 컵의 물로는 끌 수 없을 거라는 생각이 들었다.

'엄마한테 혼나겠다……'

그런 와중에도 타오르는 불이 아름답다는 생각이 들었다.

지금껏 작은 불만 봤지, 이렇게 크게 번진 불을 보는 건 처음이었다.

붉은 불은 어둡고 외로운 밤을 밝히며 점점 더 커졌다.

'우와, 멋있다⋯⋯.'

그런 생각을 하고 있을 때였다.

옆집이 소란스러워지는가 싶더니.

"가을아!"

아저씨의 외침이 들려왔다.

그리고 조금 뒤.

"아빠아아아아아아!"

옆집 꼬마의 울음소리가 들려왔다.

'큰일 났다! 진짜로 엄마한테 혼나겠다!'

리성은 덜컥 겁이 났고, 그대로 집 안으로 뛰어 들어갔다.

쾅—!

문을 닫았고⋯⋯.

"으아아아아아아!"

잠에서 깨어났다.

온몸이 땀으로 흠뻑 젖어 있었다.

땀이 나는데도 추웠다.

리성은 덜덜 떨다가 화장실로 뛰어갔다.

"욱! 우욱! 웩!"

한참을 토했다.

먹은 게 없어서 위액만 쏟아져 나왔지만 자꾸만 구역질이 났다.

간신히 구역질이 멈췄다.

리성은 비틀거리며 화장실을 나오다가 다리에 힘이 풀려 쓰러졌다.

어젯밤 보았던 기사의 사진이 떠올랐다.

해맑게 웃는 어린 가을의 사진.

"으아아……."

리성은 한 손으로 가슴을 부여잡고 절규했다.

"으아아아아아아아아!"

*   *   *

여러 사건에도 아랑곳없이 시간은 흘러갔고, 세상은 돌아갔다.

어느덧 봄이 되어 차갑던 바람이 따뜻해지기 시작했다.

아직은 밤이 되면 춥지만, 낮에는 봄 햇살에 노곤해졌다.

최 대표와 정훈은 모든 혐의가 인정되어 구속이 됐고, 앞으로 긴 법정 공방을 치를 예정이었다.

리성은 소속사를 통해 은퇴를 알리고, 은둔에 들어갔다. 기자들이 매일 찾아갔지만 만날 수 없다고 했다. 소속사조차도 리성의 거처를 알지 못하는 듯했다.

아직도 리성을 두둔하는 팬들이 남아 있기는 했지만, 예전에 비하면 화력이 많이 떨어졌다.

항상 떠들썩한 연예계에서도 소년 A 사건은 큰 스캔들이었다. 하지만 어느 배우의 성매매 사건과 어느 여배우의 불륜설이 터지면서, 리성의 사건도 조금씩 조용해지기 시작했다.

한동안 지영의 집에서 신세를 진 가을은, 다시 자취를 하던 집으로 돌아왔다.

항상 집 앞에 진을 치고 있던 리성의 팬들과 기자들은 이제 보이지 않았다.

가을에게는 평생 잊을 수 없는 사건이지만, 타인에게는 딱 그 정도의 사건일 뿐이었다.

오랫동안 비워 둬서 먼지가 쌓인 집을 청소하는데 휴대폰이 울렸다.

강한에게 온 전화였다.

[뭐해?]

"청소요."

[뭐든 해 드리는 가을 심부름센터에 맡기지 그랬어?]

"이런 걸로 돈 쓸 만큼 돈이 많지는 않아서요. 아직도 백수거든요."

[건너와. 불륜 증거 사진 의뢰가 들어왔다.]

"네, 급한 거 아니면 청소 좀 끝내고……."

딩동—

초인종이 울렸다.

평일 오후였다. 이런 시간에 찾아올 만한 사람은.

"뭐야, 대장. 집에 찾아온 거예요?"

강한일 거라고 생각하며 현관문을 열었다.

[뭔 소리야? 나 아니야. 누군지 확인하고 열어.]

휴대폰에서 강한이 외쳤다.

가을은 휴대폰을 귀에 댄 채로 멍하니 문밖의 남자를 응시했다.

리성이었다.

"진리성……."

가을이 중얼거렸다.

"대장, 전화 좀 끊을게요."

가을은 그대로 강한의 대답을 듣지 않고 전화를 끊었다.

모자를 푹 눌러쓰고 마스크를 쓴 리성은 고개를 푹 숙이고 있었다.

어딘가 있을 팬이나 기자가 이 모습을 볼까 봐 두려워, 가을은 얼른 리성의 손목을 잡아 안으로 들였다.

탁—

현관문을 닫았는데도 리성은 현관문 앞에 우두커니 서 있었다.

"어쩐 일이야?"

리성은 대답하지 않았다.

모자를 쓰고 고개를 숙인 상태라 그가 어떤 표정을 하고 있는지 보이지 않았다.

"이런 식으로 찾아오면 곤란해. 이제 겨우 기자들이 돌아갔는데, 네가 나랑 만나는 걸 알면 다시 떠들썩해질 거야."

"……."

"너, 나를 또 곤란하게 하려는 거야? 아니면 내가 한 짓에 대해 비난이라도 하러 왔어?"

"그런 거 아냐."

간신히 리성에게서 대답을 끌어냈다.

"그런 거 아냐, 누나."

"그럼 왜……."

왔어, 라는 말을 하지 못하고 입을 다물었다.

리성이 무릎을 꿇은 것이다.

현관문 신발 벗는 곳에서, 리성은 무릎을 꿇고 가을을 올려다봤다.

이제야 챙 아래에 감춰져 있던 리성의 눈이 보였다.

한동안 잠을 자지 못한 듯 퀭했다.

"기억이…… 났어……."

리성이 쉰 목소리로 말했다.

"기억이 났어, 누나."

"아, 그래."

가을은 무어라 대답해야 좋을지 알 수 없었다.

리성은 가을을 똑바로 볼 수 없는 듯 허리를 굽혀, 바닥에 이마를 댔다.

"미안해, 누나. 미안하다는 말로는 충분하지 않은 거 알아. 하지만 미안해. 잊고 있었어. 잊으면 안 되는 일인데, 잊고 살았어. 나는 정말…… 몰랐어. 미안해."

"……."

"내가 무슨 말을 해도, 누나에게서 빼앗은 것들을 돌려줄 수 없고, 보상해 줄 수 없겠지. 하지만 미안해. 떠나기 전에 미안하다는 말을 해야 할 것 같아서 찾아왔어. 정말로 미안해. 11년 전, 누나의 가족들을 해친 것도, 인제 와서 또 누나를 해칠 뻔한 것도 미안해. 정말로…… 미안해."

웅크린 리성의 등이 가늘게 떨렸다.

울고 있는 것처럼 보이지만 위로해 줄 생각은 없었다.

입을 꾹 다물고 리성을 지켜봤다.

이윽고 리성이 말했다.

"누나, 나는 은퇴를 했고, 이제 두 번 다시는 연예계로 돌아가지 않을 거야. 해외로 나가려고 해. 누나는 날 보는 게 고통스럽겠지. 내가 누나 옆에 있으면서 뭔가 해 줄 수 있다면 좋겠지만, 누나는 그것도 싫겠지. 그래서 떠나려고."

"그래."

"떠나기 전에 누나한테 용서를 빌어야 할 것 같았어."

"나는 널 용서하지 않아."

"……"

"어떻게 용서를 해야 할지 모르겠어. 네가 미워. 네가 원망스럽고, 너를 증오해. 너 때문에 우리 가족이 죽었어. 너 때문에 나는 외롭게 지냈고, 너 때문에 대장이 죽을 뻔했어. 그동안 너는 귀를 닫고, 눈을 가리고, 그렇게 살아왔지. 아무것도 모른다고 해서 죄가 사라지는 건 아니라고 생각해. 너는 그저 아무것도 모르고 싶었겠지."

"……미안해."

"응, 그렇게 계속 미안해해 줬으면 좋겠어. 네 불장난에 죽은 우리 가족에게, 계속 그렇게 미안해하면서 살았으면 좋겠어. 난 네가 싫어."

리성이 흐느꼈다.

그런 그가 안타깝게 여겨지지 않는 건, 내가 못된 아이라서일까?

그래도 상관없었다.

"하지만 나는 널 미워하는 데에 내 시간을 낭비하진 않을 거야. 지금은 매 순간 네가 밉지만, 언젠가는 널 떠올리지 않는 날이 오겠지. 그리고 언젠가는, 그래. 용서할 수 없는 이 마음도 사라지겠지. 그러니까 너도 살아가."

가을은 리성의 앞에 쭈그리고 앉아, 그의 어깨에 손을 얹었다.

리성이 천천히 고개를 들었다.

눈물에 젖은 리성의 눈을, 가을은 똑바로 응시했다.

예전에는 행복만 가득하던 리성의 맑은 눈동자는, 이제 슬픔과 죄책감으로 어두워져 있었다.

"너도 계속 살아가, 진리성. 언제가 될지는 모르겠지만, 내가 너를 용서하는 그 날까지 열심히 살아가."

"고마워, 누나."

"뭐가 고마워. 널 용서할 수 없다는 말을 하고 있는데."

"그래도 언젠가는 용서해 줄 수도 있는 거잖아."

"용서하지 않을 수도 있어."

"하지만 용서할 거라고 생각하고 살아갈게. 항상 잊지 않고 살아갈게."

쾅—!

그때, 누군가 현관문을 세게 두드렸다.

가을과 리성은 깜짝 놀라, 동시에 현관문을 돌아봤다.

기자일까?

"최가을."

강한의 목소리가 들려왔다.

"안에 있지? 문 열어."

다급한 음성이었다.

가을은 일어나 현관문을 열었다.

급하게 온 듯 강한은 숨을 거칠게 몰아쉬고 있었다.

"너, 괜찮은 거야?"

강한이 가을의 어깨를 부여잡고 물었다.

아아, 그렇구나. 이 남자는 내가 걱정이 되어서 이렇게 달려온 거
구나.

그런 생각이 들자 가슴이 따뜻해졌다.

"네, 괜찮아요."

"그래."

강한이 안심한 듯 작게 한숨을 내쉬었다.

뒤늦게 리성을 발견한 강한이 미간을 좁혔다.

"저놈은 왜 여기 있는 거야?"

리성은 엉거주춤하게 일어서 있었다.

"사과를 하러 왔대요."

"아, 그래? 사과는 받았고?"

"네."

"그럼 너, 그만 가."

"죄송해요."

리성이 말했다.

"매니저가…… 그런 짓을 하고 있는지는 몰랐어요. 다치게 해서
정말 죄송합니다."

"그래? 그거참 좋겠네. 항상 아무것도 모르고 살아와서. 아무것도 몰랐다는 게 면죄부가 될 거라고 생각하지는 마."

"……."

"그만 가라. 다친 곳은 나았고, 더 이상 그 일에 대해 생각하고 싶지 않으니까."

"네. 죄송합니다. 누나, 미안해."

리성이 마지막으로 사과를 하고 집을 나갔다.

문이 닫힌 후, 강한이 다시 가을을 내려다봤다.

"너, 정말로 괜찮은 거지?"

"네, 괜찮아요."

"억지로 괜찮은 척하지 말고."

"안 그래요, 이젠."

"그래."

"네, 이젠 정말 안 그래요."

가을은 고개를 들고 강한을 물끄러미 응시했다.

리성이 찾아왔는데도 담담할 수 있었던 건, 이 남자 덕분이었다.

억지로 괜찮은 척, 억지로 용서한 척하지 않을 수 있었던 것도 이 남자 덕분이었다.

내가 무슨 짓을 해도, 내가 어떤 모습이어도, 이 남자는 괜찮다고 해 줄 테니까.

내 마음에 미움과 증오가 가득 차 있어도, 이 남자는 다 괜찮다고 받아 줄 테니까.

그런 믿음이 있기에, 도리어 리성을 향한 증오와 원한이 옅어졌다.

이런 상황인데도 가을은 강한이 사랑스러웠다.

―진리성.

그 작은 중얼거림 하나에, 여기까지 달려온 그가 무척이나 사랑스러웠다.

'나는 정말로 대장을 좋아하는구나.'

반듯한 이마와 짙은 눈썹, 오뚝한 코와 붉은 입술, 잔뜩 찌푸린 그의 미간까지도.

사랑스러웠다.

저도 모르게 손을 뻗어 그의 미간에 살며시 검지를 올렸다.

그는 놀란 듯했지만 피하지 않고 가만히 서 있었다.

"여기, 주름 생기겠어요."

"이미 생겼어."

기분 탓일까?

그의 음성이 한 톤 낮아진 듯했다.

"인상 좀 피고 다녀요, 대장."

"난 항상 상냥한 인상이야."

"거짓말쟁이, 늘 찡그리고 있으면서."

"찡그려도 잘생겼잖아."

"하지만 웃을 땐 더 잘생겼어요."

무슨 말 때문인지, 그의 얼굴이 붉어졌다.

잘생겼다는 칭찬을 들어서일까?

'아니, 자기 입으로 허구한 날 잘난 척하는 사람이, 잘생겼다는 칭찬 하나에 얼굴을 붉힐 리 없잖아.'

어떤 이유든 그답지 않게 얼굴을 붉힌 강한이 귀여웠다.

가을은 고개를 옆으로 돌리는 강한을 물끄러미 응시하다가, 입을 열었다.

"대장. 대장은 왜 웃지 않게 된 거예요?"

모텔 방에서 가을은 뚱한 표정으로 침대에 앉아 있었다.

강한이 휴대폰 카메라의 설정을 바꾸며 물었다.

"왜 그렇게 안 예쁜 표정을 짓고 있어?"

"대장이 말을 안 해 주니까요."

"말했잖아. 난 원래 이 표정으로 태어났고, 이 표정으로 살아왔다고."

"거짓말쟁이."

"그런 말이 있지. 부처 눈에는 부처만 보이고, 똥쟁이 눈에는 똥쟁이만 보인다."

"난 똥쟁이 아니거든요. 대장은 왜 그렇게 똥을 좋아해요?"

"잘 먹고 잘 싸는 거야말로 인생을 아름답게 살아가는 데에 중요한 요소니까."

"대장한테 중요한 건 그것밖에 없어요?"

강한이 휴대폰 만지는 걸 멈추고 가을을 빤히 응시했다.

가만히 응시하는 그의 눈을 똑바로 볼 수가 없었다.

가을은 시선을 옆으로 피했고, 강한은 다시 휴대폰으로 시선을 내렸다.

"더 있지."

그가 작은 목소리로 대답했다.

"뭔데요?"

"돈! 잘 먹고 잘 살기 위한 필수 요소니까!"

"아, 네. 그러세요."

그러다가 깨달았다.

그가 아주 요령 좋게 말을 돌렸다는 걸.

─대장. 대장은 왜 웃지 않게 된 거예요?

가을에게 그 질문은 아주 큰 의미였다.

이제부터는 그의 인생에 개입하겠다는 거니까. 앞으로 나는 죽을 생각 없이 씩씩하게 살아가겠다는 거니까. 그가 갑자기 사라지지 않는다는 걸 믿겠다는 거니까.

그렇게 크게 결심하고 물었는데, 그는 아무렇지도 않게 툭 던지듯 대답했다.

─나는 엄마 뱃속에서부터 이 표정이었어. 한결같은 남자지.

한결같긴 개뿔.

그런 데에 한결같지 좀 않아 줬으면 좋겠다.

그가 웃지 못하는 이유를 알고 싶었다.

딱 한 번 보여 준 그의 미소는 무척이나 근사했고, 그 웃는 얼굴을 자주 보고 싶었다.

이런 말을 하면 그는 뭐라고 대답할까?

내 미소는 돈 주고도 못 사는 거야.

그렇게 말하려나?

따르르르릉―

모텔 방에 놓인 전화기가 울렸다.

전화를 받은 강한이 "알겠습니다."라고 짧게 대답했다.

"일할 시간이다."

강한이 말했다.

가을은 침대에서 내려왔다.

"오늘은 내가 할게요."

"할 수 있겠어?"

"그럼요. 이거 몇 번 써 봤잖아요."

난간이 없는 모텔에서 옆방 촬영을 하기 위한 장비가 있었다. 셀카봉을 길게 늘린 장비였다.

가을은 거기에 휴대폰을 꽂고 창문을 열었다.

창문으로 상체를 내밀고 장대를 길게 늘리는 가을을, 강한은 뒤에서 가만히 지켜봤다.

오늘 가을은 머리를 질끈 묶고 있었다.

머리가 길지 않아, 묶은 머리에서 몇 가닥이 목덜미를 타고 흘러내렸다.

하얗고 가느다란 목덜미에 드리운 머리카락이 유독 까맣게 보였다.

지영의 취향일 게 분명한 연분홍색 티셔츠 위로 올라온 목덜미가 색정적이었다.

가을이 눈치가 없어서 다행이었다.

눈치가 빨랐더라면 강한이 이유 없이 휴대폰을 만지작거렸다는 걸 알아챘을 테니까.

'이 녀석은 아무렇지도 않나?'

모텔에 남녀가 단둘이 함께 있는데도, 가을은 아무 생각이 없어 보였다.

일하러 온 거니까 그게 당연하지만, 강한은 그 당연한 것이 불가능했다.

침대에 입술을 비쭉 내밀고 앉아 있던 가을이 말도 못 하게 사랑스러워서, 자꾸만 하지 않아도 될 말이 튀어나오려고 했다.

너, 왜 이렇게 예쁜 거야?

입술 좀 집어넣어. 키스하고 싶어지니까.

손을 뻗으면 닿을 곳에 가을이 있었다. 그녀의 하얀 목덜미를 만져 보고 싶었다.

물끄러미 응시하다가 정신을 차리니, 강한의 손은 이미 가을을 향해 뻗어 나가고 있었다.

황급히 주먹을 쥐고 손을 거둬들였다.

'미치겠군.'

리성의 사건이 끝난 지도 두 달이 다 되어 가고, 가을의 표정은 점점 나아지고 있었다.

몇 시간 전에 리성을 만났는데도, 가을은 다시 어두워지지 않았다.

하지만 그녀의 상처가 완전히 아문 것은 아닐 것이다. 그녀에게는 아직 상처를 치유할 시간이 더 필요하다.

그런 상황에서 큰 사건 하나 끝났다고 다시 가을을 원하는 자신의 욕망이 부끄럽고 싫었다.

듬직한 대장으로 행동하고는 있지만, 이 속에 품은 마음이 사실은 남자로서의 욕망이라는 걸 알게 된다면, 가을은 어떤 표정을 지을까?

가족처럼, 아빠처럼, 오빠처럼 옆에 있어 주는 척하면서도, 사실은 그녀를 마음껏 만지고 싶고 키스하고 싶다는 걸 알게 된다면, 가을은 어떤 반응을 보일까?

강한은 그녀의 목덜미를 응시하며 고뇌하느라 시간이 가는 줄도 몰랐다.

촬영을 끝낸 가을이 강한을 향해 돌아서며 웃었다.

"대장, 다 찍었어요. 끝내주는 사진이 나왔을걸요."

환하게 웃으며 말하는 그녀의 얼굴이 강한의 시야를 가득 채웠다.

눈부신 미소를 보자 심장에 둔탁한 충격이 일었다.

강한은 저도 모르게 꾹꾹 눌러 참고 있던 말을 내뱉고 말았다.

"너, 왜 이렇게 예쁜 거야?"

*　　*　　*

"벚꽃놀이?"

가을이 쟁반에 들고 온 커피 잔을 테이블에 내려놨다.

"응, 오늘 저녁에. 여기 일, 몇 시에 끝난다고 했지?"

가을이 가져다준 커피를 들어 향기를 맡으며, 지영이 물었다.

가을은 지난번 알아 봤던 커피숍의 아르바이트를 다시 구했다. 커피숍에서 일하던 알바생이 갑자기 그만두는 바람에, 일해 줄 사람이 필요하다고 먼저 연락이 온 것이다.

일한 지 며칠 안 됐지만 해야 할 일은 전부 익혔고, 오전 시간에는 사장이 나오지 않아서 커피숍엔 가을과 지영뿐이었다.

가을은 지영의 맞은편에 앉았다.

"4시에는 끝날 거야. 그런데 웬 벚꽃놀이?"

"이맘때쯤엔 꼭 하거든. 여기 일은 할 만해?"

"응, 오전엔 사람도 거의 없고. 책 읽거나 친구 불러서 놀아도 된다고 해서, 요새 못 읽은 책을 읽는 중이야."

"오오, 책도 읽어? 무슨 책?"

"로맨스 소설."

"로맨스?"

지영의 눈이 가늘어졌다.

지영이 뭔가 알고 있는 것만 같아서, 가을은 쑥스러워 시선을 옆으로 돌렸다.

"로맨스라. 로맨스 좋지. 4월은 사랑의 계절이니까."

"그래?"

"응, 원래 봄에는 사랑을 하라고들 하잖아."

그러고 보니, 그런 말을 들었던 것도 같다.

가을은 그동안 사랑이나 우정 같은 걸 생각할 여유가 없이 살아왔다.

누군가에게 정이 생기려고 하면 항상 마음에서 제동을 걸었다. 강한을 사랑하게 되었다는 걸 처음 깨달았을 때도 그랬다.

내가 갑자기 사라지면, 혹은 당신이 갑자기 사라지면. 남은 사람은 너무도 고통스러워지니까.

그게 두려워 사람과 관계되는 것이 싫었다.

하지만 힘껏 살아가겠다고 엄마 아빠와 약속했다.

네 몫까지 많이 느끼고 누리겠다고, 하을과 약속했다.

그러니까 이제 더는 두려워하며 도망치지 않기로 했다.

"지영아, 너는 사랑해 본 적 있어?"

"사랑? 당연히 있지. 이 언니는 사랑을 아주 많이 해 봤단다."

"정말?"

"응, 정말."

지영이 빙긋 웃었다.

쓸쓸해 보이는 미소였다.

"어때? 듣고 싶어?"

"아니, 네가 곤란할 얘기라면……."

"대학을 졸업하고 나서 말이야."

지영이 멋대로 이야기를 시작했다.

'얘기를 하고 싶었던 거구나.'

"외할아버지 재단의 병원에 접수원으로 취직을 했어."

외할아버지 재단의 병원이란 말을 들으니 새삼 지영이 얼마나 대단한 집안의 따님인지 실감이 됐다.

"우리 가족들 중에서 내가 머리가 제일 나쁘고, 노력하기도 싫어하거든. 그래서 연줄을 이용해서 취직을 했지. 일한 지 한 반년쯤 지났으려나?"

한 남자를 보게 되었다.

피부가 하얗고 조금은 마른 체구의 남자였다.

병원 로비의 소파에서 대기를 하는 동안, 그 남자는 다리를 꼬고 앉아 책을 읽곤 했다.

"진짜 대단할 거 없는 외모였거든. 키가 큰 것도 아니고, 얼굴이 엄청 잘생긴 것도 아냐. 그냥 하얗기만 하고 평범한 남자였어. 어디서나 볼 수 있는. 그런데…… 이상하게도 그 사람이 책 읽는 모습에서 눈을 뗄 수가 없더라."

번호를 부를 때까지 조용히 책을 읽는 그의 주위에만 다른 공기가 흐르고 있는 듯했다.

어느 날부터인가 문득 그 공기 속에 자신도 포함되었으면 좋겠다는 생각을 하게 되었다.

화려하고 예쁜 외모와 늘씬한 몸매 덕에, 언제나 남자들의 관심을 받아 온 지영이었다.

지영이 먼저 그런 생각을 해 본 게 처음이었기에.

"깜짝 놀랐어. 내가 그런 생각을 한다는 게. 생전 처음이었거든.

매일, 매일 그 남자를 기다리게 되더라고. 오늘은 안 오려나, 내일은 오려나."

즐거운 기다림이었다.

한 사람으로 인해 즐거워질 수도 있다는 걸 처음 알았다.

그와 나눈 대화라고는 접수할 때 나누는 것이 전부였는데도, 그 시간이 기다려졌다.

"어쨌든 나는 일하는 중이었고, 아무리 낙하산 취직이라도 나름대로 자부심은 있었거든. 그래서 병원에 온 사람이랑은 관계를 맺지 않는 게 좋겠다고 생각했었어. 그런데 더는 참을 수가 없더라고."

그날은 일을 하는 날이 아니었는데도, 병원으로 향했다.

로비 소파에 그가 앉아서 책을 읽는 뒷모습이 보였다.

그를 잠시 지켜보다가 용기를 내어 그의 옆에 앉았다.

"책, 재미있어요? 그렇게 물어봤어. 그랬더니 그 남자는 정말 깜짝 놀란 표정을 지었다가, 대답해 주더라. 그냥, 시간 때우려고 읽는 거예요."

지영은 옅은 미소를 지었다.

아직도 그날의 광경이 생생했다.

그의 놀란 표정은 참으로 귀여웠고, 이어진 미소는 무척이나 부드러웠다.

"그날 그 사람이랑 밥을 먹었고, 좋아한다고 말했어. 만나 보자고도 했고."

"네가 먼저?"

"응, 내가 먼저. 누가 먼저면 어때? 나는 그런 감정을 느낀 게 처음이었고, 이런 일이 인생에 여러 번 생기지 않을 거라고 생각했거든. 놓칠 수 없었지. 우리는 잘 만났어. 행복했어, 난. 정말로 행복했어. 이렇게나 누군가를 좋아할 수가 있구나, 나 자신보다 더 많이 사랑할 수도 있구나. 그런 생각을 하면서 그 사람을 만났지."

그리고 헤어졌다.

지영은 잠시 말을 멈추고 고민하다가 다시 이야기를 시작했다.

"그 사람은 내가 대단한 집안의 딸이라는 걸 알게 됐어. 자기 같은 사람은 나랑 어울리지 않을 거라고, 그만 만나고 싶다고 하더라. 자기보다 더 나은 사람을 만나라고, 나랑 더 잘 맞는 사람을 만나라고. 나는 붙잡았지만, 그 사람은 완고했어. 그래서 우리는 헤어졌지."

가을의 눈이 커졌다.

"그런 이유로……?"

"응, 그런 이유로."

지영이 쓰게 웃었다.

가을은 무슨 말을 해 줘야 할지 알 수 없었다.

대단한 집안의 딸을 거절할 사람은 없을 거라고 생각했다.

자신처럼 가진 게 없고, 가족도 없는 여자를 거절할 사람은 많아도, 지영 같은 여자를 거절할 이유는 없을 거라 생각해 왔다.

그런데 아니었다.

사람은 어떤 이유로든 이별을 하게 되나 보다.

"진짜 엿 같지 않아?"

지영이 쓰디쓴 표정을 지우고 말했다.

"감히 날 버리다니! 두고 봐! 다음에는 어떤 일이 있어도 끝까지 내 옆에 붙어 있어 주는 사람을 만날 거야! 얼굴도 이 세상에서 제일 잘생기고, 키도 크고, 집안도 빵빵한 그런 남자랑 사랑을 할 거야!"

두 주먹을 불끈 쥐고 다짐하는 지영의 모습에, 가을은 안심했다.

"응, 그래! 넌 엄청 예쁘고 사랑스러우니까 그럴 수 있어!"

"당연하지! 감히 누가 날 거부해? 난 진짜 끝내준다고!"

"맞아, 맞아!"

"그런데 있지."

"응."

"사랑이라는 건, 내가 이런저런 계획을 세운다고, 그대로 따라와 주는 게 아니더라. 정말 내가 예상치 못한 순간에, 내가 예상치 못한 방법으로 찾아오는 것 같아."

지영의 말을 듣자, 문득 강한이 떠올랐다.

―너, 왜 이렇게 예쁜 거야?

며칠 전, 모텔에서 강한이 느닷없이 던진 그 말에, 심장에 큰 파문이 일었다.

강한을 사랑하고 있다.

그건 꽤 오래전부터 그랬다.

그의 배려 깊은 다정함과 따스한 체온을, 어느새 사랑하게 되어
버렸다.

이렇게, 저렇게 부정을 하고 밀어내려고 해도, 사랑한다는 마음
을 지울 수는 없었다.

그러나 그뿐이었다.

그의 사랑을 받고 싶다는 생각을 하지는 않았다.

강한은 공사가 다망하니까. 연애 같은 건 돈이 들어서 안 하겠다
고 말하는 남자니까. 그가 보여 주는 애정은 내가 가을 심부름센터
의 직원이기 때문이니까.

그래서 그의 마음이 내게로 향하기를 기대하지 않았다.

—너, 왜 이렇게 예쁜 거야?

하지만 그날, 그 말을 듣는 순간.

심장에 달큰한 파문이 일며, 간절히 원하게 되었다.

그에게 또 그런 말을 듣고 싶다고. 매일, 매 순간, 그가 그렇게 말
해 주었으면 좋겠다고.

'대장은 왜 그런 말을 한 걸까? 내가 정말 예뻐서? 하지만 나는 지
영이보다도 안 예쁜걸.'

가을이 그런 생각을 하고 있을 때, 지영이 물었다.

"그래서 넌?"

"응?"

"넌 왜 대장을 좋아하게 된 거야?"

생각지도 못한 질문에 가을의 눈이 커졌다.

"그, 그, 그, 그걸 알고 있었어?"

너무 당황해서 말을 더듬는 가을을, 지영은 귀엽다는 듯 지켜봤다.

"응, 알고 있었지."

"그, 그렇게, 그렇게 티가 나?"

"응, 티가 나. 다들 알고 있을걸."

"헉! 대장도?"

"글쎄. 대장은…… 모를 것 같은데. 눈치가 빠르긴 한데, 자기 일엔 그렇게 눈치가 빠른 것 같지도 않고."

강한이 이 마음을 알지도 모른다는 생각이 들자, 심장이 쿵, 쿵, 쿵 뛰었다.

"안 돼. 몰랐으면 좋겠는데."

"왜?"

"진리성이랑 그런 일이 생긴 지도 얼마 안 지났고…… 벌써부터 사랑 타령을 하면 좀 이상한 애처럼 보이지 않을까?"

"뭔 소리래? 사랑을 하는 데 적당한 시기라는 게 따로 있어? 하면 하는 거지, 뭐."

"그런가?"

"응, 그렇지. 동시에 두 남자를 사랑하는 것만 아니면, 죽을죄는 아니잖아."

"그렇겠지?"

"응, 그렇다니까. 자, 말해 봐. 대장을 왜 사랑하게 된 건지."

지영이 눈을 반짝반짝 빛냈다.

가을은 쑥스러워져서 시선을 아래로 내리깔았다.

긴 속눈썹이 가을의 눈가에 그림자를 드리웠다.

"잘 모르겠어. 그냥…… 어느 날 문득 두근거렸고, 어느 날 문득 알게 됐어. 대장이 정말 다정해서, 아무한테도 말하지 않았던, 어쩌면 나조차도 알지 못했던 문제들을 해결해 줘서. 그래서 나도 모르는 새에 좋아졌나 봐."

"대장이 다정하다고?"

"응, 정말 다정해."

"흐응. 그 인간, 너한테는 다정한가 보네. 나한테는 이래도 될까 싶을 정도로 막 대하는데."

"하지만 너한테도 문제가 생기면, 대장은 정말로 다정해질걸."

"뭐, 그렇긴 하지. 그런 사람이니까."

"응."

강한을 떠올리자 가슴이 따뜻해졌다.

어제도 봤는데, 오늘 또 그를 보고 싶어졌다.

자꾸만 보고 싶어서, 이 마음을 억누르기가 벅찼다.

'아, 그래서구나. 그래서 다들 눈치를 채는 거구나.'

그가 보고 싶어서, 이 눈은 저도 모르게 그를 찾아 헤맨다. 다 함께 있을 때에, 이 눈동자는 언제나 그를 향한다.

누군가 나를 볼 때에, 나는 언제나 그를 보고 있으니, 눈치를 챌 수밖에 없을 것이다.

"대장한테 고백 안 할 거야?"

지영이 물었다.

"나는, 음. 사랑을 해 보는 것도 처음이고, 고백을 해 본 적도 없어서…… 정말 어떻게 해야 할지 모르겠어. 게다가."

가을은 미간을 좁혔다.

"대장은 웃지 않잖아. 분명 그 이유가 있을 것 같은데, 난 아직 그 이유도 몰라."

"그게 중요해?"

"응, 중요하지. 대장은 내 문제를 해결해 줬는걸. 내가 말하지 않아도 항상 나한테 가장 좋은 것을 해 줬어. 나도 그러고 싶은데…… 정작 대장이 왜 웃지 않게 된 건지도 모르니까."

"내가 말해 줄까? 대장의 문제."

순간 듣고 싶다는 생각이 들었지만 고개를 저었다.

"아니, 내가 알아낼 거야. 대장이 그랬던 것처럼."

"흐응. 우리 대장, 고집이 보통이 아닐 텐데."

"진짜 보통이 아니긴 하더라."

"하지만 알아낼 수 있는 방법이 하나 있기는 해."

"어떻게?"

가을이 진지하게 묻는 모습을 보며, 지영은 눈을 가늘게 떴다.

재미있다는 듯 가을을 응시하며, 지영이 말했다.

"두 팔을 벌려서 대장을 끌어안고, 대장이랑 눈을 똑바로 맞추고, 콧소리를 넣어서 말해 봐. 대장, 아니다. 오빠앙, 말해 주면 안 돼요 옹?"

"으아! 그런 짓을 어떻게 해?"

경악을 하는 가을의 모습을 떠올리자 웃음이 나왔다.

지영은 심부름센터를 향해 걸어가며 피식 웃었다.

봄 햇살이 따사로이 떨어지고 있었다. 그를 사랑하게 되었을 때도 딱 이런 계절이었다.

새파란 하늘에 하얀 구름이 떠 있고, 따스한 바람이 느릿하게 불어와 목덜미를 간질이는 달콤한 사랑의 계절.

—우리, 이제 그만 만나자.

그의 음성은 여전히 귓가에 생생하게 남아 있었다.

눈을 감으면 그의 얼굴도, 미소도, 향기도 전부 다 생각이 났다.

—왜 갑자기?

—갑자기가 아니야, 지영아. 너도 알잖아.

—아니, 모르겠는데.

—알잖아. 너는 미래가 있어. 대단한 집안의 딸이고, 정말 눈부시게 예뻐. 나 같은 놈보다 더 잘 어울리는 사람이 있을 거야.

—없어, 그런 거.

—아니, 있어. 나는 네 옆에 있어 줄 수 없어. 평생 네 곁을 지켜 주는, 그런 남자를 만나.

—싫어.

—고집부리지 마.

그는 울 것 같은 표정을 지었다.

그가 얼마나 간신히 울음을 참고 있는지, 지영은 알고 있었다.

알지만, 그가 곤란한 짓은 하고 싶지 않지만.

그래도 싫었다.

그와 헤어지고 싶지 않았다.

그의 삶이 이제 얼마 남지 않았다는 걸 알았지만, 이제 곧 그는 이 세상을 떠나게 된다는 걸 알았지만, 그와 헤어지기 싫었다.

그의 마지막 순간까지, 그의 곁에 있고 싶었다.

그랬다.

가을에게 말한 이유 때문에 헤어진 게 아니었다.

그가 항상 병원에 온 이유, 그의 진료 내역, 그가 살날이 멀지 않은 암 환자라는 걸, 지영은 알고서도 사랑을 했다.

그가 평생 자신의 곁에 있어 주지 못하리라는 것을 아는 데도, 사랑은 시작되었다.

참으로 지독한 사랑이었다. 그러나 더없이 행복한 시간이었다.

짧기에, 더욱 아름답고 찬란했다.

　　—헤어지기 싫어. 단 몇 달이라도 좋아. 나는 네 곁에 있고 싶
·　*어. 짧아도 괜찮아. 머지않았어도 괜찮아. 네 곁에 있을 수 없는*
　　게, 나는 더 힘들어.

자존심 같은 건 아무래도 좋았다.

지영은 이별을 고하는 그에게 매달렸다.

시작 또한 그랬다.

안 된다 하는 그를, 지영은 매일 따라다녔다.

그는 난처해하며 웃었고, 그렇게 웃는 그의 모습이 좋았다.

진심으로 그를 사랑했다.

짧지만 강렬하게, 그를 사랑했다.

고집을 부리고, 또 부려서, 그의 마지막을 지켜봤다.

항암 치료를 받느라 점점 쇠약해져 가는 그를, 어느 순간 혼수상태에 빠진 그를, 간신히 호흡을 유지하는 그를, 그러다가 힘이 빠져 차게 식어 가는 그를.

그의 마지막을.

그의 끝을.

그의 죽음을.

지영은 지켜봤다.

숨을 거두기 전, 그는 분명 지영을 향해 손을 뻗었다.

마지막으로 잡은 그의 손은 무척이나 따뜻해서, 지영에게 살아갈 힘이 되었다.

아주 많이 사랑했고 그 사랑이 끝났지만, 그래도 지영은 살아갈 수 있었다.

하지만 이 이야기를 가을에게는 할 수 없었다.

가을은 너무 어린 나이에 소중한 사람들을 잃었다. 자신의 죽음보다도 소중한 사람의 죽음을 더 두려워하는 게 당연했다.

사랑의 끝이 때로는 죽음이 될 수도 있다는 걸, 가을이 다시 한번 자각하게 하고 싶지 않았다.

언젠가 가을이 강한과 사랑을 하게 되고, 그 마음이 단단해지는 날이 온다면, 그때는 말할 수 있으리라.

짧지만 찬란했고, 그만큼 사랑스러웠던 내 남자와의 사랑 이야기를.

벚꽃놀이라 하기에 기대를 잔뜩 했다.

어쨌든 누군가와 일부러 벚꽃을 즐기러 나오는 건 처음이니까.

"기대한 내가 잘못이지."

가을은 철판에 우동을 볶으며 깊은 한숨을 내쉬었다.

가을 심부름센터의 벚꽃놀이라 함은, 벚꽃축제 노점상들의 소일거리를 해 주는 것이었다.

성희와 연진은 다른 노점상에서 열심히 닭꼬치를 굽고 있었고, 지영은 타코야끼, 강한은 떡볶이를 들고 판매를 하는 동시에 여기저기서 영업을 하고 있었다.

"여기 볶음우동 하나 나왔습니다."

가을이 종이 그릇에 볶음우동을 담아 내밀었다.

커플인 손님들은 손을 꼭 잡고 우동이 나오기를 기다리고 있었다.

우동을 받아 들어야 하는 그 순간까지도 손을 놓고 싶지 않은 듯, 마지막까지 손잡고 있는 그들을 보니 입 안이 달달해졌다.

사랑을 자각하고 난 이후로 커플들의 모습이 자주 눈에 들어왔다.

마음껏 사랑하겠다고 결심을 한 이후로 로맨스 소설도 여러 권 읽었다.

소설 안에 담긴 여러 사랑과 감정에, 울기도 하고 웃기도 했다.

세상에 소설과 같은 사랑이 많지는 않겠지만, 알콩달콩한 모습을 보는 것이 즐거웠다.

'난 또 대장을 보고 있네.'

바쁜 와중에도 그를 찾아 헤매는 자신의 시선을 깨달을 때마다 황당하기도 하고, 재미있기도 했다.

'신기하다, 사랑.'

"여기 볶음우동 하나 주세요."

다른 커플이 와서 주문을 했다.

가을은 얼른 재료를 철판 위에 올리고 볶기 시작했다.

"으, 그거 괜찮아요?"

커플 중 여자 쪽이 가을의 팔을 가리키며 물었다.

불 앞이라 더워서, 가을은 팔소매를 걷어붙이고 일을 하는 중이었다.

여자는 가을의 팔에 있는 흉터를 가리키고 있었다.

"아, 네. 괜찮아요. 오래된 흉터라서요."

이제는 이 흉터가 부끄럽지도, 마음에 걸리지도 않았다.

"아프겠다. 불에 덴 거예요?"

"야, 그만해."

남자가 애인의 옆구리를 쿡 찔렀다.

"아니, 괜찮아요. 옛날에 집에 불이 났었거든요."

"아, 혹시…… 아, 그! 최가을, 맞죠? 맞죠? 어디서 본 얼굴 같았는데."

"네, 맞아요."

"헐, 웬일이야. 이런 데서 볼 줄은 몰랐어요. 마음고생 많이 심했겠어요. 저, 원래 진리성 팬도 아니긴 했는데…… 그거 보고 진짜 진리성한테 정이 완전 떨어졌었어요."

"아, 네. 여기 볶음우동 나왔습니다."

"네, 힘내세요!"

"네, 고마워요."

이런 손님이 벌써 여덟 명째였다.

가을을 알아보는 사람이 많지는 않았지만 종종 있었다.

근처에 왔던 강한에게 그런 얘기를 했더니, 강한은 말했다.

　—사람들의 동정을 즐겨! 관심 받고 싶어서 일부러 병을 만드는 사람들도 있는데, 넌 저절로 동정을 받잖아. 에너지 소비도 없고 얼마나 좋아? 부럽다. 나도 동정 좀 사고 싶어!

새로운 해석이었다.

그래서 즐겨 보기로 했더니 처음처럼 부담스럽지는 않았다.

그래, 날 동정해라. 다들 날 동정해.

정신없이 일을 하다 보니, 어느새 노점상이 문을 닫을 시간이 되었다.

사람들의 숫자도 많이 줄어들었다.

가을이 일하던 노점상도 문을 닫았기에, 가을은 벚나무 아래 우두커니 서서 다른 직원들의 일이 끝나기를 기다렸다.

연진과 성희가 먼저 끝냈고, 그다음에 지영이, 마지막으로 강한이 일을 끝내고 가을이 있는 곳으로 왔다.

"이제 우리의 벚꽃놀이를 시작해 볼까?"

강한이 고개를 들어 벚나무를 올려다보며 말했다.

굵직한 그의 목에 목울대가 움직이는 게 새삼 멋있었다.

'아, 이런 것까지 멋있다니. 내가 진짜 어떻게 됐나 봐.'

자신이 바보 같아서 시선을 돌리다가 지영과 눈이 마주쳤다.

지영은 '그래, 그럴 수 있지.'라는 눈빛으로 빙긋 웃었다.

더 창피해졌다.

"아까 저쪽에 괜찮은 자리 있던데요. 거기에 돗자리 깔까요?"

연진이 커다란 배낭을 메고 왔기에 뭔가 싶었는데, 돗자리를 넣은 가방이었나 보다.

그들은 연진이 봐 둔 장소로 이동해, 나무 아래에 돗자리를 깔았다.

그 와중에도 바람에 날린 벚꽃이 눈처럼 떨어져 내렸다.

낮의 벚꽃도 예쁘지만, 어두운 밤 조명에 희게 빛나는 벚꽃도 아름다웠다.

"우린 편의점 가서 컵라면이랑 먹을 것 좀 사 올게."

지영이 성희와 연진의 팔짱을 끼며 말했다.

신발을 벗고 돗자리에 앉으려던 성희가 지영의 의도를 깨닫고는 다시 신발을 신었다.

"냉동도 사 올까?"

성희의 질문에 강한이 고개를 끄덕였다.

"그래, 닭강정 맛있더라. 아니면 치킨 시킬까?"

"치킨까지는 됐고, 그냥 편의점 음식으로 때우자."

"나도 같이 갈래."

가을의 말에, 연진이 두 손을 저었다.

"에이, 누나. 음식 사는데 뭘 이렇게 많이 가요. 우리가 알아서 잘 사 올게요."

"어? 응, 그래. 그럼."

그들이 떠나자, 강한과 단둘이 남았다.

어색한 침묵이 흐른 끝에야, 지영이 가을을 위해 자리를 마련해 줬다는 걸 깨달았다.

'설마…… 그런 걸 하기를 기대하는 건 아니겠지?'

지영은 오빠앙, 하라고 했지만, 그것만큼은 죽어도 못 하겠다.

그런 애교는 지영에게나 어울린다.

"나는 벚꽃을 좋아해."

고개를 들고 벚꽃을 보던 강한이 말했다.

의외로 감성적인 부분이 있다고 생각하는데, 강한이 덧붙였다.

"벚꽃 떨어진 거 청소하는 의뢰가 종종 들어오거든. 아주 소중한 돈줄이지."

"아, 네. 그러세요."

"하지만……."

강한이 시선을 내려 가을을 응시했다.

"이렇게 서서 벚꽃 구경을 하는 것도 나쁘지 않네."

"아, 그러게요."

가을은 시선을 옆으로 돌렸다.

그의 눈을 똑바로 보는 게 쑥스러웠다.

"벚꽃을 머리에 붙인 널 보는 것도 재미있고."

강한이 가을의 머리를 향해 손을 뻗었다.

그의 긴 손가락이 가을의 머리를 가볍게 스쳐, 머리에 붙어 있던 벚꽃 잎을 떨어뜨렸다.

그의 손가락이 머리칼을 스치는 순간, 주위를 에워싼 공기가 변한 기분이 들었다.

"벚꽃놀이는 처음이에요."

"그래?"

"네. 같이 이런 걸 보러 올 만한 친구도 없고, 그럴 만한 여유도 없었으니까요. 봄이 참 예쁘구나, 하고 생각한 것도 처음이고. 그러고 보니, 나는 대장이랑 같이 처음으로 뭔가를 많이 하는 것 같아요."

"그래."

"누군가에 대해 알고 싶어진 것도 처음이에요. 지금까지는 무서웠거든요. 그 사람에게 관계되는 게."

"거짓말 마. 너는 소년 A에 대해서 알고 싶어 했잖아."

가을이 무슨 말을 하려는지 깨달은 듯, 강한이 말을 돌렸다.

가을은 당황하지 않고 웃었다.

"그럼 대장이 세컨드네요. 소년 A가 퍼스트, 대장이 세컨드."

강한이 미간을 좁혔다.

"나는 세컨드 따위는 안 해. 퍼스트가 마땅한 남자지."

"그럼 퍼스트 하면 되겠네요. 대장이 내 첫 키스였으니까."

키스 얘기를 꺼낼 줄은 몰랐는지, 강한의 얼굴이 붉어졌다.

그가 서둘러 고개를 옆으로 돌렸지만, 가을은 똑똑히 목격했다.

지금까지는 착각일 거라고만 생각했는데, 아니었다. 그는 분명히 얼굴을 붉히고 있었다.

'대장도 얼굴이 빨개지긴 하는구나.'

사랑스러워서.

"대장."

가을은 저도 모르게 그의 얼굴을 향해 두 손을 뻗었다.

가을의 손바닥이 그의 양쪽 뺨에 살며시 닿았다.

"나 좀 봐 봐요."

강한이 머리에 힘을 줬다.

"싫어."

"왜요? 좀 봐 봐요."

"뭘 자꾸 보려고 해? 내 얼굴은 돈 주고도 못 보는 얼굴이야."

"에이, 오늘 다들 보여 주고 다녔으면서. 좀 봐요, 응?"

콧소리는 내지 않았지만, 달래는 듯한 가을의 목소리에 강한은 저도 모르게 가을 쪽으로 고개를 돌리고 말았다.

가을은 다정하고 달콤한 미소를 짓고 있었고, 그 미소는 가슴이 쿵 내려앉을 정도로 사랑스러웠다.

가을의 동그란 눈 안에 담긴 무한한 신뢰와 애정을, 강한은 똑똑히 읽을 수 있었다.

'아아, 그런가.'

이제야 깨닫는다.

'아아, 이 애도.'

이제야 느낀다.

'나를 사랑하나?'

그저 가족 대신, 아버지 대신이 아닌 한 명의 남자로, 그녀가 나를 신뢰한다는 것을 알게 되었다.

이래서야 곤란하다.

안 그래도 간신히 이 마음을 억누르고 있는데, 이런 눈빛을 보내면 더는 견딜 수가 없다.

충동이 뇌를 지배했다.

그 순간 강한의 눈에는 그녀의 입술만 보였다.

도톰하고 촉촉한 붉은 입술. 깨물면 달콤한 맛이 날 것 같은 예쁜 입술.

강한은 의식하지 못한 채, 그녀의 얼굴을 향해 자신의 얼굴을 천천히 내려 보냈다.

가을의 숨결이 코끝에 닿았다.

심장이 쿵, 쿵, 쿵 전에 없이 뛰었다.

가을의 입술이 온도가 전해질 만큼 가까운 거리에 강한의 입술이 위치했을 때, 가을이 말했다.

"대장, 알고 싶어요."

강한은 퍼뜩 이성을 되찾고 허리를 똑바로 폈다.

"뭘?"

"대장이 왜 웃지 않는 건지."

"대체 그걸 알아서 뭐하게?"

전과 다름없이 퉁명스럽게 말하는 강한을 향해, 가을은 그 어떤 벚꽃보다도 해사한 미소를 지으며 대답했다.

"대장을 더 많이 웃게 해 주게요."

'화난 걸까?'

트럭을 타고 심부름센터로 가는 내내, 그는 말이 없었다.

　—대장을 더 많이 웃게 해 주게요.

그 말을 하고 나서부터 강한은 입을 꾹 다물고 아무 말도 하지 않았다.

돗자리를 척척 접어서 집어넣은—그 와중에도 돗자리를 챙기는 그의 꼼꼼함에는 감탄했다.— 강한은, 가을의 손목을 잡고 주차장으로 향했다.

'어디 가요?'

그렇게 물어볼 분위기가 아니라서, 가을은 입도 못 열고 조수석에 가만히 앉아 있었다.

한참을 달린 후에야, 차가 심부름센터로 향한다는 걸 알게 되었다.

'대체 그 말의 어느 부분에 화가 난 거지? 말해 주기 싫은데 계속 물어봐서 그런가? 역시 물어보지 말 걸 그랬나?'

불안했다.

'사과, 해야 하나? 안 받아 주면 어떡하지? 하긴, 나라도 내가 감추고 싶은 걸 자꾸 물어보면 화가 나긴 할 거야.'

오만 가지 생각을 하는 중에 심부름센터에 도착했다.

안으로 들어갔더니, 지영과 연진, 성희가 치킨과 피자를 시켜 놓고 먹고 있었다.

"어? 뭐야? 왜 벌써 왔어?"

지영은 이미 술에 거하게 취한 듯했다. 손을 번쩍 들고 묻는 지영을, 황당하다는 눈으로 노려보던 강한이 버럭 외쳤다.

"컵라면 사러 간 놈들이 왜 여기에 있어?"

"컵라면 다 팔렸대요."

"그게 말이 돼? 니들, 나만 놔두고 피자랑 치킨을 먹어? 이거 공금 횡령이야!"

"내가 쏘는 거야."

성희의 말에 강한의 표정이 누그러졌다.

"아, 그래? 그럼 됐고."

그게 문제였냐?

가을은 강한 때문에 걱정이 되는 와중에도 황당했다.

"아무튼 니들 좀 나가라."

"왜? 이제 막 시작했다고!"

"이제 막 시작했긴. 꼴을 보아하니 조만간 캡한테 업혀 들어가게 생겼구만."

"아, 싫어요. 이제 미호 누나 안 업을 거예요. 너무 무거워요."

"무겁다니! 난 날씬하다고! 여자한테 그런 소리 실례야!"

지영이 연진의 팔을 찰싹찰싹 때렸다.

"저는 거짓말 못 하는 거 아시잖아요. 누나는 무거워요. 인정할 때 됐어요."

"싫어, 인정 안 해. 인정 못 해!"

"인정이고 뭐고, 나가!"

강한이 버럭 외쳤다.

"에이씨, 치사하긴."

"대장도 마셔요."

"그래, 강한아. 마시자."

"나가라고 좀! 아까는 잘만 도망치더니, 왜 여기선 안 도망쳐?"

"여긴 누울 수가 있으니까아."

지영이 드러누웠다.

"계집애가 아무 데서나 드러눕지 좀 마!"

"어머, 가을이가 누울 때는 좋아서 침을 질질 흘리시는 분이, 무슨 그런 말씀을 다 하신대? 그거 차별 아냐?"

"침을 질질 흘리긴 누가 질질 흘려?"

"대장, 침을 질질 흘렸어요?"

가을의 질문에 강한은 이제야 가을의 존재를 깨달은 듯 눈을 크게 떴다가 고개를 절레절레 저었다.

"됐다. 일단 올라가자."

강한이 2층으로 올라가는 계단으로 향했다.

그러고 보니 2층에는 올라가 본 적이 없었다.

강한의 방이 거기에 있다는 말은 들었지만, 그동안은 올라갈 일이 없었다.

똘이가 안 보여서 어디에 있나 싶었는데, 2층 복도에 드러누워 자고 있었다.

인기척을 느낀 똘이가 눈을 뜨고 흘긋 두 사람을 보더니 다시 눈을 감았다.

"저놈의 똥고양이는 게을러 빠졌어, 아주."

강한이 투덜거리며, 2층에 있는 방문 3개 중 제일 안쪽으로 향했다.

가을은 그가 뭘 하려는 건지 감도 잡을 수가 없었다.

강한은 마음의 준비를 해, 따위의 소리도 없이 방문을 열고 안으로 들어갔다.

아무 생각 없이 그의 뒤를 따라 들어간 가을은, 그 안에 진열된 여러 개의 액자를 보고는 눈을 휘둥그레 떴다.

벽에 몇 개의 액자가 걸려 있었다.

풍경을 찍은 사진이 들어 있는 액자였다.

봄 하늘도, 여름 들판도, 가을 바다도, 겨울 산도, 액자 안에 담겨 있었다.

사진 한 장, 한 장에 계절이, 향기가, 바람이 들어 있었다. 가까이 다가가면 사진 안의 풍경에 풍덩 빠지게 될 것만 같았다.

정말로 숨이 턱 막힐 정도로 잘 찍은 사진이었다.

그중 하나, 눈에 익은 사진이 있었다.

겨울 산의 정경을 찍은 사진으로, 언젠가 전시회에서 본 사진이었다.

"W……."

가을은 액자에 살짝 손을 얹고 중얼거렸다.

강한은 굳은 표정으로 그 모습을 지켜보고 있었다.

"대장, 이거…… W의 사진 맞죠?"

가을이 뒤를 돌아보며 물었다.

"그래, 맞아."

"기억나세요? 내가 전시회 보러 갔었다는 얘기한 거."

"그래, 기억해. 나는 네가 한 말, 전부 다 기억해."

이 와중에도 그의 다정한 말에 가슴이 뛰었다.

"이 사진이었어요. 그때 본 사진이. 내가 사진을 찍고 싶다고 생각하게 만들어 준 사진이에요. 우리 아빠가 사진 찍는 걸 참 좋아했다는 걸 떠오르게 해 준 사진이, 바로 이 사진이에요."

"그래."

"우와, 이 사진을 다시 보게 될 줄은 몰랐어요. 다시 봐도 진짜 예쁘네요. 정말 잘 찍었어. 어떻게 이렇게 찍을까?"

"어떻게 찍긴. 카메라 들고, 적당한 위치에 서서, 셔터를 누르면 되지."

"에이, 그렇게 간단하면 아무나 다 포토그래퍼게요. 있죠, W의 사진은 그 안에 숨결이 담겨 있어요. 이렇게 가까이 다가가면, 사진 속의 풍경 안에 들어가게 될 것 같은 기분이 들어요. 이 사진을 찍을 때 W가 느끼고 있었을 공기랑 냄새랑 바람이랑…… 그런 것들이 전해지는 것 같아요."

"그래?"

"네, 정말요. 진짜 좋아해요, 이 사진."

"……."

"이거 이후로는 전시회를 안 하는 것 같던데. W는 아직도 사진 작가를 하고 있을까요? 다른 이름으로 활동하나?"

"W는 이제 사진작가 안 해."

"응? 대장, 알아요?"

"알지. W는 이제 사진작가 같은 거, 안 해."

가을이 강한을 향해 돌아섰다.

가을의 맑은 눈동자를 응시하며, 강한은 말했다.

"W는 사진작가를 관뒀어. 더는 풍경을 찍을 수가 없게 됐거든. 그래서 어느 동네에 이층집을 하나 사고, 거기에 심부름센터를 하나 차려서, 불륜 커플 엉덩이나 찍으면서 살고 있어."

가을은 숨을 멈췄다.

처음에는 강한이 무슨 소리를 하는지 알 수 없었다. 그 의미를 깨달았을 때, 상상도 못 한 진실에 숨이 턱 막혀왔다.

강한은 평소처럼 찡그린 표정으로 가을을 물끄러미 응시하다가 덧붙였다.

"그래. 나야. 내가 W야."

경멸을 받을지도 모른다고 생각했다.

W를 무한히 존경하는 저 맑은 눈동자에 당황이나 실망 같은 게 담기리라 생각했다.

하지만 아니었다.

다시 숨을 쉬기 시작한 가을은, 강한의 심장을 콱 움켜쥘 정도로 밝은 미소를 지었다.

"우와! 진짜요? 대장이 W였던 거예요?"

가을의 목소리는 여전히 밝았다.

"그래, 내가 W야."

"우와, 거짓말…… 일 리 없겠죠. 대장은 실없는 소리는 안 하니까."

"그래."

"우와, 우와. 우와. 그래, 그러고 보면 사진을 진짜 잘 찍는다는 생각을 하긴 했어요. 불륜 커플 엉덩이 사진이 무슨 작품 사진 같았다니까요. 그래서 진짜 사진 잘 찍는구나, 싶긴 했는데…… 우와, 우와. 저, 이 손 한 번만 만져 봐도 돼요?"

이 반응은 뭘까?

"너, W 사건 몰라?"

"응? 무슨 사건이요?"

"저 사진을 보고 사람들이 자살한 사건."

"아아, 그거요. 알죠."

"안다고?"

"네, 알죠. 대장, 저 손 한 번만 잡게 해 주세요."

가을이 강한의 손을 노리고 달려들었다.

강한은 저도 모르게 뒷걸음질을 치며 말했다.

"최가을. 저 사진 때문에 사람들이 여러 명 죽었어. 그래서 나는 사진 찍는 일을 관뒀고."

"아, W가 활동 안 한 게, 그거 때문이었어요?"

"……저 사건은 알았다며?"

"알죠. 그런데 그런 말도 안 되는 이유로 사진 찍는 걸 관뒀을지는 몰랐죠."

말을 하면서도 가을의 눈은 강한의 손을 노리고 있었다.

강한은 두 손을 뒤로 감추며 말했다.

"말도 안 되는 이유라니. 사람이 자살을 했어."

"자살을 하고 싶었나 보죠. 내가 그랬던 것처럼."

"그런 게 아니라……."

"대장."

가을이 시선을 들어 강한을 똑바로 응시했다.

"나는 죽고 싶었어요. 내가 죽고 싶었던 건 가족이 없고, 외롭고, 매일 고통스러워서였어요. 만약 내가 자살을 했다면, 그건 진리성 때문이 아니에요. 진리성이 죽인 건 우리 엄마, 아빠, 내 동생. 이렇게 세 명이지, 나까지 죽인 건 아니에요."

"……."

"이 사진을 본 사람들이 자살을 했다면, 그 사람들은 그냥 죽고 싶었던 거예요. 이 사진 때문에 자살을 한 게 아니에요."

"하지만……."

"이 부분에 하지만은 없어요."

가을이 단호하게 말했다.

"대장, 이 부분에 하지만은 없어요. 대장이 이 사진을 가져다가 그 사람들 집에 불을 지른 게 아니잖아요. 이 사진으로 그 사람들을 찌른 게 아니잖아요. 그냥 그 사람들은 죽고 싶었던 것뿐이에요. 딱 그거예요."

가을의 눈동자는 조금도 흔들리지 않았다.

그녀는 명쾌하게 해답을 제시했다.

"그러니까 바보 같은 소리 그만해요, 대장."

게다가 그동안 강한의 고민을 '바보 같은 소리'로 일축했다.

"그런 소리는 그만두시고."

가을의 시선이 다시 강한의 손으로 향했다.

"손이나 내놔요. 이런 사진 찍은 분, 손이라도 영접해 보게."

이런 상황에서 웃음을 참을 수 있다면, 그건 심장이 강철로 된 사람일 것이다.

강한의 심장은 강철이 아니었고, 때문에 웃을 수밖에 없었다.

"아하하하하. 그게 뭔 소리야, 진짜."

강한이 소리 내서 웃는 건 처음이기에, 강한의 손을 노리던 가을도 눈을 크게 뜨고 강한의 웃는 얼굴을 바라봤다.

환하게 웃는 그의 얼굴은 저 액자에 담긴 사진 속 풍경보다 아름다웠다.

"내 사진 때문에 죽었다고."

강한이 중얼거렸다.

"뭐, 설령 그렇다고 해도요. 나는 저 사진으로 구원을 받았어요. 저 사진을 보고 나서 우리 아빠가 사진 찍는 걸 좋아했다는 것도 떠올렸고, 이제는 또 다른 꿈을 꾸게 됐어요."

"또 다른 꿈?"

"네. 사진관을 여는 꿈이요. 돈을 모아서 사진관을 하나 열고 싶어요. 넓지 않아도 좋아요. 작은 건물 지하에 있어도 괜찮아요. 그저 사람들이 지나가다가 발견하고 들어와 사진 한 장만 찍고 나가도 좋아요. 그 작은 사진관, 사진 참 예쁘게 찍더라, 하면서 내가 찍어 준 사진을 자랑하게 만들어 주고 싶어요. 이 사진으로 보면 내 얼굴 참 예뻐, 그런 말을 하게 해 주고 싶어요."

"그래."

"그렇게 내가 찍어 준 사진이 언젠가는 사람들 책상에, 냉장고에 한 장, 한 장 장식되었으면 좋겠어요. 그런 사진을 찍고 싶어졌어요. W의 저 사진 덕분에."

"……."

"나는 W의 팬이에요. 나는 저 사진을 보고 죽고 싶지 않았어요. 오히려 살고 싶어졌어요. 더 씩씩하게 살아가고 싶어졌어요."

가을은 강한에게 한 걸음 다가가, 그를 올려다봤다.

"나 한 명으로는 부족해요?"

"응?"

"아직도 저 사진을 보고 자살을 했네, 마네, 하는 그런 소리들이 신경 쓰여요?"

물론, 신경 쓰이지 않았다.

지금 강한이 신경 쓰이는 건, 가을이 너무 귀엽다는 것 하나뿐이었다.

반짝반짝 빛나는 그녀의 눈동자 때문에, 강한은 정신을 차릴 수가 없었다.

심장이 쿵, 쿵, 쿵 뛰는데, 이 소리가 저 아래층에 있는 녀석들의 귀에까지 들릴까 봐 걱정이었다.

"나 한 명 행복하게 해 준 거로는 부족한 거예요? 더 많은 사람들을 행복하게 해 줘야 만족하시겠어요?"

"아니."

강한은 항복했다.

"안 부족해. 넘친다, 아주. 정말 넘쳐흘러."

가을이 해사하게 웃었다.

"그럼 대장, 이제는 좀 웃어 봐요."

"웃긴 뭘 웃어. 웃기지도 않은데."

"사람이 꼭 웃겨야 웃나요?"

"아까 웃었잖아."

"더 자주요."

"웃겨야 웃지."

"그럼 내가 웃겨 줄게요."

"됐어. 네가 개그맨도 아니고 웃겨 주긴 뭘 웃겨 줘."

"개그맨, 하면 되죠. 내가 대장의 개그맨이 될게요."

아, 진짜 어쩌지?

가을이 너무 귀여워서 자꾸 웃음이 나왔다.

강한의 입가 근육이 실룩실룩 움직였다.

"정말 왜 이래?"

"왜 이러긴요. 대장이 좋으니까 그렇죠."

"내가 좋다고?"

"네, 대장. 나 대장이 좋아요. 정말 좋아요."

"아, 진짜……."

"대장, 나 대장을 사랑해요."

아, 진짜 안 되겠다.

강한은 두 팔을 벌려 가을을 끌어안았다.

가을의 얼굴을 자신의 가슴에 묻게 만들고 꽉 끌어안았다.

가을이 빠져나오려고 버둥거렸다.

하지만 놔주지 않았다.

"그만 좀 해, 그런 얘기."

강한은 가을의 머리를 감싸 가슴에 누르고 속삭였다.

"진짜 그만 좀 해."

버둥거리던 가을이 강한의 가슴에서 간신히 얼굴을 떼어 냈다.

"왜요? 더할래요. 대장, 난 정말…… 읍!"

강한은 다시 가을의 머리를 자신의 가슴에 묻었다.

그러는 강한의 얼굴에 미소가 떠올랐다.

강한은 자기가 웃고 있다는 걸 깨달았고, 자신의 표정이 진짜 바보 같을 거라고 생각했다.

"그만 좀 해. 네가 이러는 거 너무 귀엽고 사랑스러워서, 확 잡아먹고 싶어지니까."

"정말요?"

또 얼굴을 빼낸 가을이 강한을 올려다보며 물었다.

"정말 내가 사랑스러워요?"

바로 아래에서 고개를 바짝 들고, 눈을 동그랗게 뜨고 묻는 그녀가 사랑스럽지 않을 리가 없었다.

강한은 두 손으로 그녀의 뺨을 감쌌다.

그리고 간절히 원했던 그녀의 입술에 자신의 입술을 포갰다.

그녀의 입술은 역시나 달콤했다.

따스하게 전해지는 체온이 꿈만 같았다.

갑자기 이어진 키스였지만, 가을은 피하지 않고 그의 입술을 받아들였다.

그의 혀가 입술을 가볍게 두드리다가 안으로 들어왔다.

입 안을 더듬는 그의 혀가 뜨거웠다. 넘어오는 타액은 달콤했다.

지금까지의 키스와 다르게 뜨거우면서도 부드럽고 다정한 키스가 한참 동안 이어졌다.

호흡이 벅찰 정도로 오랫동안 입을 맞추다가 입술이 떨어졌는데도 아쉬웠다.

타액에 젖은 그의 입술이 색정적이었다.

"그래, 사랑스러워."

강한이 말했다.

그제야 가을은 자신들이 어떤 얘기를 하고 있었는지 떠올렸다.

"네가 정말 사랑스러워. 아주 오래전부터 그랬어."

"아…….."

"널 사랑해."

"아…….."

눈가가 시큰했다.

그를 사랑한다.

하지만 그의 사랑을 기대하진 않았다.

그저 이 마음을 전해 주고 싶었을 뿐이었는데, 그 또한 나와 같은 마음이었다는 게 기적처럼 느껴졌다.

예전이었다면 두려웠을 테지만, 이제는 그렇지 않았다.

강한 덕분이었다.

강한이 두려워하지 않고 한 걸음, 한 걸음 앞으로 나아가게 해 주었다.

"내가 먼저 말했어야 했는데."

"누가 먼저 말하면 어때요?"

눈물이 가을의 볼을 타고 흘러내렸다.

"우리가 같은 마음이라는 게 중요하지."

"그래, 나는 네가 이렇게 저돌적인지 몰랐다."

"사랑을 하는 나는 그런가 봐요. 그래서 싫어요?"

"아니."

강한이 빙그레 웃었다.

"너무 좋아."

"나도요, 대장."

가을은 강한을 끌어안았다.

"나도 대장이 너무 좋아요."

처음이기에 그만큼 순수하고 직선적인 그녀의 애정 표현에, 강한은 가슴이 뭉클해졌다.

품에 안긴 자그마한 몸이 사랑스러웠다.

언제나 어둠 속에 오도카니 혼자 있던 이 여자를, 이제는 내가 행복하게 해 주고 싶었다.

지난날 사람들이 내 사진을 보고 자살을 했든, 하지 않았든. 그런 것은 이제 중요하지 않았다.

내 사진은 그녀를 즐겁게 해 주고, 그녀는 나를 사랑한다.

그것만이 중요했다.

"행복하게 해 줄게."

가을의 머리를 쓰다듬으며 말했다.

"내가 널 행복하게 해 줄게. 두 번 다시는 너 혼자 어둠 속에 앉아 있게 하지 않을게."

그의 목소리가 달콤하게 내려앉았다.

"응. 대장은 그럴 거예요. 난 대장을 믿어요."

"그래."

"나도 대장한테 약속할게요."

"뭘?"

"대장이 평생 웃을 수 있게, 대장의 개그맨이 되겠다고."

또다시 웃음이 터져 나왔다.

강한은 아하하, 하고 웃으며 말했다.

"그래, 기대할게."

우당탕ㅡ!

"뭘? 뭐를 기대할 건데!"

"우와, 둘이 안고 있네요. 드디언 가요? 드디어 이루어진 건가요?"

"축하한다. 축배를 들자."

강한의 웃음소리를 듣고, 아래층에 있던 성희와 연진, 지영이 뛰어 들어왔다.

꼭 끌어안고 있던 가을과 강한은 황급히 떨어졌지만, 술에 취한 성희와 연진, 지영은 두 사람을 내버려 두지 않았다.

"뭔데? 어떻게 했어? 사랑 고백한 거야?"

"이어진 겁니까? 이제 결혼인가요?"

"결혼 선물은 뭘 줄까?"

"대장이 뭐래? 뭐라고 고백했어?"

"가을이 누나, 괜찮으시겠어요? 우리 대장, 여기가 약간 이상한데."

연진이 자기 머리를 가리키며 걱정스럽게 말했다.

고백 후의 달콤한 분위기를 즐길 여유도 없이 방해를 받았지만, 이게 바로 가을 심부름센터의 평소 분위기였다.

"아, 그리고 보니 대장이 W였어. 대장 손을 영접해야 하는데."

가을이 손바닥을 옷에 싹싹 문질러 닦으며, 다시 강한의 손을 노리기 시작했다.

"뭘 영접까지 해? 그냥 잡으면 되지."

"내가 잡게 해 주마."

지영과 성희가 강한을 덮쳐 왔다.

두 사람에게 붙들려 억지로 내민 손을, 가을이 더없이 소중하게 누 손으로 붙잡았다.

"우와, 이게 W의 손이구나. 대단하다. 대장, 정말 새삼 대장이 대단해요. 그동안은 어쨌든 돈이면 대장을 살 수 있겠지, 싶었는데, 이 손은 진짜 돈 주고도 못 살 손이네요."

애도 취했나, 싶을 정도로 가을은 W를 눈앞에 뒀다는 사실에 흥분해 있었다.

시끌벅적한 직원들과 눈이 초롱초롱 빛나는 가을의 모습에, 강한은 그만 웃고 말았다.

사랑 고백은 뭔가 느닷없이 진행되어 갑작스럽게 끝나 버렸고, 집 안은 너무 시끌벅적하고, 지금은 벚꽃 휘날리는 봄날이지만.

강한에게는 참으로 유쾌한 가을이었다.

오늘도, 내일도, 그리고 앞으로 쭉.

유쾌한 가을이리라고 확신했다.

〈불쾌한 씨의 유쾌한 가을 완결〉

번외 1장

봄이 지나가고 무더운 여름이 되었다.

햇살이 쨍쨍 내리쬐는 날씨에, 가을 심부름센터 직원들은 에어컨을 켜고 거실에 늘어져 있었다.

오늘 같은 날 열심히 돌아다니는 건 강한뿐이었다.

가을과 사귀게 되고 나서 강한은 웃게 되었지만, 그건 가을의 앞에서만이었다.

가을을 앞에 두면 팔불출처럼 표정이 풀리지만, 가을이 없어지면 다시 굳은 표정이 되었다.

그래서 강한은 여전히 불쾌한 씨였다.

"더워. 에어컨을 틀어 놔도 더워."

가을이 말했다.

"똘이를 배 위에 올려놔서 더 더운 거 아닐까요?"

연진이 이마에 송골송골 맺힌 땀을 닦았다.

"아니, 에어컨 문제인 것 같아. 에어컨을 틀어 놨는데 왜 안 시원한 거야?"

"아, 그리고 보니 작년부터 에어컨 상태가 별로였어. 오래돼서 그럴걸."

지영이 말했다.

"애초에 강한이가 아는 사람한테 공짜로 얻어 온 에어컨이었어. 제명을 다했지, 이젠. 보내 줄 때도 됐다."

성희의 말에 연진이 고개를 저었다.

"과연 보내 줄까요? 짠돌이 대장이?"

"가을이가 말하면 보내 주겠지."

모두가 기대하는 눈으로 가을을 돌아봤다.

"응, 내가 한번 말해 볼게. 통할지는 모르겠지만."

말하는 것도 더워서, 그들은 다시 입을 다물었다.

얼마나 그러고 있었을까?

"왜 다들 냉동 풀린 동태마냥 그러고 있어? 시간이 넘쳐?"

강한이 돌아왔다.

"대장. 너무 더워요."

"너는 캡, 그래서 안 돼."

"아니, 대체 뭐가요? 여름에 더운 게 당연하죠."

"그래, 여름에는 더운 게 당연하지. 그럼 그 당연한 걸……."

"대장. 에어컨 좀 바꾸면 안 돼요?"

가을이 끼어들었다.

강한은 입을 다물고 가을을 돌아봤다.

"너무 더워요. 죽을 것 같아."

"죽으면 안 되지. 이따 에어컨 사러 가자."

"와아!"

"드디어 우리도 열사병으로 죽을 걱정을 안 하게 됐네요. 고마워요, 가을이 누나."

"가을아, 고마워."

"고맙다, 가을아."

직원들이 가을에게 감사 인사를 했다.

"아니, 에어컨은 내 돈으로 사는데 감사 인사는 왜 가을이한테 해? 나 여기 있잖아. 내가 안 보여?"

강한이 불만스럽게 투덜거리며 손을 흔들었지만, 아무도 대꾸하지 않았다.

"요새 에어컨 성능 진짜 좋다던데. 기대되요. 새 에어컨이라니."

"그러게 말이야. 내 생전에 새 에어컨을 보게 될 줄은 몰랐어."

"미호 누나는 집도 부자면서 왜 그래요? 남들이 보면 없는 사람인 줄 알겠네."

"하루에 반을 여기서 보내잖아. 안 그래도 작년에 너무 고생해서 올여름이 무서웠있는데."

"요새 에어컨 사면 벽걸이 에어컨도 세트로 준다던데, 그런 거로 사는 게 좋겠다."

"아, 그런데 대장. 우리 점심 뭐 먹어요?"

드디어 연진이 강한에게 관심을 보였다.

팔짱을 끼고 못마땅한 표정으로 그들을 지켜보던 강한이 퉁명스럽게 말했다.

"난 가을이랑 나가서 먹을 거야. 니들은 니들이 알아서 먹어."

"왜요? 우리도 같이 먹어요."

"대장, 진짜 너무한다. 예전에는 우리 없으면 못 산다고 그렇게 울고불고하더니."

"대체 어느 대장을 만났던 거냐, 구미호. 나는 너 없어도 아주 잘 살고, 더 잘 살 것 같은데."

"됐어요, 누나. 우리끼리 맛있는 거 먹죠. 이 세상에서 제일 맛있는 거로 먹어요."

"실컷 찾아봐. 나는 가을이랑 같이 먹는 게 세상에서 제일 맛있으니까."

강한의 말에 지영과 연진이 "우우." 하고 야유를 퍼부었다.

가을은 똘이의 등을 쓰다듬으며, 그 광경을 즐겁게 지켜봤다.

강한과 사귀고 나서 달라진 게 있다면, 강한이 가을을 '최가을'이 아닌 '가을이'라고 부르게 되었다는 점이었다.

사실 전에는 '최가을'이라고 불리는 것에 대해서 크게 생각해 본 적이 없었다. 그렇게 불리고 있다는 의식도 하지 못했다.

그러나 최근 강한이 '가을아'라거나, '가을이가'라고 말할 때마다, 성을 빼고 이름만 불리는 건 가슴이 무척이나 간질간질해지는 일이라는 걸 알게 되었다.

"아, 그리고 내일부터 나흘 정도 바다에 갈 거니까, 다들 일정 잡지 마."

강한이 말했다.

여름이라면 응당 바다에 가야 하고, 바다에 간다고 하면 기뻐해야 마땅하지만 가을 심부름센터 직원들의 표정은 그리 밝아지지 않았다.

가는 이유가 뻔했기 때문이다.

"으으, 이번엔 또 무슨 일인데요?"

더위에 지친 연진이 오만상을 찌푸렸다.

"노점상도 하고 식당 일도 돕고 펜션 일도 도울 거야."

"아, 싫다, 진짜. 휴가철엔 진상이 진짜 많은데."

지영이 한숨을 내쉬었다.

다들 불만스러운 표정이었지만, 가지 않겠다고 말하는 사람은 없었다. 그래서 가을은 가을 심부름센터 사람들이 좋았다.

강한과 함께 심부름센터에서 나왔다.

보낼 때가 된 에어컨이라도 할 일은 하고 있었는지, 집 밖으로 나오자마자 무더운 공기가 훅 밀려왔다.

"이건 진짜 찜통더위네요."

"다 마음가짐의 문제야. 마음을 넓게 가져 봐."

"마음이 좁기로 따지자면 대장이 제일 좁은데."

"너한테는 넓잖아. 그럼 된 거 아냐? 그나저나 넌 시간 괜찮아?"

"네. 사정님이 다음 주 수요일까지는 휴가거든요. 우리 사장님은 장사할 생각이 없나 봐요."

가을은 아직도 커피숍에서 아르바이트를 하고 있었다.

"넌 언제까지 거기 다닐 건데?"

"말했잖아요. 돈 모을 때까지, 돈을 더 많이 벌 일을 찾을 때까지 는 다닐 거라고."

"우리 회사에서 일하라니까. 월급은 톡톡히 쳐 줄게."

"폐 끼치기 싫어요."

"너랑 나 사이에 무슨 폐야, 폐는."

강한과 사귀고 나서 알게 된 게 있다면, 강한은 애정 표현이 거침 없었다.

말 한 마디, 한 마디에 가을을 향한 사랑이 담겨 있었다.

강한이 자연스럽게 가을의 손을 잡았다.

날씨는 덥고 그의 손은 뜨거웠지만, 가을은 그와 손을 잡고 걷는 게 좋았다.

대형 마트에 있는 식당에서 점심을 먹었다.

강한은 돼지숯불구이를, 가을은 갈치조림을 시켰다.

밥을 먹을 때면 강한은 열심히 가을을 챙겨 줬다.

오늘도 강한은 갈치조림을 자기 앞에 놔두고 열심히 가시를 발랐다.

그의 가늘고 긴 손가락이 섬세하게 움직이는 걸, 가을은 잠자코 지켜봤다.

무언가에 신중하게 열중한 그의 모습은 참 멋있었지만, 이런 말을 하면, "그래, 넌 돈 주고도 못 볼 걸 보고 있는 거야."라는 말을 할 게 뻔했다.

"대장은 다시 사진 안 찍을 거예요?"

"지금도 충분히 찍고 있잖아."

"불륜남 엉덩이 말고요."

"글쎄. 아직 찍고 싶은 게 생긴 것도 아니고."

강한이 고개를 들어 가을을 응시했다.

"네 사진이나 실컷 찍을까?"

"어휴. 내 사진 찍어서 뭐해요."

가을은 쑥스러워졌다.

"뭐하긴. 방에 걸어 두고 매일 봐야지. 아니면 전시회를 열까? 가을 전시회."

"됐어요. 대장은 진짜 그런 말 잘한다니까."

"그래서 싫어?"

"아니요, 너무 좋아요."

가을이 해사하게 웃는 모습에, 강한도 빙그레 미소를 지었다.

그가 갈치를 먹기 좋게 발라 준 덕분에, 편하게 점심을 먹었다.

실컷 먹고 나와서 대형 마트의 가전제품 코너로 향했다.

그와 손을 깍지 끼고 에어컨을 보고 있는데, 점원이 다가왔다.

"어머, 불쾌한 씨. 에어컨 보러 왔어?"

중년의 여자였다.

"어이쿠, 사모님. 그러고 보니 여기서 일하셨죠. 가내 두루 평안하십니까?"

"그럼. 우리 불쾌한 씨 덕분에 딸년도 아주 정신 차리고 회사 다니고 있어."

"이런, 이런. 이렇게 또 돈줄을 하나 잃었군요."

강한이 진심으로 통탄했지만, 점원은 농담으로 알았는지 호호호 웃으며 가을을 돌아봤다.

"소문의 마스코트?"

"네, 소문의 마스코트입니다."

강한이 가을의 어깨를 감싸며 대답했다.

'소문까지 났나?'

가을은 당황했다.

"반가워요. 내가 우리 불쾌한 씨한테 도움을 많이 받았어요."

"아, 네. 안녕하세요."

"불쾌한 씨가 사랑에 빠졌다고 소문이 무성했는데, 이렇게 실제로 보니까 좋네요."

"소문이 그렇게 무성했나요?"

"그럼요. 우리 불쾌한 씨, 동네에서 유명하니까."

그러고 보면 강한은 모르는 사람이 없는 것 같다.

"그래서 신혼살림 구경하러 온 거야?"

점원의 질문에 강한이 씩 웃으며 가을을 내려다봤다.

"우리, 신혼살림 구경이나 할까?"

"어우, 신혼은 무슨. 심부름센터 에어컨이 오래돼서요."

"그래요? 그럼 제품 좀 추천해 줄게요."

점원의 친절한 설명에 괜찮은 제품을 고를 수 있었다.

점원이 직원 할인가까지 적용해 주어서, 에어컨을 저렴하게 구입했다.

마트를 나오는 강한은 흡족한 표정이었다.

"여기에 저 사모님 계신 줄 알고 온 거죠?"

가을의 지적에 강한이 씩 웃었다.

"다 이럴 때를 위해 영업을 하는 거야."

"대단하시네요. 여기저기 아는 사람이 진짜 많아."

"다들 이 인품에 반한 거지."

"아, 네. 그러서요."

"우쭐해지지 않아? 나 같은 남자가 애인이라는 게?"

"네, 네. 아주 우쭐합니다."

"왜 비아냥거려? 뭐가 문젠데?"

"대장이 너무 잘난 척하는 거요."

"그건 좀 당황스러운데? 나는 잘난 척이 아니라 진짜 잘난 거야. 잘난 걸 감출 수는 없잖아."

"아, 네. 그러세요. 거참 대단하십니다."

"비아냥거리지 좀 말라니까."

티격태격하며 걸어가는 강한과 가을의 모습을 지켜보는 인물이 있었다.

단정한 단발에 무릎까지 오는 스커트를 입은, 차가운 인상의 여자였다.

여자는 강한의 뒷모습을 가만히 노려보며 중얼거렸다.

"찾았다, 우강한."

* * *

가을은 늦봄에 이사를 했다.

진리성 사건으로 가끔씩 찾아오는 기자들과 팬들이 있기 때문이었다.

강한의 강력한 주장 때문에, 가을의 집은 심부름센터에서 가까워졌다.

가을이 전세로 들어간 집은 다세대 주택의 2층이었는데, 강한이 아는 사람의 집이라 굉장히 저렴한 가격에 들어갈 수 있었다.

방 2개에 화장실 하나, 거실 하나, 넓은 주방.

원룸을 얻을 가격으로 이런 집을 구한 건, 전부 강한 덕분이었다.

TV와 냉장고는 지영이, 소파는 강한이, 침대와 식탁은 성희가, 세탁기는 연진이 선물해 줬다.

"이 소파, 대장이 쓰려고 사 준 거죠?"

벌써 몇 시간째, 소파에 드러누워 있는 강한에게 말했다.

에어컨을 보고 나서 심부름센터로 돌아갈 줄 알았는데, 강한은 가을의 집에 가서 놀자고 했다.

"이리 와."

강한이 상체를 일으키고 두 팔을 벌렸다.

가을은 입술을 비쭉거리면서도 강한에게 다가갔다.

강한이 가을을 자기 다리 사이에 앉히고, 가을의 날씬한 배를 꼭 끌어안았다.

"같이 쓰려고 산거지."

"대장, 되게 부지런한 줄 알았는데."

"일보다는 내 여자랑 같이 있는 게 더 중요해."

내 여자, 라는 말에 심장이 두근거렸다.

가을은 긴장을 풀고 강한에게 편하게 등을 기댔다.

강한은 가을의 정수리에 턱을 대고 TV를 봤다.

아늑하고 고즈넉한 시간이었다.

가을은 배 위에 얹힌 그의 손 위에 자신의 손을 겹쳤다. 강한이 손을 움직여 가을의 손과 깍지를 꼈다.

"좋다."

"응, 좋아요."

"나는 뭐든 시작을 하면 열중하는 타입이야. 사랑을 하게 되도 그럴 게 뻔해서, 사랑 같은 거 안 하려고 했는데."

"그런데 나랑 사랑을 하게 돼서 어쩐대요."

"어쩌긴. 좋아 죽어야지."

"아하하하."

가을이 청량하게 웃었다.

강한은 가을의 웃음소리를 듣는 게, 돈을 버는 것보다 더 좋았다.

돈을 많이 벌어서 노후에 실버타운에 들어가 편안하고 호사스럽게 살 생각이었지만, 그녀와 함께라면 어디에 있어도 상관없었다.

단칸방 좁은 집에 있더라도, 가을과 함께라면 실버타운 못지않으리라.

"너랑 함께라면 실버타운이 부럽지 않을 거야."

이 감정을 소리 내서 말했더니, 가을이 대꾸했다.

"그놈의 실버타운 타령은 엄청 하시네요."

바로 이 부분이, 강한에게는 불만이었다.

강한은 애정 표현을 더 많이 하고, 더 많이 받고 싶은데, 가을은 의외로 무뚝뚝한 면이 있었다.

게다가.

'왜 아직도 대장이라고 부르는 거지?'

가을은 여전히 강한을 대장이라고만 불렀다.

"가을아."

"네?"

"너, 처음에 만났을 때 날 뭐라고 불렀지?"

"아저씨요?"

"……아니, 그다음에."

"저기요, 라고 불렀을걸요?"

"………그다음엔?"

"불쾌한 씨?"

"그러고 나선?"

"대장?"

"……그래. TV나 봐라."

강한이 포기한 듯 중얼거렸다.

가을은 강한이 뭐 때문에 이런 걸 묻는지 알고 있었다.

강한은 가을을 '최가을'에서 '가을아'로 부르기 시작했다. 하지만 가을은 여전히 강한을 '대장'이라고 부르고 있었다.

연인이 되었으니 다른 호칭을 사용하는 게 좋겠다는 생각은 했지만, 뭐라 불러야 좋을지 알 수 없었다.

이 부분에 대해 지영과 상담을 했더니, 지영은 "오빠나 자기야, 이게 제일 일반적이지. 아니면 여보야, 라고 부르거나."라고 대답했다.

오빠, 자기야, 여보야, 라니.

죽어도 못 하겠다.

그런 호칭을 사용하는 자신을 떠올리는 것만으로도 팔뚝에 소름이 돋았다.

결국 강한은 원하는 답을 얻지 못한 채로 가을의 집에서 나왔다.

심부름센터에 돌아갔을 때는 밤 10시가 넘은 시간이었다.

다들 돌아갔는지 거실은 조용했고, 똘이는 소파에 드러누워 자고 있었다.

"똘이야, 상담이다."

똘이가 귀찮다는 듯 꼬리를 탁탁 내리쳤지만, 강한은 아랑곳하지 않고 소파에 앉아 똘이를 안았다.

"가을이랑 사귄 지 벌써 몇 달이 지났거든. 이제 곧 100일이야, 100일. 너, 100일이 얼마나 뜻 깊은 줄 아냐? 아, 100일. 그래, 100일에는 100일 반지를 사 줘야겠네. 100일 이벤트도 해야 하는데. 100일엔 친구들한테 100원을 받는 문화가 있더라. 쏠쏠하게 받아 챙겨야겠군. 그래, 생각난 김에 문자부터 돌려야겠다."

강한은 휴대폰을 들어 지인들에게 100일 날짜와 함께 계좌번호를 찍어 보냈다.

늦은 시간 강한의 지인들은, '곧 기념할 만한 100일입니다. 다들 축하와 영원한 행복을 기원하며 100원을 아래의 통장으로 입금해 주시길 바랍니다.'라는 문자를 받고 황당해했지만, 강한에게는 중요한 문제가 아니었다.

"하여간 말이다. 아직도 가을이는 나를 대장이라고 불러. 이게 말이 되냐? 나는 솔직히 좀 기대했거든. 가을이가 눈을 반짝반짝 빛내면서, 오빠라고 불러 주는걸. 그래, 오빠. 아주 아름다운 호칭이지. 예전에는 오빠라는 말 듣고 싶어 하는 놈들을 이해할 수가 없었거든. 그런데 이젠 이해가 된다. 오빠, 오빠, 오빠. 아, 오빠. 가을이가 그렇게 불러 주면 세상을 다 얻은 기분일 텐데."

강한의 오빠 타령에 똘이는 무척 짜증이 난 듯했다.

"뭐, 꼭 오빠가 아니어도 돼. 자기야, 라고 불리는 것도 나쁘지 않을 것 같아. 아니, 아주 좋지. 크흐. 자기야, 라니. 가을이가 그렇게 부르면 얼마나 귀여울까? 진짜 사랑스러워 심장이 멎을지도 몰라. 아, 잠깐. 방금 심장이 너무 두근거렸어. 살짝 부정맥 같아."

강한은 멋대로 떠들어댔다.

화장실에 있다가 나갈 타이밍을 잡지 못한 연진은, 강한의 바보 같은 넋두리를 고스란히 들어야만 했다.

변기에 앉은 채, 연진은 오만상을 찡그리고 화장실 문을 노려봤다.

'뭘 하고 싶은 거야, 우리 대장은.'

*　　　*　　　*

가을은 이른 아침 일어나 어젯밤 챙겨 둔 짐을 들고 심부름센터로 향했다.

다른 직원들은 이미 심부름센터에 와 있었다.

이러니저러니 해도 다들 부지런한 것 같다.

"우리도 차 하나 새로 사요, 대장. 봉고차 같은 게 낫지 않아요? 아니면 SUV라도요."

트럭에 짐을 실으며, 연진이 투덜거렸다.

"요새 다들 왜 이래? 돈 못 쓰면 죽는 병이라도 걸렸어? 트럭이 어때서? 나는 이 녀석과 죽는 날까지 함께하겠다고 약속했어!"

강한이 성질을 냈다.

"누나, 대장한테 좀 말해 줘요. 차 좀 바꾸자고."

"웃! 최가을 찬스 쓰지 마. 최가을 찬스는 1년에 한 번만 쓰라고!"

강한이 콧등을 찡그렸다.

"트럭 불편해. 좁고. 아, 그냥 난 택시 타고 갈까 봐."

지영의 말에 강한의 눈이 커졌다.

"미쳤어? 강원도까지 택시비가 얼만 줄 알아?"

"몰라. 난 대장처럼 구질구질하게 살지 않을래. 나랑 택시 타고 갈 사람."

말이 끝나기가 무섭게, 강한을 제외한 전원이 손을 들었다.

가을까지 손을 들자, 강한은 '브루투스, 너마저!'라는 표정으로 가을을 보다가 가슴을 움켜쥐었다.

"하아. 조만간 봉고라도 하나 살 테니까, 그 손들 내려."

그 여자가 등장한 것은, 바로 그 순간이었다.

짧은 단발에 차가운 눈빛을 지닌, 세련된 분위기의 여자였다.

여자는 허리를 꼿꼿이 세우고 가을 심부름센터 직원들 사이로 들어와, 강한의 앞에 섰다.

다들 이게 무슨 일인가 싶어 여자를 지켜봤다.

여자는 고개를 빳빳이 들어 강한을 올려다봤다.

여자의 얼굴을 본 강한의 표정이 순식간에 어두워졌다.

"오랜만이야, 강한아."

여자가 싸늘한 미소를 지었다.

"나, 기억하지?"

강한이 빠진 트럭 안은 고요했다.

성희가 강한을 대신해서 운전하는 중이었다.

연진은 조수석에 앉아 있었는데, 평소라면 성희와 만담이라도 나눌 테지만 그럴 분위기가 아닌 것 같아서 백미러로 가을의 눈치만 살피고 있었다.

성희도 신경이 쓰이는지 자꾸 백미러로 뒤를 확인했고, 뒷좌석에 가을과 함께 앉은 지영도 안절부절못하고 있었다.

갑자기 나타난 그 여자의 정체가 무엇인지, 거기에 있는 누구도 알지 못했다.

　　―바쁜 것 같은데, 그래도 나한테 시간 좀 내줄래? 너랑 하고 싶은 얘기가 많거든.

여자는 그렇게 말했다. 그리고 강한은.

　　―먼저들 가.

아무 설명도 해 주지 않았다.

도저히 끼어들 분위기가 아니기에, 지영조차도 한 마디 하지 못하고 트럭에 탔다.

그 후로 한 시간 내내 이 분위기였다.

"에이씨!"

결국 지영이 참지 못하고 입을 열었다.

"대체 그 여자 누구야? 누구 아는 사람 있어?"

다들 대답하지 못했다.

"형님, 형님도 몰라?"

"몰라. 처음 봐."

"형님까지 모른다고요? 형님은 대장 인맥 거의 다 알지 않아요?"

"그렇지도 않아. 게다가…… 그 여자는 인맥이라기보다는 뭔가 분위기가…… 좋지 않던데?"

"그쵸? 저만 그렇게 느낀 거 아니죠?"

"대체 누구지? 대장은 아무 설명도 없고. 자기가 일하러 가자고 해 놓고 빠지는 게 어디 있어?"

"그러게 말이에요. 대장은 진짜 제멋대로예요. 늘 이런 식이야."

가을의 기분을 생각해서인지, 다들 강한의 제멋대로인 부분으로 이야기를 돌렸다.

하지만 가을은 우울하게 흐르는 생각을 멈출 수가 없었다.

사랑은 처음이었다.

때문에 질투도 처음이었다.

내 남자의 앞에, 내가 모르는 한 여자가 등장했다.

그녀의 생김새는 중요하지 않았다.

그녀는 내 남자를 '강한아.'라고 친근하게 불렀고, 둘만의 '추억' 같은 걸 공유하고 있는 듯했다.

그게 싫었다.

끔찍이도 싫어서, 그 감정에 가을 자신조차 깜짝 놀랄 정도였다.

지영과 성희, 연진이 가을을 위해 시끌벅적하게 떠드는 소리에, 가을은 우울하게 치닫는 생각에서 간신히 벗어났다.

한발 뒤로 물러나 자신의 모습을 돌아보니, 참으로 신기했다.

강한이 가을의 앞에서 그 여자를 만진 것도 아니고, 그 여자를 사랑스럽게 지켜본 적도 아니고, 그 여자의 이름을 부른 것도 아니었다.

그런데도 기분이 이렇게까지 우울해지다니.

애인이나 배우자의 불륜을 의뢰하러 오는 사람들의 기분을 다시 한 번 생각해 보게 되었다.

"애인이나 남편 불륜 의뢰하러 오는 사람들 있잖아. 그 사람들, 진짜 얼마나 처참한 기분으로 우리 심부름센터에 찾아오는 걸까? 정말 지옥에 사는 것 같을 거야."

가을의 말에 세 사람은 화들짝 놀랐다.

"아니, 누나. 아직 대장이 바람을 피운 건 아니잖아요."

"그래, 가을아. 그놈은 바람피우는 것처럼 에너지 소비가 심한 일을 할 놈이 아냐."

"맞아. 게다가 내 눈앞에서 바람을 피우겠어? 내가 물어뜯을 텐데?"

심부름센터 직원들의 말에 가을은 눈을 동그랗게 떴다가 곧 피식 웃었다.

"아뇨, 그런 게 아니라…… 대장이 바람피울 리 없죠. 그건 믿어요. 하지만…… 나, 되게 질투가 많은가 봐요. 대장 앞에 낯선 여자가 나타난 것만으로도 이렇게까지 기분이 우울해지다니. 진짜 이상해요, 이거."

강한의 옛 사랑일 리도 없었다.

강한은 가을이 첫사랑이라고 했다. 그리고 강한은 가을에게 거짓말을 하지 않는다. 말해 주지 않을지언정 거짓말은 하지 않는다는 걸 믿고 있었다.

"아, 기분 진짜 안 좋다."

가을이 중얼거렸다.

안 되겠다 싶었는지 성희가 휴게소로 들어가 차를 세웠다.

"일단 뭐라도 먹자."

"그래요, 누나. 배부르면 기분이 좀 나아질 거예요."

다들 차에서 내렸다.

휴가철이라 그런지, 휴게소 주차장에는 차가 많았다.

휴게소를 오가는 사람들은 다들 즐거운 표정이었다. 앞으로 벌어질 즐거운 일에 대한 기대가 가득했다.

하지만 가을 심부름센터 직원 4명의 표정은, 세상 끝나는 날처럼 어두웠다.

그들은 휴게소 식당에 들어가 우동과 떡볶이, 비빔밥 등을 시켰다.

아침도 먹지 못했지만, 가을은 먹고 싶은 생각이 들지 않았다.

명치에 무거운 것이 얹힌 것처럼 답답했다.

뭘 먹으면 체할 것만 같아서, 생수만 홀짝홀짝 마셨다.

다들 가을의 눈치를 보고 있었다. 그들을 생각해서라도 밝은 표정을 지어야 하는데, 그게 잘되지 않았다.

'옛날엔 잘할 수 있었는데.'

이보다 더 괴로운 고독 속에 살아갈 때는 오히려 억지로 괜찮은 척하는 게 가능했다. 아무 일 없다는 듯 밝게 웃을 수도 있었다.

그런데 왜 이제는 그게 안 되는 걸까?

밥을 다 먹고 화장실로 향하며 그 부분에 대해 말했더니, 지영이 대답했다.

"당연하지. 이젠 네가 우울할 때 기댈 사람이 생긴 거잖아. 예를 들면 나라든가, 김지영이라든가, 구미호라든가."

"이러면 안 되는데. 다들 나 때문에 신경 쓰이잖아."

"신경이야 쓰이지. 하지만 네 기분이 나쁠 게 뻔한 데도 억지로 즐거운 척하면, 더 신경 쓰일걸. 지금 기분 나쁜 건 당연해. 대장, 그 나쁜 놈. 감히 가을이 앞에서 딴 여자랑 대화를 하다니. 뒤통수를 후려쳐 버릴까?"

지영의 격한 반응에 가을이 웃었다.

"딴 여자랑 얘기 좀 한 것 가지고 이런 기분이 들 줄은 몰랐어. 난 내가 이렇게까지 질투 많은 여자일 줄 몰랐어."

"질투가 많긴. 그 상황에서 질투를 안 하면 그게 이상한 거지. 나였으면 대장 멱살 끌고 트럭에 태워서 데리고 왔을걸."

"정말?"

"아니, 거짓말이야. 난 그렇게 상냥하지 않지. 난 그 자리에서 그냥 대장을 밟아 버렸을 거야. 여자랑 얘기할 정신도 없게."

"아하하하하."

가을이 웃음을 터뜨리자, 지영은 안도했다.

성희가 밥을 전혀 못 먹은 가을을 위해 핫바를 사 왔다. 모두의 말대로 뭔가 먹으니 기분이 조금 나아졌다.

휴게소를 빠져나와서도 한참을 달려 숙소에 도착했다.

방 두 개짜리 펜션이었는데, 이 펜션의 일을 도와서 숙박비는 무료라고 했다.

지영과 같이 쓰기로 한 여자 방에 짐을 풀었다.

"낮에는 해변에 가서 포장마차랑 슈퍼마켓 일 도와야 돼. 우린 슈퍼마켓에서 일하자. 포장마차는 너무 더울 것 같아."

"응, 그래."

자신도 슈퍼마켓에서 일하고 싶다고, 시원한 곳에서 일하는 것이 여자만의 특권이라면 여장을 하겠다고 부르짖는 연진을 성희에게 들려 보냈다.

슈퍼마켓은 시원하고 손님이 많았다.

정신없이 일하는 중에도 강한의 생각에서 벗어날 수가 없었다.

질투?

아니, 이제는 그것과는 조금 다른 감정이었다.

그 여자가 나타나는 순간, 어두워졌던 그의 표정이 신경 쓰였다.

안 좋은 관계에 있는 여자인 게 분명했다.

'대장, 괜찮으려나?'

＊　　＊　　＊

"왜 말이 없어?"

커피숍에 들어와 몇 시간째, 강한은 아무 말도 하지 않고 있었다.

그건 상대도 마찬가지였는데, 기다리다 지쳤는지 그녀가 먼저 입을 열었다.

커피숍에 들어와서 시킨 커피를, 둘 다 한 모금도 마시지 않았다.

강한은 팔짱을 끼고 앉아 여자를 응시했다.

"나한테 할 말이 많을 줄 알았는데. 설마 날 기억 못 하는 건 아니 지? 내 이름은 알아?"

여자가 말했다.

"정인혜."

기억하지 못할 리가 없었다.

당연히 기억하고 있다.

그 이름도, 얼굴도. 강한에게는 강렬하게 각인되어 있었다.

―살려 내!

울부짖는 그녀의 얼굴.

―내 동생을 살려 내라고!

강한의 멱살을 쥔 그녀의 손.

전부 다 기억했다.

그리고.

　—우리 인수 살려 내란 말이야!

강한의 사진 때문에 죽는다는 유서를 남기고 자살한, 그녀 동생
의 이름 또한.

잊을 리 없었다.

"나는 너한테 할 말이 없어."

강한이 말했다.

"오히려 네가 나한테 하고 싶은 말이 있는 것 같은데. 해 봐, 한 번."

"뭐야, 그 자세는? 되게 고자세다? 내 동생을 죽인 주제에."

몇 달 전이었다면, 인혜의 그 말이 날카롭게 심장을 찔렀을 것이다.

하지만 이제는 그렇지 않았다.

　—이 사진을 본 사람들이 자살을 했다면, 그 사람들은 그냥 죽
　고 싶었던 거예요. 이 사진 때문에 자살을 한 게 아니에요.

가을은 그리 말했고, 강한은 그 말이 옳다고 생각했다.

최가을은 우강한에게 진리였으니까.

다만 그 말을 구태여 유족에게 할 필요는 없었다.

게다가.

—너 때문에 내 동생이 죽었어!

동생의 죽음에 슬퍼하던 인혜의 얼굴을, 강한은 기억하고 있었다.

"너, 참 즐겁게 잘 지내는 것 같더라. 연애도 하고, 친구도 많고."

"……."

"최가을, 맞지? 진리성이랑 그런 사건이 있었던 여자. 예쁘게 생겼던데?"

"……."

"동정심이야? 그 여자 과거가 안쓰러운 걸 보니, 내 동생 생각이라도 나서 잘해 주는 거야? 아니, 애초에 내 동생 생각은 했나 몰라. 진리성이 최가을에 대해 새까맣게 잊은 것처럼, 너도 잊은 거 아니야?"

"잊지 않았어. 똑똑히 기억하고 있어. 그 애 이름도."

"아, 그래? 그거 다행이네. 잊었으면 죽여 버리려고 했거든. 너도 내 동생 곁으로 보내려고 했거든."

"……."

"진리성도 그렇고, 너도 그렇고. 참 대단들 해. 가해자들은 항상 다 잊고 잘 살아가. 피해자 가족들만 불쌍해지는 거지. 피해자에게는 전부 어제의 일처럼 생생한데, 너희들은 다 잊고 잘 살아가잖아. 또 행복을 찾아가잖아. 그게 진짜 싫어."

"……."

"최가을은 아니? 너나 진리성이나 다를 게 없다는 거. 너도 진리성이랑 똑같은 놈이라는 거."

"그래, 알아."

"그런데도 너랑 사귀는 거야? 대단하다, 진짜."

"우리 사이의 이야기에 가을이는 끼워 넣지 않았으면 좋겠는데."

"아, 그러서? 진짜 대단한 사랑들 하시네."

인혜가 차갑게 웃었다.

"그럼 이제 우리 얘기를 할게."

"그래."

"너는 그때, 너 때문에 수많은 사람들이 죽었는데도 자취를 감춰 버렸어. 아무런 보상도 하지 않고."

그랬다.

보상할 방법이 없었다.

애초에 '사진을 보고 자살했다.'라는 건, 신빙성이 없는 말이라며 에이전시에서 차단을 해 버렸다.

글루미 선데이 때처럼 도시 전설, 혹은 괴담에 불과한 일이었다.

한동안 선동당한 사람들이 W를 비난했지만, 거기까지였다. 양식이 있는 사람들은 곧 일상으로 돌아갔다.

하지만 그렇지 않은 사람도 있었는데, 그게 바로 인혜였다.

"다른 유족들은 어떤지 모르겠지만, 난 그게 용서가 안 돼."

"그래."

"나는 보상을 받아야겠어."

피서객들은 일상을 떠났다는 기분 때문인지, 평소에는 하지 않을 일에도 도전을 하는 경우가 많았다.

그중 하나가 바로 헌팅이었다.

슈퍼마켓에서 일하는 동안, 가을과 지영은 수많은 남자들의 데이트 요청을 받았다.

일 끝나고 만나자.

애인 있어도 상관없다.

번호만 달라.

서울 올라가서 연락하겠다.

살면서 한 번도 못 받아 본 헌팅을, 이런 곳에서 받아 볼 줄은 몰랐다.

특히 지영에게 접근하려는 남자들은 어마어마하게 많았다. 몇몇 남자들은 혼자 왔다가 친구들을 데리고 돌아와 지영을 구경하기도 했다.

구경거리가 된 것 같아서 기분이 나쁘지 않을까 걱정했는데, 지영은 말했다.

"어차피 서울에 있었으면 말도 못 걸었을 놈들이야. 간만에 헌팅 당하니까 재미있네. 어린 것들, 아주 귀여워."

헌팅 하는 남자들 중 대부분이 20대 초반이었다.

일하랴, 헌팅에 시달리랴.

하루를 정신없이 보내는 와중에도 강한을 향한 생각이 멈추지 않았다.

다들 9시쯤에 일을 끝내고, 근처 식당에 가서 늦은 저녁을 먹었다.

더운 곳에서 일을 한 연진과 성희는 녹초가 되어 있었다.

"내일 아침에 일찍 일어나서 펜션 청소해야 돼."

펜션이라기보다는 모텔 같은 곳이었는데, 방이 무척 많았다. 아마 내일 오전 시간은 전부 청소하는 데 보낼 것 같았다.

연진과 성희는 씻자마자 곧장 자려고 방에 들어갔고, 지영은 가을과 방에 누워 수다를 떨다가 잠이 들었다.

잠을 자기에 조금 이른 시간이기도 하고, 강한 생각에 잠이 오질 않았다.

밤이 되니 감성적이 되었는지, 사라진 줄 알았던 우울감이 다시 찾아왔다.

'대장은 뭐 하고 있을까? 아직도 그 여자랑 같이 있으려나? 어디에 있지? 그 여자한테는 어떤 식으로 행동할까?'

강한이 가을을 배신하는 짓을 할 리 없다는 걸 알지만, 저 혼자 무럭무럭 자라나는 어두운 상상을 막기가 힘들었다.

이리저리 뒤척거리며 누워 있다가 잠깐 잠이 들었나 보다.

머리를 쓰다듬는 손길에 잠에서 깨어났다.

강한이 가을의 머리맡에 앉아 있었다.

창문으로 들어오는 불빛이 강한의 머리 위에 내려앉았다.

"대장."

강한을 보자마자 오늘 종일 느꼈던 우울함이 사라졌다.

"이건 꿈일까요?"

강한이 빙그레 웃었다.

"꿈 아니야."

"오늘 못 올 줄 알았는데."

"네가 여기에 있는데 어떻게 안 와? 당연히 와야지."

"뭐 타고 왔어요?"

"히치하이킹."

"엥? 정말요?"

"아니, 거짓말. 버스 타고 왔어. 터미널부터 여기까지는 택시 타고 왔고."

"대장도 택시를 다 타네요."

"널 빨리 보고 싶었으니까."

대화를 하는 동안에도 가을의 머리를 쓰다듬는 강한의 손은 멈추지 않았다.

"오늘 일 많이 바빴지?"

"네, 정말요. 나, 헌팅이라는 걸 태어나서 처음으로 당해 봤어요."

강한의 손이 멈칫했다.

"헌팅?"

"응. 일하는 데 엄청 번호 따더라고요. 미호는……."

"번호 줬어?"

지영 따위는 아무래도 좋다는 듯, 강한이 말을 끊었다.

"에이, 안 줬죠."

"어떤 놈이야? 어떤 놈이 내 허락도 없이 너한테 말을 붙여? 내가 가서 그냥 확!"

퍽—!

베개가 날아와 강한의 머리에 꽂혔다.

자다 깬 지영이 눈을 부릅뜨고 강한을 노려보고 있었다.

"시끄러! 좀! 어떤 놈이고 저떤 놈이고, 대장이야말로 내가 그냥 확!"

"하. 구미호, 너는 어떻게 된 애가⋯⋯."

"어떻게 된 건 대장이야! 사람 자는 거 안 보여? 시끄럽게 굴지 말고 나가!"

지영이 성질을 부리는 통에, 강한과 가을은 방에서 쫓겨났다.

"뭐, 날도 좋은데 산책이나 할까?"

"응, 좋아요."

밖으로 나오자 바다의 짠내가 풍겨왔다.

해변까지는 좀 걸어야 하는데도, 공기에는 바다가 담겨 있었다.

밤이데도 후텁지근했다.

"그래서? 어떤 놈이야? 뭐 하는 놈들이 너한테 번호를 땄어?"

"번호 안 줬다니까요. 뭐 하는 놈들인지는 모르죠. 물어보지도 않았는데."

"대충 감이 잡힐 거 아냐? 나이가 몇인지, 뭐 해 먹고 사는지."

"난 그렇게까지 사람을 잘 볼 줄은 몰라서요. 대장은 의외로 질투가 많네요."

"당연하지! 나는 질투쟁이야. 질투 하면 우강한, 우강한 하면 질투라고!"

"아, 네. 그걸 그렇게까지 당당해할 건 없는데요."

거기까지 말하고 가을은 걸음을 멈췄다.

강한이 왜 그러냐는 듯 가을을 돌아봤다.

"그런데요, 나도 그래요."

"응?"

"나도, 질투 많아요."

미간을 살짝 찌푸리고 토라진 듯 말하는 가을의 모습에, 강한은 뒤로 넘어갈 뻔했다.

아, 이 여자는 왜 이렇게 사랑스럽지?

이런 와중에도 왜 이렇게 귀여운 거야?

"질투 안 해도 돼. 내 마음은 네가 다 가져갔으니까."

"알아요. 대장의 밴댕이보다 좁아터진 마음, 나한테 주고 나면 남을 것도 없다는 거."

"알면서!"

"그래도요. 그래도 싫어."

"안 되겠어."

"응?"

"너무 귀여워서 못 참겠다, 이젠."

강한이 가을의 손목을 끌어당겨 품에 안고, 거절할 틈도 없이 입을 맞췄다.

그의 뜨거운 체온이 기분 좋게 가을의 입술을 열고, 그 안으로 밀려 들어왔다.

입 안을 더듬는 부드러운 혀를, 가을은 조심스럽게 빨아들였다.

가을을 안은 그의 팔에 힘이 들어갔다.

그의 단단한 가슴이 느껴졌다.

그와의 키스는 하면 할수록 농밀해졌다.

최근에는 그와 키스를 할 때마다 이상한 기분이 전신을 에워싸곤 했다.

조금 더. 아직 부족해.

이미 입술과 입술이 닿아 있는데도, 더 많이 원했다. 그를 좀 더 많이, 더 가득히 받아들이고 싶었다.

긴 키스가 끝나고, 강한이 가을의 이마에 흐트러진 머리카락을 옆으로 넘기고, 가을의 이마에 쪽 소리가 나게 입을 맞췄다.

"그럼 갈까?"

강한이 다시 가을의 손을 깍지 껴서 잡았다.

둘은 키스의 여운이 가실 때까지 말없이 걸었다.

해변 앞에 도착했을 때, 가을이 입을 열었다.

"대장, 말 돌리지 마요."

"딱히 말 돌릴 생각은 없었어. 네가 너무 사랑스러워서 하려던 말을 깜빡한 거지."

어휴, 이 남자는 진짜.

가을의 입술이 웃음을 머금고 비쭉거렸다.

"오늘 찾아온 여자의 이름은 정인혜라고 해."

"네."

"내 사진 때문에 죽고 싶어졌다고 유서를 남긴 소년의 이름은 정인수라고 하고."

"아…… 설마…… ."

"그래. 정인혜는 그 소년의 누나야."

바다에 달빛이 흩뿌려졌다.

새까만 밤바다 위에 달과 별이 보낸 빛이 보석처럼 반짝거렸다.

아주 늦은 시간이었는데도 모래사장을 거니는 사람들이 몇 명
있었다.

가을과 강한도 손을 잡고 해변을 따라 모래사장을 걸었다.

"그 일이 있고 나서 얼마 되지 않아, 정인혜가 찾아왔어. 내가 다
니는 학교로. 정인혜는 교문을 나오는 날 붙잡고 울고, 또 울었지."

그날뿐이 아니었다.

"매일 찾아왔어. 나를 비난하고, 욕하고, 울고. 그 일의 반복이었
어. 나는 대화를 해 보고 싶었지만, 내가 하는 말은 정인혜한테 들
리지 않았던 것 같아. 그 와중에도 W에 대한 괴담은 점점 부풀어져
갔고, 우리 부모님은 더는 안 되겠다 싶었는지 나를 한국으로 보냈
어. 하지만 정인혜 입장에선 내가 도망쳤다고 생각이 된 모양이야.
웃기는 일이지. 아무리 도망을 쳐도 기억으로부터 자유로워질 수는
없는데. 그걸 정인혜도 분명히 알고 있을 텐데."

한숨 섞인 목소리로 말하는 강한에게 무슨 말을 해 줘야 좋을지
알 수 없었다.

가을은 그저 그의 손을 꽉 잡아주었다.

"정인혜는 그동안 계속 나의 행적을 찾아다녔던 모양이야. 이번
에 진리성 사건이 터지면서, 어느 기사에 뜬 내 사진을 봤나 봐. 기
억나지? 내 옆모습 나온 거."

"아, 네. 그거요."

강한이 진리성과 마주 보고 있는 모습을 누군가가 찍어서 올린
사진이었다.

"그녀 입장에서는 용서할 수 없는 것 같아. 자기 동생은 죽어 버

렸는데, 정작 나는 행복하게 잘 살고 있으니까. 사랑까지 하면서."

"대장의 사진 때문에 죽은 게 아니에요."

"응, 알아. 이제 나는 알지. 하지만 정인혜에게는 그렇게 말할 수가 없었어. 소중한 사람을 잃는 게, 얼마나 고통스러운 일인지 아니까."

"네, 알죠."

가을도 가족을 잃어 본 경험이 있어서 알고 있었다.

"가해자는 잊어도, 피해자는 바로 어제의 일처럼 떠오르는 고통이라고 하더라."

"······."

"정인혜가 나한테 요구한 건 하나야. 당분간 자기에게 시간을 내 달라는 거."

"시간이요?"

"응. 처음엔 자기를 위로해 달라거나, 그런 요청인 줄 알았는데. 아니었어. 오늘 나는 정인혜랑 같이 정인수가 다녔던 유치원을 다녀왔어."

"유치원······."

"아마도 정인수의 살아생전의 행적을 하나, 하나 보여 주려는 모양이야."

사실은 그뿐만이 아니었다.

함께 다니는 내내, 인혜는 강한을 비난했다.

당신만 아니었어도. 이 애도 이 유치원을 다니면서 꿈을 키웠을 텐데. 어릴 때부터 그림을 참 잘 그렸는데, 당신 때문에.

하지만 가을이 걱정할 것이기에, 거기까지는 말하지 않았다.

"나는 당분간 정인혜랑 같이 다녀야 할 것 같아. 네 기분이 안 좋을까 봐 걱정이야."

가을은 '나는 괜찮아요.'라고 대답하려다가 관뒀다.

"조금 안 좋을 것 같긴 해요. 하지만 대장이 그렇게 하는 게 좋겠다고 생각했다면, 나도 그렇게 생각해 보려고 할게요."

강한이 빙그레 웃으며 가을을 응시했다.

"왜 그렇게 봐요? 나는 뭐 질투도 안 하는 줄 알아요?"

"응, 그럴 줄 알았는데."

"그래서 싫어요?"

"아니, 좋아."

강한이 가을을 품에 안았다.

"너무 좋아. 더 많이 질투해 줘. 더 많이 갖고 싶어 해 줘. 네 소유욕을 마음껏 펼쳐 봐."

"너무 판을 깔아 주니까 오히려 하기 싫어지는데……."

"그럼 안 되지. 잘 들어 둬."

강한이 가을에게서 떨어지더니, 가을의 양쪽 어깨를 잡고 진지하게 눈을 맞췄다.

"나는 모두가 원하는 남자야. 외모도 뛰어나고 능력은 말할 것도 없지. 너는 항상 긴장해야 돼."

"그랬으면 좋겠어요?"

"아니."

"……대체 무슨 말을 하고 싶은 거예요?"

"그냥 너랑 얘기하는 게 좋아서 그래."

툭 던지듯 나오는 그의 애정 가득한 마음이 좋았다.

문득 그를 처음 만났을 때의 일이 떠올랐다.

험악한 인상의 사람들에게 큰일을 당할 뻔했을 때, 짠하고 등장해 두당 만 원에 가을을 구해 준 남자. 찡그린 인상이지만 목소리만큼은 한없이 상냥했던 남자.

그때만 해도 그 남자와 시간을 보내고 어느새 사랑을 하게 될 줄은 꿈에도 몰랐다.

그를 사랑한다는 걸 자각했을 때에도, 이렇게 달콤한 사랑을 주고받을 수 있으리라고는 생각하지 못했다.

"너랑 이렇게 사귀게 될 줄은 상상도 못 했는데."

강한이 말했다.

그도 나와 같은 생각을 하고 있는 게 신기했다.

"나도 그래요. 사랑하는 거, 무서웠거든요. 너무 많이 좋아하게 될까 봐."

"지금도 무서워?"

"모르겠어요. 많이 행복하고 좋아요. 그런데 가끔 무섭기도 해요. 이러다가 한순간에 모든 게 사라지면 어쩌지? 그런 생각이 들어요. 그런데…… 대장이 그랬잖아요. 안 죽을 거라고, 내 옆에 있어 줄 거라고."

"그랬지."

"참 이상해요. 대장이 그렇게 말하면, 정말 그럴 거라는 생각이 들어요."

"정말 그럴 거야. 나는 약속을 지키는 남자니까."

"응, 꼭 그랬으면 좋겠어요."

둘은 손을 꼭 잡고 나란히 서서 새까만 바다를 응시했다.

강한은 이런 순간에야말로 프러포즈를 해야 하는 게 아닐까 싶었지만, 꾹 참았다.

사실은 강한이 '이런 순간'이라고 생각할 만한 때가 많이 있었다. 아니, 사실은 항상 그랬다.

가을을 볼 때마다 '같이 살자.'라는 말과 '결혼하자.'라는 말이 튀어나오려고 했다.

사람의 욕심은 끝이 없다고, 이제 사귀기 시작했는데 그보다 더 많은 걸 원하게 된다.

―미쳤어? 가을이, 지금 28살이야. 딱 좋은 나이라고!

가을과 결혼하고 싶다는 말을 하자, 지영은 모질게 비난을 했다.

―대장 마음 급한 건 알겠는데, 거기에 가을이를 끌어들이지는 마. 가을이, 힘들게 살다가 이제야 사는 게 즐겁다는 걸 알아가고 있는 애야. 좀 더 하고 싶은 걸 많이 하고, 즐기게 놔둬. 그리고! 가을이는 예쁘고 사랑스러워. 세상에 남자가 얼마나 많은데, 대장 한 명 사귀고 결혼이야, 결혼은? 미쳤어?

그게 문제였다.

가을은 예쁘고 사랑스러웠다.

그리고 세상에 남자는 많고 많았다.

가을의 인생에 스쳐 지나가는 남자 중 한 명이 되고 싶진 않았다.

사내놈들이 가을을 흘긋흘긋 쳐다보는 것도 마음에 들지 않았다.

얘는 내 거야.

그렇게 외치고 싶은 순간이 여러 번 있었다.

'나도 진짜 욕심이 많군.'

하나를 얻을 때마다 만족하는 게 아니라, 하나를 더 원하게 된다.

오롯이 가을에게만 그랬다.

가을의 어디까지 얻어야, 이 갈증이 채워질까.

"가을아."

"네?"

"나랑 너는 연인이야."

"네, 그렇죠."

"우리, 이제 슬슬 호칭을 바꿔야 하지 않을까?"

강한의 조심스러운 제안에 가을은 긴장했다.

"어, 어떤 거로 바꾸고 싶으세요?"

"우선 말을 좀 놔. 언제까지 그렇게 꼬박꼬박 존댓말을 할 거야?"

"알겠어. 놓을게."

말을 놓는 건 어렵지 않았다.

가을이 너무 쉽게 놓자, 오히려 강한이 당황했다.

"아니, 너무 그렇게 딱 잘라 놓지는 말고."

"놓으면 놓는 거고, 말면 마는 거지. 그리고? 또 뭘 원해?"

"……너, 반말 쓰니까 묘하게 건방지다?"

"뭐야? 나한테 대우받고 싶은 거였어?"

"아니, 대우야 내가 너한테 해 줘야지."

강한의 말에 가을이 환하게 웃었다.

강한은 그녀가 고른 이를 보이며 웃을 때가 좋았다.

그렇게 웃을 때면, 그녀는 정말이지 반짝반짝 빛이 났다.

"대장도 당황할 때가 있긴 하네요."

"뭐야? 말 안 놓는 거야?"

"당연히 안 놓죠. 장난친 거예요."

"놔도 돼."

"딱 잘라 놓지는 말라면서요. 그리고 나도 이게 편해요. 천천히
바꿀게요."

"그래, 그럼…… 호칭은?"

"뭐라고 불러 줬으면 좋겠어요?"

"넌 뭐라고 부르고 싶은데?"

"아저씨?"

눈을 가늘게 뜨고 묻는 가을의 모습에, 강한은 그만 웃음을 터뜨
렸다.

마음을 열고 사랑을 하는 가을은, 예쁘고 귀여운 악마 같았다.

아주 이 마음을 들었다 놨다 한다.

"너, 날 다른 호칭으로 부를 생각이 없는 거구나?"

"네, 사실은…… 나도 고민을 많이 했는데…… 으아, 이상하잖아
요. 갑자기 대장을 다르게 부르는 거. 나한테 대장은 처음부터 계속
대장이었는데."

"나도 태어날 때부터 대장은 아니었어."

"그럼 태어날 땐 뭐였는데요?"

"아기였지! 갓난아기!"

"아, 네."

바보 같은 대화를 투닥투닥 나누다 보니, 어느덧 동이 트기 시작했다.

새까만 바다 끝 수평선에 오렌지빛 선이 가늘게 생기는가 싶더니, 서서히 번져 어느새 해가 두둥실 떠올랐다.

"우와. 나, 해 뜨는 거 처음 봐요."

"그래?"

"대장은 본 적 있어요?"

"응, 가끔. 바다는 일하러 자주 왔으니까."

"아쉽다. 대장은 나랑 처음인 거 하나도 없죠? 난 대장이랑 처음인 거 진짜 많은데."

"나는 사랑이 처음이야."

"아……."

"네가 내 첫사랑이야."

"그건 나도 그래요."

"한 여자가 반짝반짝 빛이 나는 것처럼 보인 것도, 너무 사랑스러워서 깨물어 주고 싶어지는 것도, 그녀를 위해 뭐든 할 수 있다는 생각이 드는 것도, 그녀와 함께라면 노후에 실버타운에 안 들어가도 된다는 생각이 든 것도, 전부 처음이야."

"그놈의 실버타운."

가을은 웃었다.

강한은 허리를 굽혀 그녀의 이마에 자신의 이마를 살짝 댔다.

"그래서 나는 너와 함께 하는 모든 순간이 처음처럼 새로워. 나 혼자 봤던 광경보다 너와 함께 보는 모든 것이 더 찬란해."

이처럼 달콤한 사랑 고백이 있을까.

그가 하는 모든 말들이 가을의 가슴을 따스하게 채웠다.

한때는 텅 비었던 가슴에, 이제는 많은 것이 담겨 있었다.

앞으로 더 많은 것들이 담기고, 넘치고, 흐르리라는 것을, 그와 함께 있으면 확신할 수 있었다.

몇 시간을 함께 있었지만 헤어짐이 아쉬웠다.

강한은 인혜와 약속이 있어서 다시 서울로 올라가 봐야 한다고 했다.

"다들 안 보고 가요?"

"허구한 날 보는 얼굴들인데, 뭐. 널 보러 온 거였어."

"피곤하겠다."

"널 못 보는 게 더 피곤하지."

"오늘은 안 와도 돼요. 서울 올라가서 봐요."

"뭐야? 널 볼 수 있는 기회를 박탈하려는 거야?"

"네, 박탈하려고요. 그러니까 오늘은 일 끝나면 집에 들어가서 나랑 영상 통화하고, 침대에 누워서 푹 자요."

가을이 단호하게 말했다.

강한은 가을의 그런 모습마저 사랑스러워 죽겠다는 듯 내려다봤다.

"알겠어. 이따 연락할게. 들어가서 자."

"네, 조심해서 가요."

숙소 앞에서 헤어졌지만, 가을은 들어가지 않고 그의 뒷모습을 지켜봤다.

마음 같아서는 그를 잡고 싶었다.

아무리 이유가 있대도, 내 남자가 다른 여자와 만나야만 하는 상황이 싫었다.

'내 남자라니.'

문득 자신이 한 생각에 놀랐다.

'우와, 나도 이런 생각을 하는구나.'

가을에게는 하나하나 전부가 새로웠다.

살아가는 즐거움을 알려 준 건, 다름 아닌 강한이었다.

그러니까 조금 싫더라도, 그의 과거를 청산하기 위해 조용히 지켜봐야만 하는 거겠지.

그때, 저 멀리 걸어가던 강한이 갑자기 돌아서서 가을을 향해 달려왔다.

"뭐 놔두고 갔어요?"

깜짝 놀라 묻는 가을을, 강한은 꼭 끌어안았다.

"널 두고 갔잖아."

"……네에."

"하아. 두고 가기 싫다. 작게 만들어서 호주머니에 넣고 다니고 싶어."

"날 작게 만들면 키스할 수가 없을 텐데요."

"아, 그러네. 그냥 나랑 같이 서울에 갈래? 여기 일은 다른 녀석들한테 맡기고."

"됐어요. 어떻게 그래요? 얼른 가요."

가을이 등을 떠밀자, 강한은 울 것 같은 표정으로 돌아서서 걸었다.

가다가 뛰어오고, 가다가 뛰어오기를 여러 번 한 후에야, 강한은 진짜로 돌아갔다.

그 모습을 창문으로 지켜보던 연진은, 깊은 한숨을 내쉬며 중얼거렸다.

"내가 무슨 영광을 누리자고 일찍 일어나서 저 꼴을 보나. 징그럽다, 징그러워."

*　　*　　*

한숨도 자지 못했지만, 가을과 바다 데이트를 해서 그런지 피곤하진 않았다.

하지만 심부름센터 앞에서 기다리는 인혜를 보니, 갑자기 피로가 몰려왔다.

오늘 가려는 곳에서 만나자고 했지만, 인혜는 굳이 심부름센터 앞을 약속 장소로 정했다.

―나는 조금이라도 더 너랑 같이 있고 싶은데?

어제 인혜는 그렇게 말했다.

"표정 좋아 보이네. 좋은 일이라도 있나 봐?"

강한을 본 인혜가 비아냥거리듯 물었다.

강한은 대답하지 않았다. 어떤 대답을 내놓은들 그녀는 만족하지 않을 것이 분명했다.

"좋겠다, 넌. 살아가면서 좋은 일, 나쁜 일, 다 경험할 수 있어서. 우리 인수도 그렇게 많은 걸 누렸어야 했는데."

"……."

"또 아무 말도 안 하네. 내가 많이 성가셔?"

"아니."

"그럼 대답 좀 해."

"내 대답이 널 기분 좋게 만들어 줄까?"

"그럴 리가 없지."

"그럼 안 할래."

인혜가 입을 꽉 다물고 강한을 쏘아봤다.

"불쾌한 씨. 아침부터 데이트…… 어? 가을이 누나가 아니네요."

파란 추리닝을 입고 가던 동네 소년 한 명이, 강한에게 말을 걸었다.

"어, 가을이는 일 때문에 멀리 가 있다."

"뭐야, 재미없게. 형, 지금 바람피우는 거예요? 가을이 누나한테 이를 거예요."

"까불지 말고 가라. 안 그러면 오늘 땡땡이친 거, 너네 학교 선생님한테 이를 거다."

"에이씨. 아파서 쉬는 거거든요."

"아프다는 놈이 겜방이나 가냐?"

"헉! 저 겜방 가는 거 어떻게 알았어요?"

"내가 모르는 게 어디 있어? 얼른 가. 귀찮게 하지 말고."

"바람피우지 마요, 불쾌한 씨. 진짜 이를 거니까."

"가라고."

소년이 낄낄거리며 걸어갔다.

인혜는 불만스럽게 그 모습을 지켜봤다.

"동네에서 아주 인기가 좋은가 봐?"

"여러 가지 심부름을 하고 있으니까."

"아, 그러고 보니 심부름센터를 하지? 왜 이런 걸 하는 거야?"

"돈을 벌려고."

"돈 벌어서 뭐하게?"

"실버타운에 들어가게."

강한의 대답에, 인혜는 농담을 하는 건가 싶어 강한을 가만히 지켜봤다.

농담을 하는 것 같지는 않았다.

"하여간 가자."

인혜가 먼저 걸음을 옮겼고, 강한은 한 발 뒤에서 인혜를 따라 걸었다.

강한을 만나고, 그를 비난하면 기분이 나아질 줄 알았다. 그를 고통스럽게 만들고 싶었다.

내 동생을 죽게 만드는 그가 원망스러웠다.

하지만 기분은 전혀 나아지지 않았다.

그는 어떤 말을 해도 같은 표정을 유지했다. 살짝 찡그린, 기분이 안 좋은 듯한 표정.

그럼에도 그는 행복해 보였다.

많은 사람들이 그를 알고, 그를 좋아했다.

손을 꼭 잡고 쇼핑을 다니는 연인도 있었다.

나는 이렇게 불행한데, 그는 행복해 보였다.

나는 이렇게 고통스러운데, 그는 즐거워 보였다.

인혜가 던지는 날카로운 독설에도, 그는 흔들림이 없었다. 그만큼 그를 지탱해 주는 사람이 많아서이리라.

'나는 하나도 없는데.'

인혜는 운전을 하는 내내 멈추지 않고 그를 비난했지만, 그는 아무 대답도 하지 않았다.

그를 향해 던진 날카로운 말들은 강한에게 닿지 못한 채 되돌아와 인혜의 심장을 찔러댔다.

이게 무슨 의미가 있을까 싶었지만, 멈출 수가 없었다.

이렇게라도 하지 않으면, 내가 너무 힘드니까.

인혜는 인수와 함께 다녔던 초등학교 앞에 차를 세웠다.

체육 시간인지, 아이들이 운동장에 나와서 뛰놀고 있었다.

"우린 이 학교에 다녔어. 나는 인수보다 2살 많았으니까, 한동안 같이 다녔지. 인수는 공부를 잘하진 못했지만, 그림은 정말 잘 그렸어. 상도 많이 받았고, 복도에 인수가 그린 그림이 전시되기도 했어."

강한은 여전히 대답이 없었다.

"이때부터 화가가 되고 싶다고 했었는데. 네가 찍은 그 사진만 아니었어도, 우리 인수는 여전히 살아 있을 텐데."

인혜는 강한을 데리고 학교 안쪽으로 들어갔다.

"인수는 여기 앉아서 그림을 그리는 일이 많았어. 남자애가 그림을 그리다 보니, 가끔 괴롭힘을 당하기도 했지만, 항상 내가 도와줬지. 나랑 인수는 정말 친했거든."

그때의 일들이 하나하나 떠올랐다.

―누나, 고마워.

해맑게 웃던 인수의 얼굴도 생생하게 그려졌다.

강한에게 죄책감을 느끼게 해 주고 싶어서 시작한 추억 여행이 오히려 인혜를 고통스럽게 만들었다.

동생의 흔적이 여기저기에 남아 있었다.

몇 시간 동안 잠자코 인혜의 말을 듣던 강한이, 4시가 넘어가자 말했다.

"이제 돌아가야 할 시간이야."

강한은 오후 5시까지만 시간을 내줄 수 있다고 말했다.

"그 시간은 정말 잘도 지키는구나? 넌 내 동생에 대한 죄책감도 안 느끼니? 너 때문에 죽은 내 동생한테 미안하고 부끄럽지도 않아?"

"나는."

강한은 입을 열었다가 다물었다.

잠시 생각을 고른 강한이 다시 입을 열었다.

"나는 나를 기다리는 사람이 있어. 너도 그럴 거야."

"아니, 안 그래. 나는 날 기다려 주는 사람이 없어. 인수가 죽고 나서, 엄마랑 아빠는 매일 싸웠고, 결국 이혼을 했거든. 엄마랑 아빠는 인수뿐이었어. 그림 잘 그리고 상도 타 오는 아들뿐이었어. 그래서 날 기다려 주는 사람은!"

언성이 높아졌다는 걸 깨달았다.

너무 흥분했다.

인혜는 말을 멈췄다.

강한은 착잡한 표정으로 인혜를 내려다보고 있었다.

"됐어. 가. 안 데려다줄 거야."

"그래, 들어가."

"내일도 만나. 11시에."

"그래."

강한이 돌아섰다.

인혜는 이를 악물고 돌아가는 그의 모습을 지켜봤다.

참고 있던 눈물이 흘러내렸다.

힘든 하루를 끝내고 돌아왔다.

오늘은 어제보다 일이 더 많았다.

강한과 있느라 잠도 제대로 못 자서, 가을은 완전히 녹초가 되었다.

샤워를 하자마자 방에 드러누웠는데, 기다렸다는 듯 강한에게
영상 통화가 걸려 왔다.

"대장."

[피곤해 보이네.]

"으으, 오늘 일이 진짜 많았어요."

[고생했어.]

강한이 손을 뻗어 가을의 머리를 쓰다듬는 시늉을 했다.

"아, 좋다."

그의 손길을 상상했다.

따뜻하고 다정한 손길.

"대장은 어땠어요? 오늘, 괜찮았어요?"

[응, 괜찮았어.]

"어때요? 언제까지 그래야 할 것 같아요?"

[잘 모르겠어. 어떻게 해야 정인혜의 마음이 풀릴지 모르겠어.]

"내가 뭔가 도움이 될 수 있으면 좋을 텐데."

[넌 거기서 그냥 웃고 있어. 그게 큰 도움이 돼.]

"알겠어요, 그럼. 웃을게요."

히이, 하고 웃는데 방문이 열리고 지영이 들어왔다.

"가을, 뭐해? 어? 뭐야? 영상 통화? 대장이야? 대장 놈이야?"

지영이 가을의 휴대폰을 빼앗아 들고 거실로 나갔다.

"다들 모여! 대장 놈에게 영상 통화가 걸려 왔어!"

지영의 외침에 모두가 거실로 나왔다.

가을도 일어났다.

"야, 대장! 이거 진짜 너무한 거 아냐? 완전 사기꾼이야!"

"맞아요, 대장. 일이 진짜 많은데 이게 뭡니까? 힘들어 죽겠어요! 대장 몫까지 우리가 해야 한다고요!"

"우강한, 실망이다."

[됐으니까 가을이 좀 바꿔. 나, 피곤하다.]

"피곤? 피이이고오오온? 여러분, 지금 서울에서 편안히 에어컨 바람을 쐬는, 우리의 대장님께서 피곤하다 하십니다. 이거 참 큰일이지요?"

지영이 마음껏 비아냥거렸다.

"큰일이네요, 정말. 대장이 피곤하다니. 우리는 바다에서 탱자탱자 일하고 있는데, 에어컨 쐬며 열심히 드러누워 있는 게 쉬운 건 아니니까요. 많이 피곤하실 겁니다."

"우강한, 앞으로 너랑 나는 적이다."

파업을 하겠다고 항의하는 직원들을 한동안 달래 준 끝에야, 강한은 가을과의 통화를 계속할 수 있었다.

휴대폰을 들고 밖으로 나온 가을은, 펜션에 들어오는 계단에 앉아 강한과 대화를 했다.

항상 그렇듯 주제가 이리저리 튀는 대화였지만 즐거웠다.

밤을 지새워도 좋을 것 같았지만, 어젯밤 잠을 못 잔 강한이 걱정이 돼서 통화를 끝냈다.

어쩐지 기분이 들떠서 들어가고 싶지 않았다.

어제처럼 강한과 함께 해변을 걷고 싶었다.

'나중에 같이 놀러 오자고 해야지. 그때는 단둘이.'

앉아서 하늘을 올려다보고 있는데, 아래로 내려온 성희가 가을의 옆에 앉았다.

"너무 안 들어와서 서울 올라갔나 했다."

"아하하. 난 대장이 아니잖아요. 여러분을 배신하지 않습니다."

"그래, 나쁜 거 배우지 마라."

"형님, 우리 좀 걸을래요? 어제 대장이랑 밤에 해변을 걸었는데 좋더라고요."

"걸으면서 셀카 찍어서 우강한한테 보내자. 질투할 테니까."

"에이, 형님이랑 그러는 거로 질투할까요?"

"하지. 기억나? 예전에 우강한이 너랑 나랑 결혼하라고 닦달했던 거."

"아아, 맞아. 그런 적이 있었죠. 대체 왜 그랬던 거래요? 난 대장 진짜 이상한 사람인 줄 알았어요."

"네가 사랑하는 사람이 생기면 살아가고 싶어질 거라고 생각했었나 봐."

"아, 그렇구나."

"그래 놓고선 얼마나 질투를, 질투를 하던지."

"그때, 질투를 했다고요?"

"응. 그때도 강한이는 널 좋아했으니까."

"말도 안 돼."

"강한이가 말 안 해 줬어? 언제부터 널 좋아했는지."

"아, 물론 처음부터 참 좋았다고 하긴 했는데…… 그냥 하는 소리인 줄 알았죠."

"걔는 그냥 하는 소리는 안 해."

"그렇긴 하지만…… 그래도."

"넌 언제부터 강한이가 좋았는데?"

"솔직히…… 처음부터는 아니에요. 무섭고 이상한 사람이라고 생각했거든요."

"이상한 놈이긴 하지."

"그냥 어느 순간 정신을 차렸더니, 좋아하고 있더라고요. 처음에는 사랑인 줄도 몰랐는데, 리성이가 그랬어요. 누나, 그 남자 사랑하는구나, 하고. 그래서……."

가을은 말을 멈췄다.

진리성의 이름을 아주 자연스럽게 말했다.

그러기까지 더 오래 걸릴 줄 알았는데, 리성의 이름을 말하는 게 이젠 고통스럽고 역겹지 않았다.

"어쨌든 대장 생각이 맞긴 했네요. 대장 덕분에 나는 살고 싶어 졌으니까."

"다행이다."

"그러고 보니, 형님한테 감사 인사도 제대로 못 했네요. 정말 많이 도와주셨는데."

"도와주긴. 강한이가 다 했지."

"에이, 그렇지 않잖아요. 형님도, 캡도, 미호도. 다들 내 옆에 있어 주고, 내 감정을 함께 공유해 줬잖아요. 있잖아요, 형님. 내가 가을 심부름센터에 가기 전에, 나는 항상 저런 곳에 살고 있었어요."

가을이 바다를 가리켰다.

빛 한 점 없는 새까만 바다.

"정말 저랬어요. 눈을 떠도 감아도, 사람들과 함께 있어도, 항상 저랬어요. 집에 들어가면요. '다녀왔니?', '수고했어.' 그렇게 말해 주는 사람도 없었어요. 그냥 저렇게 새까맣고 아무것도 없는 곳이었어요. 내 눈앞에 펼쳐진 세상은."

정말로 그랬다.

"가을 심부름센터에 다니고부터, 불미스러운 이유로 다니게 되긴 했지만. 다들 인사를 해 주더라고요. 왔어? 다녀왔어? 고생했어. 밥 먹었어? 뭐해? 내가 들어갔을 때, 누군가 그렇게 맞이해 준다는 게, 정말 눈물 나도록 감격스러웠어요. 그래서 나는 가을 심부름센터가 참 좋고, 형님도, 캡도, 미호도 참 좋아요."

"나도 네가 좋아. 아, 이런 말한 거 강한이한테 말하지 마라. 그놈, 너무 질투가 많고 집요하니까."

성희와 가을은 비밀을 주고받는 사람들처럼, 서로를 마주 보고 씩 웃었다.

"있죠, 오늘 아침에 대장이랑 같이 해가 뜨는 걸 봤어요. 이렇게 새까만 바다가 순식간에 밝아지더라고요. 그걸 보면서 생각했어요. 아, 앞으로 내 인생도 저렇겠구나. 더없이 어두웠지만, 저렇게 밝아지겠구나. 그래서요. 대장도, 형님도, 미호랑 캡도. 다들 그랬으면 좋겠어요."

"그럴 거야. 내가 웃으면 네가 좋아하는 것처럼, 네가 웃으면 우리도 좋으니까."

가을은 눈가가 시큰해졌다.

이제 이런 일로 일일이 감동받지 않을 줄 알았는데, 아니었다.

역시나 그들의 애정은 큰 감동이었다.

가족이 있었으면 좋겠다고 생각했다.

친척들의 행복한 모습을 볼 때마다, 함께 떠들어대고 무슨 일이 있어도 편이 되어주는 모습을 볼 때마다, 내게도 저런 존재가 있었으면 좋겠다고 생각했다.

하지만 혼자 살아남은 자신에게 외로움조차 사치라고 생각해 왔다.

그 끝에, 이토록 다정한 가족들을 만나게 될 줄은 몰랐다.

"엄마랑 아빠가 살아 계셨더라면 좋을 뻔했어요. 그러면 나 참 좋은 사람들을 만났다고, 그래서 지금 참 좋다고 얘기했을 텐데."

성희가 가을의 머리 위에 살짝 손을 얹었다.

"얘기하면 되지. 나중에 다 같이 산소에 가자. 가서 소개시켜 줘."

＊　　　＊　　　＊

인혜가 강한과 함께 다닌 지도 열흘이 지났다.

더 이상 인수의 추억이 깃든 장소도 찾아볼 수가 없었다.

강한은 여전히 대화를 하려고 하지 않았고, 인혜의 기분은 조금도 나아지지 않았다. 아니, 더 안 좋아졌다.

어떻게든 강한이 불행해진 모습을 보고 싶었다. 그가 나보다 더 불행하고 힘들었으면 좋겠다.

인혜는 가을이 일하는 커피숍 앞에 서서 안을 들여다봤다.

가을이 사장으로 보이는 여자와 대화를 주고받는 모습이 보였다.

강한의 사랑을 받아서일까.

그녀는 무척이나 행복해 보였다.

나는 이런 어둠 속에 홀로 있는데, 강한도, 그의 주위 사람들도 다들 행복해 보인다.

인혜는 문을 열고 안으로 들어갔다.

딸랑―

"어서……."

문으로 고개를 돌리며 인사하던 가을이 인혜를 알아본 듯 입을 다물었다.

"나, 알죠?"

인혜는 이리저리 재볼 여유가 없었다.

"네, 알아요."

"일하는 시간에 찾아와서 미안하긴 한데, 얘기 좀 할 수 있어요?"

가을이 사장을 돌아봤다.

사장은 괜찮다는 듯 고개를 끄덕였다.

"밖에, 나갈까요?"

가을이 물었다.

"아뇨, 여기서요."

인혜가 테이블을 가리켰다.

"그럼 내가 자리 비켜 줄까요?"

사장이 물었다.

"아뇨, 그러지 않아도 돼요."

인혜가 대답했다.

사장은 괜찮겠냐는 듯 가을을 돌아봤고, 가을도 "저도 괜찮아
요."라고 말했다.

언제까지 괜찮을까?

인혜는 그런 생각을 하며 입을 열었다.

"강한이에 대해 말하려고 왔어요."

"네, 그럴 것 같았어요."

"당신, 강한이가 어떤 사람인 줄은 알아요?"

"네, 알아요."

"당신이 아는 그 모습 말고요."

"강한 씨가 W라는 거요."

"그래요. 그거 알아요? W가 찍은 사진 때문에 많은 사람들이 자
살했던 거."

"네, 들었어요. 하지만 전 그게 사진 때문이라고 생각하지 않아요."

"남의 일이니까 그렇겠죠."

"아뇨, 정말로 그렇게 생각해요. 그냥 괴담일 뿐이죠. 글루미 선
데이 때처럼."

"내 동생은 유서에 써 놨어요. W의 사진을 보고 나서 삶의 의미
를 잃었다고, 죽고 싶어졌다고. 그래서 죽는다고."

"그래도 제 대답은 마찬가지예요. W의 사진이 정인혜 씨의 동생
을 죽인 게 아니에요. 만약 강한 씨가 사진에 불을 붙여서 불을 지
르거나, 그 사진으로 때렸거나, 그랬더라면 그건 W의 사진이 동생
분을 죽인 거겠죠. 하지만 동생분은 자살했어요."

"그 자살이 W의 사진 탓이라고요!"

인혜는 말이 통하지 않아 답답했다.

"아뇨. 자살은 결국 본인의 자신의 문제예요. 강한 씨가 말이나 행동으로 정인혜 씨의 동생분에게 직접 상처를 준 게 아니라면, 강한 씨 탓이 아닌 거예요."

"하?"

가을이 이런 식으로 나올 줄은 몰랐다.

인혜는 기가 막혔다.

"당신도 가족을 잃어 봤잖아요. 그런데도 그런 말이 나와요? 당신도 소년 A 때문에 가족을 잃었는데? 당신도 소년 A를 원망하지 않았어요?"

"그것과 다른 상황이죠."

"뭐가 다르다는 거죠?"

"소년 A는 직접 불을 질렀어요. 그리고…… 그래요, 소년 A를 원망했어요. 그래서 나도 죽고 싶었어요. 죽으려고도 했어요. 외롭고 힘들었거든요. 정말 고통스러웠거든요. 정인혜 씨. 저는 제가 죽고 싶어 본 적이 있기 때문에 이렇게 말할 수 있는 거예요. 결국 제 마음의 문제라고."

"그럼 내 동생 마음이 나약해서 자살했다, 그 말인가요?"

"아니요. 자살하는 사람을 비난하지 않아요. 차라리 죽는 게 나은 삶은 분명히 있으니까요. 살아가면 좋은 일이 생길 거야, 그런 말도, 힘든 순간에는 다 헛소리로만 들리거든요. 그저 선택의 문제죠. 저는 스스로 죽는 것과 살아가는 것 중 살아가는 것을 택했어요. 하지만 강한 씨를 만나지 못했다면 죽었을지도 모르겠어요."

"……."

"소년 A를 원망해요. 그 애가 끔찍이 싫어요. 하지만 그 애가 내 가족을 죽인 것과 내가 죽고 싶었던 건 다른 문제였어요. 항상. 내가 스스로 목숨을 끊었다면, 그건 소년 A의 잘못이 아니죠. 나는 삶도, 죽음도 내 스스로 선택할 수 있었으니까요."

인혜는 주먹을 꽉 쥐었다.

"인정하기 싫으신 것 알아요. 누구든 비난하고 싶을 만큼 슬프신 것도 알아요."

가을이 인혜를 응시하며 말했다.

가을이 '안다.'고 말하는 건, 다른 사람들이 말하는 것과 의미가 달랐다.

가을은 정말로 알았다.

그녀도 가족을 잃었으니까. 한 명이 아니라, 모두를 잃었으니까.

그녀는 정말로 알고 있으리라. 가족을 잃은 슬픔과 고통을.

그래서 인혜는 반박할 수가 없었다.

"하지만 정인혜 씨. 정인혜 씨의 동생분은 스스로 목숨을 끊었어요. 그건 사진 때문도, W 때문도 아니에요. 그저 살아가기가 싫었을 뿐인 거예요. W는 그 사진으로 동생분을 괴롭힌 적 없어요. 그 걸로 동생분을 조롱한 적도 없고요. 그저 동생분이 스스로 전시회에 왔고, 사진을 봤고, 자신의 재능을 탓했고, 죽고 싶다고 생각한 것뿐."

"……."

"그렇다는 걸, 정인혜 씨도 알고 계시잖아요."

인혜는 대답하지 않고 벌떡 일어났다.

더는 가을의 말을 듣고 싶지 않았다.

사실은 알고 있었다.

강한의 탓이 아니라는 걸. 그가 찍은 사진 때문이 아니라는 걸.

사실은.

사실은!

문을 열고 도망치듯 나오던 인혜의 앞을 누군가 가로막았다.

강한이었다.

언제부터 여기 있었던 걸까?

인혜는 눈물을 흘리며 강한을 올려다봤다.

그 어떤 말을 해도 표정의 변화가 없던 그의 무심한 얼굴에, 걱정이 담겨 있었다.

인혜는 그의 멱살을 잡았다.

그는 인혜를 뿌리치지 않았다.

인혜는 강한의 멱살을 잡은 채 눈물을 흘리며 말했다.

"알아, 나도. 너 때문이 아닌 거. 내 동생은 너 때문에 죽은 게 아니야. 내 동생은, 나 때문에 죽었어."

인혜가 강한을 마지막으로 데리고 간 곳은, 인수가 다니고 싶어 했던 대학이었다.

인혜는 이곳에 오는 내내 펑펑 울었지만, 대학 앞에 도착하자 눈물을 멈췄다.

"우리 부모님은 내 동생의 실력을 과대평가했어. 부유한 집안도 아닌데, 동생을 위해 정말 돈을 많이 쏟았지. 알지? 미술 하는데 돈 많이 드는 거. 좋은 과외 선생을 붙여 주고, 학원도 다니게 하고. 내 동생은 그림을 잘 그렸지만, 그림을 잘 그리는 무수히 많은 사람들 속에서는 평범한 수준이었어. 하지만 내 동생도, 우리 부모님도 그걸 인정하지 못했지."

인수는 유학을 보내 달라고 했다.

"없는 돈으로 유학까지 보냈어. 네가 살던 나라로. 일 한 번 하지 않고 펑펑 돈을 쓰는 동생이 미웠어. 나는 용돈도 거의 못 받고, 가끔은 급식비도 못 내고. 그렇게 지내는데 내 동생은 정말…… 남부럽지 않게 살았을 거야. 자기 부모님과 누나가 얼마나 허리띠를 졸라매는지도 모르고."

수학여행을 가야 하는데, 부모님은 수학여행비가 없다고 가지 말라고 했다.

"화가 났지. 동생은 미국까지 보내 놓고, 나는 수학여행 하나 못 보내 주다니. 고작해야 경주에 가는 건데. 제주도도 아니고 경주에 가는 건데. 나는 화가 나서 인수한테 전화를 걸었고, 화를 냈어."

너는 실력도 없어. 너 때문에 우리가 얼마나 힘든 줄 알아? 포기해. 넌 재능 없어. 너보다 잘 그리는 사람들이 넘치고 넘쳐. 네가 그 속에서 살아남을 것 같아? 지금도 대단한 점수도 못 받고 있잖아. 상 하나도 못 탔잖아.

넌 그림으로 성공하지 못할 거야. 너 때문에 우리만 힘들어. 주위 사람들이 너에 대해 물어볼 때마다, 엄마 아빠는 거짓말을 해. 우리 아들이 대단한 상 받았다고, 좋은 점수 받았다고. 너, 이러면서도 계속 그림을 그리고 싶니?

"인수는 대답하지 않았어. 어쩌면 울었는지도 몰라. 그리고 며칠 후에…… 그래, 인수는 나 때문에 죽은 거야."

나 때문에 죽은 거다.

부모님에게는 인수와 그런 통화를 했다는 말도 하지 못했다.

부모님은 매일 싸웠다. 엄마와 아빠는 서로를 탓했다. 당신이 돈을 못 벌어 와서야, 당신이 잘 챙겨 주지 못해서야.

그러다가 이혼을 했다.

둘 다 아들을 잃은 슬픔에 딸은 안중에도 없었다.

"나는 엄마랑 살았어. 엄마는 아직도 인수 얘기를 해. 인수가 살아 있었다면 이랬을 거다, 저랬을 거다."

"……."

"나는 곧 결혼을 해. 올겨울에."

"아, 그래? 축하해."

강한의 말에 인혜가 힘없이 웃었다.

"엄마한테 결혼하고 싶은 사람이 생겼다고 했더니, 엄마가 그러더라. 우리 인수가 살아 있었다면, 지금쯤 애가 둘은 됐을 거라고."

"안 그랬을 거야. 나도 애 하나 없는데."

이번엔 인혜가 조금 더 밝게 웃었다.

"우습다, 진짜. 널 만나서 화를 풀 생각을 하다니. 아직까지도 인수만 생각하는 엄마가 미워서 화가 났는데, 네 사진을 봤어. 네 모습을 보니까 갑자기 화가 치밀더라."

"그런 소리 자주 들어. 구타유발자라더라."

인혜가 두 손으로 얼굴을 감싸고 주저앉았다.

"그렇게 상냥하게 말하지 마. 난 널 비난했어. 네 잘못도 아닌데, 계속 네 탓만 했어. 내 죄책감에서 벗어나려고, 널 괴롭혔어."

"별로 안 괴로웠어."

강한도 인혜의 앞에 쭈그리고 앉았다.

"그 사건이 있고 나서, 나는 항상 내 탓이라고 생각하면서 지냈어. 내가 그런 사진을 찍은 탓에 사람들이 자살을 했고, 그래서 나는 아무도 행복하게 만들어 줄 수 없을 거라고 생각했지. 나는 십수 년간, 웃지 못했어. 웃을 수가 없었어."

"항상 그런 표정이야?"

"응. 하지만 나는 이제 가을이를 보면 웃어."

"그래?"

"응. 가을이는 내 탓이 아니라고 했어. 난 가을이 말을 믿어. 그 애가 날 믿는 것처럼."

"그래, 좋겠다."

"넌 곧 결혼한다며?"

"내 남편 될 사람은 이 일을 몰라. 알면 날 경멸할 거야."

"아니, 안 그럴 거야. 말해 봐. 그러면 그 사람도 말해 줄 거야. 네 탓이 아니라고. 그러고 나면 너도 진심으로 웃을 수 있게 될 거야."

"정말 그럴까?"

"나는 네 동생의 일이 내 탓도, 네 탓도 아니라고 생각해. 나도 이렇게 생각하는데, 너랑 평생 살 결심을 한 사람이 이렇게 생각하지 않을 리가 없잖아."

"만약 경멸하면?"

"그땐 걷어차. 평생을 맡길 만한 놈이 못 되니까."

"아하하. 그게 뭐야?"

"나는 괜한 소리 안 해. 날 믿어 봐. 내가 벗어난 것처럼, 너도 벗어날 수 있을 거야."

"내 자신이 너무 한심하다. 정말 너한테 무슨 짓을 한 걸까? 나, 미쳤었나 봐."

정신을 차리고 나니, 인혜는 자신이 한 짓이 얼마나 부끄러운 짓인지 깨달았다.

"그럴 수 있어. 인간은 가끔 미치고 싶을 때가 있거든. 그럴 땐 살짝 미쳐 주기도 해야, 진짜로 미치질 않아."

"이상한 논리네."

인혜가 일어났다.

"너한테 미안해. 최가을 씨한테는…… 미안하고 고맙다고 말해 줘. 최가을 씨도 많이 힘들 텐데, 내가 괜히 상처를 헤집은 것 같아."

강한도 일어나서 인혜를 마주 보고 섰다.

"그럼 우리 여행의 종착역은 여기인 거야?"

"응. 그동안 고마웠어."

"정말 고마우면 하나만 알려 주고 가."

"뭘?"

"네 남편 될 사람, 너한테 어떻게 프러포즈했어?"

강한은 먼저 돌아갔다.

이제는 돌아서는 그의 뒷모습을 봐도 화가 나지 않았다.

맥이 빠진 기분이었다.

인혜는 동생이 다니고 싶어 했던 대학 정문을 응시했다.

동생이 미웠다.

부모님의 관심과 사랑을 다 가지고 간 동생이 미웠다.

하지만.

'사실은 싫지 않았어.'

강한과 동생의 자취를 밟아가는 동안 깨달았다.

사실은 동생을 사랑했음을. 그래서 이토록 죄책감이 들고 슬프다는 것을.

언젠가 인혜의 남편 될 사람이 그 일을 알게 되고, "그런 건 누나 동생 간에 항상 있는 싸움이잖아. 나는 우리 누나한테 더한 소리도 들어 봤어. 나가 죽으래. 물론 난 꿋꿋이 살아남았지만."이라는 말을 해 주지만, 그건 훗날의 이야기.

지금 인혜는 그저 동생이 해맑게 웃던 얼굴만을 떠올렸다.

―누나, 고마워.

*   *   *

연진과 가을, 성희는 컴퓨터 앞에 모여 있었다.

지영은 잠깐 관심을 보이다가 재미없다고 거실 소파로 돌아가

누워 있었다.

"이런 곳은 어때요?"

연진이 서울 번화가의 어느 빌딩을 클릭하며 물었다.

그들은 시간을 때울 겸 부동산 사이트에 들어가, 나중에 가을이 사진관을 열 만한 장소를 검색하는 중이었다.

"좋긴 한데, 엄청 비싸지 않을까?"

"비싸겠죠. 가격이…… 흐엑! 3억이네요. 보증금이 3억이라니!"

"처음부터 번화가는 힘들 거야. 번화가는 번화가인데, 그래도 좀 떨어진 곳에 있는 곳으로 찾아봐야 돼."

성희가 충고했다.

돈을 얼마 모으지 못한 가을에게는 아직 먼일이지만, 언젠가는 올 그날을 위해 알아보는 시간이 즐거웠다.

"그런데 요새 사진관으로 돈을 벌 수 있을까요? 신선한 콘셉트가 있지 않으면 좀 힘들 것 같은데."

"응, 그래서 그걸 고민 중이야. 제일 돈이 되는 게 웨딩 촬영인데, 그쪽은 이미 유명한 업체들이 너무 많아서 경쟁이 힘들 것 같아. 돌잔치나 그런 것도 그렇고. 일단 아래에서부터 하나하나 밟고 올라가야 할 것 같아."

"뭐, 시간은 많으니까."

"그렇죠. 천천히 생각하려고요. 급할 거 없이."

28년을 살아왔지만, 7살 때 가족을 잃은 후 시간이 멈춰 있었다. 꿈도 없이, 소망도 없이 그저 숨만 쉬며 살아오다가, 작년 가을부터 비로소 시간이 조금씩 흐르기 시작했다.

가을은 최근 삶에 첫걸음을 디딘 것 같은 기분이었다.

모든 것이 새롭고 즐거웠다.

"으어, 추워!"

심부름센터에 들어온 강한이 외쳤다.

"아니, 이 여름에 여긴 왜 이렇게 추워? 에어컨을 대체 얼마나 틀어 놓은 거야? 냉골이네, 냉…… 뭐야, 니들? 왜 집 안에서 점퍼를 입고 있어? 그렇게 추우면 에어컨을 좀 끄면 되잖아!"

강한이 방에 옹기종기 모여 있는 직원들을 보며 말했다.

"에어컨 끄긴 싫어요. 눅눅해진단 말이에요."

"그래, 그리고 여름의 묘미는 에어컨을 틀어 놓고 아늑한 이불속에 들어가는 것에 있지."

"형님, 너 언제부터 그렇게 사치스러웠어?"

강한이 에어컨을 껐다.

"다들 우리의 아이들에게 물려 줄 미래의 지구를 생각하지 않는 거야? 지구 온난화, 안 배웠어? 특히 캡, 너는 명문대잖아! 명문대면 명문대답게……."

"아, 찾았다! 누나, 여긴 어때요?"

강한의 말을 무시하고 마우스를 클릭하던 연진이 말했다.

강한의 말을 듣는 척만 하고 있던 가을과 성희가 모니터로 시선을 돌렸다. 강한도 궁금한지 그들 사이로 다가왔다.

"여긴 가격도 저렴하고 괜찮네."

"하지만 지금 당장은 이런 곳에 사진관을 열 만한 돈이 없어요. 몇 년 후에도 이런 곳이 나와야 할 텐데."

"대략 얼마나 걸릴 것 같아요?"

"글쎄. 적어도 3년은 바짝 일해서 모아야, 사무실도 구하고 장비도 갖춰 놓을 수 있지 않을까? 그동안 프리로라도 뛸까 봐."

"프리면 연예계 쪽이요?"

"아니. 이제 연예계 쪽 일은 두 번 다시는 하고 싶지 않아. 그동안 일하면서 인맥이 좀 생겼으니, 그쪽부터 시작해 보려고. 커피숍 알바는 계속하면서."

"돈 벌어먹고 살기 힘들어요."

"그러게 말이야. 그래도 캡이랑 형님은 명문대 나왔잖아. 문제없지 않아?"

"뭐예요. 누나도 대장의 명문대 병이 옮았어요? 요새는 명문대 졸업해도 취업 힘들대요. 누나야말로, 대장이랑 결혼해서 대장 돈 펑펑 쓰면서 살면 되죠."

"에이, 결혼은 무슨 결혼이야."

묵묵히 그들의 대화를 듣고 있던 강한은, 가을의 대답에 심장이 떨어질 정도로 충격을 받은 것 같았다.

"아무튼 열심히 벌어야겠어. 그동안 게을렀던 것만큼 더 열심히 일해야지."

강한의 표정을 보지 못한 가을이 각오를 다졌다.

그런 가을을 향해, 강한은 떨리는 목소리로 물었다.

"가을이 너, 날 가지고 논 거였어?"

"네?"

"너무해!"

강한이 방을 뛰쳐나갔다.

덩치는 산만 한 남자가 "너무해!" 타령을 하며 뛰쳐나가는 모습에, 연진과 성희가 진저리를 쳤다.

강한이 무슨 짓을 하든 사랑스러워 보이기만 하는 가을은, '왜 저러지?' 하는 눈으로 강한이 나간 방문을 돌아봤다.

하지만 강한이 이상한 짓을 하는 게 한두 번 있었던 일이 아니기에, 곧 흥미를 잃고 다시 모니터로 시선을 돌렸다.

"1년에 한 5천 정도 벌고, 한 달에 80만 원 정도만 쓰면 3년이면 준비가 끝나지 않을까?"

"누나."

"응?"

"누나는 결혼 안 할 거예요?"

"어? 결혼?"

"네, 대장이랑요."

"아…… 결혼…….."

가을은 도움을 청하듯 성희를 돌아봤지만, 성희 역시 궁금하다는 표정으로 가을의 대답을 기다리고 있었다.

그때, 지영이 방으로 들어왔다.

"뭐야? 왜 여기서 갑자기 가을이 결혼 얘기가 나와? 저 진상은 왜 저렇게 징그럽게 뛰어 올라가는 거고?"

"미호 누나는 이런 일에만 기가 막히게 등장하네요. 여기 도청기라도 설치해 뒀어요?"

"나는 항상 귀를 열어 두고 있거든, 아가야. 아무튼 가을이 결혼

타령하지 마. 가을이는 아직 젊어. 더 많은 남자를 만나 보고, 더 많이 즐기다가, 그중에서 제일 괜찮은 한 놈 골라잡아 결혼해야 돼. 저 징그러운 수전노한테 가을이를 줄 순 없어."

"하긴. 가을이 누나도 이제 막 즐기기 시작했는데, 만난 남자가 대장 한 명뿐이라면 너무 서글프긴 하죠."

"그래. 결혼은 인류지대사야. 가을아, 적어도 10명은 만나 봐라."

"형님, 10명이라니. 그 이상은 만나야지. 가을아, 행여나 지금 당장 저 인간이랑 평생 행복할 거란 생각은 하지도 마. 물론 대장이 나쁘지 않은 놈이긴 하지만, 이 세상에는 진짜 괜찮은 남자가 많고 많거든. 다 만나 봐야 돼. 그리고 그중에서 제일 잘생기고, 제일 능력 좋고, 제일 성격 좋은 남자로 골라잡아."

"맞아요, 누나. 그게 좋아요. 하지만 미호 누나처럼 되진 마세요."

"내가 뭐 어때서!"

"어떻긴요. 남자를 가지고 놀잖아요."

"그러라고 있는 남자 아냐?"

"누나 때문에 여자 만나기가 더 무서워졌어요."

"어머, 아가야. 걱정하지 말렴. 너는 이 누나의 취향이 아니니까."

지영과 연진이 티격태격하는 동안, 가을은 '결혼'에 대해 생각했다.

결혼에 대해서는 진지하게 생각해 본 적이 없었다.

물론 결혼이 하기 싫다는 건 아니고, 그렇다고 다른 남자들도 만나 봐야겠단 생각을 하는 것도 아니었다.

요 몇 달간 너무 많은 일들이 일어났고, 이제 막 사랑을 시작했기에, 결혼처럼 훗날의 일까지 생각할 겨를이 없었을 뿐이었다.

'결혼…… 하게 될까? 아무래도 그렇겠지?'

강한 이외의 다른 남자를 만나는 자신의 모습을 상상할 수가 없었다. 또한 본인 이외의 다른 여자를 만나는 강한은 상상하고 싶지도 않았다.

그의 체온, 향기, 목소리, 눈빛은 전부 가을의 것이어야 했다.

"가을아."

언제 왔는지 강한이 방문 앞에서 가을을 불렀다.

"뭐야? 아무도 관심 안 보여 주니까 스스로 내려온 거야?"

지영이 강한을 놀렸다.

"그렇게 콕 집어서 진실을 말하지 마. 아프니까."

강한이 인정했다.

"가을아, 집에 가자. 저런 놈들이랑 어울리지 마."

"왜? 싫어."

"너한테 말한 거 아냐, 구미호. 너 따위는 아무래도 좋아. 가을아, 가자."

강한이 손을 내밀었다.

가을은 그의 커다란 손이 항상 자신을 향해 뻗어 오는 게 좋았다.

웃으며 그의 손을 잡자 지영이, "으아, 가을이가 날 버렸어. 저 진상을 선택했어!"라며 칭얼거렸다.

"울지 마요, 누나. 어려운 선택이었을 거예요. 보내 드립시다."

연진이 지영을 달래는 소리를 들으며, 가을과 강한은 심부름센터를 나왔다.

"뭐 먹고 싶은 거 있어?"

가을의 집을 향해 걸어가며, 강한이 물었다.

"김치볶음밥이요. 저번에 삼겹살 잔뜩 넣어서 해 준 거 있잖아요. 그거 진짜 맛있었어요."

"그래? 그럼 마트 들러서 삼겹살 사 가자. 김치는 있지?"

"네, 대장이 해 준 거 남았어요. 그 김치도 대장이 담근 거예요?"

"당연하지."

"어떻게 그렇게 잘 담가요? 김치, 진짜 시원하고 맛있던데."

"김장철, 제일 많이 들어오는 심부름이 김장 돕는 거야. 동네에 김장 전문가 사모님들 댁에 가서 김장 돕다 보면 저절로 익혀지지."

가을이 웃었다.

"왜 웃어?"

"대장, 난요. 대장이 고객님들 없는 곳에서도 존칭을 써서 말해 주는 모습이 진짜 좋아요."

가을의 솔직한 칭찬에 강한이 얼굴을 붉히며 고개를 옆으로 돌렸다.

"대장이 그렇게 얼굴 붉히는 것도 좋고요."

"좋다는 말 좀 그만해."

"그럼 싫다고 할까요?"

"아니, 그건 또 싫은데."

"그럼 계속 좋아할래요."

가을과 강한은 서로를 마주 보며 웃었다.

마트에 가서 장을 보고 가을의 집으로 향했다.

가을은 주방에서 능숙하게 요리를 하는 강한을 지켜봤다.

항상 가을을 단단하게 안아 주는 그의 굵은 팔과 긴 손가락이 섬세하게 움직이는 모습을 보니, 가슴이 간질거렸다.

불현듯 그를 안고 싶어져서, 그를 뒤에서 끌어안았다.

"이건 그 유명한 백허그인가?"

가을은 그의 등에 얼굴을 묻고 그의 향기를 한껏 들이마셨다.

"대장 냄새가 좋아요."

"나도 내 냄새를 좋아해. 담배를 피우지 않고, 늘 청결을 유지해서 아주 좋은 향기가 나지."

"어휴, 또 잘난 척."

"척이 아니라 진짜랬잖아. 이거 맛 좀 봐 봐."

강한이 베이컨에 돌돌 만 버섯 구운 것을 가을의 입에 쏙 넣어주었다.

"음, 맛있어요."

"그래. 그럼 그거 씹으면서 앉아 있어."

"네!"

가을은 다시 소파로 돌아가서 그를 지켜봤다.

지글지글—

치지직—

맛깔나는 소리가 청각을 자극했다.

가을은 눈을 감았다.

그리운 소리였다.

아주 예전에, 참 어릴 때에, 이런 소리를 들었다.

저녁 시간이 되면 항상 이런 소리가 들려왔다.

그리고 이어지는 엄마의 목소리.

—가을아. 아빠한테 밥 다 됐다고 해.

아직도 그때를 생각하면 눈가가 시큰해지지만, 전처럼 가슴이 새까맣게 타들어 가는 것 같진 않았다.

그립지만 외롭지는 않았다.

"밥 다 됐다."

이제는 이렇게 말해 주는 사람이 있으니까.

"와서 수저 놔."

이렇게 시켜 주는 사람이 있으니까.

"네!"

가을은 식탁에 강한과 자신의 수저를 가지런히 놓았다.

김치볶음밥과 팽이버섯베이컨말이, 소고기뭇국이 오늘의 요리였다.

"우와, 맛있겠다. 잘 먹겠습니다."

"오냐, 맛있게 먹어라."

그가 해 준 김치볶음밥은 역시 맛있었다.

"대장, 오늘 그…… 정인혜 씨랑은 잘 얘기했어요?"

아까부터 묻고 싶은 것을 물었다.

"응, 잘 얘기했어. 이제 임무는 끝났어."

"다행이네요."

"그래. 그런데…… 아까 나를 강한 씨라고 부르던데."

"아……."

가을은 얼굴을 붉혔다.

인혜의 앞에서 강한을 '대장'이라고 부르고 싶지 않았다.

인혜의 앞에서만이 아니라 다른 사람들 앞에서도 그랬다.

가을 심부름센터 직원들을 제외한 다른 사람들 앞에서는 그와 나의 관계가 단지 '대장'과 '부하'이기를 원하지 않았다.

"ㄱ거 괜찮던데 또 불러 봐. 강한 씨라고."

"싫어요."

가을의 단호한 거절에, 강한은 큰 충격을 받은 듯했다.

"아니, 대체 왜? 밥도 해 주고, 설거지도 해 주는데, 왜 그거 하나 못 해 줘?"

"아니, 물론 밥도 해 주고 설거지도 해 주는 건 감사해요. 감사하긴 한데…… 아직 마음의 준비가……."

"그놈의 준비, 대체 얼마나 더 해야 하는데?"

"그러게 말이에요."

"나는 준비됐어."

"정말요?"

"그래. 나는 예전부터 준비됐어. 그러니까 이제 슬슬 너도 날……."

"오빠."

"헉!"

"강한이 오빠."

강한은 눈을 크게 뜬 채 굳었다.

'강한 씨'까지는 준비됐지만, '오빠'에 대한 준비는 아직이었던 모양이다.

가을이 눈을 동그랗게 뜨고 "오빠."라고 부르자, 강한은 숨도 쉴 수 없는 듯했다.

하지만 가을은 '오빠'라고 불러 봤더니 의외로 괜찮기에 다시 한 번 입을 열었다.

"오빠."

"하하하하하."

강한이 갑자기 웃음을 터뜨렸다.

"하하하하하."

얼음 상태에서 풀려난 강한은 고개를 옆으로 돌리고 웃었다.

"하하하하하. 오빠라니. 하하하하하."

"오빠, 싫어요? 이거 말고 다른 거로 할까요?"

"아니."

강한이 웃음을 뚝 멈추고 진지한 표정으로 가을을 응시했다.

"딱 좋아. 그렇게 불러. 그게 좋다. 그래, 좋고말고."

"아, 네."

"잠깐만 있어 봐."

강한은 검지를 들어 가을을 멈추게 하고는, 후하, 후하, 심호흡을 했다. 그 후에 다시 가을을 돌아보며 말했다.

"마음의 준비가 됐다. 자, 다시 한 번 해 봐."

그저 오빠라는 호칭 하나에 심호흡하는 그가 사랑스러워서 견딜 수가 없었다.

가을은 벌떡 일어나 그에게 다가갔다.

어리둥절해 하는 그를 품에 꽉 안고 말했다.

"오빠, 나 오빠가 진짜 좋아요."

강한은 정신을 차릴 수가 없었다.

가을의 '오빠' 호칭도 심장을 벌렁거리게 만드는데 이런 농밀한 포옹이라니.

가을이 앉아 있는 강한을 품에 안는 바람에, 강한의 얼굴은 그녀의 가슴에 닿아 있었다.

봉긋한 가슴이 이마에 살며시 눌렸다.

그 부드러움과 그녀의 향기에 정신이 혼미해졌다.

피가 머리로 쏠리는 게 어떤 건지 알 것 같았다.

이거 정말 죽겠다.

"가을아."

"응?"

"나도 네가 좋아. 그런데. 이건 관두자."

"네? 뭘요?"

"이렇게 끌어안는 거."

"왜요? 싫어요?"

"아니, 싫은 게 아니라."

하아, 하고 강한은 크게 숨을 내뱉었다.

"네가 착각하는 게 있는 것 같은데, 나도 남자야."

"……그 부분은 전혀 착각하지 않았는데요? 오빠는 어딜 보나 남자예요."

"아니, 그런 의미가 아니라……."

강한은 가을의 품에서 벗어나 벌떡 일어났다.

가을의 손목을 잡고 살짝 밀자, 그녀는 반항하지 않고 뒤로 밀려났다.

가을의 등이 벽에 닿았다.

강한은 벽과 두 팔 안에 가을을 가두고, 그녀를 지그시 내려다봤다.

"나는 네가 생각하는 것보다 더 많이 널 가지고 싶어. 이런저런 상상을 하지."

이런 말을 하면 부끄러워할 줄 알았는데, 가을은 눈을 동그랗게 뜨고 대답했다.

"그건 나도 그래요. 나도 오빠를 두고 야한 생각을 엄청나게 하는데."

야한 생각!

그걸 이렇게 콕 집어 말하다니.

강한이 두루뭉술하게 돌려서 표현한 게 허사가 되어 버렸다.

"그렇게 귀엽게 굴지 마. 덮칠 것 같으니까."

"덮치면 내가 싫어할 것 같아서 참는 거예요?"

"어?"

"내가."

가을이 손을 뻗었다.

그녀의 손이 강한의 볼에 닿았다.

가을은 강한의 볼을 어루만지며 말했다.

"싫어할 것 같아요? 대장이, 아니, 오빠와 하는 일을?"

꿀꺽―

강한이 마른침을 삼켰다.

"사귀지 않을 때의 키스도 싫지 않았어요. 나는 오빠와 함께 하는 건 뭐든 다 좋아요. 오히려 기대하고 있어요. 오빠와 함께 하는 첫 경험도."

애인이 너무 솔직하면 그건, 그것대로 곤란하다는 걸 비로소 알게 되었다.

첫 경험을 기대한다고 말하는 애인을 앞에 두고 어떤 표정을 지어야 좋을지 알 수 없었다.

정말이지, 가을은 작고 사랑스럽고 예쁜 악마였다.

이 마음을 들었다가 놨다가 하는 것으로도 모자라, 이 육체까지도 들었다가 놨다가 한다.

가을의 맑은 눈동자는 흔들림이 없었다.

"너, 지금 네가 무슨 말을 하는지는 알고 있는 거야? 구미호가 못된 걸 가르쳐 준 건 아니고?"

"대장, 아니, 오빠. 나요, 28살이에요. 내가 아무리 사랑도 못 해 보고, 끙끙거리며 살았어도, 알만 한 건 다 안다고요. 나, 어린애 아니에요."

"하아."

강한이 깊은 한숨을 내뱉었다.

"넌 정말 날 잡고 흔들어대."

"더 흔들 수도 있어요."

"그래, 더 흔들어 봐. 지금은 말고."

강한이 가을의 턱을 살짝 들어 올려 입을 맞췄다.

잠깐이라도 입술을 떼고 싶지 않았다.

키스를 하며 침대로 이동했다.

이런 행위는 처음이지만, 마치 알고 있는 것처럼 몸이 반응했다.

둘은 자연스럽게 침대에 누웠다.

강한의 입술이 가을의 목덜미로 옮겨 갔다.

뜨거운 입술이 낙인을 찍듯 가을의 살갗을 지그시 눌러 왔다.

그의 입술이 닿는 곳마다 뜨거웠다.

뜨거움은 곧 달콤함으로 변하고, 그로 인한 전율이 전신으로 퍼
져 나갔다.

강한은 가을의 목덜미를 애무하며 가을의 옷을 벗겼다.

타인의 앞에서 옷을 벗는 건 처음이었다.

마음의 준비는 되어 있었지만, 역시 부끄러웠다.

가을은 몸을 움츠렸고, 강한은 억지로 가을을 풀어 주려고 하지
않았다.

그저 느릿하고 다정하게 가을의 몸을 애무할 뿐이었다.

귀와 목에 닿는 그의 숨결과 입술의 온도에 온몸이 저릿저릿했
다. 달콤한 전율을 수도 없이 느꼈다.

머리끝부터 발끝까지 그의 상냥한 체온이 전해지는 것만 같았다.

몸의 긴장이 서서히 풀렸다.

가을의 팔에서 힘이 빠지자, 강한은 자신의 옷도 벗었다.

그의 넓은 어깨와 단단한 가슴이 시야를 가득 채웠다.

우와, 이게 남자의 몸이구나.

예쁘다고 생각하면 실례일까?

일자로 뻗은 강한의 쇄골은 침이 꼴깍 넘어갈 정도로 섹시했다. 그 아래로 탄탄한 가슴과 복근이 펼쳐져 있었다.

강한은 가을의 몸을 내려다보고 있었다.

처음 보는 그의 열띤 눈동자에, 가을의 몸이 달아올랐다.

한때는 어둠뿐이었던 가을의 세상이 찬란한 빛으로 가득 채워졌다.

                    *   *   *

슈퍼싱글 침대 위에서 둘은 알몸으로 끌어안고 있었다.

그의 단단한 팔을 베고 누워, 땀에 젖은 그의 가슴에 얼굴을 묻었다.

강한은 가을의 머리와 목덜미를 천천히 쓰다듬어 주었다.

거칠어졌던 호흡이 서서히 원래대로 돌아왔다.

"되게 좋네요. 이런 거."

"넌 정말 솔직하다."

"거짓말쟁이는 싫다면서요."

"말했잖아. 나는 네가 뭘 하든 좋다고. 그리고 네가 거짓말 좀 한다고 내가 속아 넘어갈 것 같아?"

"못 속이죠. 뒷조사로는 세계 최고인데."

가을은 자꾸만 눈이 감겼다.

하품을 하는 가을에게, 강한이 말했다.

"좀 자. 이대로 자자."

"싫어요. 오빠랑 좀 더 이렇게 얘기하고 싶어."

"그래, 그럼. 무슨 얘기할까?"

"막상 멍석 깔아 주니까 무슨 말을 해야 할지 모르겠네."

"네 꿈에 대해 얘기해 볼까?"

"내 꿈이요? 사진관?"

"사진관도 그렇고. 이것저것. 앞으로 어떻게 살고 싶은지도 궁금하고."

"음. 예전에…… 그 일 기억나요? 우리 고객님 중에 어느 부인이 찾아왔던 거. 남편이 바람피우고 그래서 많이 힘든……."

"아아, 네가 사진 찍어 준?"

"네. 그때, 참 좋았어요. 내 사진이 조금은 힘이 되어 줄 수도 있다는 생각이 들어서요. 나는 W의 사진을 봤을 때, 그러니까…… 오빠가 예전에 찍은 그 사진을 봤을 때, 사진을 찍어 보고 싶어졌어요. 사진도, 그림도…… 모든 작품들은 그런 힘을 가지고 있다고 생각해요."

"그래."

"그런 걸 해 보고 싶어요. 모두를 즐겁게 해 줄 수는 없겠지만, 어느 한 사람은 내가 찍어 준 사진에 기뻐해 줬으면 좋겠어요. 그때 그 고객님이 환하게 웃었던 것처럼, 웃게 해 주고 싶어요."

"응."

"너무 우울한 어느 날, 거리를 걷다가 사진관을 발견하고, 사진이나 하나 찍을까 싶어서 들어오고. 예쁘게 화장을 하고 사진을 찍으면서 억지로라도 웃고. 그렇게 현상한 사진을 받아 들었더니 생각보다 훨씬 더 예쁘고…… 아, 사진 예쁘게 잘 나왔다. 기분 좋다. 그런 생각을 할 수 있으면 좋겠어요."

"넌 그런 사진을 찍을 거야."

"대장은요? 대장은 사진 안 찍을 거예요?"

졸려서 그런지 가을의 목소리는 잠겨 있었고, 습관처럼 대장이라고 불렀지만, 강한은 지적하지 않았다.

"언젠가는 찍겠지. 언젠가 찍고 싶을 때 찍을 거야. 내가 찍고 싶은 광경을."

"어떤 광경?"

"글쎄."

강한은 빙그레 웃으며 가을의 머리를 쓰다듬었다.

졸음에 파묻힌 가을은 강한의 대답을 기다리다가 잠이 들었다.

고른 숨소리를 내는 그녀를 안고, 강한은 속삭이듯 말했다.

"나는 네가 우리의 아이를 안고 환하게 웃는 모습을 찍고 싶어."

미래를 상상하면 생생하게 그려지는 광경이 있었다.

마당을 예쁘게 꾸민 이층집 앞에서, 아이를 안고 환하게 웃는 가을의 모습.

"너랑 나는 결혼을 하게 될 거야. 우리는 가족이 되는 거야. 언젠가 우리 사이에 아이가 생길 거고, 우리는 그 아이를 아주 많이 사랑하겠지. 네 부모님이 그랬듯이. 우리는 예쁜 집에서, 오랫동안 행복하게 살게 될 거야."

이제 실버타운은 아무래도 좋았다.

"그게 내 꿈이야, 가을아."

번외 2장

"그럼 프러포즈는 어떻게 받았는데?"

질문을 받은 가을은 그날을 떠올리며 빙그레 웃었다.

여름이 끝날 무렵, 공기에 가을 향기가 서서히 스며들던 어느 날이었다.

그날따라 심부름센터 일이 바빠서 이리저리 다니느라 고생을 했다.

하나 끝나면 또 일이 들어오고, 또 하나 끝나면 일이 들어와서 심부름센터에 발을 디디지도 못했다.

밤 8시쯤, 하늘이 캄캄해졌을 때에야 일이 끝났고 가을은 녹초가 되어 있었다.

"오빠, 나 일 끝났어요. 오빠는?"

마지막 설거지 일을 끝내고 나오자마자 강한에게 전화를 걸었다.

[나는 심부름센터야. 여기로 와.]

"다들 거기 있어요?"

[응, 여기 있어.]

"금방 갈게요. 너무 배고프다."

전화를 끊고 서둘러 심부름센터로 향했다.

심부름센터의 대문을 열 때까지만 해도, 그 안에서 그런 광경이 펼쳐질 줄은 몰랐다.

마당 가득 펼쳐진 별빛.

아니, 알전구인가?

마당이 다채로운 색채로 반짝반짝 빛나고 있었다.

그리고 그 가운데에 강한이 서 있었다.

"오빠, 이게 다……."

"이 마당에 건물을 하나 만들 거야."

"네?"

"사진을 찍기 딱 좋은 크기의 건물. 실내에서도, 마당에서도 사진을 찍을 수 있도록 예쁘게 꾸밀 거야."

"아……."

"이름은 가을 사진관, 아니면 가을그라피. 네가 원하는 뭐든 좋아. 가을 심부름센터에 오시면 예쁜 사진을 찍어드립니다. 가을 사진관에 오시면 행복한 사진을 찍어드립니다. 이제 우리 심부름센터의 추가 홍보 멘트가 될 거야."

"아……."

"자, 상상해 봐."

강한이 한 팔을 크게 벌렸다.

"의뢰를 하려고 안에 들어오면 예쁜 마당이 있는 거야. 두리번거리다가 옆에서 귀여운 스튜디오를 발견하겠지. 우울한 일로 의뢰를 하면서도 저 마당에 있는 건물은 무엇일지 궁금해질 거야. 그럼 우리는 말해 주겠지. 가을 심부름센터의 마스코트가 사진을 찍어 주는 사진관입니다, 고객님."

"……."

"우리 마스코트가 찍어 주는 사진에, 고객님들은 웃기도 하고 울기도 할 거야. 우리 고객님들의 웃는 사진이 심부름센터 벽을 하나, 하나 장식할 수도 있겠지."

"……."

"언젠가 우리의 아이는 그 사진을 보면서 물어볼 거야. 이 사람들은 누구야? 그럼 우리는 대답해 주는 거야. 우리가 행복하게 만들어 준 사람들이야. 아니면 이곳에 찾아와서 행복해진 사람들이야."

가을은 눈물이 볼을 타고 흐르는 것도 자각하지 못했다.

강한이 천천히 다가와 가을의 양손을 맞잡았다.

"네가 꾸는 꿈을, 나도 같이 꾸고 싶어졌어. 네가 있는 곳에 나도 있고 싶고, 네가 원하는 걸, 나도 같이 원하고 싶어. 오늘도, 내일도, 그리고 우리가 언젠가 실버타운에 들어가는 그 날까지."

"아, 진짜 그놈의 실버타운……."

가을이 웃었다.

"우리는 행복할 거야. 이 집은 불타지 않을 거고, 설령 불이 나도 너와 나는 무사할 거야. 그 어떤 상황에서도 우리는 쭉 함께할 거야. 언젠가 네 부모님을 뵈러 갔을 때에 부끄럽지 않도록, 나는 너를 지켜 줄 거야."

가을이 고개를 숙였다.

눈물이 뚝뚝 흘러내렸다.

"가을아. 나랑 결혼해 줘. 나랑 결혼하면, 너는 이 세상에서 제일 행복한 여자가 될 거야."

"이미요."

가을은 다시 고개를 들었다.

울고 있었지만 웃고 있었다.

"이미 그래요. 이미 나는 이 세상에서 제일 행복한 여자예요."

"저런 작은 다이아로 프러포즈를 하다니. 나 같으면 절대 안 받아 줘."

2층 방 창문에서 프러포즈 광경을 지켜보던 지영이 투덜거렸다.

"가을이 누나는 착하니까요."

"너무 착하지."

며칠 전, 강한이 프러포즈를 도와 달라고 요청을 해 왔다.

그답지 않게 진지했기 때문에, 가을 심부름센터 직원들은 어쩔 수 없이 프러포즈를 도와주고 말았다.

"그래도 우리 대장, 의외로 로맨틱하네. 상상도 못 했는데."

"그러니까요. 이것 봐요, 저 소름 돋은 거. 너무 징그러워요, 로맨틱한 대장은."

"난 저 꼴 보기 전에 이 일을 관두고 싶었어."

"그래도 가을이. 행복해 보인다."

지영이 빙그레 웃었다.

빛에 둘러싸여 꼭 끌어안고 있는 연인은, 가슴에 새겨 두고 싶을 만큼 아름다웠다.

"그리고 나서는 정말 일사천리로 진행이 됐어. 내 이름이 가을이니까 그다음 해 가을에 결혼을 하기로 했지. 우리 집 대장은 그해 가을이 좋다고 우겼지만, 미호는 절대 안 된다며, 준비 잘해서 예쁘게 결혼해야 한다며 다음 해 가을로 미뤘어."

그리고 나서 강한의 부모님을 만났다.

강한의 부모님은 미국에서 살고 있었다.

애인의 부모님을 뵈러 가는 것도 처음, 결혼 승낙을 받으러 가는 것도 처음이었기 때문에 바짝 긴장했다.

"나 결혼해. 그렇게 됐어."

강한은 뚱한 표정으로 말했다.

강한의 어머니와 아버지는 오랜만에 보는 아들을 멍하니 응시했다.

뒤늦게 정신을 차린 어머니가 강한의 뒤통수를 때렸다.

"그렇게 되긴 뭘 그렇게 돼? 3년 만에 집에 와서 하는 소리가 뭐? 결혼을 해? 그렇게 됐어?"

"아, 3년 만인가?"

"그래, 네놈이 집 사 달라고 찾아왔던 게 마지막이었어!"

가을은 얼어붙은 채로 앉아 있었다.

도대체 이 남자는 무슨 생각인 걸까?

강한과 결혼하기로 한 걸, 처음으로 후회했다.

강한의 어머니는 깜짝 놀랄 만큼 젊어 보이고 세련된 여인이었다.

강한의 나이를 보면 어머니는 50대가 넘었을 텐데, 30대처럼 보였다.

"이런 놈인데 괜찮겠어요?"

아버지가 걱정스럽게 가을에게 물었다.

"네? 아, 네. 괜찮아요."

"정말 괜찮아요? 이 녀석은 그저 실버타운에 갈 생각밖에 없는데."

"아, 실버타운…… 그렇죠, 실버타운. 프러포즈할 때도……."

"또 실버타운 얘기했어요? 이 멍청한 놈이?"

어머니가 또 강한의 뒤통수를 때렸다.

"아, 엄마. 나, 머리 나빠진다?"

"더 나빠질 머리가 있니?"

부모님 앞에서의 강한은 어린애 같아서 재미있었다.

"미안해요, 가을 씨. 우리가 너무 오랜만에 아들을 만나는 건데, 갑자기 결혼 얘기를 하니까 당황스러워서 이래요. 이제 차분하게 얘기해 볼까요?"

"네, 저기. 음."

차분하게, 어떤 얘기를 해야 하는 걸까?

"저, 아드님을 제게 주시면 앞으로 평생 행복하게 해 주겠습니다."

가을의 말에 부모님이 웃음을 터뜨렸다.

귀여워 죽겠다는 듯한 웃음이었다.

"봐 봐, 귀엽지?"

강한이 우쭐해했다.

"가져가요, 가져가. 우린 필요 없으니까. 하지만 알아 둬요. 나중에 후회된다고 반품하기 없기예요."

"아, 정말요?"

"응, AS도 안 돼요."

"아……."

"뭐야, 왜 거기서 충격 받은 표정을 짓는 거야? 반품할 일 없다, AS도 필요 없을 만큼 완벽한 남자다, 그렇게 말해 줘야지."

강한이 볼멘소리를 냈다.

그렇게 결혼 허락을 받은 후 함께 저녁을 먹었다.

식사가 끝나고 다과를 즐기는데, 어머니가 가을을 방으로 불렀다.

방에 들어가자, 어머니가 말했다.

"사실은 성희한테 전해 들어서 알고 있었어요. 강한이가 사랑에 빠졌다고 그러더라고요."

"네."

"그리고 가을 씨 사건은…… TV로 봐서 알고 있어요."

"네, 죄송해요. 미리 말씀드렸어야 했는데. 저는 가족이……."

"우리가 이제 가족이에요."

가을의 말을 끊으며, 어머니가 말했다.

"가을 씨. 우린 이제 처음 만났고, 아직 어색하고 서로에 대해 모르는 게 많아요. 하지만 앞으로 조금씩 친해질 거고, 나는 강한이의 어머니로, 그래서 강한이 와이프의 어머니로 살아가는 게 익숙해지게 될 거예요."

"네."

"가을 씨는 참 예쁘게 잘 자랐어요. 분명 가을 씨 부모님께서 어릴 때 아주 많이 사랑해 주셨기 때문이겠죠."

"아, 네……."

울지 않으려고 했는데, 또 눈물이 나왔다.

"가을 씨 부모님께 참 감사해요. 우리 강한이 같은 놈, 어떤 여자가 감당할 수 있을까 싶었는데. 이렇게 예쁘고 사랑스러운 아이가 와 줘서 기뻐요. 나도, 우리 남편도."

"좋게 봐 주셔서 감사해요."

"지금까지 혼자서 참 고생 많았어요. 앞으로 가을 씨는 혼자가 아니에요. 우리가 아들을 아끼듯 가을 씨도 딸처럼 아낄게요. 그러니까 힘들거나 문제가 있을 때, 강한이가 힘들게 할 때, 나한테 뛰어와서 일러요. 뒤통수를 후려쳐 줄 테니까."

"걱정을 많이 했는데, 참 좋은 분들이었어. 내가 고아라서 싫어하시지는 않을까, 그런 불안감도 있었는데. 정말 좋은 분들이었어. 말뿐만이 아니라 실제로도. 너도 알지?"

"알지!"

"응. 정말 친엄마, 친아빠처럼 내게 잘 대해 주시잖아. 웨딩드레스도 만들어 주셨고."

강한의 어머니는 유명 패션 브랜드의 디자이너였다.

가을이 결혼식 때 입은 드레스는 어머님이 손수 디자인해서 만들어 준 드레스였다.

"그렇게 우리는 결혼을 했고, 나는 너를 낳았지."

가을은 눈을 반짝이며 앉아 있는 딸을 응시했다.

이제 20살이 된 딸은, 강한과 가을의 예쁜 부분만 닮아 있었다.

"네 이름은 내가 지었어. 네 아빠는."

―왜? 내가 이름 못 짓는다며? 나는 이름 짓지 말라며?

―내가 언제요?

―저번에 그랬잖아. 강아지 두 마리 산책시킬 때, 멍원, 멍투라고.

―아, 뭐야. 몇 년이나 지난 일이잖아요. 그런 걸 기억하고 있었어요?

"정말 삐돌이거든. 삐돌이에 밴댕이."

"이히히하. 맞아, 맞아."

"이게 우리 집 대장이랑 내 사랑 이야기야. 이 깊고 긴 사랑의 결실이 너고."

"에헤헤."

딸이 쑥스럽다는 듯 웃었다.

그때, 문이 열리고 강한이 양손 가득 장 본 것을 들고 들어왔다.

"여보! 나 왔어. 시킨 거 다 사 왔는데, 또 뭐 필요해?"

신나서 묻는 강한의 모습에, 딸이 가을을 돌아보며 말했다.

"그런데 있잖아, 엄마. 우리 집 대장은 아빠가 아니라 엄마야."

번외 3장

이것은 또 다른 이야기

비가 내리고 있었다.

자주 있는 일이었다.

아프리카에는 장마가 따로 없었다. 수시로 비가 내리고 멎기를 반복했다.

한국을 떠난 지 몇 년이 지났다.

돌아가고 싶다는 생각은 들지 않았다.

아버지와 어머니, 정훈이 어떻게 살고 있는지도 궁금하지 않았다.

눈을 감으면, 여전히 생각났다.

옆집을 태운 불길과……

—가을아!

한 남자의 외침.

잠깐의 장난으로 세 사람이 죽었고, 한 사람의 인생이 엉망이 되었다.

그런 줄도 모르고 모두의 사랑을 받으며 행복하게 살아왔다.

그런 줄도 모르고 내가 인생을 망친 여자를 따라다니며 괴롭게 만들었다.

나는 최악이다.

한국을 떠나 전전하다가 아프리카에서 봉사를 한다는 의사와 알게 되었다.

그를 따라 아프리카로 와서 아픈 사람들을 도왔다.

모두가 리성을 칭찬했지만, 리성은 그 칭찬이 달갑지 않았다.

칭찬받을 만한 일은 아무것도 하지 않았다.

나는 사람을 죽였다.

살인자다.

어릴 때 모르고 한 일이라는 것이 면죄부가 되진 않았다.

아무리 어릴 때에 했어도 죄는 죄다.

한때는 부모님이 원망스러웠다.

그걸 감추고 리성을 보호하려고만 했던 부모님이 미웠다.

그들이 리성에게 그 일에 대해 상기시키고, 앞으로 조심해야 한다고 말하고, 가을에게 평생 속죄하며 살아가야 한다고 말해 주기만 했더라도 이런 일은 없었을 텐데.

하지만 부모님을 향한 원망조차 이제는 잊었다.

그저 하루, 하루를 살아갈 뿐이었다.

잠을 자면 꿈을 꾼다.

그날의 광경을 고스란히 재현한다.

꿈은 점점 생생해졌다.

잠을 자는 것이 두려웠다.

"선생님. 누가 찾아왔어요."

아프리카에서 만난 아이들은 리성을 선생님이라고 불렀다.

나는 선생님이 아니야, 라고 말했지만 소용없었다.

"누가?"

"아기랑요. 어른이랑요."

"아기랑 어른?"

아프리카에 리성을 아는 사람은 이 마을의 주민이 전부였다.

한국에서 알던 사람들과는 완전히 연락을 끊었고, 휴대폰조차 없었다.

리성을 찾아올 만한 사람은 없었다.

아픈 사람일까?

그렇다면 의사 선생님을 찾아가야 할 텐데.

리성은 일어나서 자그마하고 초라한 집 밖으로 나갔다.

그리고.

"누나……."

상상도 못 한 사람을 마주했다.

꿈인가 싶었다.

"나 지금…… 꿈꾸나?"

가을이 빙그레 웃었다.

"아니, 꿈 아니야."

"아, 그럼…… 진짜 현실? 가을이 누나야?"

"응, 가을이 누나야."

그녀가 웃는 얼굴을 다시 보게 될 줄은 꿈에도 몰랐다.

아니, 최가을이라는 사람을 두 번 다시는 못 볼 줄 알았다.

그런데 가을이 바로 눈앞에 있었다.

전과는 달리, 세상에서 제일 행복한 미소를 지으며.

마지막으로 본 가을의 표정을 생생하게 기억하고 있었다.

어두운 눈빛, 굳은 표정, 꽉 다물린 입술.

"사진을 찍으러 왔어."

가을은 혼자가 아니었다.

강한이 함께였다.

그리고 강한과 가을 사이에는, 그들을 꼭 닮은 여자아이가 둘의 손을 잡고 호기심 어린 눈으로 리성을 올려다보고 있었다.

"현지인 가이드랑 같이 다니고 있었는데, 네 이야기를 들었어. 한국에서 온 아주 잘생긴 남자가 여기서 일하고 있다고."

"잘생기긴……."

쓴웃음을 지었다.

연예인을 그만둔 후 관리 같은 건 받지 않았다.

아프리카의 땡볕에 얼굴은 새까맣게 탔고, 주름과 기미도 생겼다.

"노래를 굉장히 잘 부르는 선생님이라고 그러면서 설명하는데,

너 같더라고. 혹시나 싶어서 와 봤어."

"그래. 나는 선생님이 아니야. 그냥 이 사람들이 멋대로 선생님이라고 부르는 거야. 진짜 의사 선생님은 따로 계시고."

무슨 말을 해야 좋을지 몰라 주절주절 늘어놨다.

가을은 미소를 지으며 리성을 지켜보고 있었다.

리성은 눈물이 날 것 같았다.

"누나, 나. 나, 이젠 잘 알고 지내고 있어. 늘 죄책감도 느끼고……행복하게 잘 지내는 거 아니야. 나는……."

"리성아."

가을이 리성의 말을 끊었다.

"널 비난하려고 온 거 아니야. 나는 이제 괜찮다는 말을 하려고왔어."

"……."

"가족이 생겼어. 남편이 있고, 딸이 있고, 어머니, 아버지도 계셔."

"응……."

축하해, 라고 말해야 하는데 목이 메어서 말할 수가 없었다.

질투 때문이 아니었다.

그녀의 미소 짓는 얼굴을 보니, 감격스럽기도 하고 미안하기도하고, 여러 가지 감정이 벅차서 말하기가 어려웠다.

눈물을 참는 게 고작이었다.

"너한테 그랬지. 계속 미안해하라고. 그런데 그거 이제 취소할게. 나는 정말로 괜찮아."

"……."

"하루하루 살아가는 게 참 즐거워. 나는 잘 살아가고 있어. 그래서 이제 너도 잘 살아갔으면 좋겠다는 생각이 들었어. 이제 너도 행복해졌으면 좋겠다는 생각이 들었어."

"……."

"얼마 전에 네 아버지가 출소했어."

"아……."

"날 찾아왔어. 미안하다고 사과하시더라. 정말 미안하다고, 아들만 생각하느라 다른 생각을 못 했다고."

"그래……."

"많이 우셨어."

"아버지는 누나를 죽이려고 했어. 거기, 강한 씨도."

"응. 하지만 죽이지 못했고, 그 일에 대해 후회하고 있어. 앞으로는 그러지 않으시겠지."

"나는…… 용서가 안 돼."

"내가 딸을 낳아 보니까 그런 생각이 들더라. 나는 이 애를 위해 무슨 짓이든 할 수 있겠구나."

"하지만 우리 아버지 같은 짓은 하지 않을걸."

"그렇겠지. 하지 않을 거야. 하지만 이제 아주 조금은 이해가 돼. 그저 너희 아버지는 잘못된 사랑을 하고 있었을 뿐이야. 모두가 처음 살아가는 거고, 한 번의 인생이니까, 가끔은 실수를 하지."

"너무 큰 실수였어."

"응. 하지만 후회를 하고, 사과를 하셨어. 진심이라는 걸, 나도 느꼈어. 그러지 않았더라면 그 사과를 받아 주지 않았을 거야."

"……."

"나는 이제 네가 밉지 않아. 싫지도 않고. 그래서 너에게 말해 주고 싶었어. 진우야. 나는 이제 괜찮아."

결국 끝까지 참지 못했다.

울음이 터져 나왔다.

두 손으로 얼굴을 가리고 우는 리성을, 가을과 강한은 잠자코 지켜봤다.

"아저씨, 왜 울어요?"

가을의 딸이 물었다.

리성이 대답 못 하고 울자, 가을의 딸도 엉엉 울었다.

"아저씨, 울지 마요."

왜일까.

처음 보는 아이가 같이 울어 주자 위로를 받는 기분이 들었다.

아아, 누군가 나와 함께 울어 주는구나.

한참을 울다가 간신히 눈물을 멈췄다.

"미안해, 누나."

"응, 이제 나는 괜찮아. 언젠가 한국에 돌아오면 우리 심부름센터에 와. 거기에 사진관을 차렸거든."

"사진관?"

"응. 사진, 예쁘게 찍어 줄게. 나, 이제 사진 잘 찍어."

"옛날에도 잘 찍었잖아."

"지금은 더."

잠시 서서 대화를 나눴다.

가을의 웃는 얼굴을 보니, 영원할 것 같은 어둠이 서서히 걷혀갔다.

"그만 가 봐야겠다."

가을이 시간을 확인하고 말했다.

리성은 아쉽지만 붙잡지 않기로 했다.

"누나, 고마워. 일부러 찾아와서 말해 줘서."

"나도 고마워. 네가 잊지 않고 후회하고 참회해 줘서."

"아저씨. 아저씨 노래 잘해요?"

가을의 딸이 물었다.

"그럭저럭해. 그런데 아가야. 나는 아저씨가 아니라 오빠란다."

리성의 설명에 가을의 딸이 어리둥절한 표정을 지었다.

아아, 나는 벌써 꼬마들에게 아저씨라고 불릴 나이가 된 건가?

"아저씨, 나중에 노래 불러 줘요."

"응, 오빠라고 부르면 불러 줄게."

가을이 웃었다.

다행이다. 그녀가 저토록 밝게 웃을 수 있게 되어서.

"잘 있어, 리성아."

"응, 잘 가, 누나."

"또 보자."

다행이다. 그녀가 내게 또 보자고 말해 주어서.

"응, 안녕."

손을 흔들고, 행복한 한 가족이 떠나갔다.

"봤지? 원래 남자들은 아저씨라고 불리면 충격을 받는다고. 그 대단한 진리성도 마찬가지잖아! 아저씨는 안 된다니까, 아저씨는."

강한이 가을에게 설명하는 소리가 들려왔다.

리성은 아까 미처 하지 못한 말을 떠올렸다.

"아, 누나. 우강한 씨!"

리성의 부름에, 부부가 된 두 사람이 리성을 돌아봤다.

참 다른 생김새인데도 닮아 보이는 그들을 향해, 리성은 말했다.

"늦었지만 결혼 축하해요!"

〈불쾌한 씨의 유쾌한 가을 끝〉